行在山水间

行千里路，读万卷书

仁者乐山，智者乐水

醉翁之意不在酒

在乎山水之间

张晓林 著

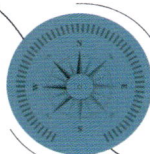

江苏大学出版社
JIANGSU UNIVERSITY PRESS
镇江

图书在版编目（CIP）数据

行在山水间 / 张晓林著. -- 镇江：江苏大学出版社，2023.10（2024.7 重印）
ISBN 978-7-5684-1989-5

Ⅰ. ①行… Ⅱ. ①张… Ⅲ. ①游记-作品集-中国-当代 Ⅳ. ①I267.4

中国国家版本馆 CIP 数据核字（2023）第 122430 号

行在山水间
Xing Zai Shanshuijian

著　者/张晓林
责任编辑/李经晶
出版发行/江苏大学出版社
地　址/江苏省镇江市京口区学府路 301 号（邮编：212013）
电　话/0511-84446464（传真）
网　址/http：//press. ujs. edu. cn
排　版/镇江文苑制版印刷有限责任公司
印　刷/镇江文苑制版印刷有限责任公司
开　本/718 mm×1 000 mm　1/16
印　张/15.5　插页 16 面
字　数/315 千字
版　次/2023 年 10 月第 1 版
印　次/2024 年 7 月第 2 次印刷
书　号/ISBN 978-7-5684-1989-5
定　价/58.00 元

如有印装质量问题请与本社营销部联系（电话:0511-84440882）

海軍收復西沙群島紀念碑

中華民國三十五年十一月二十四日

㴑君然立

自序

作为一名终身服役的军人，我对地理有种特殊的爱好。我的家乡在江苏如东，一座沿海小城，陆地与大海之间隔着一片漫漫的滩涂。小时候在如东家乡，总想跨越滩涂，去看看辽阔的大海。

军事，天生与地理结缘，军人必掌握的一门知识就叫"军事地形学"。因为喜欢山川地理，也就特别喜欢外出旅游。作为军事教授以及国防教育专家，常有外地单位邀请我前去作报告、授课，距离近就开车前往，一路巡游。每到一个陌生的城市，总要先买份当地的旅游地图，找找周边的道路走向和文化遗迹等。

特喜爱户外活动，坚持信奉：行千里路，读万卷书；仁者乐山，智者乐水；醉翁之意不在酒，在乎山水之间。经常追逐着"大漠孤烟直，长河落日圆"，也眷恋着"小桥流水人家"，"杏花春雨江南"。

退休后有了更多的自主时间，买了车，行动空间也扩大了，总策划着自驾出游。办公室和宿舍都挂着中国地图，去过的地方就打个钩。总站在地图前，想着那些没勾到的地方该如何填补空白。

作为曾经的海军学院教授，我走过了中国 18000 公里长的海岸线，近年和我的战友组队，自驾去了新疆、去了西藏，去广西云南、去内蒙古大草原，走黑龙江、乌苏里江、长白山……，走遍了中国大陆的所有省、自治区、直辖市。

世间乐趣千种，我独爱在山川湖海间行走！行走的同时，写些游记、随笔，发些感想，在微信朋友圈中随写随发，和有同样兴趣爱好的朋友们、战友们分享交流。短短几年，不知不觉间竟写下 300 多篇游记散文。

年轻时爱写诗，从军后想当个军旅诗人，20 世纪 70 年代就在报纸期刊上发表过诗作。近些年诗歌少写，更多的是游记随笔。《行在山水间》，是我从数百篇游记中精选出 125 篇组合而成的。游记的正式出版，也在推动我从海军学院教授向游记作者转型。

因为终生从事国防安全的研究教学，又对地理历史感兴趣，所以所写成的这些游记并不都是游山玩水的记录。在这些游记中，特别是关于陆海边疆的游记，更多地还在作国防安全的思考，在对中国的历史、地理、民族、文化作追寻探索。

中国在地理空间上可以大致分为东、西、南、北、中五个部分，我的游记

《行在山水间》，从编目上也就按这五个空间方位分为：西去篇、北上篇、东行篇、南下篇、中走篇。为了保持各个空间方向游记文字量的相对平衡，把在不沿边不靠海的省份，如在安徽、江西、陕西、四川等的游记，都统编入中走篇。

中国太大了，风景太美了，高原、海洋、沙漠、水乡，各方景致迥异，有待行走的地方还有很多。随着我旅游行程的延伸，新的游记还会在朋友圈中不断推出，继续和朋友们分享。

张晓林于南京半山园

2023 年 5 月

目录

北上黑龙江

东行篇

南下篇

中走篇

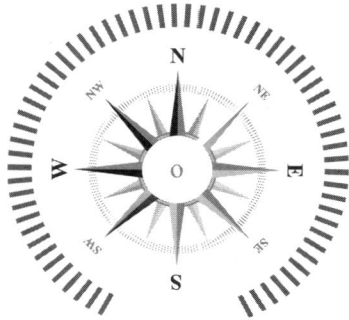

西去篇

我的西藏之旅

我的西藏情结

从今天起，我去西藏了，和我曾经的战友一起自驾游。

放缓快惯了的脚步，收起文本资料；防感冒，抗高反，红景天、葡萄糖……这些原本生疏的药品，统统归拢打包；夏装、秋装、冬装，步行鞋、登山靴，全部捆扎装箱。讲朝核、讲南海，暂停；作报告、开讲座，放放。如有朋友打电话来，我会告诉他：我准备去西藏，我在去西藏的路上，或者，我已到了西藏。沿318国道西去，揣着一个久藏的梦想：高原、天路、拉萨、西藏！

20世纪90年代中期，我国有了第一代藏族飞行员，藏族歌手亚东演唱了一首影响很广的歌《向往神鹰》："在每一天太阳升起的地方，银色的神鹰啊来到了古老村庄……。我已经告别昨天，找到了生命的亮光！"那高亢奔放的旋律，那神鹰翱翔蓝天的雄姿，那壮美的高原雪山，深深撼动着我的心灵，让我萌发了去西藏的冲动。为此，我和歌的曲作者、西藏歌舞团的美朗多吉还有过电话联系。2006年青藏铁路开通，进藏的宽阔大道打开了，韩红一曲《天路》，以及李娜的《青藏高原》等，更是掀起全国性的西藏热。

我去西藏的愿望强烈而躁动，还缘于2006年第10期的《中国国家地理》。那期是西藏特刊，我认真读了单之蔷总编（现在已成为我的朋友）的主打文章《中国人的景观大道——318国道》，从大上海到珠穆朗玛，北纬30度线绵延5000多公里，串联起中国最美最多样化的景观！这期杂志我精心保存，以后《中国国家地理》中凡主题为西藏的也都收藏着：《西藏为何如此迷人?》《青藏—川藏大比较》……，幻想着自驾去西藏的那一天。

买车时曾想过买"汉兰达"，为自驾去西藏做准备。后来才知道，最适合自驾去西藏的坐驾不是"汉兰达"，而是"陆地巡洋舰"！

作为军事院校的教授，我平时事情太多，总是忙！忙！几次筹划去西藏，都半途夭折。今天终于梦想成真！今晨，我带着《中国国家地理》上路了。之前讲南海，我说："向南，向南，再向南！"后来讲北冰洋，朋友评价说我是"向北，向北，再向北！"今天，我开始向西了，目标是青藏高原，那就是"向西，向西，再向西！"

憧憬着西行路上一连串向前延伸的地点：合肥、武汉、宜昌、成都、雅安、康定、理塘、芒康、林芝、拉萨，或许继续西去，还有日喀则、珠穆朗玛峰大本营、班公湖。

早上7点不到，战友就驾着"陆地巡洋舰"从浙江嘉兴来到南京半山园接我，想必他们后半夜就出发了。

介绍一下我们进藏的团队吧，这是一个非常有特色的组合，以原南京军区高炮第75师战士为主成员。团队领队、总筹划张福祥，原75师658团修理所汽修班班长，现为浙江米科光电科技股份有限公司董事长，是个成功的企业家，已把米科做成了上市公司。我这个老兵是团员，权当顾问，曾任658团汽车连指导员、南京军区政治部宣传部干事，转入海军后一直从事海军战略教学研究，已是教授、博士生导师。程立志，张福祥的同师门战友，原75师师直汽车连战士，现米科公司的员工。唐大永，海军东海舰队航空兵部队的退役老兵，大庆油田的员工。唯一没有军队经历的，就是我们嘉兴奇力公司的穆国强老总了，但他和我们一样，有深厚的军人情结。

奔西藏，一个共同的目标把我们凝聚到一起，组成了这样一个特殊的进藏团队。

受军人情结、军队理想的强烈驱使，创建企业成功后，张福祥的米科光电科技股份有限公司创办了一个军事文化馆。他投入巨资，把轰六飞机、红二防空导弹这样的庞然大物，以及大量的坦克、火炮和退役军车都收入馆中，最终的目的是把它打造成嘉兴最大的国防教育基地，与嘉兴南湖的红船遥相辉映！我们的西藏之旅还承担着这样的使命：为未来的国防教育基地增添新的元素！这也是一场国防军事之旅、探索之旅。

西藏是个亟待解开的谜，西藏是个戒不掉的瘾！西藏如此诱人，心早已飞向远方。加满油，备好水，换好行装。上路吧，风驰电掣，一路西去！

2017年5月26日进藏途中南京—长阳

进藏路上，长阳清江

进藏路上第一天，傍晚到湖北长阳，宿清江边的古城酒店。我们共有两台车、五个人，一台车从南京接上我，沿312国道西去，另一台车直接走沪蓉高速，傍晚时在湖北长阳清江边的古城酒店会合。从南京到长阳有850多公里，从浙江嘉兴到南京又有近300公里，今天的行程达1100多公里，横穿浙江、江苏、安徽和湖北四个省，从东海边杭嘉湖的鱼米江南、扬子江边的古老金陵，到了华中鄂西山区。

如此风驰电掣，真得感谢这两辆丰田"陆地巡洋舰"，这是我们这支进藏小分队的标配。经陆海锤炼过的五个老兵，统一穿海魂衫，戴航母舰帽，简直就是一支海军陆战队的特遣队。

长阳是土家族自治县，土家族的发祥地之一。长阳历史悠久，19万年前就有了"长阳人"。西南孕育出巴蜀文化，长阳是巴族人居住地，有廪君的传说，路也被命名为"廪君大道"。

长阳山清水秀。清江由西向东穿过整个长阳，注入长江。清江，发源于鄂西利川的齐岳山，一波碧水向东流，是长阳的母亲河。一条"清江画廊"打造出国内知名的黄金旅游线路，是长阳最美的风景名片。船在江上走，人在画中游。去过广西漓江，再来长阳清江，可说两者皆秀色可餐，又各显特色。在漓江，你听到的是壮族山歌；在长阳，你看到的是土家妹子。

进藏途中我们匆匆路过清江，古城酒店就坐落在清江边，临一道清清的江水，与长阳的青山交相辉映。如有闲暇，可以来一次清江之旅，鄂西南山地之旅，虽然离西藏还远，但美景已来到身边。风景在路上，人生之美在途中……

花园小厨，清江边一个装扮得如花园般的小酒店。竹篱围起的小院，色彩鲜艳的天遮，一丛丛的鲜花盛开，一盆盆的假山石千姿百态。楼上包间里还环陈着精美的三峡石，艺术氛围浓厚。不说清江鱼味道鲜美，就这个山石盆景环围的小环境就让你醉了。我们在小院内盆景簇拥的饭桌旁坐下，行车千里的疲劳随即释放。

还没到清江旅游的旺季，清江边真安静，晚饭后沿清江边的绿道走一走，吹着清新的山风、江风，感到悠悠的惬意。

第二天清晨，我们告别长阳，在清江边驶入沪蓉高速，继续向西、向西，今天的目的地是成都，又是800多公里。

2017年5月27日进藏途中清江边

西去篇

驻足成都，品尝成都

成都是西南大都市，从华东地区自驾去西藏，成都是集结地、是大本营。团队中没有聚齐的人在这里会集，天上飞来的、高铁赶来的都有。进藏准备没有完善的，也要在这里画句号。因为从成都再向前，就是真正的进藏路了。

我们的团队从嘉兴和南京两地出发，两台车五个人，到了成都增加到七个人。张福祥和穆国强两位的夫人从上海飞到成都，加入了我们的进藏团队。

中国太大了，过去进藏的路太远、太难了，西藏高原与内地有天险的阻隔。从1950年起，就有11万解放军和民工开始修筑从四川雅安通往西藏的公路。新中国成立初期，还设有西康省，省会为雅安，有公路从雅安通到西藏拉萨，当时称康藏公路。1954年12月康藏公路全线建成通车，全长2255公里，现为318国道的一部分。后来西康省并入四川省，康藏公路改称川藏公路。

20世纪50年代有首著名的歌《歌唱二郎山》，歌中唱道："二呀么二郎山，高呀高万丈……，解放军，铁打的汉，下决心，坚如钢，要公路修到那西藏！"那时候修建川藏公路，标准不高，也就是一条急造军路。在当时的条件下，修建这条路的投入和付出都极其巨大，几乎每修一公里都有一两位烈士牺牲。谁能想到，今天这条路会是一条进藏旅游的黄金路线，沿途有如此壮观美丽的风景呢！

今天我们在成都待一天，做进藏前的最后准备。5月底，成都的气温已经很高了，在太阳下行走有燥热的感觉。明天的旅途中海拔会逐渐升高，可能要逐渐加衣服换秋装，到了高原寒区就要穿冬装了。

昨晚入住的宾馆在成都温江区，这是成都西部的一个远郊区，选择这里主要考虑出城上路的方便。入住的费尔顿凯莱大酒店档次很高，这也是进藏前最后的奢华！藏区地处高原，水烧不到100℃就会滚开，可能饭都是半生不熟的。到了珠峰大本营，如果要在那里过夜的话，还得做好猫帐篷挨冻的准备。是的，人在什么样的条件下都要能适应。

既然来到成都，便品品全国知名的成都小吃吧。成都是千年的"天府之国"，物产丰富，成都人尤其擅长吃！人说吃在广州，那是因为广州人胆子大，什么都敢吃。也说吃在成都，那是因为成都人会吃，能把最普通的东西吃成经典，吃成品牌。

随便在成都街上转转，你看以我们老张家打名的品牌小吃，就有"张洁记""张一碗"等等。成都的小吃特别亲民，你看这名起的："夫妻肺片""麻婆豆腐""巴色鱼捞""蜀中吴""韩包子""担担面"……，这就是一串民俗陈列，数不胜数，美不胜收。

成都人喜吃麻辣，爱吃火锅，对于不擅长吃辣、不太欣赏火锅的江浙人来说，在成都吃顿中意的晚餐也得耐心地寻找。好在行了一天车，在成都的街上走一走也是一种休息，还可以看看成都的夜景。

成都是个休闲的城市，晚上漫步在成都街头，可见饭店、小吃摊多是满堂满座。晚上成都的街头路边，不是广场舞，就是麻将桌。据说汶川地震发生后余震不断，成都也在不断的抖动中，但仍不影响成都人在马路边打麻将。成都人可以开着宝马、奔驰跑很远的地方，约几个朋友打五块钱的卫生麻将。

这就是成都人，休闲、淡定、从容！与我们准备进藏的激奋心情和氛围完全不同。也好，进藏前需要这样一个情绪的调整和放松。

2017 年 5 月 28 日　成都

映秀、汶川、马尔康

早上七点我们离开成都温江，上成都绕城公路，奔都江堰、汶川。因为成都和南京有较大的时差，车出发时，天才微亮。成都的朋友昨晚就提醒我们，路上有两个隧道在维修，只能单线通行，而且又赶上端午节小长假，要做好堵车准备，所以一大早我们用完早餐就出行了。

从成都去西藏，常规路线应该是往西南方向去雅安，这是原西康省的省会，这一段路原先也称川康线。但我们却转向西北，经都江堰，奔向今天的第一个目的地：汶川。为什么这么设计路线？就因为汶川这个强烈震动中国人心灵的地名，就像当年的河北唐山一样。所以此去西藏的路上专门绕道汶川，是要去祭奠因地震而遇难的同胞！

堵车、堵车，出成都不久就进入拥堵模式。为了避免拥堵，我们在到都江堰前就下了都汶高速，改走 213 国道。213 国道沿岷江上行，直通映秀、汶川，这是当年汶川抗震救灾时天天听到的道路标号。岷江沿线好风景，既然堵车，那就下车好好观赏风景吧，与其被烦恼困扰，不如把烦恼变成乐趣，自驾游的目的也就在此。

走过都江堰，就算走出川西平原，进入高原边缘的台地了。向前看去，全是高山，首先是青城山，于是开始进入爬坡模式。

西去篇

去汶川的路上，经过映秀镇，它在高山拥裹的岷江边，是汶川大地震的中心。映秀漩口中学，是映秀镇保留下的大地震遗址。一个中学，有 52 名师生员工在这场大地震中失去生命，映秀镇共有 6566 人遇难。

从映秀镇奔赴汶川的路上，远望岷江两岸的山体多呈震后破裂滑坡状，惨不忍睹。到汶川县城了，在汶川钟楼地震遗址前，看着那永远保留的破损的大楼，看着楼顶那定格在 2008 年 5 月 12 日 14 时 28 分的大钟，看着那永远降一半的国旗，我们的心隐隐作痛，长久伫立，默哀祈祷。

地震是自然现象，它猝然而至，无情无义，人力无法抗拒，只能想办法提前预警回避。九年前汶川八级大地震，死亡、失踪、受伤人数总计 40 多万，何等惨烈！人定胜天不是客观规律，人可以局部影响大自然，但绝不能抗拒大自然、战胜大自然，人类应该敬畏大自然。

今天的映秀、汶川已经凤凰涅槃、重获新生，成为旅游胜地。可能是广东省对口重点援建的缘故，我们看到的道路广场标有许多广东的地名。当年汶川大地震的震波波及了大半个中国，地震发生的"5 月 12 日"已成为中国的"防灾减灾日"。

汶川是羌族集居地，形成了浓厚的羌文化。羌族，是中国最古老的民族之一，古羌人以牧羊为生，"羌"就是羊首的表形。今天的汉字里还保留了浓郁的羊文化、羊特色，大羊为"美"，羊多为"善"。

羌族，最早分布在中国的西北部，唐朝诗人王之涣的西北边塞诗曾写道："羌笛何须怨杨柳，春风不度玉门关。"后因战乱，羌人流散到川西，今天的汶川、茂县、青川等地都还是羌族的聚居地，四川阿坝州的全称就是"阿坝藏族羌族自治州"。

汶川大地震也使传统的羌族建筑遭受重创。震后，汶川在重建工作中努力突显羌文化特色。颇具羌族建筑特色的广场上游人如织，店家生意兴隆，人类生命力的顽强在这里充分彰显。五月末正是山中樱桃上市的季节，新鲜的樱桃红艳可人，这是中国的本土樱桃，比从国外引进的大樱桃好吃，只卖五元一斤，买些，带上车路上吃。

在汶川吃过中饭，如果我们沿 213 国道继续向北经茂县，晚上就可到达黄龙、九寨沟，这也是人一生中必须要去的地方。但我们转向西去，上 317 国道，经理县奔阿坝州府所在地马尔康，途中经过卓克基。

阿坝州、马尔康、卓克基，川西草地，这些都是 1935 年红军长征走过的地方，留下了一串串红色的印记。特别是卓克基，过去是土司官寨，中央红军经过这里时曾停留一周，召开了中央政治局常委会会议，即著名的卓克基会议。红军翻越的大雪山——梦笔山，就在卓克基附近。

马尔康，阿坝州首府，海拔 2600 米，是一个沿河布局的清新小城，现在是马尔康市了。阿坝是藏族羌族自治州，从汶川到马尔康一路是羌文化到藏文化的过渡区，到了马尔康，藏文化的氛围变得更加浓郁了。

走进藏族饭店吃一顿正宗的藏餐，有手抓牦牛肉、人参果、酥油饼。喝一碗浓浓的酥油茶，咸咸的、香香的。结账时店主人开出的菜单全是藏文，要看懂得比照墙上公示的汉语菜单，我们能看懂的只有后面的阿拉伯数字，490 元。7 个人吃了 490 元，不贵。藏族群众真诚对待我们这些远道而来不会藏语的汉族游客。

入住的酒店名嘉绒大酒店，嘉绒藏族是藏族的一个分支，马尔康应是嘉绒藏族的主要聚居地。嘉绒大酒店的内外装修有点像小布达拉宫，服务员穿着藏袍。晚饭后在沿河的街上散步，迎面可见着紫红色喇嘛装、露出一只膀子的藏族喇嘛。

一种强烈的感受告诉我们，到藏族聚居区了，尽管这还是川西，还不是西藏。中国的藏族居住区，除了西藏自治区外，还有西藏自治区周边的川西、滇西、甘南和青海的藏族聚居区部分，占到中国近四分之一的地理面积。

2017 年 5 月 29 日深夜　川西马尔康

从马尔康到色达

今天的目的地是川西的色达。从四川进藏，有两条路可选：318 国道和 317 国道。318 国道即康藏线，往西向直接进西藏。走 317 国道，则要绕个弯儿，绕经汶川、理县、马尔康。我们西藏行的总策划张福祥，总想把进藏之旅安排得更丰富些，计划特意绕道 317 国道，途中的马尔康和色达都是必经和应去之地。

今天是端午节，群里的朋友都在发端午节祝语，晒粽子图片，国家还专门设定了端午节假。但端午节是汉民族的节日，这是在藏区，满路满山都是五彩的经幡，没发现绿色的粽子。到饭店吃饭，也没有粽子的踪影。由此可见中国之大，民俗之多样！嘿嘿，这也是行千里路，读万卷书！

早晨在细雨中离开马尔康，不远处有个观音桥景点，我们略作停留，便奔赴色达。高山山路，颠簸盘绕，这是真正的进藏路，弯弯曲曲，路也狭窄。两车相会，如是大型车，一方必须靠边停车。如果前面有个大卡车压道，驾着"陆地巡洋舰"，也只能干着急，超不过去。

317国道沿着高山峡谷、湍急的河流盘旋前伸。从高德地图上看，我们从马尔康出来时途经的那条河名梭磨河，道路顺河而下，但走着走着，随着山势的攀升，一个转向便逆河而上，到了另一条名为"色曲"的河边。河，在藏语里称"曲"。往色达，从317国道转548国道，沿色曲前行。色曲从色达方向流出，看来，色达和色曲，两色共一色。

转至去色达的548国道，手机测得海拔3400米，公路盘色曲而上，海拔还在逐渐升高。两边的山，和从马尔康出来时看到的相比，完全是另一种景观。没有高大的树木，植被只有草，山不是树山，而是草山，这已是标准的西藏山色了。

我们专门绕道去色达，目的是要看喇荣五明佛学院，五明佛学院就位于去色达的途中。这个佛学院近些年发展得很快，名气之大，已经走出中国，走向世界。到了佛学院，看大大小小的建筑漫山遍野，建筑形制是简陋的，但颜色是同喇嘛装一样的紫红色，特别刺激感官。从四面八方涌来的除了僧侣喇嘛，还有我们这些慕名而来的游人。诵经念佛的高音喇叭声响彻山谷。佛学院的规模、气势，不能不让身临其境的人深受震撼。

佛教在西汉之际传入中国，西藏（当时的吐蕃）是传入的必经之路，由此形成了独特的藏传佛教流派。宗教在藏民中影响巨大，你看来这里修行的藏族人，无论老者还是孩童，脸上流露的都是真诚。

川西由北到南有三大民族自治州，除阿坝藏族羌族自治州、甘孜藏族自治州外，还有凉山彝族自治州。色达已不属阿坝，属甘孜，是纯正的川西藏区。色达也在大力发展旅游业，沿途建起了自驾游营地，打出的口号很有冲击力："缺氧不缺信仰，缺氧不缺智慧，缺氧不缺激情。"当然，科学自驾、科学进藏是必须的，绝不能莽撞行事。

下午到色达，色达气温10℃左右，属初冬气候，房间里还烧有地暖。色达海拔3900米，比拉萨还要高200多米，当是这个温度。从微信里看到，当日南京气温33℃，实属燥热。

海拔到了3900米，缺氧，开始有高原反应了，这是我们进藏后遇到的最高海拔，也是第一次产生高原反应！看看我们的队友，都在承受着、抗拒着高反的痛苦，头痛剧烈，脸色发黑，嘴唇发乌，懒得说话。氧气罐分发到每个房间，静静地躺下吸口氧吧。为了我们的西藏之旅，接受考验的时候到了！

晚饭后，队友们在房间休息抗高反，我有每日写游记的习惯，坚持在酒店门口的金马广场散步，欣赏人文景观的同时，整理游记写作思路。

色达是个县，金马广场和街头行人稀少，不似内地县城喧闹。有些藏民围在一起，走近一看，原来是在刷冬虫夏草。呀！原来从泥土中挖出来的冬虫夏草是这么清理出来的。在内地的商店中它们论根论两计价，身价昂贵，在这里成堆成箩地筛，在地上随意抛撒！

在街头漫步，我也感到头重脚轻，气喘吁吁，呼吸困难，像一个重病号缓缓挪步。到了西藏高原，从语言到行动都必须慢，慢的目的是减少耗氧量。我慢慢地走，还是坚持走完了色达的主要街道，走到格萨尔文化艺术中心，走到香根活佛院，拍下照片。我知道，我来到这里，我的西藏自驾之旅，或许就是人生中唯一的一次！

2017 年 5 月 30 日深夜　川西色达

从色达到稻城亚丁

六点半之前需离开色达，等不得瓦须宾馆的早餐了，今天行程很远，目的地定在理塘。昨天我们到色达，逆色曲而上，今天离开色达，属原路返回，顺色曲而下。色达夜雨，早上气温只有 5℃。

出色达天色渐明，这一段路风景很美。色曲河水奔流而下，清晨，山峰都在雨雾的缠绕中。一开始河谷宽敞，视野开阔，是一种敞开的风景。随着车不断前行，河谷逐渐收窄，山势陡峭，山林茂密，时有瀑布流出，又是一种精致的风景。此段路面还比较平坦，车速可以保持在 80 迈。

从色达到炉霍，从 548 国道转 317 国道，大约 160 公里。我们在炉霍县城的路边店吃早点，看炉霍县城，达曲河边凉爽宁静。离开炉霍，转上 303 省道，再接 215 省道。303 省道和 215 省道是 317 国道和 318 国道间的连接线，省道路况也不错，适合自驾游。真要赞叹中国交通的发达，在如此偏僻的西部还修出了这么好的路！

过炉霍、道孚，进入康定地盘，就是王洛宾《康定情歌》中的康定，主要是高原牧场，215 省道就穿越了著名的塔公草原。"塔公"，藏语里的意思是"菩萨喜欢的地方"，与当年文成公主进藏的故事相关。塔公草原之美，让菩萨都不愿意走了！

放眼望去，远处可见雪山，这是我第一次看到雪山。牦牛群、马群啃吃着青草，幼崽绕着母亲撒欢儿，一派安宁祥和。在高原，牦牛常见，不仅在牧场，还在公路上。我们的汽车经常和公路上的牦牛群相遇或并行。遇牦牛需礼让三分，

西去篇

让牦牛先过；但它们并不着急，慢吞吞的。在塔公草原牧场，看到了成群的牛马，却看不到牧人，好像也无需牧人。牧人去哪儿了呢？哦，我明白了，原来王洛宾安排放牧的康定"大哥""大姐"们谈情说爱去了！

我们原定今晚的目的地是318线上的理塘。但微信里有朋友说："理塘海拔高达4100多米，你们的高原反应肯定更加强烈。"昨晚我们在海拔3900米的色达已经承受了高反的痛苦，那就另选宿地吧，或者新都桥，或者雅江。一路行走，我一路拍发路况，在朋友圈中与大家分享。特别感谢这些有西藏行经验的朋友们，通过微信朋友圈，一路上给我们提了很多合理性建议。朋友们，自驾去西藏，宿营地的选择非常重要，海拔要低一些！

经新都桥重上318国道，往雅江走。新都桥风景优美，堪称摄影者的天堂，有摄影师朋友提醒我们停留拍照，但我们未作停留。因路况好，车速也快，在雅江吃中饭时，还不到下午两点，领队张福祥遂决定当晚"杀"到稻城亚丁。因为那是中国的香格里拉，是人人向往的地方，也是我们既定的旅游点，把更多的时间留给香格里拉吧！

早上从色达出发，如果晚上到达稻城亚丁，全程800公里。注意，800公里全是山路，没有高速公路。亏得我们的交通工具是被称为进藏神器的"陆地巡洋舰"，驾车的又是曾经的钢铁汽车兵。

美景在去西藏的路上！在雅江和理塘之间海拔4700多米的卡子拉山，我们看到了出行六天以来最壮美的高原风景！从山顶向四周望去，层峦千里，山势低缓处，林海叠卷，色彩浓郁。随着山势的增高，林木渐疏，转为高原草甸，色彩变浅。在蓝天艳阳的光照下，在白云的游浮中，色彩还在不断地变化。这就是一幅连绵不断、巨大壮阔的油彩画！道路在山腰山巅间盘旋，好像在天上游走，这就是给人以无限想象的进藏天路！

面对如此美景，我感到词穷语匮，不知道怎么描述！可能这里太美了，路边专门修建了观景台供游人观览。骑自行车、摩托车上来的年轻朋友们，也汇集驻足在这里。到这里我这才明白，《中国国家地理》为什么把318国道定为中国最美的景观大道。虽然还没到西藏，但我可以说，已经不虚此行了！多拍点照片吧，发给我们身后那些焦急等待、在朋友圈里随时跟踪、策划着自驾去西藏的朋友们！

已是晚上八点，天色渐渐转暗，路边的路牌告诉我们，稻城亚丁——"香格里拉"越来越近了……

2017年5月31日　稻城亚丁

稻城亚丁——香格里拉

在进藏行程安排得非常紧张的情况下，我们专门挤出一天时间驻留稻城亚丁，因为这里是中国的香格里拉！

20世纪30年代，英国人詹姆斯·希尔顿在《失去的地平线》这一小说中，描述了远在东方高山峻岭中的一片殊美之地——香格里拉。它有纯净的雪山、蓝天白云、遍野开放的高原杜鹃和藏传佛教寺院，生活安逸，神秘而幽静，就是一个人间天堂！

20世纪90年代初我也出版了自己的第一本书《现代战争启示录》，将其中一篇文章定名为《来自香格里拉的空袭》。这篇文章写的是1942年4月18日，美军杜立特尔轰炸机编队袭击东京，陆基的B-25轰炸机从航母上起飞，执行完轰炸任务后落入中国境内。这是美国遭受珍珠港袭击后对日本本土的反击，国际影响很大。当时的美国总统罗斯福答记者问时，为保密，便幽默地回答说"飞机来自香格里拉"，记者会意。可见在那个时代，香格里拉在西方影响之大，传播之广。

这个东方的香格里拉到底在什么地方呢？是在喜马拉雅山中的印度，还是在尼泊尔？中国改革开放之后，旅游开发意识增强，滇西的云南迪庆有着与书中所描绘的香格里拉相似的人文自然景观，2001年年底，迪庆中甸县改名为香格里拉县，旅游业瞬间火爆。四川稻城和云南香格里拉县同处横断山脉的高山峡谷，同有三江并流，同是藏民牧区，环境景观相似，当然也不甘落后。第二年，稻城县日瓦乡改名为香格里拉乡，现已是镇，亚丁是其下辖的一个村子。香格里拉最美的风景在亚丁，亚丁就成为四川的"香格里拉"。

在云南，在四川，几乎同时出现了香格里拉，至于希尔顿小说中的香格里拉在哪里，也没人认真追究了。小说中的地名很可能是臆造虚构的。

稻城亚丁的香格里拉虽然地理规模比云南迪庆的小一点儿，但她位于进藏必经的318国道旁，交通比云南迪庆的香格里拉更为方便。亚丁现在是国家自然保护区，总面积有1000多平方公里，核心景区面积也有30多平方公里，也不小了。我们进藏途中特意绕道稻城亚丁的香格里拉，相信每个自驾进藏的团队，都会有这个路线规划！

香格里拉，被认为是人一生中必须要去一次的地方！我自第一次写书知道了香格里拉，就一直做着香格里拉梦，至于是云南的还是四川的，没有本质区别，也没有特别挑剔。今天，终于梦想成真了！

这里，高山峡谷，森林茂密，雪山闪光，白云飘飘，流水潺潺，杜鹃怒放，经幡五彩，寺院璀璨。天是那么的蓝，空气是那么的洁净！说它是蓝色星球上的最后一片净土一点儿也不为过，这就是梦中的人间天堂吧！

从香格里拉镇乘旅游中巴进景区，中途在一个观景点停留，这里可以看到仙乃日雪山。"仙乃日"在藏语里是观音菩萨的意思，意思是这是座神山！我们到香格里拉，最想看的就是雪山。从没在这么近的距离如此清晰地看过实景雪山，第一次看到这样壮美的雪山，又有绿色森林的映衬，不知不觉间人的精神都被净化了。

在冲古寺换乘电瓶车上行，行程6公里，来到洛绒牛场。这是一片高山牧场，位于宽阔的河谷内，被雪山森林环围，贡嘎河从牧场弯曲穿过，牛马悠闲地啃食着青草。我拍了几张照片在朋友圈发出，众友欢呼：啊，这是在电影里才能看到的风景。

洛绒牛场前面的雪山叫央迈勇（藏语意思是文殊菩萨），被称为最美的雪峰。要接近它可没有车可坐了，要靠两条腿徒步登山。山上有两个高山湖泊，都是雪山融化形成的，一个叫牛奶海，一个叫五色海，连名字都那么诱人，这是亚丁旅游路线的终点。最美的风景还在上面，却没有车路了，5公里多的高山攀登令人生畏！五色海海拔4700多米，高山缺氧，许多游人到洛绒牛场已有高原反应，走路都感觉气短，多数人都转头返回了。我们怎么办？冲顶，上五色海！我们团队一分为二，我和海军战士唐大永冲顶，把美景拍成照片，传给大家。

从洛绒牛场上五色海的游人已经不多，大部分是身体健壮的年轻人。山路沿贡嘎河上行，忽而平缓，忽而陡峭，陡峭处攀爬需要手脚并用。随着山势的增高，我虽然没有头痛剧烈的高原反应，但也早已气喘吁吁。

走一段，歇一歇，继续上。越向上，央迈勇雪山离我们越近，它也更多地展示出自己的真实面貌。我们看到了雪崩，听到了雪崩的轰鸣声，快速下行的落雪形成一道道的雪瀑，再向下，就是水瀑，跌落到深山峡谷中的贡嘎河里。

攀登是艰难的，每个人都要克服自然环境对生理的持续挑战。走着走着，我和大永也分开了，高山孤旅，没有信号，手机也联系不上。我不知道他在我前还是在我后，如果在我后面能不能爬上来。我相信他能，因为他曾是一名海军航空战士。

我只穿了一条长裤和一件T恤衫，衣着单薄，高山风冷，唯恐感冒，因进藏前就有人反复叮嘱，千万不能感冒。中途几次想回头，又一想，不行，人生必须来一次的地方，我不能留下遗憾！历经两个多小时的艰难攀登，我终于冲顶成功，牛奶海、五色海就在眼前。我走近五色海和牛奶海，亲近五色海和牛奶海。五色海像五彩的高山翡翠，牛奶海像乳白色的翡翠，它们在雪峰和蓝天的衬映下熠熠生辉。

　　唐大永从另一条路也登上了五色海，远远地，我看到一身海军蓝的他，在银白雪山的映衬下向我招手！

　　这是海拔 4700 米的高度，天，特别蓝；云，特别白；水，特别清；央迈勇雪山，特别近，又特别威严！在这样的高山上，离天特别近，似乎人与天融合到了一起。躺下休息喘口气吧，静静地看蓝天、看雪山，我看到了人生特别的壮美！

　　下山吧！常说上山容易下山难，从五色海下行的那一段路特别陡，有时候要坐下来，小心翼翼地向前挪动，足足下了半小时。下山途中落起了小雨，单薄的 T 恤衫已被淋湿，唯有快步前行，提高体温。到达洛绒牛场的时候，太阳穿云而出，一道彩虹横跨在牧场上空，给牧场带来绚烂美丽。太美了！香格里拉，人间仙境！

　　今天是六一儿童节，我们带着微信朋友圈里各位朋友儿童般的祝语，怀揣一颗童心，走进亚丁，走进雪山，走进了香格里拉……

2017 年 6 月 1—2 日深夜　稻城亚丁

从亚丁到芒康，我们进入了西藏

　　因为太留恋川康美景，出行 8 天了，我们还在西藏外的川西藏区徘徊。但是今天，我们要进藏了。早上离开香格里拉镇，今天的目的地是西藏的芒康，行程 500 多公里。

　　在理塘重上 318 国道后，转向西去。从理塘到巴塘，多在海拔 4000 米左右的高山平台上穿行，沿途景点不仅有海子山、爱情海——两个相连的高山湖泊，还有一望无际的高山牧场，美丽的高原风光。远处的雪山清晰可见，苍茫的草原，星星点点的黑色牦牛，随意漫流的高原河流，都展现在蓝天白云下。

　　下午两点半到达巴塘，这是出川入藏旅程中在四川途经的最后一个县城。理塘、巴塘都位于地震带，街上能看到紧急避难所的指向标。在巴塘街头，我们从车上取下预备的干粮和水果，在路边一铺，又买了个西瓜破开，吃了顿急快餐便向西疾驰而去。

　　出巴塘不久，顺着 318 国道沿金沙江前行，进入金沙江河谷地带。这一段金沙江河谷属干热河谷，空气炙热，江水浊黄，所以美称"金沙江"。金沙江河谷气候干燥，环境恶劣，没有峡谷森林，草都难以生长。两侧江岸裸露着大面积的红色山岩，似乎还停留在原始洪荒时代。

金沙江是川藏界江，这段界江有三四十公里长，对面就是西藏，沿路的地名也很有特色：热郎地、朱巴龙……。再向前就是金沙江大桥，跨过金沙江大桥，就正式进入西藏了。截至 2014 年，万里长江上已经建成 85 个过江隧道和跨江过江大桥，但它们都在四川宜宾下游，不包括川藏间的这座金沙江大桥和金沙江上游的桥梁。金沙江大桥与长江中下游的跨江大桥比，不能算大，不能算长，不能算美，但因为连接川藏，意义重大！西藏，我们来了！难掩激动的心情，必须在大桥上留影纪念。

进入西藏后，路况相比四川境内的就有了差距。还是 20 世纪 50 年代开辟的老康藏线的路基，狭窄弯曲，仅容两车通行。如有车发生故障或碰擦，就可能形成拥堵。常有被水冲毁的路段，一旦有障，就得耐心等待清除，须谨慎驾驶。

我们迎面碰上军用运输车队，清一色的或红岩或斯太尔大卡车，浩浩荡荡近百十辆。进入西藏后的川藏线都由交通武警部队管理维护；而进藏物资的输送，则靠我们的钢铁汽车兵。我们这个自驾游团队成员多数曾是军人，大部分曾经是汽车兵，我也曾是汽车连的指导员。驻车，鸣笛，向我们在西藏的汽车兵战友们致敬！

路边休息时，遇到一位骑车进藏的南京人，66 岁了，从南京热电厂退休。他是 5 月 5 日骑单车从南京出发的，前行方向是西藏，路上结识了两个从成都骑行出来的小伙子，于是结伴而行。他们介绍说，进藏路上每天碰到的骑行奔西藏的不少于二百人。是的，我们车行一路碰到不少骑行者，但是像他这样岁数大又独自出行的，还是第一个。看他的精神状态，也就是 50 岁左右，如此显年轻，或许是因为心中装着一个神圣的目标：西藏、拉萨！佩服！尊敬！合个影吧，我会记住您的，祝您一路平安！

下午 6 点前我们到达芒康，这是入藏后的第一个县城，属西藏昌都地区。这里是标准的藏族聚居区了，藏族人口占总人口的 99%。藏族聚居区很大，地理上分康藏、卫藏、前藏、后藏好几部分。包括芒康在内的昌都及川西，统称康藏，地理和文化上与汉族聚居区、汉族较为接近。因为是康藏，所以民国时期设有西康省，直到 20 世纪 50 年代才撤销，川西并入四川，昌都并入西藏。南京是民国时期的首都，在南京有西康路，属使馆区；还有西康宾馆，民国时是美国驻华大使馆，今天是江苏省委招待所。

康巴地区的藏族男性称"康巴汉子"，康巴汉子身材高大威猛，性格粗犷豪放，而且外表装束多带有腰刀，头顶盘发扎辫，还以红黑丝带相盘结，称"英雄穗"，这是古代藏族英雄的典型形象。晚饭后我在街头散步，果然迎面看到不少彪悍的康巴汉子。藏族著名史诗《格萨尔王》也主要产生和流传在康巴地区。

当然，在芒康街头，牦牛也可以自由逛街，可以在十字路口阻挡行车，也可以随意品尝县政府门前路边的绿化树丛。

这就是真正的西藏！已经八点多了，天还通亮。哦，芒康和南京有近两个小时的时差呢。

2017 年 6 月 2 日　西藏芒康

从芒康到波密

我们早上离开芒康，奔向林芝地区的波密，行程也有 500 多公里。

芒康是进藏路上重要的交通枢纽，从云南迪庆方向进藏的 214 国道，在芒康与 318 国道会合，并成同一条西去的进藏通道，再分开北去。所以，这一段的 318 国道的车流比其他路段都多。

芒康到拉萨的 318 国道全程限速，每一个路段都限定车辆的通过时间，分段核查。一开始我不知道这是为什么，但是，等你走过这一段，等你走多了西藏的路，你就明白了。

中国的大山大河多是东西走向，但在大西南，跨川滇藏地区的横断山脉则是南北布列。这里山势高峻陡峭，在一道道的高山峡谷中，并列穿行着一条条的江河。受山势夹裹，江河咆哮着由北向南狂奔。这就是著名的三江并流，三江即金沙江、澜沧江和怒江。

这是中国一块特殊的地理单元，高山峡谷，山高路险。我们昨天已经跨过金沙江，今天西行的路上还得跨越澜沧江和怒江。当然，其间还有一些较小的河流，如我们今天穿过的玉曲、高曲、宗曲等。

进藏由东向西行，直切这些南北走向的高山峡谷。所以，汽车在高山峡谷间盘旋而上，一个接一个的 180 度的转弯；然后又盘旋而下，又是连续的 180 度的回转。在川藏线上，我们看到的都是小车和中型卡车，没有超大型卡车，因为这样的大转弯、急转弯，超大型车不适合！

真不知道我们 20 世纪 50 年代的修路大军是怎么修出这条路的！当时没有精密的测量仪器，靠的就是一些打过仗又修路的军人们，或许他们没多少文化，但

西去篇

是他们克服困难，看看地形，琢磨琢磨，商量商量，确定了路线的走向。今天看来，路线设计得完全合理，这不是仪器测出来的，而是经验积累的成果。当时没有现代化的装备，靠肩抬人挑，开山放炮，修成了这条高难度的公路！我们行走一路，想想历史，对这些军中前辈们充满由衷的敬意！

西去的路上，无论路况好坏，无论天气好坏，我们总能与勇敢的骑行族伴行。瞧，又碰上个老年骑行团队：男士平均72岁，女士平均66岁，他们从武汉来，从成都来，被问到西去的目的地，他们精神抖擞、异口同声地大声回答：去拉萨！

从澜沧江边的竹卡到左贡，110公里，限时不少于3.5个小时；左贡到邦达，90公里，限时不少于3个小时。也就是说，平均车速必须严格控制在30公里/小时。想想在江浙的高速公路上，车速可以达到120~130公里/小时；想想两天前从色达到亚丁，同样是高原山路，一天行车跑了800多公里。但在这里不行！无论你的车多好，车技多高，都要严格按照这个速度行车，每站必查。因为这里是川藏线的三江并流地区，整个318国道长5000多公里，但川藏线上跨越三江并流的这300多公里是最险的，而且一旦遇险，基本无法救援。我们的司机都是老汽车兵了，但攀行这一段，依然手里捏把汗！

川藏线上的觉巴山海拔5000多米，偶一侧头，还瞥见个"教授山庄"。同车的战友问我："你什么时候在这儿开了个山庄？"哈哈，就算是我开的吧，请大家停车，休息喝茶，饱餐一顿，我招待。

中午时分，我们登上业拉山口，海拔4658米。这应该是念青唐古拉山的山脊，是藏东地理的一个分界线，随后便是318国道上著名的72拐，也称99道弯，向下直冲陡峭的怒江大峡谷。从山上海拔4000多米、面迎凛冽寒风的严冬，到山下青稞绿、菜花黄的盎然春天，也只需半个小时的车程，海拔突降近2000米，经历了春、秋、冬三个季节。朋友，你有过这种经历吗？

从72拐下到底，便是怒江大峡谷。怒江，按字面理解，一条暴怒的江。我在怒江大峡谷俯瞰怒江，壁立千仞，江水咆哮着奔腾而下，确实是一条暴怒的大江！怒江流向云南，流出中国，流向缅甸，流入印度洋的安达曼海。横断山脉地区三江并流，金沙江即长江、扬子江，是我们的母亲河，而澜沧江和怒江都是跨境河流，澜沧江从云南的西双版纳流入中南半岛，流入南海。

出了怒江的高山峡谷，从八宿到然乌的安久拉山这一段地势相对比较平缓，但我们今天遇到了剧烈变化的天气。在怒江峡谷的底部还是菜花绽放的春天，但在安久拉山上就是从寒雨到飘雪的冬天，温度降到零下，而且雪势迅速转为暴雪，天地间一片苍茫，山野河谷顷刻变白。这就是进藏的路，什么都要经历一下！路上的骑行一族也在冒雪挺进，真佩服这些骑自行车奔赴西藏的勇敢的人们！

到美丽的然乌湖了，和高山寒雪不同，此处风景瞬间转换。然乌湖就在 318 国道边，进藏的车辆沿湖边行进，茂密的森林和高耸的雪山映衬着然乌湖。有朋友在微信里建议，一定要在然乌湖停下看看，因为然乌湖的背景是森林雪山，风景太美了！但我们行到之时，美丽的风景都包裹在冷烟寒雨中。然乌湖，虽然我不能久留，但我还是愿意留下你的倩影，把你永远装在心里。

今天的目的地波密到了，海拔降到 2000 多米，森林密布，人也感到很舒适。在进藏路上这些天里，今天一天的行程最惊险、最刺激，经历过高山和峡谷，经历了寒雨暴雪和阳春黄花，经历了完整的春天、秋天和冬天！

为防高原反应，本来我们约定进藏路上不喝酒，但今天要小小庆祝一下。而且，拉萨越来越近了。波密，在帕隆藏布江边，是西藏"江南"。来，我们的进藏团队，共同干一杯吧！

2017 年 6 月 3 日深夜　西藏波密

从波密到拉萨

在亚丁初看到雪山无比兴奋，等到了波密，一大早推开宾馆的窗户，面对雪山、林海，兴奋点又被点燃了。但是刚刚看到些山尖，山顶就被即刻到来的云雨全部覆盖。有专业搞摄影的朋友在微信中提醒，在波密，七点钟前可以看到彤云映照雪顶的著名景观——"金顶红霞"，但我们此时面对的却是浓云翻滚。

然而，在八点即将登车离开宾馆时，突然云开雾散，瞬间，雪山揭开了她的面纱。波密，就是一个被雪山、森林包围着的河谷小城。波密的早晨太美了，美得令人窒息，如若人间仙境，而且，给你的是一片意料之外、刹那间的美景！

从波密到林芝一路，沿帕隆藏布河谷上行，这是在美景中的穿行，碧蓝的天空、葱翠的森林、奔腾的河流……，有点令人目不暇接。

波密是林芝下面的一个县，波密及整个林芝地区受印度洋暖湿气流抬升北上的影响，雨量充沛，气候温湿。山川峡谷的两侧，森林茂密，郁郁葱葱。林海攀升着上接雪线、雪顶，构成山川美景。西藏高寒，冬天零下几十摄氏度，完全是高海拔的原因，就林芝和波密所处的纬度来说，其比南京更往南，和杭州相近。在西藏，一进入低海拔河谷，气候就发生改变，如来到了西藏的江南。

林芝和波密，与前些天看到的西藏大山的威严寒酷截然不同，是一个不一样的西藏！如果转向南到察隅，再到墨脱，所见就是完全的热带风光，可比云南的西双版纳。虽然我们这次没时间南下探访，但心中不免萌生一阵骚动：下次再来西藏，一定南下察隅、墨脱。大美西藏，真不是一次能够赏遍的。

从波密到林芝所在的八一城，经过鲁朗小镇，可以说，这是我们进藏路上看到的最美的小镇，犹如一个放大了的盆景，一个浓缩了的香格里拉，可以与瑞士阿尔卑斯山的小城相比：雪山、草地、蓝天、白云、牧人、牛羊、金顶、红墙……你会怀疑，这是人间，还是仙境？这是一个来了就不想走的地方。

继续向前，驱车向上攀行，看到的是鲁朗漫山的林海，看到的是连绵不断的雪山！回头看山下的鲁朗小镇，如果说她是一种秀美、精美的话，那山上的鲁朗林海，就是一种壮美、大美，连天接地的美。

登上色季拉山口，又到了高海拔的 4720 米。虽是高山荒原，但是在这里，可远眺被称为"最美山峰"的南迦巴瓦雪山。南迦巴瓦峰高达 7782 米，是喜马拉雅山的东端。南迦巴瓦之著名，不光在于她有壮丽的雪山美景，更在于在南迦巴瓦峰山脚下是雅鲁藏布江大拐弯。雅鲁藏布江在那里转了个马蹄形的弯，咆哮着南去，奔向印度，流入印度洋。

一路上我们没有停车吃饭，饿了就吃点随车备放的干粮。从色季拉山下行，是一个漫长的数十公里的陡坡，车速很快，有飞机下降时的耳压感。等到了山底，进入尼洋河谷，景观随之大变：到达了林芝市政府所在的八一镇。这旁边有个世界柏树王园林，我们专门赶来，它却闭门谢客——内部维修。好吧，远处看看也是风景。

林芝原本是一个由驻军兵站发展起来的西藏小城，现在看来，林芝在西藏的地位仅次于拉萨。林芝正在进行大规模基础建设，从林芝到拉萨有专门公路了，是雅安到叶城高速的组成部分。

拉萨—林芝公路，林芝到工布江达，拉萨到墨竹工卡两端的两段都已建成通车，中间段工布江达到墨竹工卡正在修建，还未通车。看路旁，似乎拉萨到林芝的铁路也在修建中。拉萨—林芝公路基本沿老 318 国道走向。因为修高速公路，老 318 国道的路面都被破坏了，特别颠簸。这一段也没有什么特别好看的风景，是进藏路上最乏味、最无聊的 200 多公里。

据说川藏线要全线修高速公路，这当然方便了通行来往，但我想，如果进藏全程是高速公路，车多在隧道里穿行，也不能随意停车赏景，我们还能看到像现在 318 国道旁如此壮丽的风景吗？我想建议，即使修通进藏的高速公路，也要保留原来的 318 国道，把它做成一条纯粹的景观大道，以最大限度满足自驾游、骑行或背包步行的驴友们的需求。

从工布江达到墨竹工卡中间要经过米拉山口，海拔 5013 米。海拔超过 5000 米，即便我这种高原反应迟钝的人，也感到气喘吁吁，下车看风景时也只能轻步缓行。汽车老兵程立志，高大健壮，至今还活跃在篮球场上，但他的高原反应特别强烈。在这样的海拔高度，他干脆不下车了：你们把风景拍回来发给我吧。抗高原反应有各种方式，这可能也是一种有效的方式！

晚八点前，我们的车终于驶入拉萨街头，这是我们西藏行的最主要目的地。这个时间拉萨依然日光明亮。在街上，看到了远道苦行而来的骑行者，看到了路旁向往已久的布达拉宫。晚上，在入住宾馆的观景平台上，远眺灯光照射中的布达拉宫，看到那巍峨高耸、通体晶莹透白的布达拉宫，我想到了高原上的巍峨雪山……

2017 年 6 月 4 日　拉萨

拉萨、大昭寺、布达拉宫

在西藏交通闭塞的时代，能到西藏来的人很少。尽管西藏自治区面积达 120 万平方公里，但说到西藏，一般想到的就是拉萨；说到拉萨，想到的就是布达拉宫和大昭寺。

西藏美景遍布，今天，来西藏的人越来越多，川藏线 318 国道被称为中国最美的景观大道。尽管如此，人们来西藏的主要目的地还是拉萨，还是拉萨的布达拉宫和大昭寺。无论天上飞来的，火车驶来的，自驾游、骑行、徒步而来的，还是那些俯身长叩以体长度量行程的朝拜者，目的地都是布达拉宫，这是他们心中的终极目标！

拉萨城区包括周边，自然景观欠缺，但有了布达拉宫和大昭寺，拉萨就是藏族人民精神上的珠穆朗玛峰。所以，我们今天在拉萨的安排也就是去布达拉宫和大昭寺。现在对每天参观布达拉宫的人数有限制，门票要预约，我们预约的时间是下午，那上午就先去大昭寺吧。

拉萨作为西藏的首府，城区不大，我们入住的宾馆离大昭寺也不远，早上我们徒步前往。一出门，看到一个奇怪的现象，就如发辫状流淌在城区的河流，大街小巷的人流都趋往一个方向。等我们接近了大昭寺才意识到，千条江河归大海，人群的目标都是大昭寺！

大昭寺在拉萨老城区的中心，老城区的街巷特别狭窄，但到了八廓街就猛地变敞亮了。拉萨著名的八廓街，就是以大昭寺为中心的八条道路，它们向四周八角扩散延伸。大昭寺门口是大昭寺广场，在大昭寺广场我们看到了令人震撼的一幕：数不清的朝拜者对着大昭寺俯地长拜！他们可能来自拉萨，也可能来自其他藏族聚居区，经过一路上的千辛万苦，也可能一生就这么一次，他们终于到达了心中的圣地——大昭寺！

进入大昭寺，人流分两列：旅游者和朝拜者。旅游者当然要自购门票，由导游带着，逐个景点讲解，快速通过。朝拜者远远多过旅游者，他们每个人手里都拎着个酥油壶，按序排队，在大昭寺内的每一个朝拜点、每一尊佛像前，添油拨灯，虔诚朝拜。这个过程可能需要 3 到 4 个小时，但没有人插队，没有人喧哗吵闹，所有人都在默默地依序前行。

大昭寺为当年吐蕃王松赞干布建造，已有 1300 多年的历史，后经历代扩建，在藏传佛教中的地位是独一无二的。大昭寺广场前的叩拜者，年年月月，春夏秋冬，早早晚晚，时时刻刻，都不中断。

下午去布达拉宫，布达拉宫更为神圣。它坐落于拉萨城中的玛布日山上，是城堡，是宫殿，又是寺院。布达拉宫依山而起，从底部到顶部高两百多米。从山下仰望，有宫殿耸入云霄的感觉，神圣感和庄严感油然而生。据说布达拉宫是松赞干布为迎娶文成公主而建的，后来经过一系列的扩建，方成现在的规模，分白宫和红宫两部分。

布达拉宫是历代达赖喇嘛的居所，也是供奉历代达赖喇嘛的灵塔之地。过去西藏的体制是政教合一，布达拉宫就是过去西藏这座宝塔上最顶尖的珍宝，今天自然成为世界文化遗产。布达拉宫是神圣的，布达拉宫也是高矗的，奔向布达拉宫的人流，怀着神圣的心，沿着阶梯，一步一步地向上攀登，没有人回返。

布达拉宫内不能拍照。进藏一路，我除了撰写游记外，还随时拍发沿路实况发到网上，以满足众多朋友的期盼。但在布达拉宫，只能暂停了。进入布达拉宫后，我跟着游客的队伍缓慢踱步，静静地，用心从深层次上感悟和记录布达拉宫里的一切。

无论是大昭寺，还是布达拉宫，都是宗教的圣殿。在宗教世界里，精神是第一位的！你看那满地的金钱、钞票，朝拜的人都视而不见，只当作自己的奉献！一生一世，辛苦地积累，都为能到布达拉宫、到大昭寺，把自己的一切都奉献给神灵，还一个终生的心愿！

我到拉萨来，记住了拉萨朋友的一句话：在西藏，人们的收入可能不是最高的，但人们的幸福指数是最高的！喜马拉雅大山里的尼泊尔人也这么说，这可能是雪域高原信教人群的共同感受。

已经很晚了，队友们都休息了，我又散步到大昭寺，灯光下长叩的人群依旧；再走到布达拉宫广场，呈现的是与布达拉宫里完全不同的现代气氛。进入六月，藏族的萨噶达瓦节要来了，广场喷泉摇动着舞姿，广场音乐倾泻着旋律。布达拉宫，在灯光的照射下，无论是白宫还是红宫，都晶莹亮洁，就像艳阳蓝天白云下的高原雪山！

2017 年 6 月 5 日　圣地拉萨

圣湖纳木错

湖泊，在云南叫海，到了西藏，藏语称它为"错/措"。青藏高原，湖泊星罗棋布，我们今天就要去圣湖纳木错！

纳木错在拉萨的北边，当雄县境内，距拉萨 200 多公里。为了保证当晚返回拉萨，我们七点钟匆忙吃了点早餐便直奔纳木错而去。途中经过羊八井，这是一个很早就开发的地热电站，也是我从书本上知道的比较早的西藏的地名。

纳木错，面积近 2000 平方公里，是西藏的第二大咸水湖，海拔 4700 多米，真是"天湖"了。我们昨天参观的布达拉宫和大昭寺，都是藏族群众心中绝对的圣地。西藏的许多山是圣山、神山，许多湖是圣湖、神湖。

西藏有三大圣湖，纳木错是其中之一，另外两个是羊卓雍措和玛旁雍错。纳木错在青藏线旁，交通方便，去的人多一些，自然知名度更高一些。

从拉萨向北，走的就是青藏线了，有了铁路。青藏公路和青藏铁路在藏北高原上并行，两侧看到的风景和川藏线不同，以荒漠为主。去纳木错，要翻过念青唐古拉山，远远看到的主峰海拔 7000 多米，山顶白雪皑皑，虽然雄壮，但失去绿色森林的衬托，如果说美，那就是一种苍凉的美。

纳木错已经开辟成国家公园，从海拔 5190 米的那根拉山口远眺圣湖纳木错，如天边的一条浅蓝色绸缎。拉萨的朋友之前就介绍说，从那根拉山口下行，在不同的高度看纳木错，其色彩和形状都不同，这就是纳木错的神奇之处！

那根拉山口石碑上刻有六世达赖仓央嘉措的著名诗句："那一年，磕长头匍匐在山路……"仓央嘉措是"情歌王子"，纳木错是圣湖，以石碑为背景拍照的人排起了长长的队，全然不顾凛冽的寒风！

西去篇

走近纳木错，一片草原牧场风光。湖边有专门的观景台，不过观景台地势不高，与湖还隔着一片漫漫的湿地。从这里看圣湖纳木错，水色深蓝，像蓝翡翠，是一条蓝色的天际线。

还要前行，走到湖边去，和纳木错零距离接触。去扎西岛吧，这是亲近纳木错的另一个点。扎西岛是伸向纳木错的一个半岛，地势也较高，可以俯瞰纳木错。在这里，纳木错揭开了欲遮欲掩的面纱；在这里，纳木错向你敞开宽阔坦荡的胸怀！

这里是人间世界，这里是欢乐天堂！纳木错，从高山远看的神圣庄严，一下变得充满欢声笑语，变得妩媚亲和！作为曾经的海军学院教授，我看纳木错，想到了南沙群岛的海，一样的碧蓝，一样的清澈。不同的是，纳木错周边有雪山倒映，有牛群撒欢儿。在南海飞翔戏水的是海鸥、是军舰鸟。在纳木错，在水面嬉戏的是红嘴鸥，它们从很远的北方飞来，可能来自西伯利亚，甚至北极圈。纳木错是咸水湖，但我尝了一口水，并不觉得怎么咸。

圣湖纳木错，我融进你的身影，你走入我的心田！虽然又要和你挥手告别，但我不想和你说再见。

从纳木错返回拉萨的途中，可能因为参观了圣湖的原因，觉得天特别蓝、云特别白、心情特别舒畅！更重要的是，今晚，我的藏族朋友专门从成都飞回拉萨，热情地设宴款待。

2017 年 6 月 6 日 纳木错—拉萨

从拉萨到定日

今天，两位老总夫人乘早班飞机离开拉萨，飞回嘉兴了。由川入藏的这 9 天，她们与我们同经风险、同抗高反，当然也同观美景、同品欢乐，已经融成一个团体。她们这一走，团队总觉得缺了些什么；或许她们走后，我们这个纯爷们儿的团队又会助长、张扬点什么。

路还要继续往前走，今天的目的地是日喀则下辖的定日县，准确地说是定日县协格尔镇，以便明天从定日去珠峰大本营。

拉萨到日喀则，沿雅鲁藏布江上行，依然是走 318 国道。河谷很宽，因为路是沿河谷修建的，所以很平坦，没有太大的坡度。但是，这条路有严格的区间限速，一定要遵守哦。

从拉萨到日喀则的铁路已经开通，318国道和拉日铁路并肩前伸，不时有火车从我们旁边驶过，给我们的行车增添了别样的动感、灵感和新鲜感。

中午到了日喀则。在西藏，拉萨属于"前藏"，日喀则属于"后藏"。后藏也是藏传佛教的中心之一，有著名的扎什伦布寺，这是历代班禅驻锡地。但我们只是从其门口的道路上经过，没有时间去观览。途中还经过三大圣湖之一的羊卓雍措，同样没有时间拐下去观览。这都为着我们心中的那个终极目标：喜马拉雅山珠穆朗玛峰！

在日喀则市街头，遇上堵车。堵车，也成了西藏城市的常态，这点我们在拉萨的感受最深。当然，这也是经济发展的结果。从经济地位上说，日喀则在西藏的地位也非常重要，特别是其所在的年楚河谷，被称作西藏的粮仓。

我们中午在日喀则停车吃饭时，旁边大门竖着的牌子上写着"珠穆朗玛峰国家自然保护区管理局"。行驶在街上，路边偶尔闪过"尼泊尔饭店"的招牌，东北饺子店到了这里也装饰出了不一样的浓烈色彩。我们意识到，离喜马拉雅山珠穆朗玛峰越来越近了！

在日喀则的拉孜县，318国道离开了雅鲁藏布江河谷，这段路海拔超过5000米。向前看去，除了起伏前伸的318国道和我们的车外，没有任何生命的迹象。莫非这就是无人区？除了荒漠还是荒漠，除了空旷还是空旷！如果说荒漠和空旷也是一种美，那这种美能否长久呢？

我们继续向前向上攀升到达嘉措拉山，标注海拔5248米。这也是从上海人民广场出发、全长达5000多公里的318国道的最高点。也就是说，我们走过的所有的318国道路段中没有比它再高的了。

当然，兴奋点还不在这儿，登上嘉措拉山，我们就正式进入珠穆朗玛峰国家级自然保护区了！我们这支有陆海军老兵背景的进藏团队，怀有两个终极目标：第一个是布达拉宫，这是心灵的目标；第二个就是珠穆朗玛峰，这是地理的目标。珠峰大本营，应该快到了！

翻过嘉措拉山，经过一个近千米的快速下降段，就进入定日县了。晚六点，看阳光也只相当于南京的下午四点，我们到达协格尔镇，定日县新县城所在地，海拔高达4300米，这也是我们出发以来海拔最高的宿营点，要准备迎接高原反应！我们又将面临严峻的考验。

定日这个县很出名，因为珠穆朗玛峰在定日县境内，一有攀登珠峰的活动报道，总能反复听到定日的名字。我们的目标是珠峰大本营，而定日是进军珠峰大本营的大本营。

吃过晚饭，我又头重脚轻地在定日街头散步。进藏这么多天，我形成了固定的活动模式，再晚，也要出去散步。一是要在最短的时间里对这个地方有更多的了解，二是在散步时思索当天游记撰写的脉络细节。好在长期的生活方式形成了睡眠少的习惯，当队友们进入梦乡后，我便开始撰写游记。如果思路清楚，到午夜时，一篇千余字的游记便完成了。

定日街两侧和建筑上多有国旗在飘扬，表示这儿距边境很近了。喜马拉雅山是座界山，珠穆朗玛峰的那一边是尼泊尔。朋友在微信群里提醒，明天去珠峰大本营可能会查验边境证。进藏这些天，我们经过了许多次的安全检查，边境证也都提前准备好了。转头看街边的大卡车，车头都装扮得五颜六色，我去过印度和巴基斯坦，我知道，浓艳的色彩体现的是典型的南亚风情。

突然有电话来，告知唐大永送穆总去医院了！我们感到很意外，立即到医院看望。穆总戴着氧气面罩，正躺着吸氧，此刻，强烈的高原反应在折磨着他。穆国强老总是个成功的企业家，也是我们团队中唯一没有当兵经历的，一路上他以顽强的意志抵抗着高原反应，坚持驱车向前。到了定日，他的血压接近200，脸涨得通红，脑袋欲炸欲裂，甚至萌生出包一架直升机立即飞回拉萨、再转飞回家的想法。

协格尔镇医院不大，除了穆总外还有一些吸氧者。看来有胆略冲刺珠峰大本营的铁血男儿，得做好出发前在医院吸氧的心理准备！而女士们的离开，现在看来是明智的选择。在医院，我们也都量了下血压，我的血压计水银柱也上冲到了180！

少活动，早躺下休息，这是缓解高原反应的有效办法。但我要把今天的游记写完，明早直奔珠峰大本营。

2017 年 6 月 7 日深夜　定日协格尔镇

珠穆朗玛峰！

当我躺在当雄县白马宾馆的床上考虑如何撰写今天的游记时，已近午夜 12 点。我想用两个词"惊心动魄、终生难忘"来概括今天的行程。一是看到了魂牵梦萦的壮丽的珠穆朗玛峰，它美得惊心动魄，令人终生难忘；二是经历了出发以来最长的行车时间，从定日到珠穆朗玛峰大本营、再到当雄，行车时间近 18 个小时，虽然每辆车都有两个司机轮流驾驶，但对钢铁汽车兵和汽车都是个极端考验，也当是惊心动魄，令人终生难忘！

尽管昨晚我们在定日经历了严重的高原反应，但今早7点还差10分（注意，这是与南京有两个小时时差的7点），定日还在天色微明中，人们还在沉睡中，我们就启程上路了。想找个加油站加油，对不起，加油站还没有开门。今天的第一目的地是120公里外的珠峰大本营！这是专业登山队攀登珠穆朗玛峰的大本营，也是普通游客去珠峰能够到达的最高点。

珠峰所在地区属中国和尼泊尔的边境，去珠峰要经边防检查，出示边境证和身份证，很严格，好在我们行前都做好了准备。在边检站，排队等候的老外也不少。近年，随着西藏交通的改善，珠峰交通的改善，珠峰旅游越来越热，世界各地的朋友们都向往着珠穆朗玛峰！

过了边检，就到达了珠穆朗玛峰景区大门。这时，太阳从山脊边露出，群山沐浴在金色的阳光中，那就是一座座的金山，而天是瓦蓝瓦蓝的，没有一丝云彩。

这里的山不同于江南的柔山、秀山，它们海拔很高，没有森林遮掩，甚至连草的披盖也没有，是完全裸露的，一丝不挂地向人们展示着自己的筋骨和脉络，沐浴在金色的晨光下。看它们，我想起欧洲文艺复兴时期米开朗琪罗的那座著名的雕塑《大卫》。大卫很美，是男性的美，是裸露的美，是刚毅的美，是大美！

和我们在江浙旅游所理解、所经历的，进入景区坐上电瓶车就可到达的景点完全不同，珠穆朗玛峰景区是国家级自然保护区，是国家公园，面积太大了，有30000多平方公里，相当于约三分之一个江苏省或者浙江省。从定日去珠峰大本营，从北门进入景区，这只是个起点。

从景区门口到珠峰脚下的大本营还有一段距离，必须翻越海拔5198米的加乌拉山。我们在怒江大峡谷行驶过72道拐的盘山道路，已经感到心惊胆战。今天，翻越加乌拉山得经过108拐，比72拐还要多出36拐！我没有认真去数是不是108个弯儿，5000多米的高山，两侧海拔落差近千米，可能必须要108拐吧！我坐在后排扎紧了安全带，否则这108个甩，不知会把你甩到哪里去。

这条去珠峰108个拐的山路与传统的318国道不同，应是新修的。从山下看，盘山公路外侧的崭新的铝合金护栏在金色阳光的照耀下熠熠发光，犹如空中环绕的银带。但当从山顶向下俯瞰时，108拐柔蛇百转的姿态就完整展示在我们的面前了！即使在车上用手机随手拍的照片，也能显现出它的壮美。这是人工创造的美，和珠穆朗玛峰的自然之美交相辉映！

在加乌拉山山顶，可以远眺珠穆朗玛峰，眼前是一排高耸的高山雪峰，珠峰独自突兀于群峰之上，似有白云遮掩，我们不免有些担心：到了珠峰脚下时，能看到珠峰的真面目吗？

转过一个山角，过绒布寺边防检查站，这是最后的边检站了。绒布寺是西藏海拔最高、离珠峰最近的寺院，过了绒布寺，前面就是珠峰大本营。在绒布寺还有意外的惊喜，我们可以看到无遮无掩的珠穆朗玛峰。蓝天映衬在她的背后，白云如莲花般在她的脚下托护，珠穆朗玛峰就是女神！

"珠穆"在藏语中是女神的意思。在拉萨就有朋友告诉我们，因为是神女峰，不是任何人、任何时候上来，都能看到她真实容颜的。但是今天，此时此刻，在我们这些从5000多公里外奔赴来的虔诚的江浙客人面前，珠穆朗玛峰撩开了她神秘的面纱，女神露出了美丽的笑容。

珠峰大本营海拔5200米，比定日还高出900米。然而高原反应来得快，走得也快，昨晚还在定日医院吸氧的穆国强老总，一早就抛开了高反，活跃得像个孩童，反复说道："珠穆朗玛峰的'穆'就是我们老穆家的'穆'，我找到家了！"穆总信佛，是个虔诚的佛教徒。

珠穆朗玛峰，世界的最高点，海拔8844.86米，是离天最近的地方！珠峰，你是我们进藏的地理终极目标，此刻，我们仰望着你的雄姿，欣赏着你美丽的微笑！

请记住这个历史时刻吧：2017年6月8日9时30分，我们和珠峰女神拥抱在一起！我们实现了到西藏的完整的目标。到拉萨、到布达拉宫、到喜马拉雅山珠穆朗玛峰，这是一个人灵魂净化的过程。历经一路艰难险阻，最终获得的是人生的感悟！

珠峰大本营有守山人，我走进他们的帐篷，想更多地了解他们的生活。帐篷内的火炉上，水烧开了，有蒸汽喷出，感觉暖暖的。这是六月，到十月时，气温会降到零下十多摄氏度，游客绝迹，珠峰封闭，他们也要下山了。此时来珠峰大本营的游客可以选择在这里租借帐篷，度过珠峰的夜晚，尽情观赏珠峰的星空，但要耐着严寒，裹着大衣。我有意如此，但紧张的行程安排已经不允许了。

从珠峰大本营下来，就踏上了这次西藏之旅的返程路。进藏以来，我们每天都怀着期盼，每天情绪都高度亢奋，但从珠峰下来踏上返程路，却感到一种真正的释怀，心情意外的轻松。

当然，返程的路也不轻松！我们这次的西藏之旅，从川藏线进藏，青藏线离藏。为了保证明晚入住格尔木，今晚必须赶到拉萨北面的当雄。计划今天的全部路程为850公里，包含在珠峰大本营停留的时间。注意，这不是江浙高速公路上的850公里，而是西藏的盘山公路850公里，弯弯绕绕。

车过日喀则，有微信朋友提议扎什伦布寺要去看看，我们经过门口张望了一下，感受了一下其不亚于大昭寺的宗教气氛，但没有停。再向前去，有朋友提议羊卓雍湖要去看看，那也是圣湖，我们依然没有停。当然，这些风景都值得去看，西藏还有很多的地方值得去看，察隅、墨脱、阿里等等。西藏，人生来一次是必须的，来一次又是不够的。留作下次吧，西藏，我们会再来的！

离开318国道，转上去尼木县的103县道，再经304省道，过羊八井，转上青藏线109国道，奔当雄。这不是西藏自驾游的路线，而是去当雄的捷径。103县道和304省道这两条道路对我们而言都是陌生的路。说是省道、县道，其实都是狭窄弯曲的盘山公路，这样的选择最适合深度游，但同样会充满意料之外的风险。

晚九点后天黑了，路上基本没有来车，有时候，在视线可及的范围内，只有我们两辆车开着大灯在弯曲的山道上颠簸前行。车在爬坡时，灯柱打向空中，如对空的高炮在发射流弹，这是绝对的高原孤旅！手机没信号了，导航中断了，找不到路了，几乎陷入绝望。哦，这不仅是探险之旅，更是冒险之旅，事后回想起来，还有三分后怕！

午夜到达当雄，入住一家藏式宾馆。当然我也不可能自由散步了。静静地躺着，回忆梳理这难忘的一天。我们今天的行程和经历真是惊心动魄，令人终生难忘！

2017年6月8日深夜　定日—珠峰大本营—当雄

从当雄到格尔木，行走青藏线

尽管昨晚抵达当雄已是深夜，但今天清早我们便出当雄向北，驶入了青藏线。这是藏北高原，是青藏高原的广阔腹地，地势平缓，微有起伏，完全不同于我们前面经过的川藏线的高山峡谷。

青藏线是连接北京与拉萨109国道的一部分，当雄—那曲段道路笔直地向前延伸，甚至10多公里没有一个转弯。两侧草场开阔，再远处就是白顶的雪山，但已失去浓密森林的衬托，有一种空旷和开阔的美。和318国道沿线不断闪现的茂密森林、惊艳美景不同，青藏线两侧很难看到一棵树，这种缺少变化的空旷场景容易使人产生视觉疲劳。

青藏线平坦，大货车很多，沿线不断有乡镇居民点，时而还可听到经过青藏铁路的火车的轰鸣。与珠峰、纳木错的仙境比，与318国道沿线的荒漠空旷比，我们似乎从天上回归到喧闹的人间，这也是对青藏线景观不足的人文弥补。

出当雄就到了那曲，那曲是牧区，虽说只是西藏的一个地区，但面积有40多万平方公里，相当于4个多江苏省或浙江省。我们进藏一路见过许多美丽的高山牧场，但只是星星点点。在那曲，牧场连片，是一望无际的高山牧场。高山牧场的所有美丽都在那曲草原得到集中展现：金色的阳光，绿色的草场，漫流的河曲，闪光的雪山，舒缓的山冈，碧蓝的天空，洁白的云彩，还有那自由自在的牛群和羊群……

如果你是个牧人，完全可以唱着牧歌在那曲草原信马由缰。我在行驶的车中随手拍了几张照片发到微信群里，朋友们惊呼：哇，这不是电脑桌面那美丽的草原图片吗！

出那曲草原，向唐古拉山口迈进，海拔越来越高，温度也逐渐降低。两侧的河流湖泊上覆盖着没有融化完的冰盖，冰水在冰盖下流淌。从地理上说，这里是冰川湿地：一个个高原水塘，一丛丛高原牧草，远处的雪山和蓝天白云投射到水塘里，像一片片的高原明镜，又是一处人间仙境！我们干脆开进湿地，和它来个零距离接触……

下午两点多，我们登上了海拔5231米的唐古拉山口。蒙藏文化在这里分界，也在这里过渡。唐古拉山，蒙古语意为"雄鹰飞不过去的高山"，是青藏线上的最高点。四周是壮伟的雪山，寒气袭人，我们衣着单薄，打着哆嗦。可我们团队的海军老兵、东北汉子唐大永，居然脱光了上衣，爬上平台，对着唐古拉山高喊："唐古拉，我来了!"是的，穆国强到了珠穆朗玛峰说是到了老穆家，按此推理，唐古拉山自然也就姓唐了。我和张福祥都姓张，我们老张家的山在哪儿呢？可能要到张家界去找了!

越过唐古拉山就进入了青海，首先要过沱沱河。沱沱河发源并流经的青海西部山地，称"三江源"，是长江、黄河和澜沧江的发源地。沱沱河有名，因为它是长江的源头，沱沱河大桥，也就成为长江源头第一桥。

从北京到西藏的109国道，在青海西藏境内称青藏公路，必须跨越沱沱河。1958年就建成了沱沱河公路大桥，后经新建再建，21世纪又建成了承载青藏铁路的铁路大桥。当然，我们这支进藏的"陆地巡洋舰编队"，同样要依靠沱沱河大桥走出西藏。有统计显示，万里长江上的桥已经有85座之多（截至2014年），但这是宜宾以下长江大桥的数字，跨越金沙江川藏间的金沙江大桥和我们今天走过的沱沱河大桥，均未统计其中。

过了沱沱河，前面是可可西里，我们车行上百公里，没有人烟，这就是无人区！说是无人区，但青藏公路和青藏铁路在这里并行穿过，汽车与火车并行，轰鸣声给可可西里带来了人气和生机。火车在这一段的行速并不快，我们的钢铁汽车兵程立志驾驶"陆地巡洋舰"，一度还超越了火车，我们在车里为他鼓与呼。

可可西里虽是无人区，却是野生动物的天堂。铁路高架，留有动物迁徙的通道。行车中我们看见了成群的野驴，有一只就在路边。我们停车观察，它一点儿不害怕，一副司空见惯的样子。

我们最想看的是藏羚羊，据说藏羚羊胆小，多在早上和晚上出没，要看成千上万的藏羚羊穿越青藏铁路的壮景，那你得耐心地等候。我们看到的藏羚羊，三三两两，也就在道路的两侧出没。

晚八点，天还大亮，经过索南达杰自然保护站。如果说藏羚羊是可可西里的精灵，索南达杰就是藏羚羊的保护神。我们能看到路边悠闲自在的藏羚羊，真要感谢索南达杰，感谢索南达杰之后许许多多可可西里的志愿者！为了从野蛮的盗猎者枪口下保护可爱的藏羚羊，索南达杰付出了自己的生命。藏羚羊、索南达杰、可可西里，经陆川电影《可可西里》的宣传，今天已成为震撼中国人心灵的标识符号。

保护站里藏羚羊的造型是金色的，主造型只是昂立的藏羚羊羊首，是极度放大了的框架模型，与背后的蓝色天空叠印在一起，融为一体。印象最深的是直刺蓝天的两只羚羊角，似乎象征着与命运抗争的顽强不屈；那圆睁的浑黑的眼珠，好像对外界保持着高度的警惕。几只大大小小神态各异的藏羚羊围绕着它，有了保护神的呵护，它们是那样的祥和安逸。

天黑了，我们顶着一轮昆仑山夜月，向格尔木疾驰，终于，看到了格尔木市的灯光！今天 1036 公里的行程，16 个多小时的行车时间，我们由南向北穿越青藏高原，走出了西藏，走下了青藏高原！

2017 年 6 月 10 日　青海格尔木

从格尔木到西宁，大美青海

格尔木的海拔还不到 2800 米，从地理地势上说，它是青藏高原的边缘。"格尔木"是蒙古语译音，意思是"河流密集的地方"。我们进入青海，也就进入了蒙古族文化区。如今格尔木市的常住人口，汉族人口占 80% 以上，我们住的酒店叫黄河国际，吃的早餐是鸡蛋豆浆，这都是典型的汉族特色。

西去篇

格尔木也是一个新生的城市。走青藏公路，到格尔木，不能不说到慕生忠将军。20世纪50年代初，慕生忠将军带领19名干部、1000多民工和战士修筑青海到拉萨的道路，7个月零4天修成海拔最高的青藏公路，牺牲也是巨大的。青藏公路的起点是格尔木，格尔木原本是一片荒草滩，传说慕生忠将军当年把一支杨树枝往地上一插，说"大本营就在这儿啦!"之后，解放军植树、建房、修路、开渠，格尔木，一个新的兵城出现了。

后来修建青藏铁路时，全国各地有更多的人奔向这里，高楼大厦随之崛起，成就了今天这个有几十万人口、成为战略交通枢纽的西北都市。

如同成都是川藏线进藏的大本营一样，格尔木是青藏线进藏的大本营。青藏线，无论是公路还是铁路，起点都是格尔木。与川藏、滇藏和新藏这几条进藏通道比，青藏线有公路，2006年又修通了铁路，称为"天路"，其容量和通过能力都大为提升，是内地进藏最重要的通道。

出格尔木奔西宁，上京藏高速东去，行驶在柴达木盆地上，两侧看去都是戈壁沙漠，人迹稀疏。车停都兰服务区加油，服务区空空荡荡。但是，随着车向东去，两侧渐显绿色，且愈行绿色愈浓。

我们从茶卡下了高速，转上109国道，目的是去茶卡盐湖。茶卡盐湖号称亚洲最大的盐湖，本来是个采盐场，现在开发成了旅游景区。因为是浙江人投资的，浙江人来旅游可凭身份证免门票。我们在乌兰县城就餐时，当地的老百姓看到我们车的浙江牌照都争相告知。我们团队的张福祥和穆国强都是浙江人，自然享受了这份待遇。这就是免费的广告，是最有说服力的广告。聪明的浙江人!

盐湖晶莹，天空碧蓝，被称为"天空之镜"；如果是晚上，皓月繁星，就是中国最美星空。茶卡盐湖，现在已是国家AAAA级风景区，被评为"人一生一定要去的55个地方"之一。想去湖中心细看盐湖美景，被告知还要步行3.5公里，只好在岸边的观景台远远探看之后，就和盐湖告别了。

茶卡盐湖位于柴达木盆地。柴达木盆地虽地面是一片荒漠，但地下资源丰富。我们继续东行，出柴达木盆地后要翻越橡皮山。橡皮山，海拔3800多米，又是一片高山苔原，不过，看过了西藏、看过了那曲，对此已经没有太大的兴趣。我们要快速奔向我们在青海的目标——青海湖!

当海军几十年，走遍了沿海一线，但对中国西部高原的这片青青的海——青海湖，一直充满了期盼。那年兰州军区邀请我讲课，终于有机会从兰州到西宁，贴近了青海湖。下午游览了塔尔寺，计划第二天一早去青海湖，但一个急电又让我深夜赶回兰州。大美青海，美在青海湖!我总在想，什么时候能够面对面好好地看一看你呢?

翻过橡皮山，青海湖在望！109国道就沿青海湖边向前延伸，如今这段109国道已禁止大车驶入，成了一条观湖游览的景观大道。

蓝蓝的天空下一座座洁白的蒙古包，一片片青青的草场延伸到湖边，一望无际的青海湖倒映着雪山倩影。有牧人在草场上射箭比武，有新郎新娘在湖边拍婚纱照……，到处是欢歌笑语。

这是在青海湖边的黑马河，我不知道这是不是青海湖边最美的景点，但是我们停车走近她，已经被她美倒了、美翻了！那就尽情地在湖边草场上打个滚儿、撒个欢儿吧！

沿湖边的109国道继续前行，西宁的朋友建议，鸟岛可以不去，有个地方一定要去，那就是"原子城"。1964年中国首枚原子弹爆炸成功，成为有核国家，由此有效保证了中国的基本安全。中国原子弹爆炸地点大家都知道是在新疆的罗布泊，但它的研制基地呢，就在这里！我们大多曾经是军人，并且张总正在打造米科军事文化馆、创建国防教育基地，原子城不得不去。

原子城建于1958年，当年是国家的最高机密，对外称221基地，国营221厂，占地面积有500多平方公里。中国第一颗原子弹、氢弹在这里研制，中国的核工业从这里起步，中国的核技术人才在这里培养。多少人离家别舍，隐姓埋名，在这里默默地奉献着自己。这里出过邓稼先，有过王淦昌，还有许许多多的知名的科技工作者。

今天，它已完成了自己的历史使命，于1995年正式退役。这里建起了展馆，向游人述说那段难忘而震撼人心的历史！这里有太多的感人故事，如名牌高校毕业的年轻夫妻被派往这里工作，但因保密要求互不知行踪，几年后因工作安排偶然相遇，彼此都惊讶地瞪大了眼睛。这就是咫尺天涯！展馆里陈列着一件件当年的实物，还有一比一还原的原子弹、氢弹和东风导弹模型。

过去的原子城，今天是青海海北藏族自治州州府所在地，称西海镇。在成为原子城之前，这里是一片水草茂盛、牛羊肥美的牧场，春天黄白花开，所以叫金银滩。金银滩有过浪漫的过往，有过美丽的姑娘，西部歌王王洛宾的歌《在那遥远的地方》就诞生在这里。今天的西海镇还专门建有王洛宾广场。我们之前经过川西康定，王洛宾在那里写了《康定情歌》，如今驱车走了这么多天，还在王洛宾情歌的范围内。王洛宾，你真是西部歌王！

西宁到了！有西宁的朋友在等待，要给我们接风。我们今天驱车800多公里，看到了大美青海。西宁向东，全程高速，就是回家的路了。

2017年6月10日　青海西宁

新疆行

从嘉兴到晋城到巴彦淖尔

习惯了在山川湖海间奔走，就很难停下旅行的脚步。去了西藏，我们再去新疆吧！2018 年 8 月 15 日，我们的自驾团队离开浙江嘉兴和江苏南京，奔赴大西北，开始了 2018 年的新疆自驾之旅。

经过一天的车程，从浙江、江苏，经河南，于当晚抵达山西晋城。山西简称"晋"，从春秋时的晋国传续而来。"晋城家宴"被称为"晋城人的待客厅"，菜肴是典型的山西晋城口味，招牌菜"鱼头泡饭"是由穿着古装的服务人员抬着轿子送上桌的，而且有一套固定的上菜程序。酒呢？当然是山西汾酒，称酒之魂，敢与国酒茅台叫板。在汾酒的飘香中，开始了我们的西北之旅。

从晋城到内蒙古的巴彦淖尔杭锦后旗，行程一半在山西，一半在内蒙古。早上出晋城向北，经长治（旧称上党）、武乡、晋中，到省会太原。从太原继续向北，经忻州、朔州西转，出晋入内蒙古，再经鄂尔多斯，奔巴彦淖尔。

华夏古文明，山西好风光。山西四周是山，其地貌从总体来看是山地高原，但其内又有一些小盆地，形成一个个城市。一条汾河从山西中部流过，那是山西的母亲河。汾酒以"汾"为名，被称为中国酒魂、白酒之祖，想必也是从汾水中凝练出来的。

汾河串联起一个个的山西城市，"汾河流水哗啦啦"，一首歌唱红了山西。记得那年来太原，汾河的太原段筑起一道橡胶坝，形成一个城中湖。晚上灯光亮起，岸边人们休闲散步，载歌载舞，水面波光粼粼，闪闪烁烁，宛若江南。

山西地处黄土高原，行车时从两侧远看，在片片绿色中还透出层层昏黄，路旁不时闪出一排排的窑洞或一个个的地院，典型的黄土高原民居。

途中经山西武乡，这是抗战时期八路军总部所在地。路侧山坡上闪过一座威武的八路军塑像，快速一瞥，名"亮剑"。看来，这里是电视剧《亮剑》的外景地，看地形地貌，确也如此。抗战时，共产党领导的八路军和阎锡山的晋绥军关系不错，联合抗战，山西成为八路军的主要抗日根据地，由此演绎构塑出电视剧《亮剑》中李云龙和楚云飞的故事背景。今天的山西，到处都有八路军抗战遗址开发而成的旅游景点，成为山西旅游文化的一大特色。

车过著名的雁门关。雁门关在代县县城以北约20公里处，"天下九塞，雁门为首"，其地势极险要。历史上的雁门关在高耸的雁门山上，对今天我们车行的二连浩特—广州高速来说，雁门关只是一条长长的穿山隧道。过去跨越雁门关或许要经过数年的战争攻防，今天过雁门关，只需短短几分钟的隧道车程。

雁门关在中国历史上名气太大了，可称"天下第一雄关"。山海关称"天下第一关"是因为其位于长城最东端，雁门关称"天下第一关"是因为它无与伦比的军事战略地位。

雁门关在今天的山西和内蒙古的交界处，这一带过去是农耕民族和高原游牧民族碰撞争战的地方，是西北边关。北宋初期，雁门关一带更是宋辽对峙争夺的战场，杨家将的故事就发生在这里。再看周围的地名：朔州、代州、偏关、左云、右玉、广武……，当年在大学学中国历史时曾频频接触，知其都是边关重镇。当学生时没有机会到访，今天车行其间，虽地名如雷贯耳，我们也只能快速通过。

车出雁门关隧道后，回望雁门山，千年前留下的关隘长城，作为文物依然存在，山顶高耸的碉楼是烽火台，号角马嘶如闻在耳。我们车从高速路上疾驰而过，也只能匆匆一瞥，总想找个机会再来雁门关，细细踏访雁门关，来一次晋西北的深入游。

从晋西北的朔州出山西，入内蒙古，内蒙古的山势地形已不同于山西。山不似雁门山那样壮伟，显得较为舒缓，山体表面树木和植被从高大渐趋低矮，直至山坡下变成大片草丛。测了一下海拔，在1300多米，这就是内蒙古高原了。我们从农区进入了牧区，高速服务区的建筑外形也有点像蒙古族住的帐篷、戴的毡帽。

有首歌唱道："天下黄河几十几道弯？"其实，黄河从青藏高原奔腾而下，东入渤海，总体呈"几"字形布局，巨型直角弯只有四个，但四个弯中有两个在内蒙古。鄂尔多斯完全被"几"字包围在内，巴彦淖尔则在"几"字外侧的角部，在内蒙古著名的河套地区。如果说天下黄河富宁夏，那么黄河同样富了内蒙古，特别是黄河边的乌海和巴彦淖尔。

车过黄河沿内蒙古境内的兴巴高速西去，兴巴高速在黄河的"几"字线内里南侧，东西穿越整个鄂尔多斯。鄂尔多斯多为沙地，但高速两侧绿化还是不错的，应是几十年来固沙护林的成果。

驶入兴巴高速的西段，迎面是库布齐沙漠。库布齐沙漠是中国第七大沙漠，在

西去篇

黄河"几"字弯里的黄河南岸，面积有 1.39 万平方公里。库布齐沙漠近年声名远扬是因为治沙造林的巨大成就，其三分之一的沙漠得到治理，流动的沙丘被稳固。

库布齐治沙作为人类对自然抗争的成就，荣获联合国颁发的 2015 年度土地生命奖，还专门创办了库布齐国际沙漠论坛。我们经过时，看到这里已经开发出库布齐沙漠公园。沙漠变成绿洲，人们在逐渐改变着自然，改善着自然。

日落了，草原上的落日云霞灿烂辉煌，可与我在南沙看到的海上落日相媲美。我们停车驻足路边，纷纷拍下落日美景，发在朋友圈里与朋友们共欣赏！

在夜色中再次过黄河。我们此行两日三过黄河，昨天是在郑州从南向北过黄河，今天横切"几"字形两次东西穿越黄河。黄河，真是中国的母亲河，处处环绕着我们。过了黄河，河西侧就是内蒙古的巴彦淖尔市了，这是内蒙古富庶的河套地区，水网密布，可惜时间已晚，来不及细看，但我来过巴彦淖尔了。

2018 年 8 月 16 日　巴彦淖尔市杭锦后旗

京新高速、额济纳、东风航天城

早上离开巴彦淖尔市的杭锦后旗，就上了京新高速，往西去额济纳旗。从今天起应该结束了两天的狂奔模式，途中可以随意驻足欣赏风景了。

出杭锦后旗就进入阿拉善盟，"苍天圣地阿拉善"，沙漠戈壁是它的主要特色。途中下高速不远，有个景区叫"人根峰"，也称"神根"，是山崖边突兀而起的一根高耸的风蚀石柱，像男性生殖器，来的游客还不少。这类景点世界各地都有，我国广东韶关的丹霞山更突显、更形象。古代科学不发达，人类自然对生殖繁衍高度崇拜，以至成为一种特殊的文化。汉民族如此，其他民族同样如此，在中外古老的岩画和宗教祭祀中也都有相关表现。

此去新疆，原规划从西安向西，入甘肃走传统的河西走廊，但现在改从河南北上进山西入内蒙古，走京新高速。京新高速，又叫 G7 高速，去年刚全程开通，全长 2540 公里，一条直线从北京到新疆乌鲁木齐，经 5 省 1 市。这是世界上修建在戈壁沙漠中的最长的公路，是中国公路建设史上的奇迹，实现了中国人的百年梦想。对我们来说，这条线路经额济纳旗和东风航天城，都是我们西去路上想到的地方。正因为如此，我们毅然改变了路线。

京新高速最有特色的景观在我们今天开始走的西段。京新高速进入阿拉善向西穿越沙漠戈壁，我们向两侧远眺，鲜少绿色，唯有黄褐色，甚至中途要穿越500公里的无人区，手机长时间没有信号。

沙漠戈壁漫漫无垠，京新高速绵绵无端，都在蓝天白云下无限地前展。这是辽阔的瀚海，我们的车队就是冲浪的战舰。刚通车不久的戈壁高速，似乎还未设限速监控，可以充分发挥丰田"陆地巡洋舰"的优势去狂飙一把！

穿行在戈壁沙漠，感觉也是一种美，是大美，一种苍凉的美！古人早就在欣赏吟诵这种美了："铁马秋风塞北""大漠孤烟直，长河落日圆"！

荒凉的戈壁滩上看不到人烟，但可看到星星点点的野骆驼。这是阿拉善双峰骆驼，称戈壁精灵，从古至今都是"沙漠之舟"。骆驼在这样恶劣的环境里，成为人类向自然挑战的最可靠的盟友。去年我们去西藏，感受到高原牦牛的坚忍奉献，骆驼之于戈壁沙漠，就像牦牛之于青藏高原！

我们在阿拉善左旗一个名为苏宏图的地方下高速，应邀去边防部队一个站点吃中饭。我们这个团队有着浓浓的国防情结，领队张福祥倾力打造的米科国防文化馆已经成为浙江省开展国防教育的重要基地。我们去年的西藏自驾之旅、今年的新疆自驾之旅，也都是国防之旅、边关之旅！走进这个小小的边防部队，我们深深感受到官兵们在艰苦环境中戍边卫国、献身国防的崇高精神！

久慕额济纳，皆因胡杨林！每年金秋，全国各地的众多驴友、摄友争赴额济纳，举着"长枪短炮"竞拍胡杨林。胡杨林那种铺天盖地的金黄，那种惊心动魄的壮美，让人心颤！在额济纳，45万亩胡杨林成就了全国最大、最壮观的胡杨林公园。虽然现在还是夏日，胡杨还呈绿色，但已足以让你感受到胡杨林的神奇。

一株胡杨长三种形状的树叶：柳树叶、杨树叶、银杏树叶，三叶共株。胡杨是高大的乔木，却可在沙漠盐碱地生长，可吸排盐碱，是沙漠绿洲的守护神。胡杨生长千年不死，死后千年不倒，倒后千年不腐。胡杨林景区的广告就是：3000年的守候，3000年的等待，等待你的到来！"千年等一回"，额济纳胡杨林等了3000年，朋友，你能不来吗?!

额济纳拥有这么大面积的生机勃勃的胡杨林，是因为有那条著名的弱水河。弱水河发源于祁连山，在甘肃境内称黑河，流入额济纳称弱水河，是中国第二大内陆河，最后流入居延海内陆湖。

有水的地方就有生命，是这条弱水河孕育了一个个的沙漠绿洲和生长千年的胡杨林。当年土尔扈特蒙古族东归，其中一部就定居在弱水河边的额济纳，演绎了一部辉煌壮丽的民族迁移史。胡杨林连着居延海，居延海又靠着巴丹吉林大沙漠，这神奇的自然景观延续千年。

"弱水三千，唯取一瓢饮"；胡杨林，3000年的等待；我们来到额济纳的当天

西去篇

又恰逢"七夕",中国的情人节,这给我们的额济纳之旅在壮丽之外又增添了浓浓的温情浪漫。

出额济纳,下一个目标是东风航天城,也称酒泉卫星发射中心,这是比额济纳胡杨林名气更大的地方。中国航天事业的发展从这里起步。这里是中国最早最大的航天发射基地,从这里衍生出太原、西昌和文昌航天基地。

在毛泽东主席的伟大号召下,1958年党和国家在这里勾画出中国航天的蓝图。20世纪60—70年代,中国的"两弹一星"从这里发射,1970年从这里飞起的"东方红卫星"至今依然遨游在太空。现在看来,当年的发射架如此简陋,已经成为文物。至于现代的火箭发射架,那就是冲天的钢铁巨龙,极为壮观。仰视吧,仰得你脖子发酸。从中国第一位进入太空的航天员杨利伟,到进入太空的女航天员刘洋、王亚平,都从这里飞上太空。中国载人航天事业从神舟五号发展到神舟十一号,取得了惊人的进步。

我们入住的基地宾馆名"问天阁"。问天阁大厅的装饰画是敦煌飞天、屈原天问……承载的是中国人自古就萌发的飞天梦想。长城造型的楼梯,彰显的是中华民族顽强不屈的攀登精神。

酒泉基地以酒泉命名,因为甘肃酒泉与这里有专线铁路连接,航天发射的主体实际在内蒙古额济纳旗地域内。我们能很方便地来到这里,是因为新开通了京新高速,没有京新高速,对我们这些普通游客来说,到这里还真是个大难题。

酒泉基地占地50000多平方公里,有半个多江苏省大,居住的军民有数万人,跨甘肃和内蒙古两省(自治区)。因为弱水河的流淌浇灌,加上航天人60年不懈的奋斗努力,在大西北的戈壁滩上,出现了这个宜人绿洲、航天城市,把中国的航天事业推向更高更远。

2018年8月17日　额济纳东风航天城

从航天城到哈密,走入新疆

从航天城到新疆哈密有800多公里,离开航天城已是上午10点多,只得再次向西狂奔而去,甚至中餐都是在车上以干粮小吃打发的。我们5岁半的小队友穆思翰虽然频频喊饿,但也坚持到底,精神可嘉。自驾旅游,这可能是现代人的一种生活常态,各种经历或者自驾游本身就是一种乐趣!

西去继续上京新高速，此处多是手机信号不通的无人区、戈壁滩，既如此，那就发挥丰田"陆地巡洋舰"的优势，奔驰赶路。

过了白山泉收费站，即正式进入新疆，新疆是我们这次自驾游所奔赴的目的地。这之前所经的山西雁门关、内蒙古额济纳、东风航天城，都只是沿途风光。所以我们此行游记的总题目，还是命名为"新疆行"。

没有京新高速前，入新疆的主要通道是连霍公路，走八百里秦川与河西走廊。京新高速是世界上最长的穿越沙漠戈壁的高速公路，风景与江南迥异，太有诱惑力了。最终我们这支从江浙出发的自驾团队，还是先北上再西去，走上了京新高速。这两天的所见所闻也告诉我们，这个选择是正确的。

无论是走连霍公路还是走京新高速，进新疆后第一个枢纽城市都是哈密。中国最重要的两条东西向战略通道在哈密汇聚，从古代到今天，哈密都是新疆的东大门，新疆的门户。

从林则徐入疆、左宗棠率军入疆，到解放战争时期王震大军入疆，第一站都必须是哈密，而且，哈密还是今天丝绸之路经济带上的关键节点。晚饭后散步走进哈密人民公园，看到粗壮得要几人合抱的古老柳树，苍干虬枝，依然充满活力。我想，这不就是百余年前左宗棠大军入疆时所栽的"左公柳"吗！此足可以见证哈密厚重的历史。

哈密的名字起得真好，这是一个甜蜜蜜的城市。大多数人知道新疆哈密，首先是因为哈密瓜，包括我也是。新疆干旱少雨，日照强烈，昼夜温差大。我们晚六点多驶入哈密市区时，依然白日如炙，测得室外温度还在 36℃。天黑后在宾馆边的人民公园散步时，就顿觉凉爽。这样的温度变化最适合瓜果蓄积糖分，所以哈密的哈密瓜特甜、吐鲁番的葡萄特甜，新疆的瓜果天下闻名。

我们入住的宾馆名"加格达"，原以为和黑龙江大兴安岭的加格达奇有关，入住后才知两者没任何关系，但它让我们知道了哈密瓜的来历。

加格达是维吾尔语，清康熙年间，加格达瓜作为贡品入京，康熙皇帝称其为瓜中精品，赐名"哈密瓜"。后又经纪晓岚推崇："西域之果，葡萄莫盛于吐鲁番，瓜莫盛于哈密"，哈密瓜遂盛名天下。

加格达瓜是哈密瓜中的精品，酒店既以"加格达"命名，也就主打哈密瓜。我们初入店就有服务员送上一片哈密瓜，清润甘甜，令人印象深刻，如到内蒙古，下马就是一杯酒，名"下马酒"。感谢我们团队优秀能干的后勤部部长阿莉，提前在网上订了这么个好宾馆，不仅设施服务俱佳，还让我们第一时间品尝了哈密瓜的甘润。

你好，哈密！

2018 年 8 月 18 日 新疆哈密

西去篇

从哈密到乌鲁木齐

从哈密西去乌鲁木齐，经吐鲁番，第一个必看的景点就是火焰山，因为火焰山就在连霍高速路边，硕大、红褐色的山体和路并排，绵延数公里，你不可能不看。

吐鲁番是盆地，海拔只有 100 多米，火焰山在吐鲁番盆地北缘，盆地高温，由此形成寸草不生的火焰山。这类山具有新疆地区山的特色，只不过这座山体呈红色，位于路侧，交通方便，名火焰山，又关联上神话小说《西游记》，由此声名远播。

到火焰山的游客多是过路客，停车观景，拍些照片。也有时间充裕的，便深入景区，要看的就是那根硕大高竖的金箍棒状温度计，气温显示多在 60℃ 以上！如想玩点刺激的，可乘坐滑翔机上天，俯瞰火焰山全貌。

在吐鲁番，队友老缪分车去了艾丁湖，很遗憾我没能去。其实我更想看艾丁湖，这是吐鲁番盆地的最低点，也是中国大陆的最低点，湖面在海平面以下 154 米，与珠穆朗玛峰构成中国大陆的高低两极。

中国版图有东西南北四极，分别是黑龙江黑瞎子岛（原是乌苏里江边的乌苏镇，从俄罗斯收回半个黑瞎子岛后，其位置最东）、新疆帕米尔高原的乌恰县、南沙群岛的曾母暗沙和黑龙江的漠河，再加上高低两极，共六极。能走遍六极的，那才是真正的中国旅游牛人！

我去了黑瞎子岛、曾母暗沙和珠穆朗玛峰三极，当然，只到了珠穆朗玛峰大本营，曾走近漠河、艾丁湖，很遗憾都失之交臂。

没来过新疆的人知道吐鲁番多因为葡萄，畅销全国的新疆葡萄干就产自吐鲁番。葡萄是吐鲁番的名片，如哈密瓜代表了哈密一样。进入吐鲁番，路旁就不时闪过一片片的绿色葡萄园，一座座晾制葡萄干的黄土色晾房。

更多的中国人知道吐鲁番，还是因为 20 世纪 80 年代红遍全国的那首歌——《吐鲁番的葡萄熟了》："吐鲁番的葡萄熟了，阿娜尔罕的心儿醉了……"这首歌由施光南作曲，罗天婵原唱，关牧村唱过，今天，歌手刀郎、黑鸭子组合都在唱。所以，到吐鲁番必吃葡萄，吃葡萄必去葡萄沟。我也因为要去葡萄沟，所以忍痛放弃了艾丁湖。

葡萄沟是个小峡谷，南北长约 8 公里，东西宽约 2 公里。看两侧的山，如火焰山般光秃，裸露着筋骨，土褐色，无树无草，荒凉得能使人悲泣。但长长的沟里便是碧翠的葡萄园，形成与周边山梁迥异的色彩奇观！

能有葡萄沟，是因为沟底流淌着布依鲁克河，水源来自远处的高山融雪。新疆戈壁中的一个个绿洲，都是因高山融雪、雪水成河而滋润出来的。葡萄沟也是个狭长的绿洲，滋养出来的是甜蜜的葡萄。

葡萄沟是 AAAAA 级景区，邻近吐鲁番市区，也在进城的路边。在一个维吾尔族朋友的引领下，我们的车驶入长长的葡萄沟，并奔向葡萄沟深处的一户农家。

这户维吾尔族农家，主人艾力，38 岁，有两个孩子，显然生活过得不错。深深的院子里可停得下我们好几辆车，洁净的卧室也可供参观。

艾力的饭店开在沟底的葡萄架下，这里家家饭店都设在葡萄架下，像我们这样远道而来的汉族游客要的就是这种感觉。大盘鸡，羊肉串，手抓羊肉饭，全是最正宗的。吃着，喝着，说着，笑着，头上悬挂的是一串串翡翠般的葡萄，伸手就能够到，你可以随意摘下来吃。出售的各形各色的葡萄干，你也可以随意品尝，或买一些带走。户外阳光下温度高达 40℃，葡萄架下凉风习习，令人心旷神怡。想唱歌吗，那肯定是《吐鲁番的葡萄熟了》，阿里木，阿娜尔罕，军民融合，鱼水情深。

有朋友提醒我们去坎儿井，坎儿井也是吐鲁番的知名景点。这是支撑新疆农业的巨大地下水利工程，是几百年来多少代人奋斗开掘的成果，足可以申报世界文化遗产，可惜我们没时间了。再向前，经过达坂城，还想探问一下达坂城的姑娘怎么样了，辫子还长不长？也没时间，都留待下次吧。

加油，乌鲁木齐在望，这是今天的目的地！

2018 年 8 月 19 日　哈密—乌鲁木齐

从乌鲁木齐到可可托海

乌鲁木齐是新疆的首府，新疆最大的城市，过去称"迪化"，20 世纪 50 年代成立新疆维吾尔自治区，改称乌鲁木齐，蒙古语意为"水草丰美的地方"。

昨晚到乌鲁木齐已很晚了，今天理应停一天，在小休整的同时欣赏一下乌鲁木齐，但考虑到新疆要看的景点太多，还是充分发挥自驾的优势继续向前走。乌鲁木齐与江浙间有直通航班，把乌鲁木齐留到以后飞来看吧。

今天的目的地是北疆的可可托海，在 500 公里之外。

新疆总的地理形势可归纳为三山两盆地，三座大山：昆仑山、天山、阿尔泰山，如一个巨大的"川"字，沿东西方向延展。"川"字中间夹着两个巨大的盆地：塔里木盆地和准噶尔盆地，盆地中间是巨大的沙漠。

天山在中，是"川"字的中间一竖，把新疆分为南疆和北疆两个部分，北疆只占约三分之一，南疆约有两个北疆大。驴友们都知道，到北疆看自然风景，去南疆看民族文化。我们的新疆行计划中，自然有风景也有文化。

出乌鲁木齐上216国道北去，216国道在准噶尔盆地东缘，是从东部进入北疆的主要通道。

不到新疆，不知中国之大。新疆，占地166万平方公里，面积相当于六分之一个中国，16个江苏省或浙江省。在新疆，花一天时间长奔几百公里为一个景点，这是常态。

可可托海，是北疆阿勒泰富蕴县的一个小镇、一片绿洲，在阿尔泰山间。走过准噶尔的荒漠接近可可托海时，车停在高坡上，俯瞰下去是一幅让人惊诧的美景：在蓝天白云下，在群山拥围中，湖水荡漾，绿草摇曳。冲下山走到湖边，不小心惊起一群水鸟，鸣叫着展翅飞去，似乎不欢迎我们的突然到访。你能想象这里是遥远的大西北边疆吗？不就宛若苏杭江南吗！是的，可可托海，哈萨克语意为"绿色的丛林"，蒙古语意为"蓝色的河湾"。

额尔齐斯河从可可托海中穿流而过。额尔齐斯河源自阿尔泰山的高山融雪，形成河流后向西穿过整个阿勒泰地区，蜿蜒长达500多公里，流出中国后流入哈萨克斯坦，再向北流入俄罗斯，汇入俄罗斯的鄂毕河，最后流入北冰洋。

中国发源于西部高原的大江大河，大部分向东流入太平洋，如长江、黄河，也有向南流入印度洋的，如怒江。额尔齐斯河是中国唯一流入北冰洋的河流，而且水量很大，在富蕴还建有水电站。额尔齐斯河沿岸风光秀美、壮丽，因为有了这条河，才有了美丽的可可托海，有了美丽的北屯和布尔津。

过可可托海我们继续攀山北上，进入阿尔泰山深处，随着海拔增高，山势渐险峻，环境氛围也变得肃静。因为我们要去探访一个神圣的地方：可可托海三号矿脉。

空旷的新疆地下埋有丰富的宝藏。我们一路行走在216国道，就遇有准东煤矿、火烧山油田。可可托海三号矿脉因稀有金属而震惊中外，它和中国的"两弹一星"相关联，代号"111"。因涉及国家机密，"可可托海"这个名字和青海研制原子弹的"金银滩"一样，当年在地图上都被抹去了。当然今天这一切都因解密而成为历史，金银滩和可可托海建成了开放性的博物馆和公园。

三号矿脉在额尔济斯河的源头处，阿尔泰山上，被称为"地质矿产博物馆"，是中外地质学者心目中的圣地。

地球上已知的 140 多种有用矿物中，这一个矿就有 86 种，稀有金属占九成以上。铍、锂、铌、钽、钛、锆等一般人叫不上名字的贵重金属，富集于三号矿脉，它们是发展原子、航天和其他尖端科技不可或缺的金属原料。

20 世纪 30 年代，苏联人在额尔齐斯河水中发现了微量元素，沿河道上寻，发现了可可托海的稀有金属富矿，并最早开发了三号矿脉。20 世纪 50 年代中苏结盟，美苏对抗，苏联很快拥有了核武器，可可托海三号矿的稀有金属被源源不断地输送到苏联。60 年代中苏关系破裂，中国偿还苏联债务，苏方指名要我们以三号矿脉的矿石抵债。1965 年中国还清全部苏联债务时，用这里的矿石抵债 40% 以上！

20 世纪 60 年代中国研制"两弹一星"所需的稀有金属材料中的相当一部分也是由三号矿脉提供的。三号矿脉和中华人民共和国的命运紧密相连，被称为"国家功勋矿"。

我们来到这里，看到的是一个长、宽、深各 200 多米的巨大圆形采矿坑，原来山高 200 多米，也就是说，从山体表面向下开挖的深度达 400 多米。矿坑边缘有环形的输矿道路，直通坑底，如从空中俯瞰，就像一个巨大的向心靶标。矿脉又延伸到山上，在旁边的山上有一条 800 多米长的矿洞。

面对此景，面对历史，各位朋友，尽情发挥你的想象吧！许多了解这段历史的地质人来到这处心中的圣地时，长跪不起，以示崇敬！

我们的新疆之旅和去年的西藏之旅一样，也是国防之旅。去年在青海金银滩，此时在可可托海三号矿脉，踏寻的都是当年共和国走过的艰难的"两弹一星"之路！

下山又是一路奔驰，目的地北屯，这是新疆的另一个县级市。晚 9 点多接近北屯时，因为东西方两个多小时的时差，迎接我们的是辉煌灿烂的北疆落日！

2018 年 8 月 20 日　北屯

阿勒泰，喀纳斯

我们的车队在清晨金色的晨光中离开北屯。北屯是一个美丽宁静的北疆小城，没有东部沿海城市的喧嚣。昨晚入住的德仁山花园酒店就是个旅游驿站，游客很晚到，很早走，都为见到更北方的那个美丽的圣地——喀纳斯！

收拾起昨天在可可托海三号矿坑的肃穆庄重，今天我们心情愉悦，一路欢歌向北方。北屯到喀纳斯虽然只有200多公里，但有不少山路窄道，迂回曲折，盘旋翻越，路程也需四五个小时。

中国版图如雄鸡高唱，阿勒泰是中国雄鸡高翘的鸡尾部，喀纳斯就是尾尖。"阿勒泰"的名称来源于阿尔泰山，阿尔泰在突厥语和蒙古语里都是"金子"的意思，阿尔泰山是金山，传统的采金活动已持续了几百年。昨天在可可托海三号矿坑，更深深体会到阿尔泰山稀有金属的超大含金量！

阿勒泰，面积10多万平方公里，比一个江苏省大。我们经过的北屯、富蕴、布尔津几个县市都在阿勒泰范围内，相当于江浙的地级市。

行车在阿勒泰，有陡峻的山路，也有广袤的草原。在草原公路上行车，视野辽阔，绵延的公路像天上飘落的玉带，无边无际，似乎要通向世界尽头。如果下坡时车速快些，你会有飞鸟翱翔俯瞰大地的感觉！

休息的路边有一片树林，原以为是胡杨林，走近一看，是高大的北疆白杨树。白杨是中国北方的树种，生长区域一直延伸到遥远的北疆。记得当兵人唱的那首《小白杨》吗？里面提到的就是北疆塔城中哈边境的哨所，如今那个哨所就以"小白杨"命名，成了全军知名的边防哨所。

继续向北攀越高山，向"鸡尾尖"挺进，看到了越来越典型的北疆景色：高山，森林，白云，蓝天，草原，牛群，马群，一个个白毡房如白云飘落……高山上的路并不宽，但路边隔一段便设有停车观景台，让远来的游客尽情饱览北疆风光。牛群漫山遍野，还不时穿越公路，车队要为牛群让行，牛群后面跟着一个骑马赶牛、戴着白毡帽的哈萨克族牧民，阿勒泰的原住民以哈萨克族人居多，讲突厥语。

你可以停车走入草场，可以在草场上尽情嬉笑呼喊。你或许不小心会踩到牛粪，闻到的除了满鼻的青草香，可能还有牛粪味儿。干牛粪不臭的呀，如果你深爱这片草原。牛群毫无顾忌地走进停车场，向游客索要吃的。

到喀纳斯了，之前看过太多关于喀纳斯的影视图文，心仪喀纳斯的惊艳之美已久。"喀纳斯"是蒙古语，意为"美丽而神秘的湖"，她是阿尔泰深山密林中的峡谷湖，高山融雪流成喀纳斯河，再汇聚成喀纳斯湖。北疆雨水充沛，和新疆哈密的干涸裸枯不同，喀纳斯从山脚到山顶森林密布，草原覆盖，非常像我们去西藏经过的林芝、波密。

林芝、波密的暖湿气流来自印度洋，喀纳斯的雨雪流水应与北冰洋有关。喀纳斯深入欧亚大陆的腹地，距东部沿海有4000多公里，地理上自成体系。喀纳斯河流入额尔济斯河，最后也流入北冰洋。喀纳斯遍野的树林多是西伯利亚落叶松，林中偶尔蹦跳穿过的松鼠似乎也和南方常见的松鼠色泽不同，且个头更大些。这里的花草树木、小动物，都带有与内陆和沿海不同的异域特征。

因为喀纳斯周边林密山翠，所以喀纳斯湖的水也清澈碧绿，如翡翠一般。山倒映在水中，水依偎着青山，湖边的木屋栈道长桥串联其间，别有一番浪漫。秋天，是喀纳斯最美的时候，叶色转黄转红，清晨傍晚，金阳斜照，云白天蓝，喀纳斯五彩斑斓，美轮美奂，如童话仙境！七、八、九月是新疆旅游的黄金季节，成千上万的游人从四面八方涌入喀纳斯，偌大的停车场也变得拥堵。

喀纳斯景区已扩得很大了，景区旅游车从大门到中心景点喀纳斯湖要行驶几十公里，途中有卧龙湾、月亮湾、神仙湾等景点，全都美丽醉人。一个图瓦人的村落喀纳斯村，也成为景区的一部分，全原木建成的木屋，融入墨绿色的森林，给喀纳斯的自然美景增添了人文色彩。当然，如果你有兴趣，还可以到喀纳斯湖寻找湖怪，前些年，关于喀纳斯湖怪的新闻常常见于媒体。

队友们乘船游湖了，我更愿意在湖边的森林栈道缓步慢行，曲折前行。不是惧怕湖怪，而是可以自由自在、无拘无束、或疾或徐地行走，信马由缰地放任思绪，去细细地、慢慢地、深层次地欣赏美丽的喀纳斯。

离开喀纳斯，准备夜宿禾木村，这是另一个知名度甚高的图瓦人村落，明天一早会欣赏到另一幅不一样的画面。很遗憾，我们太留恋喀纳斯的美，到达禾木村后被告知图瓦村游人爆满，没有合适的宾馆了。

好吧，驱车去100多公里外的布尔津吧。

2018 年 8 月 21 日　布尔津

布尔津、魔鬼城、安集海大峡谷

昨晚入住布尔津，但我深夜 12 点还在额尔济斯河边的中俄老码头街区散步。布尔津与东部沿海地区有两个多小时的时差，这个时间也就是东部的 9 点多，街头热闹处依然不缺游人。

喀纳斯也在布尔津县范围内，喀纳斯河流出阿尔泰山后称布尔津河，在布尔津县城汇入额尔济斯河，流入北冰洋。布尔津这个边境县很特殊，毗邻俄、哈、蒙三国，被称作"童话边城"。看街头雕塑和灯光布设，确实有满满的童话感，但偏于俄罗斯风情。

西去篇

今夏七、八两月，我走过北方边境黑龙江、内蒙古、新疆，看黑河、满洲里、包括今天所在的布尔津，无一不受俄罗斯的影响。今天无论是北方边境城市开发、开放，还是"一带一路"倡议推行，都免不了要打俄罗斯牌。

去布尔津路上，就有朋友在微信中提醒，要去额尔济斯河边的大排档，去中俄老码头风情街，吃冷水鱼。昨晚走进街边的一家鱼馆，哇！是狗鱼。

狗鱼是生活在北半球寒温带水中的一种淡水鱼，口大而扁平像鸭嘴，性情凶猛，不仅吃鱼，连青蛙都能吃。到布尔津，必吃狗鱼，一条烤制，一条和豆腐清炖，肉味极佳。喝着当地的喀纳斯酒，伴着夜市灿烂的灯光，听着额尔济斯河西去的涛声……

早上离布尔津南去，奔克拉玛依、奎屯。有朋友说，到布尔津没去五彩滩是很大的遗憾。新疆太大，美景太多，行走新疆，在一路观赏美景的同时，总会留下很多遗憾，艾丁湖和坎儿井都是遗憾。正因为有这些遗憾，才会萌发下次再来的欲望。

和前天从乌鲁木齐去可可托海相反，今天是沿准噶尔盆地西缘南行。我们是在绕准噶尔盆地转圈，中途经过克拉玛依。没来新疆前，就知道那首从20世纪50年代流传至今的《克拉玛依之歌》，克拉玛依油田是新中国成立后勘探开发的第一个大油田，这首歌唱的就是克拉玛依石油的开发，克拉玛依市因此得名。

中国过去缺石油，新中国成立前都从国外进口，称"洋油"；抗战时美军开辟了驼峰航线，飞越喜马拉雅山，把石油空运到中国大西南以支持中国抗战，运费比油价高。新中国成立后我国才有了第一个油田——克拉玛依油田，可见这个油田对当时中国之重要，而且还培养了新中国第一代石油人！

克拉玛依所属的独山子，是今天中国从哈萨克斯坦进口石油的输油管道的节点。看路边，这是克拉玛依油田的一个采油区，密布的采油机在有规律地抬头低头，昂首钻地。看来，年老的克拉玛依油田依然有着旺盛的生命力！

与油田一路之隔的就是著名的"魔鬼城"，也称乌尔禾风城。这是一大片典型的风蚀雅丹地貌，在准噶尔盆地西北边缘。

魔鬼城方圆10平方公里，大小高低不同的上百座土丘经千百年大风的雕琢，成千姿百态，变奇形怪状。是飞天雄鹰，是啸山猛虎，是魔鬼海盗，还是庞大的海军舰队？都像，又都不像，就靠你去想象！

有驼队，也有景区旅游车穿行在魔鬼城中，缓缓前行，左旋右转，让游人感受如另一个世界般的怪异景观。许多西部影视片，如《七剑下天山》《卧虎藏龙》，都选了魔鬼城为外景地。

魔鬼城特殊的景貌，都源于风！新疆风大，我们进疆一路看到了许多巨大的风力发电场，甚为壮观。唐朝诗人岑参写过西域的风，非常形象逼真："轮台九月风夜吼，一川碎石大如斗，随风满地石乱走。"

我们去年自驾游去西藏，今年去新疆，行程路线和景点安排都是领队张福祥精心策划的。傍晚到奎屯入住宾馆后，我们的队友老缪提议去看附近的一个大峡谷：安集海大峡谷。

来自嘉兴的队友老缪，年轻时开创了自己的产业，如今已是成功人士，现在把产业交给子女打理，自己当了旅游达人，几乎走遍中国，多是自驾游，对国内的旅游景点如数家珍。在吐鲁番，我们去葡萄沟，他们则开车去了艾丁湖，我还在为没能和他一起探访中国的最低极惋惜。尽管一天旅途下来非常疲劳，但我首先赞成老缪的提议！四辆车的车队，我们两辆车去了安集海大峡谷。

因为第一次来新疆，来前我预先做了些功课，但头脑中没有关于安集海大峡谷的任何信息。安集海大峡谷藏在"深闺"，除了一些专业的摄影者和探险者外，确实识者不多。等到了安集海大峡谷边、看到安集海大峡谷时，我的第一感觉是：这是惊天动地的壮美！是令人震颤、永世不忘的壮美！如果不来，我会后悔终生！

安集海大峡谷位于塔城沙湾县安集海镇以西的天山北麓，从奎屯向东还有50多公里。这是一条由天山融雪流水长期冲刷形成的巨大的地质断裂带。因为特殊的地质特征，所以不同于一般的高山峡谷人从谷底仰望陡壁长天，看安集海大峡谷是从地面向下向谷底俯视。

从奎屯沿312国道（非连霍高速）东行再南转下行，即到安集海大峡谷。这不是开发成型、设施完善的景区，我们傍晚到，几乎没人。路边地平面接近峡谷边缘的地方没有任何的安全防护，要十分小心。小心翼翼地走到地裂边，贴近陡壁，冒着危险探头观望，唯恐不小心跌入谷底。从地表到谷底，足有200多米深，我试着丢下一块石子，听不到任何的回声。这是探险者的乐园，胆怯者请勿靠近，请各位来新疆的驴友自己把控。

安集海大峡谷，原始得似乎还处于地球诞生的洪荒时代，苍莽壮伟，壁立千仞，俯瞰过去，惊心动魄。和一般高山峡谷中人烟聚集不同，安集海大峡谷中没有道路，人迹罕至，谷底是一条河，一条野生莽苍的河，无一叶舟楫。

安集海大峡谷给人的第一感受是险，但最终留下难忘印象的是美！看对面同样陡立的崖壁，红色、黄色、褐色……五彩缤纷。崖壁表面被雨水冲刷出千百道流线型沟槽。谷底是安集海河，流水呈乳白色，裸露出一个个的石滩。从峡谷顶往下看，河水似发辫状流淌。平视对面，是幅巨大的五彩油画；俯瞰谷底，是幅长条的黑白水墨。我们车在谷顶缓缓前行，择景点停驻，就是在欣赏一幅精美多彩且流动着的书画长卷！

有专业从事摄影的朋友在微信中提醒，看安集海大峡谷，最美的时间是早上日出和傍晚日落。我们在落日后的余光中、在暗夜到来前的短暂时间里看到了安集海大峡谷，尽管光线略暗，但依然感受到其令人惊诧的壮美！

看了天然的安集海大峡谷，觉得花钱买门票的火焰山和魔鬼城都没有太大意思了。去过大小三峡，去过太行山峡谷，是很美，但游客熙攘，人间烟火太浓，只是旅游风景。唯看安集海大峡谷，觉鬼斧神工，上天馈赠，似乎巡游在另一个世界，是在与苍天神灵贴近对话。

2018 年 8 月 22 日　新疆奎屯

伊犁，草原之夜

伊犁是中哈边境的自治州，但伊犁哈萨克自治州很特殊，是中国唯一的副省级建制自治州，塔城和阿勒泰都是伊犁下属的地区，可见伊犁在新疆地位之重要。

在沙俄没有侵占中国西部前，伊犁是新疆的中部，是新疆的军政中心。清政府管控西域时的最高官职称"伊犁将军"，驻跸伊犁。伊犁历史上一度被沙俄所占，后被清政府收回时，已成边境，新疆首府由此东移到乌鲁木齐。中国西部的屈辱，可在伊犁找到深深的伤痕。

天山延伸到西部分出两叉，呈"Y"状，伊犁在地理上是两叉相拥的河谷地带。伊犁河从天山流出一路向西，在新疆境内奔流 400 多公里，最终流进哈萨克斯坦，流入巴尔喀什湖。伊犁河滋润了伊犁河谷，伊犁河谷像一个大喇叭，喇叭口向中亚、向欧洲展开，伊犁吹的风、下的雨，多来自中亚、欧洲。这里是欧亚大陆的中心，是麦金德陆权论欧亚大陆岛的中心。

丰盈的伊犁河水，温润的气候，使伊犁从古至今都是新疆农业最发达的地方。我们车行伊犁，路旁是大片大片的棉花田，伊犁是今天新疆棉花的主产地。灌溉农业是伊犁农业的特色，从高山上流下的水被引入人工灌溉渠，渠中水流湍急，奔腾向前。灌溉渠两侧绿柳成荫，是伊犁居民的主要聚居地。路旁还有一个一个的鱼塘，有休闲的垂钓者。伊犁风光，有点儿像黄淮海平原。

路旁还不时看到有农四师、某某团、某某某连的路牌。这是新疆生产建设兵团的下属单位，新疆的发展稳定与生产建设兵团紧密相关。屯垦戍边，是中国历朝历代政府稳边固边的一贯策略，新中国在新疆组建生产建设兵团，是把这项政策推向更高的阶段。

新中国成立后，进军新疆的王震十万大军留驻新疆，陶峙岳国民党起义部队留在新疆，其后还有八千湘女上天山，20世纪60年代上海知青奔新疆。还记得诗人贺敬之写上海知青进新疆的诗吗："在九曲黄河的上游，在西去列车的窗口，是大西北一个平静的夏夜，是高原上月在中天的时候。……"

由此，在新疆的土地上崛起了一座座军垦城市，我们此行经过的奎屯有农七师、博乐有农五师、伊犁有农四师，到处都有生产建设兵团的存在。现在的新疆生产建设兵团遍及新疆，党政军企合一，宜军宜民，是永不退役的边防部队，是稳定新疆的支柱力量。

到伊犁才知道，经典民歌《草原之夜》就于1959年诞生在伊犁，歌里唱到的可克达拉草原在伊犁，也是军垦的成果。"美丽的夜色多沉静，草原上只留下我的琴声……"《草原之夜》从可克达拉唱起，唱遍全国，唱向世界。这是东方小夜曲，也是联合国教科文组织认定的世界著名小夜曲。作曲的军垦战士田歌当年只有21岁，《草原之夜》是他的成名作，他创作的知名歌曲还有《边疆处处赛江南》。在伊犁，随处可见宣传广告：世界的《草原之夜》！田歌在新疆生活工作了40多年，离休后就定居在南京的军休所。（遗憾的是，在我们结束新疆行的第二年，也就是2019年，田歌在南京去世，享年86岁。）

我们的车开下高速，驶入乡道，在可克达拉，路边一个鲜花盛开的农家小院吸引了我们。停车，去看看。

这是维吾尔族村民马赛江的家，他家有一座美丽的院子，有硕果满枝的沙果树和茂密翠绿、挂满葡萄的葡萄架。面对我们这群突然涌入的不速之客，主人先是惊诧，经解释明白后，立即笑容满面，热情待客。他从葡萄架上剪下两串翡翠般的葡萄让我们品尝。葡萄甜美，人笑得也很真诚。下车上车，也就花了20多分钟吧，却深度了解了新疆，了解了伊犁，了解了可克达拉，了解了维吾尔族。

去霍尔果斯吧。这是中国西部最大的陆上口岸，通往哈萨克斯坦，连霍高速4400公里，终点就在霍尔果斯。这几年霍尔果斯名声日显，因为"一带一路"倡议的推行，中欧货车专列经霍尔果斯到中亚、到俄罗斯、到东中欧，直到西欧，把中国和欧洲联系了起来。霍尔果斯成为璀璨的丝路明珠，西部新城。

在霍尔果斯街头，有巡逻的骑警，骑的自然是伊犁马，潇洒威武，成为霍尔果斯一道亮丽的风景。口岸广场的大市场热闹非凡，人头攒动，来自各地的游客在琳琅满目的商品中挑选自己的最爱。我们到霍尔果斯，是要体验一下西部开放的气氛，我们的企业家队友们或许能从中找到些发展的商机。

从伊犁、霍尔果斯返回奎屯要经过果子沟大桥。果子沟是著名风景区，果子

西去篇

沟大桥也经过精心设计。从西部上桥的道路在隧洞里，是环形隧道，车在隧道里环绕攀升。这还是个大坡度隧道，进隧道前车在桥下 200 米，只可仰望桥面；出隧道后就上升到桥面，可俯瞰沟底。大桥与果子沟的美景浑然一体，大桥似乎是自然风景的延展。

果子沟大桥限速 40 千米/小时，不准停车拍照，我只能在行进的车上随拍几张。许多摄影发烧友索性带上帐篷在山上安营扎寨，就为了留下大桥与果子沟最美的倩影！

离开果子沟大桥东行，就到了赛里木湖边。新疆湖多，天池、喀纳斯、博斯腾都是美湖。赛里木湖被称为"大西洋的最后一滴眼泪"，是大西洋水汽东上的末端影响处。赛里木环湖公路长达 90 公里，是个自驾游的好去处。

赛里木湖是咸水湖，四周山坡和湖边平地既无树林，也少草地，显得光秃单调。连霍高速环湖十多公里，行车中都可观赏赛里木湖，不似西藏的纳木错藏在深闺，有神秘感。我们来到湖边，快速观览一通，也算来过赛里木湖了。新疆美景太多，不后悔的。

到伊犁，赶上新疆的古尔邦节，也叫宰牲节，这是穆斯林的盛大节日，高速公路收费都可以免费五天，我们这些行在路上的外地游客享受着免行车费的待遇，都有满满的幸福感！晚上又回到奎屯，吃了一餐传统的阿不旦（哈萨克语，好地方的意思）抓饭，也感受一下古尔邦节！

2018 年 8 月 24 日晚　新疆奎屯

走独库、越天山

昨晚我们从伊宁又返回奎屯，入住前天所住的饭店，目的是今天去走一段路，看一线景，圆一个梦。那就是著名的独库公路，217 国道的其中一段，要去翻越天山，完成一项伟大的壮举！说实在话，我们这支以前陆海军人为主体的团队，在设计自驾进藏、进疆路线方案时，挑战注定是我们的本性、行动的宗旨。

天山东西走向隆起于新疆中部，把新疆分为南北两部分，不光是地理的分割，还是人文的分割。跨越天山沟通南北，或许是新疆各族人民的千年之盼，但又是千年之难！即使是近现代，直到新中国成立前，从北疆到南疆都没有一条直路，要从东经乌鲁木齐绕行上千公里。

1974年国家开始修建天山公路，从北疆奎屯的独山子到南疆库车，称独库公路，全长560多公里。国防优先，解放军工程兵承担了修建任务。经数万官兵近十年千难万险、艰苦卓绝的奋战，这条公路终于在1983年建成通车，这已是中国改革开放的时代了。独库公路使北疆到南疆的路程缩短一半，但是有168名修路官兵长眠天山。

更早期修进藏的川藏公路时，牺牲的官兵民工更是超过3000人。天山公路、川藏公路、成昆铁路，这些中国西部早期的战略通道，有多少烈士的英灵在陪伴你们啊！

独库公路，是战略通道，是英雄之路，也是美丽天路！今天，天山深处的著名风景那拉提、巩乃斯、巴音布鲁克，能让人激情澎湃的天山雪顶、悬崖峭壁、峡谷森林、魔鬼达坂……，都在独库公路沿线，都因为独库公路而串联在一起。这些过去"藏在深山人未识"的绝佳胜境，都因为独库公路而揭开了神秘的面纱。

好比川藏线是中国最美景观大道，独库公路是新疆最美的景观大道！这也是促发我们一定要走独库公路的内心原动力。走独库公路，圆终生梦想，这必定是我们新疆之行浓墨重彩而又惊心动魄的一笔！

早早驱车走上独库公路，从过天山之门始，便有骑摩托车和自行车的骑友们向我们招手，同路并进。在进藏的318国道上也有许多这样的骑友，还有步行的背包客，他们都是以理想信念为支撑在实现自己的梦想。车行不久，突然间天昏地暗，暴雨夹着冰雹扑打在车窗车顶上，啪啪作响，令人惊恐，许多车已停路边躲避。这是对我们走独库、闯天山的首轮考验。我们的陆地巡洋舰自然无惧，后面的骑友们能挺得住吗？

恶劣天气来得急，走得也快，20分钟后雨过天晴，我们继续攀越天山。路旁崖边竖有高耸的石碑，书写着"守护天山路"和"守望天山"的大字，字体遒劲有力。这是天山公路的符号，也是在纪念当年英勇的筑路官兵。

天山，天上的山，最高峰海拔7000多米，耸入云霄。山顶的垭口称"达坂"，独库公路翻越的垭口哈根勒希达坂和其他几个达坂，也有3000~4000米的海拔。这个季节，在山下可着短裤，上天山却要穿冬装，好在我们已有准备。

天山是名山，已成为世界自然遗产，山景壮美。独库公路盘绕着翻越天山，一直伴随我们的是路侧的山沟河流，汇聚的是从天山上流下的水。山有多高，水就有多高！天山，天河，形成冲怒的天瀑！但这瀑布还不是天河的源头，在翻山的垭口处有个清澈的湖泊，且称它天湖吧。更高山顶的雪山融水，还在汩汩下泄……

下山途中经过乔尔玛，这里建有为纪念修建独库公路而牺牲的烈士的纪念碑和纪念馆，无意之间，我们邂逅了筑路英雄陈俊贵，他正在给来访的人们讲述当年修路中的英雄壮举。当年修筑这条天路时，班长为掩护陈俊贵把生的机会留给了他，自己却牺牲了。复员后的陈俊贵毅然辞去工作，举家重返天山，来到乔尔玛，为他的班长和168名烈士战友守灵，一守就是24年！

"路是躺下去的碑，碑是竖起来的路！"陈俊贵的事迹深深感动了中国，入选"感动中国"2013年度人物。尊敬的英雄，我们合个影吧，让我们永远记住您！

继续沿独库公路前行，虽从美丽的那拉提景区门口经过，但很遗憾，路过就是挥手告别，我们的目的地是库车。

前面水毁路断，只得暂别独库公路，向东绕行218国道。自驾走川藏线，走独库公路，在夏日雨季，水毁路断的情况随时可能发生。特别是在川藏线，如果路断了，是无路可绕的，只有等交通武警把它修复。

218国道沿巩乃斯河东上，可以上行到伊犁河谷的深处。没想到，这个无奈的绕道使我们"误入花丛"，无意间走入天上人间的"桃花源"，又一个梦中的"香格里拉"！

巩乃斯河谷是高山峡谷，河水清清，水声潺潺，森林茂密，草场翠绿，山花红艳，湖泊如明镜，山林倒映其中。深墨色的森林显出与江南不一样的形态，树木都如刀剑般齐刷刷直刺蓝天。河滩上、山岗上，一个个白毡房冒着炊烟，一群群马牛羊自由自在地漫步。我们车行其间，如在画廊中蜿蜒穿行，真不知这是人间还是仙境。

这不是人为打造的景区，路旁闪过一个路牌，我记住了，这是巩乃斯镇郭楞村。

到了巴音布鲁克，巴音布鲁克在天山南麓，属巴音郭楞蒙古自治州。这意味着我们已经走出伊犁，翻越了天山。巴音布鲁克有天鹅湖保护区，是天鹅的故乡。天鹅四月飞来，届时湖面、草滩、空中当是天鹅遮眼。此时是八月，我们没看到天鹅，但看到了一片美丽的湿地，这也是绕道带来的收获。

在巴音布鲁克再次转上独库公路。巴音布鲁克草原是中国第二大草原，面积有2万多平方公里，仅次于内蒙古的鄂尔多斯草原。这里水草丰盛，绿草如茵，繁花似锦。但我们路过时正阴雨蒙蒙，美丽的草原如美丽的蒙古族姑娘，只不过蒙上了薄薄的迷人的轻纱，似乎正向我们打着招呼：下次再来吧，我永远在这里等你。

再向前行，山上落石，又阻路堵车了。有过前面绕道的惊喜，我竟傻傻地问：还能再绕一次道吗？当然不能。好在落石清除时间不长，一段疾驰后库车在望。没想到，在独库公路的末端，临近库车时，天上飘下一片让人惊诧的美丽：库车大峡谷！

库车大峡谷也叫天山神秘大峡谷，山体呈红褐色，山形壮伟，山峰壁立，直抵独库公路边。其山体、山石经千年风雕雨刻，千姿百态，比我们看过的魔鬼城更魔鬼，比火焰山更火焰，可以说美爆了！峡谷长达五公里，我们在路边看过，也就心满意足了。

独库公路集中了新疆最完美、最多元的风景！翻越天山走过独库公路，完成了一项人生壮举。天山，独库公路，我会永远把你们记在心中！

2018 年 8 月 25 日晚　新疆库车

沙漠公路，从库车到若羌

昨晚入住库车的塔里木酒店，听名字就知到了实实在在的南疆。今早从库车往东行 100 多公里，自轮台南转，进入塔里木沙漠公路。

喜欢旅游的朋友有了爱车后，出游就要选路了：最美的路、最险的路、最长的路、最有特点的路……。美国人自驾爱走 66 号公路，其斜穿美国 8 个州，称"母亲之路"。中国人自驾要走 318 国道，走京新高速。我们到新疆除了走独库公路，还有一条必须要走的路：沙漠公路。

这条路于 1993 年 3 月修建，1995 年 9 月通车。从塔里木盆地北缘的轮台到南缘的民丰，全长 520 多公里，其中有 450 公里是在塔克拉玛干大沙漠中穿行。塔克拉玛干沙漠是中国最大的沙漠，这条路是世界上在流动沙漠中修建的最长的公路。和独库公路一样，沙漠公路是自驾到新疆的人渴望走的路！

修建这条沙漠公路的初衷并不是为旅游，也不是为国防，而是为石油！石油是现代经济的命脉，我国在塔里木盆地发现了大油田，截至 2015 年，可探明的油气资源总量为 168 亿吨，塔里木盆地中石油、天然气资源蕴藏量分别约占全国油、气资源蕴藏量的六分之一和四分之一。

沙漠公路的起点，实际是轮南油田的内部道路，横跨公路的大门楣上书写着"塔里木沙漠公路"七个大字，两侧竖联是"千古梦想沙海变油海，今朝奇迹大漠变通途"，石油人的雄心是：征服死亡之海。

驱车进入塔克拉玛干沙漠腹地，路旁沙丘上红色的巨大标语写着："只有荒凉的沙漠，没有荒凉的人生！"好励志的口号！这里是每个走沙漠公路的人必须停车

西去篇

留影的地方！年轻人热血沸腾，年老人恨不得也聊发少年狂，唱一曲《从头再来》。我们这支陆海老军人团队向大漠中英雄的石油工人致敬！

从轮南驶上沙漠公路，并未马上进入沙漠，而是先要经过著名的塔里木河。塔里木河发源于天山和喀喇昆仑山，流入塔里木盆地，最后消失在沙漠中，是中国最长的内流河，长达 2000 多公里。行车从桥上看去，轮南段的塔里木河河道很宽，水量丰沛，水流很平静。河两岸是绵长的绿洲，满眼的绿色，种植有农作物，有大片的胡杨林，还开发出了旅游景区。

去过额济纳的胡杨林，觉得塔里木河的胡杨林不如额济纳有生机，但塔里木河很长，胡杨林面积很大，或许其他河段的胡杨林要更好些。再向前，绿色渐淡，黄色渐浓，虽还有胡杨林，但多已枯萎。再向前，有更大片的死去的胡杨林，其苍枝傲天，躯干挺立，给人以壮烈悲怆感！

进入沙漠了，沙漠公路笔直向前，路面随地形略有起伏。若从空中俯视，路两侧的绿色林带和中间褐色的路带，三条平行但色彩分明的色带铺展在黄色的大沙漠上，前看不到头，后看不到尾，与天际相接。这就是沙漠公路的壮美，令人心动，魂牵梦萦！

穿越塔克拉玛干的沙漠公路两侧有宽 30～50 米的绿化带，由红柳和梭梭这两种植物组成。在它们的根下埋有滴灌水管。水是从 100 多米深的沙漠地下打出来的，是盐碱水，这种水唯有红柳和梭梭能利用。能饮食盐碱水的红柳和梭梭挡住了沙尘，固住了沙流。红柳和梭梭，那就是青藏高原的牦牛，沙漠中的骆驼，赞你如何伟大都不为过！

沙漠公路每隔数公里就有一个太阳能光伏灌溉站，有人值守。我们的车开进一个电站，值班的老人告诉我们说，他来自四川，已经在这里工作了 8 年，除了吃饭免费外，每月有 1200 元的收入。老人很满意，笑容也很灿烂，他工作干得认真负责，还拿出他的值班记录本让我们看。

沙漠有取之不竭的太阳能，这个小型太阳能发电站产生的电可以用于抽水、灌溉，值班人员的生活照明、取暖和烧饭，耀眼的阳光为这里提供了不竭的能源。三间房构成小站，宿舍一间，井房和蓄电池房各一间。值班人员的饮用水和主副食都是从 100 多公里外送过来的，值班室里有电视，还有条小狗，这是值班人唯一的陪伴。

我们的突然到访给寂静的沙漠小站带来一时的欢声笑语。我们五岁半的小队友穆思翰很聪明，拿出车上的牛奶和鸡蛋送给值班员爷爷！合个影吧，为小队友点赞！为沙漠公路的守护者点赞！

红柳和梭梭护卫的沙漠公路只占全程的一半，另一半公路的两侧用芦柴打上了密密的四方格，扎入沙中，以阻挡和锁定风沙。行车在没有红柳和梭梭的路段，沙粒飞上路面，扑打在车身上，沙沙作响，车载探测器不断报警呼叫"停车！停车！"

我们停车了，是为了走进塔克拉玛干大沙漠，到大沙漠里撒个欢儿。在沙漠中向四周张望，除了黄沙还是黄沙，除了沙丘还是沙丘，连绵不绝，如奔涌的海浪。这是在几十万平方公里的沙漠中心，天空都是茫茫沙白，连云彩都没有，因为没有水蒸气！不知何人何时扔在路边一个易拉罐，也许100年都不会分解。带走吧，在塔克拉玛干大沙漠，除了脚印，什么也别留下！

6个小时，我们的车开出了塔克拉玛干大沙漠。塔克拉玛干大沙漠称"死亡之海"，徒步穿越塔克拉玛干大沙漠曾是许多冒险家的梦想，在没有沙漠公路的时代，徒步探险者要花上数月时间穿越沙漠，而且可能会付出生命的代价！

到且末了，再奔若羌，那将是另一番天地。到了若羌，不仅走出了塔克拉玛干大沙漠，而且按计划我们明天就要走出新疆。新疆的古尔邦节今天结束，高速公路免费也结束了。

为庆贺我们的新疆之行，抓住古尔邦节的尾巴，今晚喝杯若羌的当地酒"红枣原浆"，举起酒杯吧，朋友们！

2018 年 8 月 26 日　新疆若羌

从若羌到格尔木，走出新疆

若羌在南疆，是塔里木盆地东南缘的一个县。说是一个县，面积比东部一个省都大，其跨塔里木盆地和阿尔金山，有 20 万平方公里，为中国第一大县，地广人稀。若羌有的是沙漠、戈壁、莽山、荒原，这是南疆地理的主要特征，或许这就是荒凉之美。

汉代，西域指的是玉门关、阳关以西广大的地区，古西域有 36 国，打开今天的新疆地图，库车、且末、于阗、若羌、楼兰、乌孙、莎车……这些地名都是那时的西域古国，若羌还是个大国，历史厚重。今天看南疆荒凉，古时却是绿洲成片，牛马成群，驼铃夕阳，繁荣兴旺。

荒凉的地方长好东西，因为干旱，若羌的红枣非常出名。近年东部城市出现了一家家"好想你"大枣连锁店，"好想你"大枣的主产地就在新疆。在若羌，

西去篇

不仅有红枣，还有红枣开发出的"红枣原浆"酒，其甘醇微甜、带红枣香，我们昨晚已经品尝了。

离开若羌，意味着我们就要走出新疆了。若羌在塔里木盆地和阿尔金山之间，乃交通咽喉，古时的丝绸之路和今天的丝绸之路经济带都要从若羌经过，若羌是古今丝绸之路的主要节点。

从若羌东去的路上，我们看到，若羌就是国家西部交通建设工程的大工地。在我们行驶的315国道两侧，从青海格尔木到库车的格库铁路，从新疆与青海交界处的依吞布拉克到若羌的依若高速，两条西行干线的建设在并行推进，隧道、桥梁、工地、施工车辆不时闪过，成千上万的建设大军在努力奋战。

继续东行，前面有一条323省道，往北转，路标的地名指向"罗布泊"。罗布泊，一个极为惹人注意的地名！罗布泊曾是塔里木盆地东北部的一个大湖泊，著名的楼兰古国也在这里。今天的罗布泊已经干涸，因温室效应加剧，全球气候变暖，西北降水减少，20世纪70年代作为湖泊的罗布泊消失了。今天的罗布泊之所以出名，是因为它是中国原子弹的试爆地，1964年，这里升起了蘑菇云，中国进入有核国家行列。如今罗布泊已经完成核试使命，成为旅游探险者梦想的目的地。

除罗布泊外，楼兰古国、米兰古城、小河墓地，这些西域著名的古遗址都在若羌县境内。不过，它们距我们设定的行车线路都有数百公里。忍痛割爱吧，新疆想看的地方太多，但我在车上对罗布泊方向注视良久，遐思遄飞。

前方是阿尔金山，新疆与青海的界山，也是中国的野生骆驼保护区，不过我们没有在路旁看到野生骆驼。翻过阿尔金山，迎面是若羌的依吞布拉克公安检查站，人下车，拿出身份证，经过最后一次严格的安全检查。

过了这个检查站，我们就走出新疆，进入青海了。"青海人民欢迎你"，好亲切的欢迎语。进入青海，似乎进入另一个世界。若羌的天是灰蒙蒙的，但青海的天，瓦蓝瓦蓝；青海的云，雪白雪白；青海的地，翠绿翠绿……。大美青海！

好了，朋友们，祖国那么大，你想去看看，请去新疆。再见，新疆！

2018 年 8 月 27 日　青海格尔木

北上篇

北上黑龙江

风情哈尔滨

昨日下午四点半，车入哈尔滨市区。放下高速上紧闭的车窗，阵阵凉风吹来，一天的驱车疲劳随风而去。在哈尔滨，遍布俄罗斯痕迹：我们的"大总管"龙晓红安排了哈尔滨最有特色的宾馆，宾馆楼下就是庄严肃穆的圣索菲亚大教堂；漫步前去，是具有俄罗斯风情的中央大街；抬眼前望，是穿城而过的松花江，松花江流入黑龙江，黑龙江对面就是俄罗斯！

哈尔滨，曾被称作"东方莫斯科"，被誉为"天鹅项下的珍珠城"！由此想起20世纪80年代关于哈尔滨的著名歌曲，郑绪岚演唱的《太阳岛上》，还有关贵敏的《浪花里飞出欢乐的歌》……一首古诗奠定一道风景，一首歌曲也可点亮一座城市！今天，中国无人不知哈尔滨，无人不知太阳岛，无人不知松花江！

这是在松花江畔的哈尔滨，是夏日凉爽的哈尔滨！

哈尔滨是东北名城，最美的风景是夏季和冬季。冬天来哈尔滨，是要观赏冰灯，欣赏冰雪世界。现在是夏季，夏季的哈尔滨更是风情万种。

20世纪80年代，那还是改革开放的早期，王刚说书《夜幕下的哈尔滨》，抓住了当时中国民众的耳朵，也成就了王刚。全国人民都知道，夜晚的哈尔滨，特别是中央大街，灯光灿烂，风景迷人，美轮美奂，使人流连忘返。

哈尔滨不仅美在夜晚，还美在清晨。今天凌晨早起，直奔松花江边。清晨的哈尔滨，松花江边的斯大林公园，清风送爽，江景秀丽，隔江看美丽的太阳岛清晰在目。江堤上、公园里，人流熙攘，可以高声歌唱，可以自由舞蹈，可以漫步健身。"松花江"，这名字就起得很美，水从长白山天池北向流出，流经哈尔滨，流入黑龙江。松花江孕育了哈尔滨，给哈尔滨带来水的柔情，水的浪漫。

哈尔滨，一个伴随着铁路交通诞生的城市。哈尔滨作为大都市，和中国海滨的大连、青岛、上海一样，只有一百多年的历史。近代，西方列强多跨海侵入中国，海上航线延展，由此有了大连、青岛、上海、湛江等港口城市。俄罗斯与中国陆地相接，在19世纪中叶侵占了中国黑龙江以北乌苏里江以东之后，更把贪婪的目光瞄向松花江嫩江流域的中国东北，强修通往中国东北内陆的"中东铁路"，即中国东方铁路。

中东铁路在中国东北境内总体呈丁字形布局，"丁"字横竖的交汇点就定在松花江边的哈尔滨。"哈尔滨"是满语，意思是晒渔网的河滩。因为中东铁路的开通，这个原本晒渔网的河滩开始快速发展。日本人侵占东北时，黑龙江还分出东部的合江省，省会佳木斯，有句话说，"小小的哈尔滨，大大的佳木斯"。但今天的哈尔滨已经发展成为中国远东的大都市了。哈尔滨和安徽的蚌埠一样，都是近代铁路"拉过来"的城市。今天哈尔滨城区还分"道里""道外"，这个道，就是当年中东铁路的铁道。

因为这个特殊的历史背景，哈尔滨是一个有着浓烈俄罗斯风情的中国都市。近代西方势力进入中国，把建筑文化也带入中国。建筑，是凝固的诗，是矗立的歌，是存活的历史文化。上海外滩、江西庐山、青岛八大关的建筑是万国建筑群，但哈尔滨的中央大街是清一色的俄罗斯建筑，还呈现出俄罗斯不同时期的流派风格。圣索菲亚大教堂是哈尔滨一张对外的名片，典型的拜占庭风格，就在我们宾馆的楼侧。虽然在围栏整修，但那蒜头状的教堂塔顶依然高耸向蔚蓝的天空。

在哈尔滨，满大街都是"马迭尔"。宾馆是马迭尔，餐厅是马迭尔，街边卖的冰棍也是马迭尔，拍的电视剧也挂着马迭尔的名！哦，"马迭尔"是俄语，"现代、时髦"的意思，是当年的俄罗斯人把现代和时髦带到了哈尔滨。今天的哈尔滨人还把面包称为"列巴"，哈尔滨的知名食品红肠，最早在中国生产的哈尔滨啤酒"哈啤"，都与俄罗斯相关。

中央大街顶端，松花江的对面，是太阳岛。经历改革开放初期的中国人都熟悉王立平作曲、郑绪岚演唱的《太阳岛上》："明媚的夏日里天空多么晴朗，美丽的太阳岛多么令人神往。带着垂钓的鱼竿，带着露营的帐篷，我们来到了太阳岛上。"

在哈尔滨短短半日，中午又要离开。吃碗东北的饺子，挥挥手告别哈尔滨吧，不带走那蓝天上的云彩。

驱车沿鹤哈高速、绥北高速前行，意料之外的惊喜是，我们在继续北上奔向五大连池的路上，看到了更蓝的天，更白的云，更广阔的东北原野。

让东北的夏日美景浸润你的双眼吧，这可是一趟养眼之旅哦！

2018年7月6日　哈尔滨

五大连池

北上黑龙江，经过一下午的行程，在白云蓝天、莽莽苍苍的大东北的环拥中，我们来到了五大连池。五大连池是黑龙江省黑河市的一个县级市，也是著名的AAAAA级风景旅游区。

因为东北来得少，来之前把"五大连池"误认为是"五大莲池"，以为与佛教传说或历史故事有某些关联。来了之后才知道，五大连池是自然景观，是由14座火山锥组成的火山群，300年前还喷发过，喷涌而出的熔岩阻断了河流，形成5个相互连通的火山堰塞湖，所以称"五大连池"。

五大连池是世界地质公园，也是国家重点风景名胜区、国家级自然保护区、国家森林公园、国家自然遗产等，都是国字号的，可见五大连池地位之重要！因为有14座火山连成片，作为景区的五大连池面积超过1000平方公里。

东北多火山，西面的阿尔山是火山群，东面的长白山天池是火山口，佳木斯的镜泊湖是火山喷发形成的堰塞湖。我去过长白山天池和镜泊湖，还去过海口的火山景点，这些地方除明显的锥形山体外，地面的火山痕迹都已经淡化，地理地貌多恢复正常。但五大连池不一样，特别是在老黑山、火烧山的火山区，你面对的就像是刚喷发过、凝固了的火山，似乎一切生命都被埋葬在焦黑嶙峋的火山石岩中，"老黑山"由此得名。火山熔岩形成的石河绵延十多公里，一眼望不到头。打个不恰当的比喻吧，我似乎是站在刚遭受原子弹轰炸后的地域，面对的是一片残骸废墟！熔岩凝固过程中形成的如花状的喷气碟，像是一个个祭奠死亡生命的花圈。这不能不引发人们强烈的心灵震撼。

老黑山是一座高近200米的火山锥，是这14座火山中最高、体量最大的。登上山顶俯瞰脚下巨大的火山口，形如漏斗，侧立的标牌介绍：老黑山火山口直径约350米，深约140米。因为地势最高，又位于火山群中间，登顶远望，环布于四周的火山和五大连池堰塞湖都一目了然。

老黑山、火烧山的最后一次喷发是在1719—1721年，也就是说，距今已290多年，近300年，现在它们处于休眠期。300年，在人类的生命史上已经繁衍了若干代，但在地质史上，还像是昨天发生的事。

我们今天来到五大连池看火山，是在欣赏自然风景，但在300年前那个火山突然喷发、熔岩涌流的时刻，这是人类的巨大灾难、灭顶灾难。温度高达1000多摄氏度的火山熔岩，如一条火河泛滥，所到之处，万物吞噬殆尽。所有的生命，一瞬间化为冲天而起的白烟，直至灰飞烟灭。

在瞬间喷发的火山和熔岩面前，生命是脆弱而不堪一击的，但从历史长河的角度看，生命又是顽强而奔涌不息的！在熔岩流淌的黑色长河中，生命并非一片死寂，也不时有绿叶摇曳，红花明艳，清水荡漾。在熔岩没有侵蚀到的地方，更有成片的白桦林，洁白树干上那一个个睁大的"眼睛"，似是在欣赏人间美好的生活。特别是那与众不同的火山杨，虽然不高大，但却顽强生长在熔岩覆盖过的地面上。300年后的五大连池，包括老黑山、火烧山，已经凤凰涅槃、浴火重生了，不仅植被茂密，更成为动植物的王国，是著名的旅游景区。由此联想起虽历经磨难，但五千年延续不断的中华文明。丽日凉风中游人的欢声笑语，似乎是在唱一支生命的赞歌。

2018 年 7 月 7 日　五大连池

走进黑河

今天的黑河是位于黑龙江江边的中国地级市，历史上的黑河只是瑷珲县下的一个镇，今天的爱辉（瑷珲）是黑河下属的主城区。虽然黑河与瑷珲的地位发生了置换，但黑河就是瑷珲，瑷珲就在黑河。我的这部分游记名《北上黑龙江》，就是奔黑龙江边的黑河而来，奔爱辉而来。

入住的宾馆就在黑龙江江边，夏日，黑河的天四点多就亮了，我迫不及待地早起登上江堤。盛夏时的黑河凌晨，气温只有14℃，晨练的当地人多穿着长袖衣衫，只有我这样的南方来客，一身短装，享受着渴盼的清凉。说实在话，14℃，那是很凉了，好在随着太阳升起，温度逐渐上升。上午，我们一行分乘两艘巡逻快艇，在黑龙江中遥看俄罗斯。称其为"黑龙江"，乃因东北是一片黑土地，江岸江底都由黑土构成，江水也就呈黑色，如一条翻滚的黑龙。巡逻艇驶过翻起的浪花，在阳光的照射下，呈现的不是白色，而是昏黄色。

巡逻艇航线距俄罗斯江岸也就只有几百米，江中看俄罗斯比早上隔江看更清晰。黑河对面是俄罗斯阿穆尔州首府布拉戈维申斯克，沿江建筑也是一派清新，宁静安详，没有我们这边熙攘的行人和轰鸣的车辆。

接待的主人介绍说，体量最大的那栋建筑是宾馆，江边矗立的跨街门状建筑，是他们的凯旋门。我们看到，江滩上已有穿着泳装的俄罗斯俊男美女在晒日光浴，当然，还隔着铁架耸立的俄罗斯哨所，哨所里肯定有双警惕的眼睛盯着我们。

江中间锚泊着俄罗斯炮艇，和我在黑瞎子岛的黑龙江中看到过的是一个模式。说是内河炮艇，却不是普通型号的炮艇，主炮炮管粗壮，我看那口径足有 120 毫米，而且炮塔是坦克炮塔，厚装甲的。朋友介绍说，每年黑龙江开冻通航，俄罗斯炮艇就从下游驶过来停在江中，直到天寒封江前开走。中俄以黑龙江主航道为界，江中炮艇的意思是：这是边界，是红线，不能越线！

　　今天的黑龙江中俄两岸，和平而宁静。我们驱车离开黑河城区，来到郊野的黑龙江江边，这里有缓缓的河坡，有青青茂密的野草。与江浙多已经硬化的河岸不同，黑龙江的河岸还保留着自然原始状态。岸边有农家乐、度假村面江迎客，今晚武震的黑河朋友要在这里招待我们。

　　因为是周末，许多黑河人把车开下缓坡，开到江边，虽然没学俄罗斯人脱了衣服晒日光浴，但可以在江边游泳、垂钓、撒网、野炊、洗车。狗儿在江水中追逐撒欢儿，也享受着和平快乐的生活。

　　在黑河，看到了比哈尔滨更多的俄罗斯人，黑河与俄罗斯的关系比哈尔滨与俄罗斯的关系更紧密，电视剧《爱情的边疆》的外景地就选在黑河。哈尔滨街区的俄罗斯风情是历史，而黑河的俄罗斯特色是现实，黑河沿江的一些建筑显俄罗斯风格，江堤上的一些文化雕塑多以熊为主题。同样，看对面俄罗斯的建筑，也缺少了传统的尖顶和大蒜头圆包，更趋中国风。当地主人说，这些建筑多是中国人施工的，说不定设计图纸也是中方带过去的。

　　每年夏天，中俄还在黑河举行畅游黑龙江联谊活动：中国人游过去，俄罗斯人游过来；中国人再游回来，俄罗斯人再游回去。黑河是中国与俄罗斯经贸交往的重要口岸，通往俄罗斯的跨江大桥正在修建，明年底就可通车了。经贸交往、文体交流，直至民间通婚，自然带来两岸的趋同，希望中俄边界永远祥和。

　　当然，即使今天，两岸也在暗中较劲。黑河市区的黑龙江江边正在进行工程施工。中俄双方都在往江中堆填，固江岸，建码头，原本宽 1000 米左右的黑龙江，在黑河城区段只剩下五六百米了。黑河的朋友介绍说，这是俄罗斯先挑起的，一下向江中推进了 200 米。俄罗斯江堤建成后，必使江水向我们这边冲压，威胁我江堤安全。中方曾通过边界会晤照会俄方，但俄方置之不理，不得已，中方也后续跟上。

　　朋友推荐明天过江去俄罗斯实地看看，想想还是不去了，隔江看为好。因为江对面俄罗斯的"布拉戈维申斯克"，就是 100 多年前中国的"海兰泡"。已经伤过的心，不想再被伤害了！

2018 年 7 月 8 日晚　黑龙江边黑河

北上篇

呼伦贝尔大草原

从黑河还可以继续沿黑龙江北上，到中国的最北端漠河，去北极村看北极光。但黑河到漠河是边防公路，路况一般，来回需两天，我们的行程安排不允许。

告别黑河，我们驱车南下再西去，目的地是呼伦贝尔和满洲里。这段行程有1000多公里，需10多个小时，中途晚宿齐齐哈尔。唐大永从大庆开车160多公里，专门赶到齐齐哈尔接待我们。唐大永，我们西藏自驾游团队中的海军航空兵的战友，在大庆工作，西藏之旅让我们结下了深厚友谊。当晚，东北的大锅炖鱼美味可口，又是一场酣畅淋漓的聚会。此次东北行，在哈尔滨、黑河、齐齐哈尔都有战友，有战友就像到家一样。我不禁想起军旅诗人张永枚的那两句名诗：骑马挂枪走天下，祖国处处都是家。

齐齐哈尔在嫩江边，历史上是黑龙江省的省会，有300多年的建城史，资格比哈尔滨老许多。在齐齐哈尔城市广场，有当年建城奠基人玛布岱的塑像，他是清朝的达斡尔族将军，建齐齐哈尔城的目的是抵御沙俄势力的东侵。齐齐哈尔城成型后，在玛布岱的主导下黑龙江将军府被移驻过来，齐齐哈尔成为那个时代黑龙江流域的政治军事中心。

九一八事变后，由马占山发起的对日抗战第一枪江桥抗战，就发生在齐齐哈尔。今天的齐齐哈尔是黑龙江省的第二大城市，还是20世纪50年代苏联援助中国时形成的老工业基地，军工企业非常集中。今天，一个齐齐哈尔市出了两名中国航天员——翟志刚和刘伯明，这也是齐齐哈尔值得宣传的一张名片，在市民广场边还立有"飞天"的石刻。

齐齐哈尔还有著名的扎龙湿地国家自然保护区，丹顶鹤的家乡。那首曾经深深打动过国人的歌《丹顶鹤的故事》，就从扎龙开始唱响，唱到江苏盐城："走过那条小河，你可曾听说，有一位女孩，她曾经来过……"

我们第二天一早从齐齐哈尔西去，穿越大兴安岭，进入内蒙古。东北的大、小兴安岭，都是令人神往的地方。大兴安岭是山地，但不像西南云贵的山那样陡峻，西行一路除一个约三公里长的隧道外，绥芬河到满洲里东西向绥满高速的大兴安岭段都在地面攀行，随地势的高低而起伏，这就给了自驾旅行的人以开阔的视野。车上坡顶，驻车远望，林海茫茫，百里苍苍，绿浪远去，蓝天艳阳。当年苏联红军围歼日本关东军，大兴安岭是选定的主要突击方向，这可能与林区相对平缓的地势有关。

大兴安岭是山区、林区，似乎也是无人区，车行百十公里，很少看到两侧有人居住，而手机也长时段无信号。也好，可以集中精力欣赏路边的美景。

沿绥满高速西行，过牙克石，就出了大兴安岭，驶入呼伦贝尔大草原，这是我们最渴盼的目的地。一首《呼伦贝尔大草原》许多知名歌手都唱过，唱醉了中国人的心，唱出了无数中国人对呼伦贝尔大草原的向往。

进入海拉尔的这段路不是高速，没有封闭，可以让人随意停车走入草原，亲近草原。也许这是有意设计的，就像进藏的318国道旁设有许多观景台一样。

因为有美丽的呼伦湖和贝尔湖，呼伦贝尔大草原由此得名。内蒙古地域广大，横跨中国北方，内蒙古的西部多戈壁沙漠，中部、北部多草原，但最美的草原却在最北边的呼伦贝尔。什么是"蓝蓝的天上白云飘，白云下面马儿跑"，你来到呼伦贝尔大草原，就找到了最好的答案。

蓝天白云下，一望无际的绿草如海洋般绵延至天际，偶有隆起的山包和几丛绿树，远看就像海上航行的舰船或海上舰船隆起的舰岛。一个个的毡房点缀在草原上如白云飘落，一弯弯的小河曲曲折折缓缓流淌，一片片的湖泊如明镜映着日光，一丛丛五颜六色的野花蓬勃开放。成片的马群、牛群和羊群，或欢蹦跳跃，或低头食草。问牧人何去？可能在毡房里举杯邀友，可能在拉着马头琴，哼着长调吟唱……哦，呼伦贝尔大草原，这是一块北国的碧玉，这是心灵的净土、人间的天堂，呈现的是和平、幸福和安详。

我们驱车来到呼伦湖边。呼伦湖，又叫达赉湖，蒙古语的意思是"海一样的湖"，是中国北方最大的湖，丰水时面积超过2000平方公里，是中国第四大淡水湖。中国海军最新最大最快的那条补给舰，就以"呼伦湖"命名。美丽的呼伦湖又与海洋海军相关联，让我这个海军教授兴趣更浓。

呼伦湖四周有绿色草原的围拥，湖中鱼游鸟飞，微波不兴，看过去浩海长天，一碧万顷。呼伦湖是草原的明珠，为保持其原生态，我们来时，湖边、湖中的旅游项目全停了，绿水青山就是金山银山，是的，呼伦湖这颗草原明珠，应该永远熠熠发光。

中国有56个民族，黄河长江流域的汉族善农耕，而北方草原的少数民族长游牧。中华民族5000年的文明史，缺少不了北方游牧民族的历史，这是另一半中国史。而在这另一半的中国史中，呼伦贝尔大草原演奏了极为重要的乐章。

因为有呼伦湖、贝尔湖及上百个大小湖泊的滋润，呼伦贝尔这片大草原自古水草丰美，人欢马叫，可谓"天苍苍，野茫茫，风吹草低见牛羊"，几千年来都是北方游牧民族生长的摇篮。鲜卑人、突厥人、契丹人、女真人、蒙古人，都曾以呼伦贝尔为根据地繁衍生息，经长期的实力积蓄，先统一北方高原各族部，再伺机扬鞭兵指黄河长江，入主中原。

回望历史可感悟，谁拥有了呼伦贝尔草原，谁就拥有了蒙古高原。几千年来，在冷兵器时代，刀剑血火，铁马秋风塞北，这样的历史剧在一幕幕轮演。而呼伦贝尔大草原，可能就是悄悄揭开剧目序幕的那只历史之手。

身到呼伦贝尔大草原，心也想留在呼伦贝尔大草原！但鸣叫的汽车喇叭和同行的队友在提醒我：前面还有一站，去满洲里。

呼伦贝尔和满洲里都属于内蒙古，但我这里还是把它归入《北上黑龙江》的系列游记里。这是因为要保持此趟北上行的完整性，更重要的原因是，呼伦贝尔过去属黑龙江将军节制，也曾属大黑龙江。

2018 年 7 月 11 日　呼伦贝尔

国门满洲里

此次北上，满洲里是最后一站了。此行到达的最北端的城市是黑河，最西端的城市是满洲里，这两个城市都是边境城市，可以遥望俄罗斯。而且满洲里还临近蒙古国，中、俄、蒙三国在满洲里相衔接。

近代俄罗斯势力侵入中国东北，东北的很多城市都留有俄罗斯痕迹。如果说哈尔滨的俄罗斯风情主要在历史、黑河主要在现实的话，满洲里给我的感觉是：俄罗斯对满洲里的影响不仅在历史，更突显在现实，还延伸到未来。

"满洲里"是俄罗斯人起的名字。1900 年，俄罗斯把已修到中国边境的西伯利亚铁路继续向前修进中国国土内，这就是东清铁路，也称中东铁路，有 130 多个俄罗斯工程人员入境。那个时候东北叫满洲，俄罗斯人就把中国的这个地方称作"满洲里亚"，后来中国人跟随俄罗斯人称呼这里时去掉末尾的弱音"亚"，就有了"满洲里"的名字。

随着铁路和车站的建成，来这里的俄罗斯人越来越多，商贸也随之兴起。1903 年，俄罗斯人就以中东铁路和车站为基点，规划建城，建筑当然都是俄罗斯风格的，管理者也是俄罗斯人。1904—1905 年的日俄战争期间，满洲里人口陡增到 4 万人，其中俄罗斯人有 3.5 万。

今天的满洲里与俄罗斯的联系更加密切。随着中俄关系的升温，随着中国"一带一路"倡议的推进，中国经济往西发展，满洲里是中俄经贸交往的主要通道，满洲里口岸是中国最大的陆路口岸。我们到了满洲里的中俄边境，在第 41 号界碑处，跨铁路建有最宏伟壮观的国门大楼，登楼远眺俄罗斯，对面是后贝加尔斯克，莽莽苍苍。国门大楼下的铁路线就是当年的中东铁路，纵贯中俄两国，一列列装满货物的火车频繁穿梭，运入中国的多是木材、煤炭等原材料。

以国门大楼为中心，满洲里开发建成了国门景区，内设中俄互市贸易区，建筑是俄罗斯样式的，丰富多样的俄罗斯商品任游人采购。

在满洲里，在中苏金街，不仅满眼的俄式建筑，街头塑像也是俄罗斯人，饭店里还有俄罗斯姑娘做服务员。特别是近年，满洲里建成了套娃广场，是全国唯一以俄罗斯传统工艺品套娃形象为主题的大型综合旅游度假景区，新建的一个典型的俄罗斯城，色彩鲜艳，美轮美奂！

满洲里四周，类似这样风格的景点还有不少。我有些担心，是否有点过于俄罗斯化？

满洲里是最大的陆上国门，是中俄间的主要经贸通道。到了满洲里我才发现，满洲里除了是经济之门，也是政治之门；是中俄两国之门，也曾经是中苏两党之门；是公开的门，也还有过秘密的门。

日俄战争中俄罗斯战败，长春以南的中东铁路路权给了日本，但黑龙江境内（那时满洲里属黑龙江）的铁路主权还属俄罗斯。也就是说，当时黑龙江还处于俄罗斯的势力范围。

俄国十月革命后，建立了苏维埃政权，共产国际首先在满洲里建立了秘密联络站，开辟了通往中国国内各点的秘密交通线，掩护过往人员。1920年，维经斯基就是从满洲里入境来到中国，找到李大钊和陈独秀，筹建了第一个共产主义小组，由此才有了1921年中国共产党的成立。

新中国成立前，满洲里是中国共产党与苏联沟通的主要通道，是两方之门。中共六大在莫斯科召开，一百多名会议代表从全国各地集结到满洲里，乘中东铁路的俄罗斯火车到莫斯科开会。中国共产党的早期领导人进出苏联，都要从满洲里走。中国共产党许多领导人的子女，包括毛泽东的儿子毛岸英、朱德的女儿朱敏、刘少奇儿子刘允斌，都是通过满洲里到莫斯科的国际儿童院学习成长的。

今天，国门景区内当年的中苏会谈会晤室，已经改建成满洲里红色纪念馆，讲述着这段并不广为人知的历史。

满洲里的温度，似乎比黑河还低些，傍晚在北湖边散步，颇感凉意，必须加一件春秋衫。天暗了，灯亮了，陡然发现，满洲里这个边境小城还有着国内最美的城市灯光。灯光照耀下的满洲里，一片辉煌！

2018年7月12日　大连

北上篇

林都伊春

伊春在黑龙江小兴安岭深处，被森林包围着，飞机降落时向下俯瞰，是一眼望不到边的莽莽苍苍的墨绿色林海。伊春是森林之都，伊春机场名为"林都机场"。当江浙城市多在 36~37℃ 的高温中炙烤时，飞机的广播预告林都地面温度 20℃。嘿嘿，怎一个"爽"字了得！

伊春是地级市，面积 30000 多平方公里，但伊春城区只是夹在南山、北山中的一个小城，仅数万人居住，一条伊春河从其间流过，伊春市也因伊春河得名。因为有了小兴安岭这片大森林，才有了伊春市。

黑龙江伊春在 20 世纪 60 年代就很知名，是因为莽莽苍苍的小兴安岭，也是因为一望无际的苍山林海。1962 年冬，著名诗人郭小川去伊春访问采风，写下三首著名的抒情长诗"林区三唱"：《祝酒歌》《大风雪歌》《青松歌》，歌唱伊春，歌唱小兴安岭，歌唱青松林海，歌唱林业工人！60 年代是激情燃烧的年代，郭小川是新中国激情澎湃的豪放派诗人。

我在 20 世纪 70 年代入伍从军，学诗写诗，读了许多郭小川的诗，由此知道了黑龙江伊春，知道了小兴安岭，虽然当时没有机会到伊春，但总念着伊春，脑海中已印上了伊春的林海图像。

北上黑龙江，伊春最美！夏天秋天，都是伊春的黄金季节。从伊春到嘉荫，沿 222 国道驱车北上，看巍巍小兴安岭绵延起伏，逶迤千里；茂密的大森林郁郁葱葱，层峦叠翠；蓝蓝的天，白白的云，一望无垠。如秋日来，山林彩绘，赤橙黄绿色泽斑斓，会美迷双眼。冬天的小兴安岭也是美的，那当是壮阔莽苍银色的林海雪原！

嘉荫是伊春最北的县，在小兴安岭北麓，县城临黑龙江，是个袖珍边城，与俄罗斯隔江相望。清晨登上江边高高的边防哨所瞭望塔，看脚下的黑龙江，看江对面的俄罗斯。黑龙江逶迤东去，俄罗斯一片苍茫。接待我的主人告诉我，嘉荫江对面的俄罗斯只有几个小农庄，唯见几座木屋掩映在密林间，少有人迹，两岸也没有边贸往来。看中国一侧，绵长的江堤已打造成休闲景观大道，有车开近江边，有人在江中游泳。伊春嘉荫，一个小巧玲珑的边城，经一夜雨洗，显出一派清新！

到嘉荫，值得看的有恐龙国家地质公园。黑龙江边的嘉荫，是中国最早发现并挖掘出恐龙化石的地方。那是清末的 1902 年，由一个俄罗斯上校发现的。最早挖掘出的完整的恐龙化石今天还展陈在俄罗斯圣彼得堡的博物馆，称"满洲龙"。

是的，只要到黑龙江边，总回避不了俄罗斯这个邻居。

当然，在伊春最惬意的还是走入森林，漫游林海。"绿水青山就是金山银山"！伊春林区已经停止了森林砍伐，改为养护这片绵延几万平方公里的小兴安岭林海。一个个的林场被开发成一个个的森林公园。

汤旺河是贯穿小兴安岭的主要河流，流入松花江。汤旺河林区在小兴安岭林区的中心，现在是 AAAAA 国家森林公园，林海奇石是其核心景区。进入公园，看林海万顷，听松涛浪滚，石阶上松鼠（花栗鼠）扑脚，密林间叠石千姿。丛林中溪流穿行，水是棕黄色的，形成瀑布，溅出金色的浪花。林间提示牌告诉你：此处每立方厘米空气中负氧离子含量达 4 万多个！

溪水国家森林公园在伊春的上甘岭林场。"上甘岭"，猛地看到这个名字，我就在思索它与朝鲜战场的上甘岭有关联吗？没想到还真有关。抗美援朝期间，我军一支部队在这里集结，准备随时开赴朝鲜。没想到上甘岭战役后，战线稳定在三八线，朝鲜停战了。上级给这支部队的命令是原地转业，伐木建林场，于是有了"上甘岭林场"。

溪水公园不同于汤旺河，汤旺河以掩映在密林中的千姿百态的石林为主要特色，而溪水公园的主要景观就在林间一条湍急的、长长的、曲折的，如蛇一样匍匐而行的山溪两侧。木栈道也是长长的，或傍着小溪，或穿越小溪、横断小溪，栈道与溪流，相互缠绕交织，盘旋而上。在这样的溪水边栈道上漫步，唯有轻松和惬意。

伊春两日，在绿色的林海中徜徉。现在去伊春的交通还不太方便，但很快高铁就会修到伊春。南方地区的许多人已经提前规划在伊春购房避暑，犹如在海南购房过冬一样。如果你难以忍受南方的酷热，去伊春吧。伊春，这是北方大森林中的一块碧玉。

2019 年 8 月 16—18 日　伊春

冰雪世界，欢乐天堂

昨晚走入沈阳东大营一个营院，看到了塞北的雪，留下了几张暮昏的雪景照。今天上午到了沈阳棋盘山冰雪大世界，才真正看到塞北雪的恢宏豪迈，禁不住要吟咏毛泽东的词《沁园春·雪》："北国风光，千里冰封，万里雪飘。……山舞银蛇，原驰蜡象，欲与天公试比高。……"

北上篇

棋盘山风景区在沈阳东北方向 30 多公里，被称作沈阳的后花园，有山有水，方圆几十公里，一年四季风景变幻。特别是到了冬季，一场大雪后，以秀湖为中心，这里就成了冰雪世界、欢乐天堂。秀湖边的路已环通，车行一圈，可在冰雪世界的山湖丛林间穿行，尽赏塞外雪景。

今天沈阳温度零下 17℃，但没有寒风，只有艳阳，朋友说："为了欢迎您的到来，沈阳推出了最美的雪景。"秀湖已冻结成冰雪大平原，一望无边，如从空中往下看，应是山林环绕的一个巨大镜面。因为是冰雪世界，有造雪机在不断地吹雪堆高，这是在为滑雪爱好者创造条件。

你可以在冰面上尽情地嬉戏，不必考虑脚下是深深的湖水，不像在冬天南京结冰的湖面行走，你小心翼翼地走上去，担心冰裂。你可以在雪原上画个圈儿，可以涂鸦写字，可以摆个姿势留个影。你可以大吼长啸，一抒胸臆；也可以匍匐贴地，静听心声。

我干脆就地卧倒了，四肢张开，与雪原来个零距离接触。看远山苍莽，银装素裹；听欢歌笑语，平仄有音。来到这个冰清玉洁的世界，不管是男女还是老少，都会回到纯真的孩童时代。

北方的雪是干雪、冷雪，外结一层硬壳，走上去有"咔嚓咔嚓"声，似马蹄慢步的清脆声响。也见过南京紫金山的雪、杭州西湖的雪，但它们落地后不久即化，水湿一片。赏南方的雪，你得抢时间抢点儿，赶慢了雪就溜走了。

在一片洁白的世界徜徉，你要穿鲜艳的服装才能把自己突显出来，才能营造出欢乐的气氛。我来东北，本无准备，如有下次，定大红大绿着装。

关东塞外是一片独特的世界，而关东影视城，是雪藏着的一片异样的天地。棋盘山冰雪世界旁的"关东影视城"，是为拍摄东北题材的影视剧而专门打造的一个外景地，不少影视剧在这里拍摄。这是一个袖珍的城墙围绕的东北特色城镇，这个季节游客不多，是的，冰雪的吸引力比这个人造古城更大。

有首知名歌曲《我爱你，塞北的雪》诞生于 20 世纪 80 年代，改革开放的初期。其歌词、曲调，其画面、意境，展示出东北雪野的开阔壮伟——"飘飘洒洒漫天遍野"；表达了人们对美好春天的殷切期盼——"你是春雨的亲姐妹哟，你是春天派出的使节"。这首歌经许多名家，如殷秀梅、彭丽媛、谭晶、降央卓玛等的演唱，流行近半个世纪，生命力不衰，可能是歌唱东北冰雪世界的最美歌曲。你只有亲临东北的冰雪天地，把自己置身并融于冰雪之中，才能真切地感受到《我爱你，塞北的雪》这首歌抒发的感情！

大声唱吧，"我爱你，塞北的雪"！

塞北有雪，江南也有雪，今年 1 月，南京也下了一夜大雪。我赶早登上半山园段的古城墙，面对钟山，俯瞰前湖，这是观赏南京的绝佳去处，也可以尽赏雪后南京的"山水城林"。雪下塞北，雪下江南，展现的风格不一样，区别就在于"铁马秋风塞北"和"杏花春雨江南"，是壮阔和清秀的不同。

2016 年 12 月 24 日　沈阳东大营

百年沧桑旅顺口

　　落日黄昏中的旅顺口，不时有海鸥掠过海面，尖叫着寻食。正前方对面是老虎尾，远看过去是一条狭窄的进港通道，看不到归航的军舰，港湾内也是静悄悄的。垂钓的人或安详沉静，紧盯着鱼浮；或快收渔线，盼望着收获。白云山上高耸的白玉塔在蓝天的映衬下，俯瞰着辽阔的海面。

　　这种安详宁静的画面可能日复一日地在此不断展现，旅顺人都已经习以为常了，并不觉异常美丽。这就是旅顺口，旅顺军港。

　　旅顺不大，现在只是大连的一个区。旅顺也很大，"文革"期间旅顺和大连合并成一个城市时，曾称旅大市，旅顺还排在前面。"小"旅顺能与"大"大连并列，是因为旅顺分量很重！

　　旅顺全称叫旅顺口，它的分量重就重在这个"口"上。辽东半岛像南刺的匕首，尖头部就是旅顺。旅顺老铁山割开渤海和黄海，黄海与渤海在这里分界。由于水色的差异，海上形成了一道明显的分界线。站在老铁山上，如天色晴朗，视线好，可以远眺海中的庙岛群岛，再远处是山东半岛的蓬莱角。

　　辽东半岛前端有一个天然的海湾，口小肚子大，黄金山、鸡冠山两山相挟，形成一个宽仅百米的入口水道，仅容一大船出入，地势极险要！鸡冠山山势如虎卧波，端部向湾内伸进一道狭长弯曲的石滩，如甩动的老虎尾巴，称老虎尾。老虎尾既能规整水道，又能阻挡外入的潮涌，使湾内风平浪静。这就是旅顺，中国东北一个天然的不冻港，地理位势可谓浑然天成。

　　明初朱元璋派军从蓬莱跨海北上，在这里登陆收复辽东，海上旅途一帆风顺，遂称其旅顺。清朝末年清廷在此建港，即今天依然在用的旅顺东港，港成后即成为北洋海军的主要基地。

　　因为旅顺口太重要了，清末东邻日本和北邻俄罗斯都垂涎三尺，虎视眈眈地盯着它。甲午战争中北洋海军全军覆灭，中日两国签订了《马关条约》，清政府被

北上篇

迫割让辽东半岛给日本。但这损害了其他列强的利益，三国干涉还辽，俄国人火中取栗，乘机租借了旅顺口。俄国的军舰来到旅顺，由此俄罗斯南下有了不冻港。

1904 年日俄战争爆发，两个强盗为旅顺厮杀得血流成河，尸横山野。俄军惨败，日本终于如愿以偿地获得了旅顺的租借权。1945 年苏联对日宣战，出兵中国东北，民国政府与苏联签订盟约，将旅顺港交苏联使用。新中国成立后，苏军依然留驻旅顺。三年抗美援朝战争将战线推进到三八线，新中国的国际地位包括在社会主义阵营中的地位大幅度提升。朝鲜战争后的 1955 年，苏军全部撤离，旅顺港完全地回到祖国怀抱，如今是中国海军在北部海区的主要驻军基地。

面对旅顺老虎尾的白玉山坡，有当年俄国远东总督官邸，建筑保留了原貌，但年久失修，显得有些破败。100 多年前日本偷袭旅顺口的当晚，俄国总督正在这里为夫人举办生日舞会。

今天的旅顺，俄罗斯（苏联）和日本在这里留下的历史遗痕比比皆是。白玉山上象征日本打败俄国的白玉塔还高矗着；街边公园的中苏友谊纪念塔、苏联红军解放东北纪念碑依然肃穆。当年的日本关东军司令部旧址，极富俄罗斯风情的旅顺火车站，也都已成为文物。我入住的这个不起眼的部队招待所，早上散步发现它还是沙俄时期的普希金小学。这一切，都在今天旅顺狭窄的土地上会聚，诉述着各自的过去。沧桑沉浮，令人唏嘘！

旅顺港背后再远处的一片山称尔灵山，今天是旅顺的"203 景区"，这是日俄战争中两国拼争血流成河的 203 高地，是日俄战争最残酷的战场。为争夺这个制高点，双方共计死伤两万余人，日军指挥官乃木希典的儿子也战死在这里。203 高地的丧失，导致俄罗斯旅顺舰队的最终覆灭，决定了日俄战争的最终结局。

现在的"203 景区"，因为遍植樱树，春天时樱花芬芳、迎春金黄，大连每年在这里举办樱花节，而且是国际性的。那时游人如织，可能很少再有人会想到当年决定日俄命运的那场战争。

旅顺的风景点多以炮台、高地命名，古炮陈列是常见的景观，因为这里曾是血流成河的战场。因为旅顺还可能成为战场，中国改革开放 40 年了，旅顺还不能完全对外开放。旅顺之重，就重在这百余年血与火铸就的凝重历史！一个旅顺口，写就半部中国北方的近代史。

我今来旅顺口，看到的是青山蓝海，感受的是和平安详。是的，再厚重的历史都已成为过去，生活总是在前行的，生活的溪流永远这么缓缓流淌。

2018 年 7 月 13 日　旅顺口

青岛海滨

我离开陆军走入海军，也就开始走入青岛。从 1988 年算起，至今 30 多年，我去青岛有数十次之多。

青岛是一个海滨城市，一个因海而生、因海而兴的城市。夏日全国游客奔赴青岛，都是奔着青岛的那片海去的。

青岛本是黄海边的一个小渔村，位于今青岛中山公园的会前村。改革开放后俞正声主政青岛，把市政府东迁，这是青岛发展的一个大跨步。今天的青岛市政府所在地五四广场，当年还是一片荒海滩。记得 1988 年我第一次去青岛，晚饭后在海边散步，曾从海边摆地摊的小贩手中买过两只海螺，晚上摸黑去海军潜艇学院看望战友，只有一条泥泞的小路，几乎找不到北。今天你在青岛的五四广场散步，广场的灯光和周围林立的高楼大厦的灯光辉映着海洋，如一片灿烂的灯海。

青岛发展的又一大跨步是 2011 年胶州湾隧道的开通，把相隔不相见的黄岛、胶南和青岛主城区连成一体，青岛扩大拉长了，如此才有了青岛西海岸的概念。青岛用 100 多年时间，从一个荒凉的海边渔村发展成一个国际海滨大都市。

青岛，今天不仅有青青的岛；有红岛，红红的岛；有黄岛，黄黄的岛；还有绿绿的树，灿灿的海，蓝蓝的天！窄窄的青岛的路，弯弯的青岛的山，好客的青岛的主人，绵绵的青岛的软语，帅帅的青岛的汉子，柔柔的青岛的小嫚儿，扑拉拉的海鲜，清爽爽的啤酒，让人心醉，青岛。

进入海军后，我几乎走遍中国 18000 公里长的海岸线，驻足过中国所有的海滨城市，如果要给中国的海滨城市打分，我一定会把最高分留给青岛！我比较过大连和青岛两个北方海滨城市，从军舰驻泊的海上看大连，大连是遮遮掩掩的，如一个羞答答的古典淑女，因为大连的海岸线是崩断的；而从海上看青岛，青岛是一个热情奔放的现代美女，敞敞亮亮，可以让你尽情地欣赏。

是的，就海滨的美丽、海洋特色的彰显而言，没有一个城市能与青岛比。中国海军 60 周年庆典、70 周年庆典，邀请众多国家的军舰举行海上阅兵，唯青岛海域可担此重任。记述和陈列海军历史的海军博物馆，也必须在青岛的海滨。

青岛人把海当作自己生命的一部分，甚至把海看得比自己的生命更宝贵。北京奥运会前夕，青岛的海生病了，海上长满浒苔，海变成了内蒙古的草原。青岛人着急了，政府、军队、市民、学生……，全民全力以赴、没日没夜下海打捞浒苔，才有效控制了浒苔，取得了抗击自然灾害的决定性胜利。

青岛有个航海人叫郭川，是个民间航海家。2012 年 11 月，郭川开始单人不间断帆船环球航行，他在海上孤独地生活了 138 天，航程 21600 海里，胜利返回母港青岛。2015 年郭川成功穿越北极航道。2016 年 10 月，郭川在穿越太平洋的航行中失联了，全国的航海人在呼唤郭川，青岛人更是撕心裂肺，在五四广场日夜秉烛守候。郭川不仅是青岛的，也是新中国的航海先驱，中国人，特别是海洋人，应该永远记住郭川！

因胶州湾隧道开通，黄岛的唐岛湾、金沙滩，直至胶南的古镇口、大珠山，都与青岛海滨连为一体，东西海岸风景带总长达上百公里。从胶州湾口的团岛到东部的石老人，沿海岸线栈道长达 40 多公里。青岛海滨，蜿蜒曲折，角湾相连，有一座一座伸进海中的岬角，有一段一段探入内陆的海湾。

青岛海滨最精致的风景，当数以鲁迅公园和青岛水族馆为中心约两公里的一段。这是一段岩质海岸，而且有着红色的岩礁，嶙峋斑驳，又刚突傲然。它们从沿海的山坡向海倾伏，再错落交替着匍匐入海，形成一道锯齿状的水际线。因为是这样的海岸线，所以从海上看青岛，才显出与大连不一样的形态。

清晨，我在海滨散步，看红色的岩石在朝阳的照射下闪着金光，岩缝中崛起的马尾松如滴翠的篷盖，海边的松树长期受海风的吹塑，都浓缩成篷盖状。扑岸的浪花踩踏着节奏，又给金色的岩礁镶上一道洁白的银圈。天是蓝的，海是碧的，海与天相拥，海与岸相抱。

鲁迅公园的青岛海滨就是一幅浓墨重彩的油画，海边的垂钓人、步行人、觅景人，可是作画的画师？徜徉在青岛海滨的你，足可以忘掉自己，融入画中去……

青岛海边还有个"小青岛"，是青岛海滨的一个小岛，只有 0.024 平方公里，有海堤与陆上相连。小青岛虽小，但名气很大。小青岛形如一把平铺的小提琴，也称"琴岛"，其临接鲁迅公园，面对栈桥。"琴岛—利勃海尔"，就是今天响彻中国、响彻世界的"海尔"品牌的前称，"海尔"曾以"琴岛"为标识。

青岛在小渔村时代并不称青岛，德国人来了之后，因为琴岛之美、琴岛之葱翠，遂把这块新租借地命名为青岛。琴岛、小青岛，实际上是青岛之根。过去这里是中国海军的军港，今天是海军博物馆的舰艇锚泊地，是美丽的海滨公园。

小青岛上高矗的白色灯塔，为德国强占胶州湾后所建，见证了青岛百余年的发展历史。直到今天，晚上灯塔还在发射灯光，与对面栈桥的灯光交相辉映。岛上广场中央，抬举古琴的美丽"琴女"雕塑正向着大海在高声弹唱。如果说鲁迅公园的海滨美在自然的话，那么海滨的小青岛之美，就美在人文、美在历史了。

令人陶醉的青岛海滨！

2019 年 5 月 31 日　青岛

东海饭店

每来青岛，如有可能，都选择住东海饭店。

青岛面对南黄海，饭店却称"东海"，可能因为朝向东面的海洋。东海饭店是一家老饭店，由美国人设计，1936年建成，早期曾名四海饭店、亚细亚饭店。现在的东海饭店，是海军北海舰队第一招待所。在五星级宾馆林立的青岛沿海一线，东海饭店并不起眼，其外观像一个垂暮的老人，内部设施也已陈旧，只能算是三星吧。

我选择入住东海饭店，不在于它的设施，而在于它非常特殊、无可比拟的地理位置。初到青岛的外地人，要感受海洋、认识青岛，请首选东海饭店。

东海饭店在汇泉角，这是陆地向海中伸出去的一个小半岛，饭店在半岛的颈部。它的东侧是太平湾，连着著名的八大关、第二海水浴场、太平角，西侧是汇泉湾、第一海水浴场、鲁迅公园、小青岛。从东海饭店远望过去，是青岛美丽的小鱼山，那个方向再远去还有信号山，都是青岛海滨的名山。

也就是说，东海饭店在青岛最美海滨的中心，它在陆海衔接交汇处。如你到青岛的目的是看海赏海，来东海饭店吧！

当年，为使人与海保持最亲密的接触，东海饭店的总体设计应是经过精心打磨的。饭店平面布局如展开的扇翼，昂头向太平湾、八大关，尾翼对汇泉湾、小鱼山。因为所处半岛的地理位置特殊，东海饭店虽只有七层，但精巧的设计使每一间客房、每一个餐饮包间、会议厅堂都面向海洋，都是海景房，都可以开窗感受大海的气息，真正去体味"面朝大海，春暖花开"的闲适心境。

和东海饭店相连的著名的青岛八大关，和东海饭店同建于20世纪30年代。一栋一栋的滨海别墅掩映在绿树红花中，风格各异，每一栋别墅的外观样式都不一样，体现出不同国家的建筑风格，称万国建筑群。东海饭店、八大关和汇泉湾对角的花石楼，挽手相拥，勾肩搭背，相互交融。

入住东海饭店，可以一早一晚穿双拖鞋随意下楼，这就走进了八大关，走上了滨海栈道，走进了汇泉湾的第二海水浴场，就融进了山海一体的青岛。你可以随意地走下海滩，走入海中。汇泉湾的海水浴场，一年四季都不缺少游泳者、踏海人。冬天来这里游泳，考验的是你的抗寒的毅力，如果是夏天来，则要感受人挤人的大众澡堂的氛围。是的，青岛人把去海水浴场游泳称为"泡海澡"。

我在南京，我赞美南京，说南京是"山水城林，十朝都会"。我到青岛，我赞美青岛，说青岛是"红瓦绿树，碧海蓝天"。

青岛海滨，山，拥抱着海；海，依偎着山；绿树，在红楼间摇曳；红楼，向绿树丛勾连。人、楼、山、海，在青岛海滨构成无比和谐的画面。

都说青岛人恋家，其实恋的是这片海，是海滨的美景。改革开放，人们南下北上，问青岛人，去北京吗？不去。去上海吗？不去。去广州吗？更不去！即使不得不去，也要把家留在青岛，因为这里是最后的归宿！

建议朋友们来青岛入住东海饭店，是要给朋友们一种短暂的青岛人的感觉。我这次来青岛又入住东海饭店，气氛不似往昔热闹。这不光因 11 月的冬季是青岛的旅游淡季，更在于军队改革，军队宾馆招待所停止了对外有偿服务。早餐时间，偌大的餐厅只有零零散散的几个食客。但是，窗外依然是那片蓝蓝的海，依然是暖暖的明亮的冬日阳光，远处的小鱼山、信号山，海滩上的游人、泳者，依然清晰可见。

好吧，难得有如此的清静、悠闲，找个临窗的位置坐下，依窗凭栏，独自、慢慢、细细地欣赏这美丽的海景，可以发散思绪，也可以发发呆、冒冒傻气儿……

2017 年 11 月 22 日　青岛东海饭店

青岛文脉

常在青岛和南京这两个城市间行走，总爱把这两个城市作比较。青岛是中国最美的海滨城市，山海相衔，海滨风光中国第一。南京是中国四大古都之一，文化厚重，历史悠久，街巷砖瓦都可以上溯百年乃至千年，这是青岛所不能比的；但百年青岛所形成的近代海洋文化、开放文化，南京也自叹不如。

近年常来青岛，因为应邀到青岛中国海洋大学讲学，入住的不是海滨的海军东海饭店，而是海洋大学鱼山校区招待所。每次来，只要有时间，总愿意在海洋大学周边漫步，走入福山路、红岛路、大学路和莱阳路，走入青岛的文化名人街区。以一个久居南京的人的眼光和心思欣赏青岛、揣摩青岛。

青岛是胶州湾外口探入南黄海的一个半岛，山地起伏，青岛的街道、建筑也沿山势起伏落升。青岛的街路，或曲曲弯弯，或有长长的台阶。因为青岛的路如此弯曲起伏，和南京满街的自行车洪流不同，在青岛街区，很少看到青岛人骑自行车。记得过去青岛有一种自行车，是与众不同带脚刹的，就为了适应青岛起伏的地势。

在小鱼山弯曲的街路中，和那些背包客一起寻道前行，你会发现，在街角处、在石阶边，在你一不小心转入的某个地方，会惊现一处处的名人居所：康有为、闻一多、老舍、洪琛、沈从文、童第周……，疏疏落落有数十处，都是中国近代文化科技界的名人。

在南京颐和路、宁海路、牯岭路、莫干路一带，也有大片的名人故居，这片街区现在已被开发成"民国建筑博物馆"。不过和青岛文化科技名人故居不同的是，这些都是民国时期军政高官贵人的别墅公馆，因为南京曾是民国首都。

青岛的近代名人故居环布小鱼山海洋大学的四周，多为优美的中国近代建筑，建筑特色可说是中西合璧。在每个名人故居门口的墙上，都嵌有标识牌，标明当年这里曾经的房主房客。这些民居红瓦绿树，石墙白栅，庭院深深。门头红花绽开，墙上青藤盘绕。小鱼山文化名人街区，已成为青岛不同于阳光海滩的另一类旅游景点，彰显的是青岛近代的历史文脉，一种不同于其他城市的中国近代海洋科技文化！

南京有两千多年的历史，称六朝古都。东吴、东晋及南朝宋、齐、梁、陈都曾于南京建都，文化辉煌，中山门外作为南京城徽的"辟邪"雕塑证明了南京历史文化的厚重。

青岛不同于南京，青岛的城市标识是栈桥（码头）和小青岛的灯塔，这是近代航海的遗迹。青岛的现代标识是五四广场熊熊燃烧的火炬，五四运动爆发在北京，但根源却在青岛。第一次世界大战德国战败，中国作为战胜国要收回青岛。青岛五四广场熊熊燃烧的火炬，昭示着中华民族现代意识的觉醒。青岛的历史虽然只有100多年，但却形成了不同于南京的青岛近代文脉，如小鱼山周围是文化科技名人的故居，而不是军政高官的别墅公馆。

中国海洋大学鱼山校区的前身是1924年成立的私立青岛大学。1928年，学校因北伐战争而停办，1930年成立国立青岛大学，1932年更名为国立山东大学。现代西方文化和科技文明首先从海上航道进入青岛，那个时代山东文化和科技的中心在青岛。

20世纪30年代后，中国近代名人学者多集聚青岛，其中多有在国立青岛大学任教讲学的经历，居所也就遍布校园周边。闻一多故居就在今天海洋大学鱼山校区的校园内，临近信号山。那时的国立青岛大学就像一块巨大的吸铁石，把这些名人吸附在自己身边。

这些近代名人为什么多来青岛？我想，除因为青岛山海风光秀美、自然环境优越外，还在于近代青岛文化的包容开放和外向特性。青岛的道路命名，多展望全国：江苏路、安徽路、浙江路、湖南路、湖北路、山东路、广西路、广州

北上篇

路……；八大关、八大峡、八大……；连洪泽湖、鄱阳湖也成为青岛的路名。那时的青岛，就有居一隅而望全国的高昂姿态，似乎是一座文化的都会、一块文化的高地。

我走进青岛的康有为故居，思索着康有为人生的行进历程：康有为举戊戌变法的大旗，可以说学贯中西，但因后来坚持保皇，而被历史抛弃。康有为在垂暮之年，在青岛找到自己的归宿。

看古代历史，去南京；看近代人文，就到青岛。青岛，颜色青青的岛，语音绵绵的岛，蛤蜊鲜鲜的岛，啤酒香香的岛，浸透了中国近代文化韵味的岛。这次来青岛，青岛刚召开过上海合作组织峰会，阳光的海滩上和弯曲的街路中还弥漫着欢欣。常来青岛走走，你会有很多很多的感悟。

2018 年 6 月 29 日　青岛小鱼山中国海洋大学

青岛的雾

甫入青岛，走下火车，便进入雾中。栈桥和栈桥尽头的回澜阁、栈桥上的游人、海滨的楼宇建筑，都隐于雾的朦胧中。

青岛的雾是纯正的雾，湿润润的，不是让人心惊的北方雾霾。这是因为青岛的雾起于海上，因海而生，由水转成，再向陆上蔓延。

海上的雾最浓，距海越近雾越重，上陆地后就逐渐淡薄了。所以有经验的青岛人都说，海景房很好，但不能离海太近，太近了雾大潮湿。如果起了海风，雾就被吹散了，一团一团，一块一块。如果雾大无风，就会终日大雾。

今天是新中国海军诞生 70 周年纪念日，将在青岛海域举行大规模阅舰仪式。中国海军有 32 艘舰船接受检阅，同时参加阅舰式的还有十多艘外国军舰。但是，青岛海上大雾，而且是大风都吹不开的雾，隆重的国际阅舰式可能就只能雾里看花了。好吧，或许这是另一种美，朦胧美；或者它显示的是军事力量另一性质的威慑力：模糊性。

十多年前我在青岛舰上代职，同是 4 月 23 日海军诞生纪念日那天，军舰出古镇口驶赴外海，至团岛遇大雾，一场我从未见过的海雾。雾中航行，不知所处，有惊心动魄之感。我曾写《雾航》诗一首作为当时实景和心情的记录。

雾　航

这是一个混沌的世界

除了自我

仿佛一切都不存在

间或一声军舰鸣笛

才惊破梦的痴呆

军舰何去——

是心灵颠簸，

还是星际徘徊？

浓浓海雾是一张天网

锁住了喧闹五彩的世界

过去的必将过去——

情的失落

意的迷茫

心的悲哀

到来的还会到来——

鸟的欢叫

海的湛蓝

天的清澈

　　青岛四月是多雾的季节，多雾季节更像人生的多梦季节，是迷茫的梦，也是求索的梦。

　　多样的青岛，多情的青岛，让你离开了总还记着的青岛！即使是青岛的海雾，也让你经历过了就终生不忘。

2019 年 4 月 23 日　青岛

黄河，滨州

　　滨州在黄河入海口，来山东滨州，在短暂的空闲中去哪里呢？接待我的主人说去"黄河楼"，我本能地听成是"黄鹤楼"，那是在武汉的长江边，中国四大名

北上篇

楼之一。接待的主人说，不是黄鹤楼，是"黄河楼"。我所知道黄河边最有名的楼，是山西永济的鹳雀楼。今天中国的孩童都能诵读的那首唐诗，"白日依山尽，黄河入海流。欲穷千里目，更上一层楼"，写的就是黄河边的鹳雀楼。

滨州黄河楼不是武汉黄鹤楼，也不是永济鹳雀楼。滨州黄河楼高达 70 多米，是滨州乃至整个黄河三角洲的标志性建筑。登上黄河楼，远眺黄河，滨州市铺陈眼底，周边环境优美，是一片生态湿地。滨州也是一个生态滨城。

黄河楼里每一层都有文化展陈，关于黄河，关于滨州，有生于滨州而影响中国的著名军事家孙武，有滨州的政治、经济、历史、文化、名人、民俗、物产、美食。登上黄河楼，不仅可以远望周边美丽的风景，还可以在最短的时间内了解滨州。

我更关注的是黄河！滨州是黄河的入海口。黄河，中华民族的母亲河，5000多公里长。"黄河之水天上来"，从青藏高原的青海，流到山东滨州，再流入渤海。

仁者乐山，智者乐水！我行走中国山水间，这些年，只要到了有黄河流经的城市或地域，总要寻机去黄河边走一走。由此，走过、看过许多地方的黄河，总惦记着这条中华民族的母亲河，《黄河大合唱》总唱响在我的心中。

我几乎走过了从上游到下游的黄河全程。在三江源的青海，黄河只是铺地流淌的涓涓细流。在兰州，看黄河母亲雕塑、黄河边的古老水车。在宁夏银川，黄河流淌在苍莽的贺兰山下，黄河边的银川舰蔚为壮观。在内蒙古，登上黄河东岸的甘德尔山，可以俯瞰高原明珠乌海湖。在巴彦淖尔，黄河经过一片富饶的河套平原。在陕西、山西间，震人魂魄的黄河壶口大瀑布是中华民族昂首不屈的精神标识，似乎在高唱"怒吼吧，黄河"！在山西永济鹳雀楼，可以逐级登高远望黄河。在河南郑州，数次从高高的跨河大桥上经过，但郑州遇暴雨时地铁依然发水患，因为这里的黄河高于城区地势，郑州市的雨水流不进黄河。在黄河三门峡水库，湿地公园的天鹅翩翩起舞。

我喜欢亲近黄河！现在面对的是山东滨州的黄河。天上来的黄河水，流到滨州，已经过 5000 多公里的长途跋涉，它累了，步子也慢了。滨州的黄河，水依然金黄，河宽也只有三百多米，浅浅的，没有船，不通航。因为不通航，所以有低矮的浮桥跨越。

我在黄河边抬眼东望，伫立良久。黄河流到滨州，给滨州带来了大面积的湿地和绿野。黄河再向东流一百多公里，就融进了渤海，化为渤海，那是它最终的归宿。

1194 年至 1855 年，黄河从安徽淮北、江苏苏北流进南黄海，而且持续不变地流了 600 多年。今天在江苏苏北还留有漫长的黄河故道，在安徽淮北还有黄河故道的砀山梨花飘香。问一句黄河母亲，为什么弃苏皖而转恋山东？

如果再来滨州，我期盼能去渤海边黄河入海口的滩涂上漫步，弹一曲黄河交响乐！

2021 年 9 月 16 日　告别滨州途中

沂蒙山，深情的土地

对鲁南沂蒙山怀有久久的思恋，但总没有到访的机会。这次从南京开车去青岛，返程就驶入临沂，开进了沂蒙山，登上孟良崮。沂蒙山有战友在等待着。

山东是一片古老又神圣的土地，历史上出了无数名人圣人，孔子、孟子、孙子、墨子等等。山东人好客，称"好客山东"！我第一次去山东，是 1972 年年底去潍坊安丘接新兵，安丘在沂蒙山区的东缘，是革命老区。山东人的淳朴真诚，当年就有过深深的体会。

沂蒙山孟良崮在山东临沂，海军一条新型的 054A 护卫舰就以临沂命名。在 2015 年执行亚丁湾护航任务期间，在也门内战的炮火中，临沂舰从也门亚丁港掩护撤离了 571 名中国公民和 225 名他国公民，在万里之外的中东红海维护了国家海外利益，影响巨大。以此真实事件为背景，2018 年拍成著名电影《红海行动》。临沂是革命老区，而临沂舰是海军现代化的军舰，临沂革命老区的光荣血脉，在 21 世纪海军现代化的军舰上得到了传承！

车进沂蒙山，战友带着直上孟良崮。我总想着沂蒙山，因为对 20 世纪 60 年代看过的《红日》和《南征北战》电影记忆太深，在国防大学研学战史时，也研究过孟良崮战役。

1946 年国共关系破裂，国民党军队大举进攻苏北的陈毅粟裕部队。虽说经过苏北的"七战七捷"，但陈粟华野部队向北且战且退，直至进入鲁南沂蒙山区，由此才有了《南征北战》电影中我军战士"反攻反攻，反到山东"那句牢骚话。

战场上的后退，也意味着战线的缩短，意味着兵力的集中，意味着反攻机会的到来。陈、粟二人在张灵甫急功冒进之时，一个大胆的穿插反包围，全歼国民党军精锐部队整编 74 师 32000 多人，一举扭转了华东战局。发生在鲁南沂蒙山区的孟良崮战役，可比苏德战场的斯大林格勒战役！粟裕一生打过许多大仗、恶仗，粟裕的墓就在今天孟良崮战役纪念馆园区内，可见粟裕对孟良崮战役的看重！

"崮"，是一种特殊的方山地貌，高高的山上一个平平的顶，在沂蒙山区最为常见。沂蒙72崮，孟良崮只是其中之一。孟良崮以北宋杨家将孟良为名，在鲁南山地一山突起，山顶的孟良崮战役纪念碑，如三把刺刀直插蓝天。登上孟良崮，放眼四望，有一览众山小之感。

鲁南沂蒙山，这是一片深情的土地，沂蒙山的老百姓为中国革命的成功付出了巨大的牺牲。孟良崮战役如此，随后的淮海战役更是如此，小车推出沂蒙山，推过淮河，推过长江！"最后一碗米，送去当军粮；最后一尺布，送去做军装；最后一个儿子，送他上战场！"

"蒙山高，沂水长，我为亲人熬鸡汤，续一把蒙山柴炉火更旺，添一瓢沂河水情深意长。"走入沂蒙山孟良崮，满山萦绕的都是悠扬动听的沂蒙山颂歌。

今天，沂蒙山不仅是革命老区，还是旅游胜地，是可以去自驾游打卡的地方。我来沂蒙山是夏天，如是秋日，沂蒙山满山青中透红、红中显青，那可是自驾旅游的黄金季节。

在孟良崮山下，与沂蒙山的战友们相聚在一起。来吧，请把酒杯高高举起，有战友的地方就有欢乐，有战友的地方就有歌声！

2019 年 6 月 25 日　临沂孟良崮

陶然亭，中华名亭园

北京陶然亭公园，以陶然亭命名。"陶然"二字，来源于大诗人白居易的诗句："待到菊黄佳酿熟，与君一醉一陶然。"陶然，醉然，诗人醉了。今人走进陶然亭公园，也容易陶然、醉然，因为美丽的风景使人陶醉。

陶然亭，与杭州西湖湖心亭、长沙岳麓山爱晚亭和滁州琅琊山醉翁亭，并称中国"四大名亭"。既然以"亭"命名公园，亭自然是陶然亭公园的显著特色。

亭，是中国的传统建筑，一般建于路边，供行人休息、遮阳、避雨、观景。亭，一种很简易的建筑，没有墙体，以立柱撑起顶部。亭之美，关键在顶。亭之顶，有四角、六角或八角，亭角飞起，多姿多样。人们常说"亭、台、楼、阁"，亭，成为公园景区必不可少的建筑，它可以融入自然风景，成为景观的有机组成部分。

陶然亭公园和北京的颐和园、圆明园、北海公园、天坛这些皇家园林不同，是新中国成立后新建的公园，现在正着力于打造中国的亭文化。公园内除自有、迁建的十多座风姿各异的亭台外，20世纪80年代以来，还精选了国内各地历史悠久、知名度高的十多座名亭，以1∶1的比例在园内仿建，建成了中华名亭园。在这些仿建名亭的四周，依托公园原有的山坡、水面、地势，配以与名亭所在地相应的山水地貌景观，把与这些名亭有关的历史名人、名诗、名篇，刻碑立石，置于近旁。

走一遍中华名亭园，观一遍中华名亭，犹如走过了中国诸多的名山胜水，可以沉浸在这些名人、名诗、名篇之中，领略深厚的中华历史文化。

近日多在陶然亭公园漫步，陶然亭公园水域开阔，风景秀美，人流如织。但最能牵绊我脚步的，还是中华名亭园的这些名亭、名人、名诗、名篇。

名亭园里除了中国传统的四大名亭外，还有"兰亭""鹅池碑亭""少陵草堂碑亭""谪仙亭""沧浪亭""独醒亭""二泉亭""吹台亭""浸月亭""一览亭""百坡亭"等。1991年安徽发大洪水，全国给予安徽慷慨无私的援助，安徽人民为表达谢意，赠建的"风雨同舟亭"也立于陶然亭公园的湖边。这也是名亭，仿的是徽州知名的"沙堤亭"。

前不久去江西九江，九江甘棠湖内有"浸月亭"。亭名来自白居易写于古浔阳（九江）的《琵琶行》诗，诗中有句："醉不成欢惨将别，别时茫茫江浸月。"我去九江，行色匆匆，未及寻访甘棠湖中的浸月亭（烟水亭）。但在北京陶然亭公园的名亭园中，飞檐飘逸的浸月亭就立于湖中，长篇的《琵琶行》诗句镌刻在岸边的立石上。上大学全文背记过《琵琶行》，今到浸月亭，不由得伫立石前，把《琵琶行》再默诵一番。

名亭园中兰亭旁有王羲之的《兰亭序》。鹅池碑上的"鹅池"二字中的"鹅"是上"我"下"鸟"的古体"鹅"字，有游客不识，问我何字，我指着池中鹅的雕塑说：喏，就是它。百坡亭边，不可少的是苏东坡的《赤壁赋》。百坡亭是廊桥亭，建于水上，《赤壁赋》傍于水边。谪仙亭不大，是依山半亭，但周围空间很大，陪伴其旁的李白的诗就不是一首两首了。

独醒亭，亭名出于伟大的爱国主义诗人屈原的《楚辞》名句"举世皆浊我独清，众人皆醉我独醒"。爱晚亭，原亭在湘江边的岳麓山，其名自然源自杜牧的名句"停车坐爱枫林晚，霜叶红于二月花"。爱晚亭和湖心亭，不建于名亭园内，而是独处湖边。可能是因为这两个亭属于四大名亭，在统筹建设中华名亭园时，就已经在陶然亭公园提前"立足"了。

最熟悉的名亭，当然还是醉翁亭、吹台亭和二泉亭。滁州琅琊山醉翁亭、扬州瘦西湖吹台亭、无锡惠山二泉亭，都在南京的周边，多次到访。特别是欧阳修的《醉翁亭记》是大学必背的课文，其名句"醉翁之意不在酒，在乎山水之间也"，早成为人们的口头习语了。

中国古建筑的"亭、台、楼、阁"是中华文化的物质载体，把中华名亭园中每座名亭的来历背景熟悉一遍，你便快速浏览了中华文明史。

2021 年 5 月 3 日　北京陶然亭公园

"沽"在天津

"沽"，作名词，是天津的别称。天津，是中国近代崛起的滨海城市，过去的天子渡口（皇上乘船的地方），与中国的水上交通相关联。古运河，起于北京通州，经天津的杨柳青，达江南杭州。

"沽"，作动词，是指购买，如沽酒、沽名钓誉。天津是渡口，水陆码头，生意市场，自然买卖兴隆。

历史上天津有七十二沽之说。运河连接天津和江南，华北五水汇聚到天津成海河，在天津入海，水连海接，商贸流通，天津也就呈现出一派"七十二沽沽水阔，一般风味小江南"的北国江南的富庶美景。

不过，近代天津是一片伤心之地。来天津，必去大沽口。大沽口位于海河入海口处，大沽口出名，是因为它建成了炮台群，可以扼控海河入海口。近代西方列强进犯北京，从南海北上，都经渤海从大沽口登陆，小型舰船可沿海河西上，进逼北京。清政府为加固海防，拱卫京畿，在大沽口建炮台要塞。但防不胜防，屡被攻陷。

1900 年八国联军打进北京后，清政府与英、美、俄等 11 国签订了《辛丑条约》，清政府不仅要赔偿 4.5 亿两白银的天文巨款，还得永久拆毁大沽口炮台。

和虎门炮台、马江炮台、旅顺炮台等据险山以控大海不同，大沽口无山，大沽口炮台群只是在沿海滩涂上夯土堆出来的十多米高的土台子。大沽口"威"字炮台旧址还在，旧址旁建了"大沽口炮台遗址博物馆"，供后人凭吊。博物馆建得很壮观，造型很别致，外观主色调是铁锈色，外墙也是由厚重的钢板围成的，显现着历史的厚重。入馆参观的人群也都神情凝重，静听解说员的解说，追忆当年壮烈悲怆的炮台保卫战。

塘沽，在天津老城区以东，海河入海重镇。海门大桥跨越海河，这是中国难得见到的主桥面能定时升降的大桥，是天津的入海之门，今天的海门大桥也成为塘沽一景。我想看看海门大桥升起时船舶川流的壮观，但等不及那个时间。今天塘沽段的海河两岸俨然是天津的外滩，是天津滨海新区的核心区。晚上灯火掩映，高楼林立，海河流光溢彩，与海门大桥相辉映。

天津的"沽"连着海，天津的"沽"与海洋、海防和海军紧密关联。

天津汉沽，过去是千年盐场，今天有著名的滨海航母主题公园。在中国海军实际拥有辽宁号航母之前，俄罗斯基辅号航母就落户天津。天津大沽口炮台见多了西方列强的大舰巨炮，今天虽只是炮台遗址博物馆，但古海防炮的炮口永远指向海洋方向。天津塘沽，中国海军院校的一代学员在这里学习成长，向往着乘风破浪，走向深蓝色的海洋！

随着滨海泥滩向前淤积生成新的土地，随着海岸线缓缓前推，随着历史慢慢地砥砺前行，今天站在炮台遗址上已经看不到渤海了。依据新的《联合国海洋法公约》，渤海是中国的内海，领海线在渤海湾口的长山列岛以东。在天津海滩上，只留下大沽炮台这个大土堆，向今人诉说着过去……

海军诞生69周年、中国海军节前夕，我来到天津，来到海河边。在塘沽的海门大桥下，点数着天津一个个的"沽"，追溯着近代的天津历史。虽然有着淡淡的历史感伤，但面对走过69年的中国海军，面对海军节的喜庆，又充满着欣慰，充满着对未来的希望！

2018 年 4 月 22 日　中国海军节前夕，天津塘沽

千年古镇杨柳青

杨柳青，这是个很富有诗意的地名。杨柳喜水，多长在江南水乡。"风吹柳花满店香，吴姬压酒唤客尝"，李白写的杨柳在古金陵，但杨柳青在北方的天津，是天津的一个千年古镇，天津西青区政府所在。

天津西青区原称西郊区，西郊是个纯地理方位名称。"西郊"后改为"西青"，想是取了杨柳青的一个"青"字。西青比西郊，不仅多了亮丽的色彩，更多了文化的韵味。

不是天津人，可能不知道西青区；但不是天津人，知道天津杨柳青古镇的却不少。天津原称"天津卫"，是海防重镇，天津的城市发展只有百余年历史，成为

北上篇

直辖市也只有半个世纪。杨柳青古镇已延续上千年，难道杨柳青是天津之根吗？

杨柳青是河水漂送来的礼物，有河才有杨柳青。南运河、子牙河、大清河在这里汇聚，古运河贯通南北，从江南杭州直通北京通州，把江南的春江柔水引流到这里。运河边有青青的杨柳，也就有了诗意的杨柳青。运河上走过皇家的游船，运河边有过官家的驿站，运河岸也不缺诗人的吟唱步履。

明朝山阳（今江苏淮安）在运河边，山阳人吴承恩写了名著《西游记》，也写过杨柳青："村旗夸酒莲花白，津鼓开帆杨柳青。壮岁惊心频客路，故乡回首几长亭。"我到杨柳青入住的西青宾馆，床罩上就题写着吴承恩的这首诗。

古运河成就了杨柳青。在海上航线没有开发的时代，运河是中国南北交通的主干道，沿运河兴起了一个个繁华的城镇，南方的杭州、苏州、扬州，北方的聊城、沧州，还有就是杨柳青。

沿千年运河流动的，不光有车马粮草、帝王商贾，还有诗词文化、歌赋艳舞。运河是流动的中国史诗，形成了中国独特的运河文化，成为世界文化遗产。由此，杨柳青虽在北方，但不乏浓浓的南国水乡韵味。

我来杨柳青，正值小寒过后的第二天，当是一年最冷的时候，气温零下6℃。刚下过一场大雪，来时高铁经过华北大地，看过去一片银装素裹。杨柳青古镇前面的运河结了厚厚的冰，岸边和元宝岛上柳树的枝条光秃秃的，自然没有杨柳青青的春光景观。

杨柳青是千年古镇，但古镇景区的主体建筑是新建的，仿古样式，能显示杨柳青之古的，唯有石家大院。

石家大院坐落在南运河边，大院的主人姓石，清朝早年从山东来到杨柳青，依靠漕运发家，经几辈人努力，建起了石家大院。到近代大院虽然几经衰荣，但至今依然保留着18个院落，建筑面积达上万平方米，乃"天津第一家""华北第一宅"。大院的建筑风格中西兼容，装饰的砖雕木雕极尽精美。

石家大院文化厚重，出过文化名人，著名电影演员石挥生在杨柳青，他是石家之后，现在石家大院设有石挥展室。石挥的表演艺术极具个性和魅力，影响了20世纪四五十年代的中国电影界。

石家大院在新中国成立初期是中共天津地委和行署机关所在，关于刘青山、张子善的新中国第一贪腐大案也发生在石家大院。如今的石家大院是"天津杨柳青博物馆"，国家级重点文保单位，也是天津的反腐倡廉教育基地。来杨柳青，石家大院是必去之处。

除石家大院，更使杨柳青扬名在外的是它的年画，年画对杨柳青古镇名气的支撑作用远大于石家大院。我早就知道杨柳青便源于杨柳青的年画，杨柳青年画已是中国的非物质文化遗产。

接待的主人带我走进"玉成号画庄",认识了画庄的第七代传人霍树青先生,也让我第一次走进年画世界。著名的年画《莲年有馀》就是霍先生的作品。

绘画是一门传统艺术,在古人类时代就有岩画,人类祖先把自己的所见所闻、思想追求,以图画的形式绘于岩石之上。就绘画艺术而言,西方的代表是油画,而中国则是水墨丹青。但中国还有一种特殊的画——年画。如果说水墨画属于古代社会的士大夫上流阶层,那么年画则属于民间百姓,比水墨画更接地气。

中国的年画是过去农耕文明的标识符号,题材广泛,是民间生活和底层民众思想的反映。过年时节家家户户张贴年画,颜色多彩,色泽亮丽,彰显的是其内容,渲染着喜庆气氛。

中国水墨字画一般为一人独作,要盖上画家印章,独此一幅,防止伪造。但年画不一样,年画是民间画家们的集体作品,一幅成熟的年画要经过好几个人的手,所以年画上没有个人印章。根据需要,年画可以印刷成千上万幅。

从工艺流程来说,年画的制作要经过五道程序:勾、刻、印、绘、裱。勾,就是设计创意,你要画什么,要在草稿纸上先描画出形,这决定了年画的品质,是第一步,也是最重要的一步。刻,就是在专用的杜梨木厚木板上刻版,这是最考验技术的活儿,要专门的技术师傅去做。印,就是印刷,可比工厂的印刷工序,但此步印出的年画只是黑白底图,还需下一道工序的完善。绘,彩绘,年画的喜庆欢乐效果要在这一步体现,要求也很高。裱,装裱,中国水墨字画都必须经这一步,需要技工师傅来完成。这五道程序或许可由一人完成,但年画的受众面广、需求量大,所以实际中专业多有分工,是作坊式的流水作业产品。

中国有四大年画,除杨柳青年画外,还有苏州桃花坞年画、山东潍坊年画、四川绵竹年画。这些地方都是过去的农业经济发达区,百姓生活富足了,才能进入追求年画的艺术境界。秋收后入冬农闲,这些地方的民间农村"家家会点染,户户善丹青"。苏州桃花坞年画历史最久,宋代就有了。苏州也在运河边,桃花坞的年画也就顺着运河水流淌到北方的杨柳青,与杨柳青年画并称"南桃北柳"。

记得之前去过陕西关中的户县,户县的"农民画"也应属年画一类,而且因为题材新颖,在"文革"期间和天津小靳庄的诗歌一样家喻户晓。

明清时期是年画的鼎盛时期,但到了民国,随着印刷术的进步,年画走向衰落。民族的,才是世界的!今天我们要弘扬中华优秀传统文化,去杨柳青,去桃花坞,去欣赏色彩鲜艳、喜乐吉祥的中国年画吧。

2020 年 1 月 6—7 日　天津杨柳青

北上篇

访赵州桥

　　早上从南京乘高铁到石家庄，目的地是西柏坡，下午两点前就到了石家庄。计划明天上午参观西柏坡，今天下午干什么呢？有人建议：去赵州桥看看！

　　赵州桥在河北赵县，石家庄东南40多公里处。石家庄过去是个小地方，因为京广铁路，因为河北省省会于1968年迁入，石家庄才发展成都市。赵县虽然现在是石家庄的下属县，但赵县历史悠久，曾是赵州，远比石家庄名气大、地位重。桥在古赵州，所以称赵州桥。

　　赵州桥早就被写入中国小学三年级课本，大概就像长城和大运河一样，在中国当人尽皆知，但能实地到访的不多。我早就知道赵州桥，但一直没机会到访，这次来西柏坡的路上转访赵州桥，对我这个常在外行走、信奉"行千里路，读万卷书"的人来说，真是"天上掉下个林妹妹"，意外的收获！

　　赵州桥，又称安济桥，跨洨河，建成于公元605年的隋朝，距今1400多年，是世界上现存年代最久远、跨度最大、保存最完整的石拱桥。设计建造者为工匠李春。

　　早在1961年，国务院就公布赵州桥为第一批全国重点文物保护单位，现在是河北省的AAAA级旅游景区。进入景区大门，一座长长的影墙上书写着桥梁大师茅以升1962年撰写的《中国石拱桥》中的章节，专门介绍"最著名"的赵州桥。影墙背面是洁白的大理石浮雕，展现李春建桥的过程，"赵州桥的传说"。

　　赵州桥衔接的是中国古代一条沟通南北的通衢大道，导游介绍说，这就相当于今天的107国道，舟船在桥下穿行，人马车辆从桥上行过。前人赞美赵州桥："坦途箭直千人过，驿使驰驱万国通。"20世纪80年代前，赵州桥被当作普通道路，桥面正常通车，即使今天赵州桥被列入全国重点文物保护单位，游人仍可以正常在桥上行走。

　　1400多年了，经过无数次地震、洪水、战乱的冲击，特别是1966年7.2级的邢台大地震，赵州桥依然岿然不动。看赵州桥，你不得不从内心赞佩中国古代工程的伟大，中国古人的聪明才智！

　　桥是交通枢纽，也是文化平台，特别是中国传统石拱桥，载有更多更丰富的文化艺术元素。石拱桥的造型，浑圆如满月，横跨似彩虹。桥的护栏更是精美的工艺品：盘龙飞凤、生活故事，栩栩如生。当然，现在桥上的护栏是20世纪50年代仿建的，真正的隋唐宋元明清时代的石护栏、石构件已经成为文物，在桥旁的陈列馆中默默述说着过去。在桥侧岸上，还留有古代碑刻。乾隆皇帝六下江南，三次走陆路过赵州桥，立有乾隆诗碑。赵州桥建造工艺神奇，被称为"神桥"，留下了许多传说。

看赵州桥，在景区漫步，流连在历史的沉淀中，免不得做些深层次的思考。

秦有长城，隋有赵州桥。隋朝和秦朝一样，都是短命的王朝，建成的长城和石拱桥却存续千年至今！中国古代重人文轻科技，李白杜甫称诗仙诗圣，文如烟海，妇孺皆知；但对造出如此著名的赵州桥的李春，却仅以"工匠"相称，为什么不称"匠师"呢？

人们今天还记得李春，是因为唐人在记述赵州桥时，偶尔提到一句："隋匠李春之迹。"如果没有这个唐人的随意一笔，今天谁也不知道建赵州桥的是工匠李春，1400 多年来也无人为李春立传著书。关于赵州桥的建造过程，留下的只有"传说"。今天，李春的塑像伫立于桥旁的绿树丛中，这是现代人对他建桥技艺的认同。

至于更为精美的北京卢沟桥，你知道谁是它的设计者和建造者吗？我在网上查找，但找不到，因为历史上没有记载，因为建桥的人只是个不为当时官方重视的社会下层的"工匠"，因为历史上的中国不注重科技。郑和船队七下西洋，当时世界第一的造船和航海技术没有留下任何具体的文字记载资料。

美国的强大，首先靠的是先进的科技；美国打压中国，打压华为，根本上是对中国先进科技的打压。科学技术是推动社会发展进步的最主要动力，这在今天已是普遍常识。

在世界科技史上，中国古代大型工程无与伦比，如长城、都江堰、秦始皇陵兵马俑、赵州桥、卢沟桥，还有各地精美的宝塔。但很遗憾，这些工程建筑很少留下建造人的名字，相关技术也少有通过文字的方式传承下来的。

中国古代是官本位社会，重官重文轻科技。传承千年的科举考试，考的是文论不是科技。不知道科技是第一生产力，致使中国近代落后挨打。重视知识，重视科技，重视知识分子，重视科技人才，这应该是国家大战略。今天美国依然能保持一家独大，其支柱就是领先世界的一流的科学技术，源源不绝的社会内在创造力，以及所拥有的世界最多的诺贝尔科学奖获得者。

偶访赵州桥，引出如此的深层感悟。

还是那句话，行千里路，读万卷书！今天面对精美的赵州桥，我又读起赵州桥这本"书"，读得很有滋味。

2019 年 5 月 13 日下午　从赵州桥到西柏坡

承德，双塔山

战友聚会，由河北战友承办，地点选在承德。过去总想去承德，但没有机会，也难下决心。此次聚会，机会难得，心已北飞。一是会会几十年没见的老战友，二是可以走入承德，感悟承德。

经一夜的卧铺动车，早上抵京，上了战友徐冰的车，沿京承高速北去。攀燕山，过金山岭长城，出古北口，驶入燕山腹地，一路山河壮丽，这就驶入了被称作"紫塞明珠"的承德。

承德是有故事的地方，而且承德的故事多多。在民国时期，承德还是热河省的省会。承德处于华北平原和内蒙古高原的过渡地带，是农耕文化和游牧文化的过渡区，民族斗争贯穿本地历史。清兵入关进京后，自然不忘起家的游猎生活，承德遂成为清朝皇家王族的后花园，建起了避暑山庄。之后在这里有延续不断的木兰围场，秋狝巡猎，鹿奔马嘶，刀光剑影，彩旗猎猎……由此，承德兴盛了几百年。

鸦片战争后，西方列强屡犯北京，一有国难，承德就成为皇帝的避难所。英法联军入侵北京，与清朝政府签订了《天津条约》《北京条约》等不平等条约，俄抢占黑龙江以北、乌苏里江以东 100 余万平方公里；咸丰托孤，慈禧弄权，清宫内斗……看过那个著名的电影《火烧圆明园》的，想必都会知道承德，记得清代时承德行宫发生的这些故事、承德与中国近代这些重大历史事件的关联。承德，承载着厚重悲怆的中国近代历史。

今天的承德是地级市，还辖有丰宁、宽城两个满族自治县，给我们做导游的小辛就是当地满族人。承德的满族、蒙古族占比很大，想必与承德几百年来的特殊历史和地理有关。

滦河，从坝上草原流下，贯穿承德，经唐山东流入渤海。滦河是冀东北的大河，也是条历史名河，承德、唐山及河北的许多地名都因"滦"而得名，如滦州、滦县、滦平、开滦。"引滦入津"，引滦水流入天津；截断滦河而形成的潘家口水库，还把长城埋在水下，成为水下长城。京承高速入承德后沿滦河东行，我在行驶的车上想看看这条著名的滦河，很遗憾，俯瞰下去，唯见草木果蔬葱茏的河坡河床，难觅河水。

双塔山，在承德的双滦区。称双塔山，是因为两座石峰从山顶突兀而起，如冲天双塔。这是北国的雅丹地貌，因千年风蚀而成。而山顶确建有古塔，似刺天宝剑，极其突显，远看始觉诧然。

雅丹地貌在中国很多，新疆乌尔禾魔鬼城最为著名。雅丹地貌性质的承德双塔山能有其知名地位，一是因它位于长城以北的绿山掩映中，多数的雅丹地貌是在新疆的荒漠里；二是因两座峰顶存有的砖塔是辽代的契丹所建，历史久远。今山顶砖塔虽有坍塌，外形显不整，但确是真迹，已有1300多年！

双塔山，堪称承德山水精华，山庄文化源头；五代清帝行踪，两个王朝背影。

承德双塔山是自然与历史人文的有机结合，从不同的角度可看出不同的造型，欣赏不同的风景。清晨黄昏，在彤云的背景下，从宾馆窗户远看两座石峰，一粗壮，一苗条，如相偎的白发翁媪，讲述着彼此的历史人生，也讲述着承德发生的故事……

初入承德，慢慢地感悟承德……

2018 年 9 月 16 日　河北承德

从塞罕坝到乌兰布统

战友聚会，叙旧是主题，是"继往"；参观游览也是主题，是"开来"。承德行，有继往，也有开来。昨天到承德避暑山庄游览了双塔山，晚上聚餐和战友们畅叙军旅旧事，见到了许多年没见的战友，免不得相拥相抱，嘘寒问暖。今早离开承德，上旅游车奔塞罕坝和乌兰布统草原。

塞罕坝在承德围场县，河北的最北端，承德到塞罕坝有 200 多公里，一路山地。清行宫设在承德，是因为"木兰秋狝"。狝（xiǎn），古代专指秋天打猎。

清兵入关，统占中国，依赖的是八旗精兵的军力，这是早期清王朝的立国之本。康熙皇帝在位时，收复疆域，平定三藩，抵御外侮，统一台湾，军力运用和地域扩展都达到极致。也是康熙时，在京城以北蒙古之地，围出上万平方公里的草原林地做皇家猎苑，称"木兰围场"。

每年秋日，皇帝率王公大臣、八旗精兵到木兰围场围猎演兵，称"木兰秋狝"。从康熙到嘉庆的 140 多年，在这里举行的木兰秋狝有 105 次之多，康熙皇帝亲历 41 次。木兰秋狝的同时，开展"肆武绥藩"（肆武：通过围猎演练武艺，保持军力的强盛；绥藩：安抚藩属，主要是指作为满族同盟军的蒙古族）。

围猎的地方本来就是蒙古地盘，每年在这里举行木兰秋狝也便于与蒙古王公沟通交流，建立密切关系。木兰秋狝，这是康熙皇帝开创的一种政治军事策略，到乾隆时还在沿用，如此也成就了承德和木兰围场。

清朝后期积贫积弱，木兰秋狝耗资巨大，难以为继，围场逐渐荒废。树林遭滥伐，林木丰茂的猎苑围场变成了沙地荒山，而且成为早期北京风沙的主要来源地。

塞罕坝是木兰围场的一部分。1962年，林业部在这里组建了直属的塞罕坝机械林场，种树治沙。经过半个多世纪几代人的不懈努力，今天的塞罕坝已是国家森林公园。车行塞罕坝，满目青翠，人工种植的树林横排竖直，整整齐齐。在蓝天白云下，在夏风吹拂中，面积达一百多万亩的林海，郁郁葱葱，林涛滚滚。

穿越塞罕坝的这条公路号称"国家一号风景大道"，獐子松、落叶松、云杉、刺儿松，间隔交融，色彩变幻。塞罕坝的航拍视频上了央视，成了河北对外宣传的一张名片。去塞罕坝，成了一条夏日穿越京冀蒙的黄金旅游路线。2017年12月，塞罕坝获得联合国环境规划署颁发的地球卫士奖，"塞罕坝精神"也深深地感动了全国人民。

当年的木兰围场有一万多平方公里，今天在行政区划上分成三块，分属河北的承德和张家口，以及内蒙古的赤峰。塞罕坝是其中部分，赤峰克什克腾旗的乌兰布统草原也是其中部分，都统称"坝上草原"。

经过塞罕坝，过小滦河，就出了河北进入内蒙古。这不仅是两省分界，地理地貌上也是山林和草原的分界。塞罕坝以林为主，进入内蒙古的乌兰布统就是草原了，是著名的、美丽的、秋色中的乌兰布统草原！

我们换乘专门的景区越野车进入乌兰布统草原。近年去了不少草原，有西藏的那曲草原、新疆的巴音布鲁克草原，还有内蒙古的呼伦贝尔大草原。但进入乌兰布统草原中心景区，登上坡顶的观景台远望，还是眼前一亮，找到了与其他草原不一样的感觉。

乌兰布统草原，原是北京军区的红山军马场，随着战争形态的演变和武器装备的发展更替，骑兵成为消失的兵种，军马场也跟着退役了。因为这里曾是隶属于军队的军马场，草场的草长得特别好，生态环境保护得特别好。因为曾是军马场，草场上的牲畜不是牛、不是羊，是马，是蒙古马，是战马！

不时有马群从我们车边奔驰而过。悠闲散放的也是马，或许为了控制这些散放马的活动范围，马腿间有绳索限制。看乌兰布统草原的马：修长的身躯，昂扬的马头，飘逸的马尾，瀑布般披散的马鬃……你可能会想起大师徐悲鸿的骏马图，或许会萌发唱一曲《骏马奔驰保边疆》的冲动。

乌兰布统草原位于内蒙古高原的上升带，是山丘草原，有些山还很高，地形起伏大。乌兰布统草原不是单一的草原，草原上、山坡上、河谷间，还有着一片片、一丛丛的树林，初秋的树林已经显黄。

因为已经开发成一个完善的风景区，进入草原，路边隔段便有观景台，登上山顶的观景台，只觉视野开阔。远看秋色中的乌兰布统草原，树林和草场交替，金黄和深绿杂呈，道路与河流绕越，山坡与平川衔接……

秋色中的乌兰布统草原，犹如被上帝打翻的一个巨大的调色板，赤橙黄绿青蓝紫，七色尽染，最显欧式草原风光，旖旎迷人！

因为乌兰布统草原美，所以许多影视剧的外景地都选在了这里，如《康熙王朝》《芈月传》《狼图腾》等。骆驼峰倒映在平静的野鸭湖里，形成美丽的十字交叉，《狼图腾》中的那个狼崽就是在这儿抓到的。五彩山，是秋日乌兰布统草原的最美风景，金黄的色彩夺目亮眼！遗憾的是，我们到达此地时已是下午，且没有太阳，光线不好，拍不出好照片与朋友们分享。

在乌兰布统草原，白天享受了丰盛的视觉美餐，晚上再来一份饕餮盛宴：烤全羊！

大羊为"美"，鱼羊为"鲜"。去内蒙古、去新疆、去青海，上烤全羊招待客人，那是最高礼遇。酒呢？在内蒙古草原，喝"闷倒驴"最好，满满的，60度！你还可以放开歌喉，高唱一曲：蓝蓝的天上白云飘，白云下面马儿跑……

清晨，要离开乌兰布统草原了，再看一眼草原的日出吧。不同于海上日出、高山日出的喷薄震撼，草原日出给人更多的是平缓、祥和和宁静之感。

2018 年 9 月 17—18 日　乌兰布统草原

漫步山海雄关

以前来过山海关。从秦皇岛过来，匆忙来匆忙走，在"天下第一关"的城楼前拍过一张照片，这是大脑中关于山海关的全部记忆。这次来，入住山海关古城，可以有时间细细感受山海关了。

山海关，称"万里长城第一关"。都说万里长城西起嘉峪关，东到山海关。近年有专家考证，明长城是继续向东一直延伸到辽宁丹东的，丹东宽甸的虎山长城，是万里长城的最东端。我行走在中朝边境时，曾登上虎山长城，很是险峻，挺立鸭绿江边。

辽西的渤海湾一线，一边是山，一边是海，在山与海之间，有一条狭长的沿海平原，地理上称辽西走廊，是连接华北东北、关内关外的主要通道，排布着锦州、葫芦岛（锦西）、绥中、山海关、秦皇岛一串滨海城市。山海关在其中，是一道自然的、人文的、历史的分界线，区分出关内关外，区分出华北和东北，区分出河北和辽宁两省。

山海关，山海雄关。名"山海关"，是因为它西边连着山，东边连着海，地理上不同于长城的其他关隘。说山海关连着海，其实它位于辽西走廊的中间带，并不在海边，距海还有十余里。从山海关向东，又连起一道平原长城，通向海边。伸入海里的那段长城叫老龙头，从侧面远看老龙头，很形象地叠印出长城与海相衔接的画面。

中国古代，海为天然防御，好比是紫禁城墙脚下的那道护城河。曾以农耕为主的民族，就凭借这样的长城（海洋）护卫自己的安全。我讲海洋、海权、海军许多年，常打出老龙头的照片，评述中国传统的以海为边、以海为疆的封闭意识。

山海关不仅是万里长城上的一座关隘，也是一座古城，今天河北秦皇岛市的一个城区也以山海关命名，有五六百年的历史。

朱元璋建立大明朝后，为抵御高原游牧民族的南侵，在北方一线修建长城，派大将徐达在东部的山海衔接处筑城，由此形成山海关、山海关古城。山海关古城延续至今，规整精致，方圆近五公里。近期经过修缮，四方城楼和钟鼓楼都完好呈现于众。山海关作为城门，名"镇东门"，既是山海关古城向东的城门楼，在四方城楼中最为壮伟，也是万里长城的巍巍关楼，面东向海。

晚饭后，我在山海关古城中漫步，古色古香的老街上，斑驳沧桑的石块地面、遗址建筑比比皆是，且都附有标识牌，多是明清时期的，也有近代民国的。建筑风格有中国传统样式的，也有中西合璧样式的。走在山海关古城，就如重温一段明清和民国的历史。

山海关对大明朝极其重要，它距北京不到 300 公里，称"边郡之咽喉，京师之保障"。以山海关为中心的周边地区，是明代几百年北方陆上防御的重中之重。

明初设防山海关时，驻军为"卫"建制，称"山海卫"。卫，相当于现代军队建制的一个团。后期关外女真族兴起，虎视关内，明朝防御压力加大，山海关驻军增强为"镇"，山海镇，一个师的驻军。镇守山海关的统帅也升格为总督，坐镇山海，督师辽东，兵力总规模要远超一个师。在今天古城老街的督师府里，展示了自山海关设防起的 13 位山海关督师、经略、总督的事迹，从以身许国的袁崇焕到兵败投清的洪承畴，述说着山海关数百年血与火的战争历史。

明末崇祯年间，李自成围困都城北京，清军绕过山海关进逼北京，大明朝内外交困。统兵驻守山海关的吴三桂周旋于李自成和清军之间，最终吴三桂降清，打开山海关城门，清军入关，明朝灭亡。清朝一统天下后，游牧民族和农耕民族融为一体，中华地域扩展，山海关及其连带的长城已失去军事防御价值，但山海关地理上仍是东北和华北的交通要冲。今天从华北到东北的高铁高速、铁路公路都要从山海关经过。

山海关外的东北是满族的兴盛地。清朝早期限制关内汉族人去关外发展，关外人烟稀少。清政府从19世纪后半叶起，逐渐开放东北，由此开始了中国近代史上的民族大迁徙——"闯关东"！

山东人跨海从海路去东北，河北、山西的关内人从陆路通道向东北移迁，山海关，成为从内陆去关外的主要通道。中国近代大规模的民族迁徙有西去走西口、东去闯关东、南去下南洋，山海关留下了深深的闯关东的印记。

在中国革命史册上，依然高矗着巍巍山海关。抗战胜利后，为解放全中国，共产党10万军政人员出山海关闯关东，建立起巩固的东北根据地。当百万雄师的解放军如洪流般涌向山海关，涌入关内，投入平津战役时，新中国的诞生也就不远了。

山海关，山海关古城，是一部浓缩的中国、中国军事战争的历史。山海关及其古城，秦皇岛、北戴河，直到兴城、葫芦岛、锦州，不仅是军事要地，如今还是夏日旅游胜地。来旅游，吹着山海凉风，赏着美景，品着美食，别忘记这段历史，这也是深度游啊。

2020 年 8 月 13 日　山海关古城

呼和浩特，青青的城

呼和浩特是内蒙古自治区的首府。"浩特"在蒙古语中的原意是"水草旁的聚居地、定居点"，随着牧民集居的固定化、规模化，"浩特"也就变成城市了。

除呼和浩特外，内蒙古还有好几个浩特，乌兰浩特、二连浩特、锡林浩特，作为首府的呼和浩特当然是最大的"浩特"。呼和浩特不光最大，其蒙古语的意思是"青青的城"，别有特色。

飞机飞临呼和浩特时，俯瞰下去，满眼绿色。宽敞笔直的街道两旁，也是青杨挺拔，绿柳飘飘。昭君出塞，雁落塞外，呼和浩特城郊有昭君墓，也称"青冢"。

看来，"青"是呼和浩特的自然色、主打色。走出呼和浩特，走进内蒙古大草原，更是青山绵绵，绿野绵绵，接着蓝蓝的天。

七月底，在南京的高温酷暑中来到呼和浩特，首先迎面的是一阵凉风，让人感到无限惬意。走进呼和浩特，满城正在做迎接内蒙古自治区成立 70 周年的准备。这是忙碌有序的呼和浩特，是喜庆连连的呼和浩特。

呼和浩特城区内有个著名的大召寺。我刚从西藏回来不久，对拉萨的大昭寺印象极深。但这不是拉萨大昭寺的"昭"，"召"在蒙古语里是寺庙的意思。大召寺全称"大召无量寺"，旁边还有小召寺、席力图召寺。

佛教从印度传入西藏，又从西藏传入蒙古地区，蒙古族也就皈依了佛教。但这是藏传佛教的格鲁派，又称黄教。进入大召无量寺，感到没有似西藏大昭寺那么浓烈的虔诚膜拜的宗教气氛，更多的是游客休闲观光的民俗意境。

大召寺是在明代时由蒙古族土默特部落首领阿拉坦汗修建的，在今天的大召寺门前，建有宽敞的阿拉坦汗广场，有阿拉坦汗的雄姿塑像。

连接大召寺和阿拉坦汗广场的，还有塞北老街。呼和浩特，原称归化、绥远、归绥，历史久远，是塞上重镇。这条不长的明清建筑风格的塞北老街，彰显着呼和浩特厚重的历史，体现的是草原游牧民族的浓浓生活特色。

晚上，观赏呼和浩特小剧场的演出，欣赏具有蒙古族特色的歌舞，尤其是长歌长调。蒙古族的长歌长调是中国的非物质文化遗产，还于 2005 年与蒙古国联合申报联合国教科文组织人类非物质文化遗产代表作名录，也是世界级的非物质文化遗产。表演长歌长调时，歌舞者着长袍、挥长袖，和蒙古草原的漫漫长天、曲曲长河相呼应。刚在安庆看过透射着轻松活泼童趣的黄梅戏《打猪草》，今晚又看展现蒙古族风格的长歌长调，两者风格迥异，这岂不就是农耕民族和游牧民族明显的文化区别吗？

初入呼和浩特，印象呼和浩特。

2017 年 7 月 29 日晚　呼和浩特

在衡水，遇见老白干

不知河北衡水，但知老白干。有朋友知道我到衡水，马上在朋友圈中提醒我说：别忘了老白干。常乘火车去北京，过了济南，路两侧多是衡水老白干的广告。

也曾从石家庄回南京路过衡水，探头寻找老白干。老白干就是衡水，衡水就是老白干。老白干与衡水的关系就是如此紧密，老白干在衡水、在全国的名气和影响，就是如此之大！

衡水还有很知名的衡水湖，是华北平原可以与白洋淀相媲美的湿地，国家AAAA级旅游景区。但对匆忙行走的我来说，面对当地接待主人的盛情邀请，还是选择了去衡水老白干酒厂，因为那里不仅有倾心已久的老白干，而且也是旅游景区。

酒在中国是历史，是文化，是情结！"壶里乾坤大，杯中日月长"，一个人的喜怒哀乐，都可以通过酒表现出来：一个血性男儿，与酒有剪不断理还乱的关系。

中国的"酿酒始祖"是传说中的杜康，他是哪朝哪代的人物已经说不清了。三国时曹操横槊江上："对酒当歌，人生几何"；还有刘关张举酒桃园三结义，关羽温酒斩华雄。

走进衡水酒厂，就走进了老白干的世界，走进了酒的长廊，酒的风景。今日还有酒厂老总、酿酒工艺大师陪同，全程述说千年老白干酒的故事……

各家有知名度的酒都在追溯自己的历史，如安徽古井酒与三国时期的曹操有关。衡水白干酒称"老白干"，同样资格很老，历史悠久，而且有文字记载确证。河北简称"冀"，衡水就是古冀州，汉和帝时，北方发生水灾，为了筹粮赈灾，和帝"诏禁冀州沽酒"，可见西汉时衡水已经酒坊遍地，规模宏大。老白干酒，传承1900年未间断，1915年就获得过巴拿马万国博览会甲等金奖，厂区建有专门的1915广场。

老白干的"白"，是指酒的色泽清冽透澈，酒质上乘。这些年行走中国，喝多了各地的酒。中国的酒文化可谓博大精深，白酒分成许多香型，主体是三大香型。黄河流域及北方，以清香型为主，典型的如汾酒和二锅头。长江流域华中地区以浓香型为主，如五粮液、洋河、古井。西南地区以酱香型为主，如茅台、郎酒。

衡水老白干在华北，当属清香型。不同香型的白酒，发酵酒曲外观不同，发酵的窖池也不同。浓香型是泥窖池，酱香型是石窖池，而衡水老白干发酵用的是地缸窖池。走进发酵区，几千个地缸平埋在地下，放眼看去，蔚为壮观。窖顶上挂的是红灯笼，地缸四周围的是红绸带，也是一片大美的风景。老白干酒在大类上属清香型，但又不同于汾酒和二锅头。最终，老白干酒被认定为和芝香型、凤香型、米香型并列的一种独立香型，中国白酒的第11种香型——"老白干香型"，以"老白干"命名。当然，更值得称道的是，老白干酒一直坚持纯粮酿造，坚守传统工艺，成为国家级的非物质文化遗产。

老白干的"干"，是说把酒点着，最终可以把它全部烧干，因为经典传统的老白干，酒精度达到 67 度！老白干高烈度，因为燕赵多慷慨悲歌之士！

白酒的精华在它的酒精度，参观到酿造流程的最后，主人接了一大杯刚刚酿好的新酒，酒精度在 70 到 80 度之间，请我品尝。我皱了皱眉头，瞪大了眼，又嗅了嗅酒味，再一闭眼，一大口新酒畅然下肚。什么感觉？热腾腾、火辣辣、香喷喷、飘飘然！参观最后又摆上了两杯酒，一杯新酒、一杯窖藏多年的老酒。品尝下来有什么区别？是有区别，但那种区别都在飘飘然的云山雾海之中了……

古代名人喜酒，今朝名人同样喜酒，对衡水老白干这种高度烈性酒更是情有独钟。老白干酒厂有个名人存酒室，棋圣聂卫平、新东方俞敏洪、奥运冠军许海峰等，许多名人都在这里封藏有自己整坛的老白干。

衡水老白干不同于其他酒的，不光是它独特的香型，还在于它的身上有很多的红色印记。1945 年 12 月衡水解放，政府把衡水的十八家酒坊以赎买的方式收购过来，统一改建为衡水酒厂，这是共产党领导下成立的第一家公有制酒厂，其他知名酒厂的国有化，应该是新中国成立后公私合营的结果。今天的衡水酒厂还隆重推出了"十八酒坊"的品牌，而且打得很火，就是想续上这段历史。

1949 年 1—2 月，斯大林派米高扬到西柏坡，探讨中国革命的前景和中苏两党两国的未来关系。当时中央五大书记用衡水老白干酒热情款待，米高扬喝得很开心。中苏关系最初的蜜月期，衡水老白干可能起了融合剂的作用。新中国成立初期国宴招待用酒就是衡水老白干，有国务院关于招待会的文件为证。衡水老白干在河北，但离北京很近。

如今衡水老白干做大了，成了上市公司，山东的孔府家酒和安徽临泉的文王贡酒都被其收入门下。

在衡水，遇见老白干，这就记住了老白干，常惦记着老白干！

2022 年 11 月 11 日　河北衡水

乌兰布和，冲沙去

战友徐冰是诗人、书法家，也是饮者、玩家，玩遍了内蒙古。昨天跟他驱车从乌海过黄河向东，走入鄂尔多斯的鄂托克旗。

鄂尔多斯过去称伊克昭盟，鄂托克是草原，但与乌兰布和沙漠只隔着一条黄河，所以这是沙地草原，还不是内蒙古最美的草原。当地接待的主人介绍说，蒙古族著名歌手腾格尔和"凤凰传奇"组合的玲花都出自鄂托克旗。

蒙古族是个能歌善舞的民族，有许多著名的歌手。闻此，我似听到《天堂》《蒙古人》，听到《月亮之上》。那种粗犷、苍凉、激越的蒙古歌，可能就是由眼前这片粗犷的草原和碧清的温泉水孕育出来的吧。

再去哪儿呢？过黄河向西，去乌兰布和沙漠。

从没去过沙漠，对沙漠充满着期盼和新鲜感。虽然还是在黄河边，还只是在乌兰布和沙漠的边缘，但已感到沙漠的雄浑壮阔。这里靠近黄河，靠近乌海湖，已人工治沙十多年，喷灌设备都铺设了，已进入旅游综合开发阶段，还建起了葡萄酒庄园。品品醇香的干红干白，想想不远处的大沙漠，深感人类的伟大。

还不过瘾的，就去乌兰布和沙漠深处，去越野，去冲沙！那可是勇敢者的运动，对爱冒险的人们充满着无限的吸引力。

乌兰布和沙漠绵延 100 多公里，覆盖上万平方公里，主要在阿拉善左旗境内。跟着徐冰，跟着徐冰的阿左旗朋友，我们驱车奔向乌兰布和沙漠深处。当然，我们的车是不能冲沙的，于是换乘两辆经过专门改装的丰田陆地巡洋舰，由两个骑手驾驶，带我们去冲沙。哈，越野冲沙，不仅需要专门的车辆，更需要专业的骑手，我们只能是乘坐者、体验者。

进入沙漠前，轮胎要放气。要放到胎压多少？1.0 bar（1 bar = 100 kPa）左右，出沙漠上公路，再充气到正常胎压 2.5 bar。放气降压，是为了增加轮胎与沙子的接触面积，增加轮胎的附着力，以获得更好的驱动力。

开始啦！上车后，必须系好安全带，关闭车窗和天窗。越野冲沙，安全第一，这就把命运和乐趣都交付给了骑手和"铁马"。

沙漠里并没有固定路线，要选择合适的路线，尽量在沙脊线上行驶。冲击驾驶中不要轻易刹车停车，否则容易陷车出险。这些对他们两位职业骑手而言是自觉的行为，我是出于好奇，想学点儿沙漠驾驶的知识。

冲沙的沙漠要有落差大的起伏，如此才有刺激感，才有风险挑战性。70 度的陡坡走 S 路线冲上来，70 度的陡坡再侧滑下去，侧倾可达 45 度，有倾翻感！车上人一阵惊诧，一阵尖叫，胆小些的抓紧了扶手，闭上眼睛不敢看。

必须是陆地巡洋舰，非它莫属！四驱，动力强劲，冲顶俯降，侧飘速滑，它在茫茫沙山沙海中高速冲行，扬起的沙尘弥漫了视野，就像大海中军舰高速航行冲起的水幕。纵横大漠，方显英雄本色！这又胜过波涛起伏中的舰船，可以野性地肆意俯冲。沙漠越野冲沙，要的就是这种刺激，要的就是这种心惊肉跳！

我们冲上乌兰布和沙漠最高的沙山，四野望去，瀚海无际，沙涛奔涌。可以下车休息，饱览沙漠风光，脱下鞋，赤着脚，轻松，放纵，向着沙海，高声地呼喊，沙山顶一时成为欢乐的天堂，充满欢声笑语。沙漠中是一片无人区，自然没有手机信号，但到了沙山顶上，偶尔还能飘来一缕信号的回声，可以借机向远方的朋友发个来自沙漠的问候！

前面又是70度向下的沙坡，这是个直坡，有500多米的长度。俯瞰山下蓝色帐篷的越野营地，一阵眩晕！既然眩晕了，那就闭上眼睛吧，钢铁的巡洋舰滑沙而下，滑下山底，和高速冲击的刺激不一样，有悠悠然飘飘欲仙的感觉。偶尔睁开眼俯瞰，哇，山下有几只野骆驼也在惊讶地看着我们，说不出是欢迎还是不欢迎。我们的大玩家徐冰索性下车，徒步独滑。下到山底的我抬头望去，他在陡峭的沙坡面，在浑直的车道旁，另划下一条又窄又弯的沙痕，活脱脱一个飘落的仙人。

一不小心，我们的车搁在沙脊上了，这种事在沙漠越野中常有。别着急，别恐慌，人员下车，组织救援。去冲沙，一般都要有两辆以上的越野车组队同行，都备好了牵引钢索，一旦陷车，相互救援。我们的两个骑手是老手了，看他们，不慌不忙、技术娴熟，很快摆脱了困境。上车，继续。

人生曾经过许多险滩，但还没有经历过乌兰布和沙漠冲沙这样的惊险刺激。朋友说还有更惊险、更刺激的，再向西，去阿右旗的巴丹吉林吧，那里沙山更高，沙坡更陡，更惊险，更刺激。今天在乌兰布和沙漠，我已经经历了惊心动魄的刺激，已经很满足了！

我们所在处是一片沙漠中的平整低洼地，这里有绿植，彰显着蓬勃的生命，像沙漠中的一个小绿洲。据说旁边还有从太空飘落在沙漠中的卫星残片，似乎在为人们装扮沙宴的背景。

在沙漠中开野炊，食材清水都已备好，提前装在了车上。搬下火炉，架好锅，燃旺火，奶茶烧好了，奶香四溢。很快，丰盛的菜肴摆满了一桌，盆中的手抓羊肉更是诱人。

来，举起斟满蒙古王酒的酒杯，放声唱起《鸿雁》。几个曾经的老军人，几个心还不老的老兵，就在这野性十足的沙漠深处，举杯祝贺建军节快乐，祝福我们的军队更强大！

2017年8月1日　阿拉善左旗乌兰布和沙漠

东行篇

人间四月天——锦绣苏北

清明节小长假，驱车在南京和家乡如东间往返。车轮转过秀丽的苏北大地，经过南通、靖江、泰州、扬州、六合。整个行程不走高速，走国道，一路停停走走，做深呼吸，摄影打卡，发发朋友圈，或途中会会同学战友。往返一路，深为仲春四月锦绣苏北的美景所打动。

今天过江通道众多且便捷，江北与江南联系紧密，长江北的扬州、泰州和南通三市习惯称为"苏中"，不称苏北了。在过去，长江就是一道难以跨越的天堑，长江以北的江苏地区都统称"苏北"。我生长在苏北并曾长期在苏北生活、工作，后来虽然过江到了省城南京，但作为苏北的孩子，总对这片家乡的土地充满着特殊的感情。当年，走出苏北是苏北年轻人的普遍愿望，如今走出了苏北，想在苏北乡村有个自己的家，却成为我心中萦绕不断、挥之不去的情结。

清明节后，朋友们、同事们又从苏北各地归来，聚在南京的饭桌上，吃着从苏北家乡带回来的蔬菜、土特产，津津有味地谈起了苏北的家乡。

人间四月天，春光无限好！因林徽因的那句诗"你是人间的四月天"，又因以诗人徐志摩浪漫爱情为主题的电视剧《人间四月天》的播出，"人间四月天"成了浪漫诗意的文化符号。四月，正是仲春时节，江苏苏北平原繁花百态，争相斗艳。

2014 年，《中国国家地理》曾评出中国的"十大新天府"。此次评选有许多知名专家评点，也有许多统计数据做支撑，具有很高的权威性。评选出的"十大新天府"是：成都平原、台湾嘉南平原、伊犁河谷、山东半岛、闽南丘陵平原、三江平原、雅鲁藏布大拐弯地区、呼伦贝尔、苏北平原、宁夏平原。

成都平原从古至今都是"天府之国"，风调雨顺。都江堰不断地流水灌溉，使成都平原物阜民丰，入选并排名第一当之无愧。出乎意料的是，江苏苏北赫然在列，反而没有苏南。

从来都说"江南好，风景旧曾谙"，苏南为什么没有入选呢？我想，是因为苏南发展太快，过于工业化、城市化了。评选"新天府"，GDP 不是第一指标，宜居是主要标准。在忙碌的当今社会，人们更向往田园牧歌式的生活环境。"新天府"评选的是新时代的"桃花源"，展现的是新时代的幸福生活，用今天的话说，评的是人们的"幸福指数"。

四月的苏北大地，特别是苏北乡村，萌发着勃勃生机，是一个色彩如锦似绸的"桃花源"。芦芽初起，麦苗青葱，红桃露艳，河柳吐翠，蚕豆花白，油菜

东行篇

花黄……

记得有一年四月，我从北京飞南通落兴东机场，飞入苏北上空后飞机降低了高度，一望无际的苏北平原展现在机翼下。第一次从空中俯瞰如此大面积的苏北美景，我大睁着眼睛，心震撼了，人也陶醉了：绿的是麦田，黄的是菜花，蜿蜒的是河流，闪光的是鱼塘，纤细的是村路，集结的是乡镇。星星点点的红色、蓝色，是镶嵌在农田间、道路旁的农舍屋顶，但那不是 20 世纪的乡村土屋，而是现代农舍，是一座座乡村别墅！

水患是过去苏北贫穷落后的根源。黄河是中华民族的母亲河，但她性情飘忽不定，历史上黄河南侵夺淮，致使淮河水系紊乱，淮河多次改道，没有自己的出海口，水大便成灾，苏北由此灾害频繁。1938 年为抵御日军的大规模入侵，国民党政府掘开黄河花园口，导致黄河水泛滥，苏北水害加剧。

今天苏北堪称锦绣之地，能入选"十大新天府"，很重要的原因在于根治了水患。苏北地势低洼，洪泽湖大坝高于扬泰里下河地面几十米；且河流湖泊众多，但水系紊乱，排洪不畅，导致水灾不断。面对先进富庶的苏南，"苏北"在一段时期内成为江苏贫穷落后的代名词。

童年时在如东农村老家的一幕总让我难以忘怀：发洪水了，路淹断了，学不能上了，我牵着爷爷奶奶的手，两眼泪汪汪的。

当年建津浦铁路，从南京绕过苏北，经安徽复归徐州北上，我想也是为了回避多水患的苏北吧。因为地势低洼、水患频发，苏北虽属华东沿海地区，过去却是没有铁路的，交通的闭塞、经济的落后可以想象！

现在，水患根治了，交通大开发，高速公路密布成网，高铁贯通东西南北。苏北人杰地灵、鱼米之乡的优势突显出来了。

四月的苏北是多情的。"故人西辞黄鹤楼，烟花三月下扬州"，农历三月正值阳历四月，一曲"烟花三月"表达了无尽的思念、惜别，此时扬州的"烟花旅游节"也撩人心动。

四月的苏北是浪漫的。即使战争时期也难掩苏北浪漫的本性，一首《九九艳阳天》唱响历史，"蚕豆花儿香啊麦苗儿鲜"，那是在苏北宝应。

四月的苏北是灿烂的。水乡兴化是里下河的锅底、苏北的锅底，水患来时当是汪洋。可如今，垛田油菜花开，在连绵的绿水间推出接天的金黄，是全国摄影发烧友的奔赴地。

四月的苏北是悠扬的。"好一朵美丽的茉莉花，芬芳美丽满枝丫"，六合金牛湖畔茉莉花园花香扑鼻，民歌《茉莉花》悠扬绵长的曲调缭绕在香港回归的仪式上，缠绵在美国白宫的草坪上。

四月的苏北是辉煌的。新中国海军最初起于如东沿海新四军的海防纵队，最终于 1949 年 4 月 23 日渡江战役前夕，诞生在苏北泰州白马庙。如今中国海军已走过 70 多年，走向了更辽阔的大海。

哦，朋友，人间四月，你来苏北，可以浪漫一回，可以陶醉一回，可以圆梦一回……

2018 年 4 月 13 日　如东—南京

扬州瘦西湖

西湖，在中国是个很普通的湖泊名称，全国很多城市都有自己的西湖，所指无非是城市西边的一片湖泊。

我曾去过杭州、扬州、惠州、颍州（阜阳）、雷州等城市的西湖。这些西湖因为离城区不远，且风景优美，历史上又有文人名家留下过墨宝诗文，也就出了名。诗人名气越大，写的诗文名气越大，这个西湖的名气也就跟着越大。其中名声最盛者，当推杭州西湖。

欧阳修曾为安徽颍州的西湖留下许多首诗，历史上其名可与杭州西湖并举，后因黄河水泛滥，湖泊湮灭，仅留下西湖之名。中国大陆最南端的雷州西湖，虽然名人典故很多，但湖面小，浓缩为雷州城里的一个小小的城市公园，容易被人忽略。惠州西湖名气不小，有苏东坡，也有苏堤，格局形制类似杭州西湖。众多西湖中，唯扬州的西湖别具一格，与众不同。

扬州西湖名多了个"瘦"字，其湖形确实呈曲折长条状，似乎是从一条曲折河流中截取了一段镶嵌在扬州城中。扬州西湖不与杭州西湖比肩，自谦"瘦西湖"。但就是这个"瘦"，引得古往今来骚人墨客遐想联翩。

"二十四桥明月夜，玉人何处教吹箫"，明月下吹箫的玉女，纤瘦婀娜，惹人爱怜；"故人西辞黄鹤楼，烟花三月下扬州"，深陷乡愁的诗人游子，衣带渐宽人憔悴，可能也胖不起来吧。

扬州是旅游城市，历史悠久，风景名胜很多，有个园、何园、平山堂；有隋炀遗梦，鉴真扬波，东关夜市，琼花飘逸……。但扬州名气最大、风景最美，能作为扬州旅游城市形象标识的，还要数瘦西湖。

扬州的瘦西湖很美，最美的时间在春季，但我今日来瘦西湖时，已是十月新

东行篇

秋。瘦西湖美在四季，秋天的瘦西湖也非常美。

走进瘦西湖，给你最直接美感的，第一是她的曲水，因为瘦，所以曲，曲水弯弯，曲水流觞，曲径通幽；第二是她的绿柳，柳枝婀娜，柳叶拂水，柳色青翠，而且从春绿到秋；第三是它的亭台和桥，飞檐凌空，长桥卧波，千姿百媚。最美的还是"二十四桥"，毛主席亲笔草书杜牧的诗"二十四桥明月夜，玉人何处教吹箫"，就立在湖边。

瘦西湖有一幅名联，是扬州人，而且是现代扬州名家创作的。上联"借取西湖一角堪夸其瘦"，下联"移来金山半点何惜乎小"。

镇江、扬州隔江相对，都是古城、文化旅游名城，现在更有润扬大桥相连，关联更紧密。镇江有山：金山、焦山、北固山、南山。但扬州无山，论山水风景，扬州比镇江有缺。

镇江人遂调侃扬州："青山也厌扬州俗，多少峰峦不过江。"而扬州人把瘦西湖中堆积起来的一个小岛命名为"小金山"，回应说：移来金山半点，何惜乎小？

扬州也有山，虽小，却是从镇江金山移来的。扬州也有湖，虽瘦，却是从杭州西湖借来的。瘦西湖，以其曲瘦、以其小巧精致，在国内诸多西湖中脱颖而出，以其别具一格的景观突显了扬州风格。

面对瘦西湖美景，我感到词穷语拙，还是借用别人的一段词吧："瘦西湖，两岸花柳全依水，一路楼台直到山。其名园胜迹，散布在窈窕曲折的一湖碧水两岸，俨然一幅次第展开的国画长卷。"

今天的瘦西湖已经"长胖"了！从貂蝉、西施变成了杨贵妃。近年扬州着力打造旅游城市，在地理上把瘦西湖景区扩得很大，看地图，整个景区已成了扬州城内的长方块，向北延展到了大明寺。大型园林实景演出《春江花月夜》也进驻了景区。湖还是瘦的，景区却扩大了。

老扬州人抱怨说，过去瘦西湖的韵味儿没有了。外地人不管，过去的西湖之瘦美未曾见，管她是瘦是胖，好看就行。今天的瘦西湖，无论春夏秋冬、平时假日，总是游人如织，摩肩接踵。杭州西湖，人们说她"淡妆浓抹总相宜"；扬州瘦西湖，我认为是"肥环瘦燕皆迷人"。

我到瘦西湖，从南门进，从北门出，沿着湖道，循着岸柳，悠悠前行，左顾右盼，不舍美景，足足走了一个小时，得小诗一首：

> 西湖但曰瘦，
> 蜷曲当称柔。

船行水幽处，

五亭喜露头。

2015 年 10 月 16 日　扬州瘦西湖

你好，常州！

许多次来常州，但都是匆匆来匆匆走。这次来，依然匆忙。虽然匆忙，但来得多了，不免就对常州有了更多的认知。

江苏苏南，从古到今，都是一块神奇的土地。从南京到上海，沿长江这条黄金水道，沿宁沪近代开发的陆上通道，沿隋朝就开通的京杭大运河，崛起了南京、镇江、常州、无锡、苏州五个城市。宁、镇、苏、锡，都是有山有水、山清水秀的秀美之城，也都是江南名城，文化底蕴深厚。常州虽地理上居五城中间位置，却有些例外。

常州也是古城，但春秋时的淹城今天只存遗址，和南京、苏州实实在在的城墙围绕的古城不同。常州城区无山，山在远处的溧阳；常州有水，但水亦平常，不似苏州、无锡的太湖和南京玄武湖有灵气。常州城缺少自然风景。

但常州人善于创造，善于借力发挥、人工打造，善于把小做大、把弱做强。常州古称龙城，地下又挖出了恐龙化石，便打造出今天 AAAAA 级旅游景区的中华恐龙园，在平地上造出了风景，也把古龙城的称号坐实了。邀请我来作讲座的这个官方平台，就名为"龙城讲坛"。

红梅公园，常州第一园林，一半是历史重现，一半是现实打造。常州把月季当市花，又造出巨大的国际月季园，而且有一架钢铁巨轮矗立于园中。这是地球东经 120 度线的形象标识，是常州市新的地标，因为东经 120 度线是"北京时间"的基线，唯一穿过的城市就是常州。这是常州人的又一神来之笔，超凡创意！

常州武进有一湖，名"滆湖"，过去也就是养鱼养虾养螃蟹的地方。如今，当我走进滆湖边的揽月湾时，发现不光湖边景观焕然一新，湖中的"滆湖明珠塔"巍峨高矗、灯光四射，而且滆湖还有了新的名字——西太湖。哈，就像安徽石台把牯牛降称作"西黄山"一样，这又是常州人的借力发挥！这不，就连湖边新开发楼盘的房价也翻着番地涨了。

历史上的常州和武进难分难解，常统称"常武"，常州就是武进，武进就是常

东行篇

州。过去的常州是市，以工业为主体经济，武进是农业县，包围着常州。今天的武进已经融入常州，就如无锡县融入无锡市，吴县融入苏州市一样。

走进常州青果巷，就是在浏览常州的历史。这是一条狭窄的古老街巷，始建于宋代，和江南古城镇一样，沿河布局，长不过数百米。青果巷临古运河，乾隆皇帝下江南，经运河过常州，称常州"襟带控三吴，舟车会百越"。正是千年流淌的运河，给常州带来了生生不息的灵气。

一条青果巷，半部常州史，这是今天常州的历史文化街区，是常州亮丽的历史文化名片。青果巷名人辈出，走出了中国近代语言大师赵元任，走出了洋务派代表人物、"中国实业之父"盛宣怀。如果细数，还有很多很多中国历史上的常州名人都出自青果巷。北宋大文豪苏东坡，一生颠沛流离，去过杭州、黄州、惠州、儋州，但他为官几十年间"未尝一日忘"常州，最终把终老地选在了常州。

常州人的最大创造力，还是在工业制造上。20世纪80年代改革开放初期，常州在工业上异军突起，是中国中小城市发展的典范，江苏常州、湖北沙市等在当时都非常有名。今天的常州，除了说它是"常乐之州"，还说它是"智造常州"，其制造业又上了一个台阶。

常州也有大学城，但多是职业技术类高校，重点培养技能人才，直接为制造业服务，就业形势很好，学生还没毕业，就有企业来争。常州，以区区4000多平方公里、仅占江苏1/25的土地，不过400多万的人口，在2019年创造了近8000亿元的地区生产总值，总量在江苏虽只排第五，但如果算人均则稳居第三。

常州紧邻无锡和苏州，但常州就是常州，无锡、苏州讲的话是吴侬软语，常州人讲的话却是铿锵有力。无锡饮食偏甜偏软，常州菜肴却掺杂了更多的淮扬风味。常州虽在江南，但我把常州人称作是与无锡、苏州不同的"江南阳刚"，别具一格。常州也自称"中吴"，地理上区别于苏州的"东吴"，常州市的一条主干道就称"中吴大道"。

正因为常州这种不一样的江南人文，在大革命时期，一下走出了文武兼备、叱咤风云的"常州三杰"：瞿秋白，张太雷，恽代英。今天还走出了不少的军事将领。

常州的"江南阳刚"，蕴藏着江南发展的历史脉络。中华文明起于黄河流域，再向长江流域南延，江南的文明发展晚于华北。早期的江南吴越文化，并非小桥流水，吴侬软语之态。吴人断发文身，蛮横尚武，如此有周处斩蛟之传说，如此有春秋吴越大战，有项羽带出的"破釜沉舟"奋勇向前的八千江东子弟。

唐宋之始，江南经济发展，文化兴盛，民风民性也随之改变。但江南人的阳刚之气融入当地人的性格之中，延续到今天，这在常州武进这块土地上最为凸显，大革命时期走出的"常州三杰"就是最典型的代表。

和常州的朋友谈话聊天，你会发现常州人讲话语速很快，看常州人的生活，也觉得总在行色匆匆中。每个人都在做事，好像每个人都有做不完的事，都有自己的奋斗目标。

常州，一个来了就不想走的地方！但我匆匆来，又要匆匆走了。

再见，常州！你好，常州！

2020 年 7 月 19 日　常州

南通是家乡

南通是家乡，回南通是回家，回家的感觉真好！

南通，长江入海口北侧的地级市，通江达海，乃江海明珠，是江苏的经济、教育、体育大市，也是文化大市。

今天是八一建军节，应邀作题为"当前南海形势与国家安全"的讲座，一早离宁，中午到达南通，下午走上南通市图书馆静海讲坛。讲南海，自然要讲到我们南通籍的"南沙守礁王"龚允冲将军。

南通市图书馆新馆在南通市新区南通行政中心。南通"建筑铁军"誉满全球，新图书馆是南通人自己的作品，自然要尽心尽力。从外观设计到内部装修陈设，在江苏省内各市图书馆中独树一帜。开馆第一天人流如织，讲座厅众人济济一堂，讲座后的互动提问水平也高出一筹，显现出南通人不一样的关注和水准。

历史上的南通是中国的移民地，我的家族也是移民到南通如东的。年少在家时听老辈人述说家史，我们张家的祖籍原在江南镇江，19 世纪中叶，太平天国时期，南京、镇江一带是战场，战火不断，民不聊生。为逃难张家一族举家渡江北上，经各地辗转，最终流落到南通如东沿海的滩涂上才找到一块安身之地，由此我们成为南通如东人。那是一段 160 年前的辛酸苦难家史。

1000 多年前苏北黄海海岸线在今天的 204 国道处，这就是北宋时期范仲淹主持修建的捍海长堤——范公堤。1000 多年来，长江和黄河（古黄河从苏北入黄海）带来了大量的泥沙，潮涨潮落，陆进海退，沿海滩涂淤积涨扩，新生成了大面积的陆地。新的土地为外来移民提供了生存空间，苏北沿海千年，书写了一部中华民族艰辛但精彩的移民史。正因为有新生的土地资源，在 20 世纪 90 年代三

东行篇

峡工程上马时，江苏这样一个人口密集的平原省份，还能接纳来自三峡的移民。

外来移民没有依托，没有背景，首要的是与大自然抗争，唯有抱团取暖，勤奋努力，才能生存，才能发展。这就像改革开放后快速发展的移民城市深圳一样。

今天的南通人依然勤奋努力，因为南通是教育大市，再加上南通人聪明能干，近代的南通曾领天下先。南通称中国近代第一城，南通人清末状元张謇，胸怀报国之志，走上实业兴邦之路，在南通大地画出了最初的城建蓝图。

南通是移民城，在南通乡村，一村中语音不同，邻里间话语相异是常态。但来自各方的新南通人没有隔阂，而是携手互帮互助、和谐发展。今天的南通乡村，人们夜不闭户、路不拾遗，民风之淳朴、邻里之和谐，在今日的中国乡村堪为典范。

南通乡村是滩涂淤积形成的滨海平原，是近代移民居住的新区，没有内地乡村因历史原因形成的以同姓为主的集聚村庄。在南通乡村中，张王李赵，一家一户，沿河分散居住。河也不是自然河流，多是人工开挖的疏海水道。因为没有明显的地理标识，若开车寻找一个地方，真的要多费些口舌呢。不过，回家的路我是熟的。

虽然今天的行政区划以村镇为地名，但南通的村只是行政村，不是自然村。今天若问起南通老乡：你家是哪里的？更多的回答是某某公社、某某大队、某某小队，这在国内又成特例。1958年开始人民公社化，虽然改革开放后人民公社已成为历史，但公社给南通乡村留下的深刻印记直到今天依然存在。

苏北沿海，东是滩涂，南有长江，历史上交通闭塞。今天的苏北沿海打破了过去的封闭，苏北沿海发展已上升为国家发展战略。苏通大桥、崇启大桥，下一步的沿海高铁，沪苏通大桥，南通港、通州湾的开发开通……南通，从过去的"难通""南不通"，变成了真正的陆通、江通、海通，处处畅通。中俄合作的亚马尔天然气项目即将落户到如东的洋口港。南通与上海也更紧密地联系在一起，南通融入上海，今天的南通称"长三角北翼"，也称"北上海"，充满了生机和活力！

南通人喜欢向外走。我在中国各地行走，各地都能遇见南通人，世界各地也频见南通人。南通建筑铁军更是在改革开放的早期，就走遍全国，走向世界！

南通人与温州人比画：谁更像中国的"犹太人"。温州人走出去，移民美国，移民欧洲，移民澳大利亚。南通人走出去，春节清明，四面八方的南通人都要回到南通。许多人在外几十年，退休后最终还是要回到南通，要把房子建在南通，要把根留在家乡，永远地拥抱这颗"江海明珠"。

今天我又回到南通！记得当年回南通，写过一首小诗，且录在此，权当收笔。

回南通

一山飞笋伏江波，

双桨拨灯觅濠河。

追忆少年蹉跎事，

长梦归来是莺歌！

2015 年 8 月 1 日　南通返宁途中

如东如皋，如诗如歌

我是如东人，如东人到如皋，也就是到了家。

如东和如皋，都在长江口的北岸，是南通市下属的两个县市。南通是江海明珠，有满满的江风海韵。而如东濒海，如皋临江，如皋、如东都以"如"字开头，因为两地之间有着极为深远的联系。

南通，是古长江、黄河东流泥土淤积出来的土地。苏北的范公堤是宋代范仲淹为官时所筑的海堤，以防潮水的侵袭。范公堤沿今天南通、盐城的城区，南北纵贯苏北大地，说明 1000 多年前宋代的黄海海岸在此沿线。如皋县城在范公堤的堤西堤内，如东县城在堤东堤外。如皋的"皋"，意为水边的陆地，如皋先于如东形成大面积的陆地。如东从海上的一个沙洲逐渐淤积成陆地，也只有近 1000 年的历史。

很长一段时间内，这块土地对外的统一称谓就是如皋。如皋是一片红色的土地，20 世纪 40 年代是新四军的根据地。如皋太大了，新四军主政如皋后，沿通扬运河，把如皋东西一分为二，东为如东，西为如西，"如"字扩展了，"皋"字另存一边了。

抗战胜利后，如西复名为如皋，把丢掉的"皋"字找了回来。如东，是地理上的如皋以东，也曾称如皋东乡，是以如皋为标准的地理定位。如皋、如东本来就是一家，筋脉相连，水乳交融。我作为如东人来到如皋，总有一种来到外婆家的感觉。在如皋，和在如东一样，听柔柔的乡音，品鲜鲜的乡味，叙绵绵的乡情。

在南通各市县中，如皋的历史最为悠久，文化也更为厚重。看如皋城里精致浓缩的水绘园，听秦淮八艳董小宛和明末公子冒辟疆缠绵的爱情故事，感受"世界长寿乡，水绘金如皋"。

东行篇

如东原是海上的一片漂浮的沙洲，名"扶海洲"，黄海的滩涂经千年淤积，积聚出新的土地，与大陆相连。因为如东濒海，抗战时期，这里还诞生了中国共产党领导的第一支海上武装力量，即陶勇指挥的新四军海防纵队。

如东经济上后起，与如皋还有些差距，但如东也有其优势，这就是临海。特别是如东沿海开发了深水大港洋口港，还迎来了从俄罗斯北极地区开来的液化气巨轮，临港经济由此兴起。洋口港十多公里长的黄海大桥，远远地探入大海，最早迎接朝阳！今天，如东人解释如东，不再是过去的"如皋以东"了，可以骄傲地说，如东，是"如日东升"的如东。如东，就如一轮朝阳，冉冉升起。

如皋是中国著名的长寿之乡。140多万人口中，百岁以上老人有400多位。世界上和中国其他地方的长寿之乡，或在偏僻山区，或在高寒地区，但如皋是在华东地区，在经济文化发达的长江三角洲地带，显示出如皋的与众不同。

如东、如皋本是一家，如东也是长寿之乡，一般人家中八九十岁的老人比比皆是，还能下田劳作。我的老姑父96岁了，不仅能生活自理，还能打理院中的小菜园。每次我回如东老家，他都笑容满面地过来迎接我。不过，如皋率先把"长寿之乡"打造成向外展示的一个品牌、一张名片，如东也只有跟着沾点儿光了。其实，我们整个大南通都是长寿之地，号称"长寿之都"。

如皋人的长寿，多半与如皋有特色的饮食和原产地菜蔬有关。在如皋吃饭，菜肴是典型的农乡特色和江鲜水产。蟹黄汤包是如皋名点，曾馋得我带着80多岁的老妈，早上开车跑六七十公里，从如东乡间到如皋四海楼吃汤包。

如皋黑塌菜，是长寿之乡的传统菜。它生于寒冬，长在霜雪，任霜打雪埋，霜雪越大，生命力越顽强。黑塌菜，状如梅花，绿似翡翠，叶片舒展，匍匐大地，汲大地之精华。黑塌菜不惧严寒，笑傲苍穹，抒长天之壮志！黑塌菜的品格如梅花、宝剑："宝剑锋从磨砺出，梅花香自苦寒来！"如今，我的学生打造的如皋"碧如蓝"牌（碧海、如皋、蓝天）黑塌菜登上了海军的军舰，去了亚丁湾，助推中国海军走向深蓝。

如东则是海鲜之都。我在如东吃饭，桌子上摆的，除了海鲜还是海鲜，梅子鱼、炝白虾、文蛤……都称天下第一鲜。如皋如东，在饮食上竟有如此大的反差，当然，海鲜也助人长寿哟！

如果说如皋展示的是南通江海人辉煌的历史，如东则代表着新世纪向海洋发展的未来。如皋如东是一家，历史和未来在这块神奇多情的土地上交汇，共同腾飞！

2019年12月2日　如皋—如东

如东的家宴

我的老家在江苏如东的乡下，童年在老家乡下度过，不能说是幸福，甚至可以说有些苦涩。从有记忆时起，牵着我手的是爷爷奶奶，背着书包蹦蹦跳跳去上的是乡村小学，踩过的是乡间小路，路过的是沟塘田埂。对 20 世纪 60 年代初的乡村大食堂、对一场大水阻断上学路的情景、对吃完饭要把碗舔干净以节约粮食的习惯……，对这一切，我还有模模糊糊的记忆。

如东沿海，不过与海水隔着一片漫漫的滩涂。记忆中，大人们去赶海，回来会带着新鲜的鱼虾蛤蜊，烹制成桌上的美餐，带来满屋的欢乐。那时我也想去赶海，却因年龄太小被阻止，但心中总思念着那片被滩涂隔开的海。70 年代从军入伍，80 年代换下陆军的青草绿，穿上海洋色彩的海军蓝，这可能都与我幼时的海洋情结有关联。

工作稳定在南京后，终于可以常回老家看看。民以食为天，回家看看，吃饭是第一大事，尤其是回老家过年，家宴是春节的主题。

如东是长三角的北翼，经济深层次地融入上海，年轻人多外出务工，乡村显得有些孤寂。等到过年，奔着这份乡情，大家又从四面八方回归到如东的家乡，看车牌有南京的、上海的、苏州的、北京的……，大家又纷纷把欢声笑语带回到寂寥的乡村。

现在，城市的年夜饭都摆在饭店，如东农村的宴请还是在家中。经济发展了，如东农村家家户户的房子都盖得很大，都可称别墅，院子也很大，足可以摆上三五桌、七八桌。农村有专门的厨师班子，称流动饭店，定好标准、定好时间，所有的菜肴，包括灶具、餐具，他们都自带上门，摆灶点火开烧。

春节期间，亲戚朋友、同学故旧、乡里乡亲，东家邀、西家请，今天到我家、明天到你家，好不热闹。如东是长寿之乡，六七十岁的人大多身体康健，还在劳作，有八九十岁老人的家庭不少，其乐融融。过年了，鞭炮声声，烟花绚烂，灶膛火苗跳跃，桌上美酒斟满，大家围坐在一起，给老人祝寿，给孩子发红包，说你的理想，谈我的期望……觥筹交错里，聊尽东西南北中天下新鲜事。亲情的交融，舌尖的愉悦，这对中国人乃至对整个人类而言，都是永恒的追求！

如东是海鲜之乡。童年时期，文蛤是百姓餐桌上的普通菜。还有"梅豆鱼"，一种海滩浅水处的小鱼，肉质之嫩，天下少有。我吃遍了沿海一带的海鲜，从大连、青岛，到舟山、厦门、北海、三亚，直至西沙、南沙。与之相较，如东的海鲜只能称"小海鲜"，这由其临南黄海和沿海滩涂特殊的地理环境所致。但这种小海鲜却凸显出当地的大特色：海蜇、泥螺、醉蟹、醉虾、黄鱼、鲳鱼，从百姓家宴摆到政府宾宴，成为如东对外的一张鲜亮的名片。

我常和别人说：如东过去很穷，特别是农村，青菜都吃不上，只能间歇到海边捞点海蜇、挖点文蛤就粥喝。过去这是事实，如今文蛤号称"天下第一鲜"，再说起这事，就成了幽默段子。现今的家宴，吃了一桌海鲜后，总呼不出一盘青菜。非没有青菜，只是今日如东待客以海鲜为重。乡情之沉，特色之浓，可羡可叹！海滩踩文蛤，是乡亲们过去的谋生方式，今天却成为如东的旅游项目，而且起了个高大上的名字，称"跳海上迪斯科"。

中国在加速城市化的进程，许多年轻人别乡进城。很多人感叹：回不去的故乡，到不了的远方。我想，只要你用心去感受，用心去品尝，故乡、远方……，就在你的身边，就在你的心上。

悠悠童年，几酌乡思，几杯乡愁。逝去的岁月，我在一缕缕梳理……

2018 年 2 月 19 日　如东沙南村

连云港花果山

江苏多是平原，但连云港邻山东抵黄海，多山，有云台山、孔望山、花果山、北固山……，深入海中的连岛也是山。有山就显雄壮，有山就显刚毅！

连云港的诸多山中，花果山名气最大，全因吴承恩的小说《西游记》，全因齐天大圣孙悟空住在花果山。花果山的诸多景点，都与《西游记》和孙悟空相关联。

因为是孙悟空故里，花果山有猴子，临近海边的云台山和其他山却没有。吴承恩是淮安人，今在淮安的河下古镇有吴承恩故居。淮安人吴承恩写了连云港的花果山，是吴承恩的《西游记》和想象中的孙悟空成就了花果山。

毛泽东特别欣赏孙悟空的斗争精神，欣赏孙悟空的猴气和灵气。他在文章和讲话中，多次引用孙悟空做例子，碰到江苏的干部，也总是提及孙悟空，提及连云港。如今花果山一块巨大的摩崖石刻上，还镌刻有毛泽东之语："孙猴子的老家在新海连市云台山"。连云港 1953 年之前还属于山东，曾称新海连特区、新海连市。

今天可驱车上花果山，一条林荫盘山公路，曲曲弯弯，"跃上葱茏四百旋"，一弯一旋，或许已不止四百，左摇右甩，旋得头晕，也旋得开心。

花果山不是一座山，是一大片山，有 12 条山脊和 88 座山峰，坐落在连云港主城区和港区之间。玉女峰是花果山的最高峰，也是江苏最高峰，海拔 624.4 米，是观日观海的最佳去处。

　　连云港是海滨城市，地面海拔很低，600 多米高的花果山玉女峰，应该是绝对高度。群山高耸，峰峦连云，连云港的风光，与吴侬软语、水乡古镇的苏南完全不一样。

　　记得 20 世纪 80 年代在苏北陆军部队从军时，曾乘着吉普车上过花果山。那是改革开放初期，还没有旅游的概念，花果山也还是一座古朴原始的山，今天的许多景点还没有开发。来到著名的水帘洞前，没有垂天而降的水，只有一个干涸荒芜的大石窟，很是扫兴。后来虽多次来连云港，但已失去对花果山的兴趣。

　　今天的花果山是国家 AAAAA 级景区，又是国家地质公园，规模扩得很大，开发了很多新的景点，旅游设施也都很完善了。坐旅游车上去只要二十分钟，但从山顶顺石阶步行下山，足足要两个小时。水帘洞前水垂如帘，四季不息，想必是人工所为。水帘洞也不再是石窟，而是不可见底的山洞，据说是后来开凿的。

　　吴承恩写《西游记》时，花果山还在海上，是仙山。山海变迁，沧海桑田，300 年前花果山才与大陆相连。因为《西游记》，因为孙悟空，花果山是一座神话山；花果山古树参天，山石嶙峋，景观秀美，气象万千，是一座风景山；花果山古迹遍布，题刻满山，钟鼓不绝，寺塔相衔，又是一座文化山。

　　放慢下山的脚步，做个深呼吸，品一品花果山的仙味儿，美味儿，文化味儿。

2019 年 10 月 22 日　连云港花果山

太湖美

　　我在南京军区政治部工作期间，曾听前线歌舞团著名歌唱家李慧兰演唱《太湖美》："太湖美啊太湖美，美就美在太湖水。"这首圆润婉转的苏南水乡曲调和李谷一在中央电视台春晚唱的《乡恋》差不多同一时期出现。那还是 20 世纪 80 年代初期，刚刚改革开放，《太湖美》声乐创新的突破性和歌词的清新度，不亚于《乡恋》。

　　太湖确实非常美！长期在南京工作，去苏南太湖的机会就多了，与太湖边的几座城市——苏州、无锡、嘉兴、宜兴、湖州，来往密切。最能深入太湖中心体验太湖风光的，还属洞庭东山和洞庭西山，也称太湖东山和太湖西山，简称东山和西山。这是两个岛，东山是远远深入湖中的半岛，西山更在湖中。这两个美丽的小岛，我确实没来过。

苏南是低地平原，东山、西山两座山岛兀立湖中，看遍八百里太湖，烟雨江南美不胜收，湖光山色尽收眼底！

我终于来到太湖东山，第一步就是走进东山雕花楼。苏州的园林、雕楼誉满天下，没想到，在远离苏州太湖边的洞庭东山镇，也有这么一座精美的雕花楼！东山雕花楼建于20世纪20年代，精致、古朴的建筑彰显出近代中国苏南商人的财气、豪气。

今天，沿太湖修起了景观大道，可以驾车沿湖道弯曲起伏前行。即使去湖中的西山，也有长桥相连。三桥连三岛，再乘船，还可至湖中的三山岛。《水浒传》后记述说，征方腊后李俊带众兄弟回归太湖，我不知道他们的大本营是不是在太湖西山或三山岛。

太湖东山的物产，以枇杷最为知名。此时正值暮春，东山枇杷还在恋绿时节，但水果摊上橙黄的枇杷已隆重推出。当地主人介绍说，那不是东山枇杷，是外地运来的。来自哪里呢？我想应该是更南方的福建莆田！莆田也是知名的枇杷之乡，去过莆田，也品过莆田枇杷，这个时节莆田枇杷已黄。

太湖名茶"碧螺春"的原产地就是太湖东山岛。有人形象地描述碧螺春茶叶为"葱翠如碧，蜷曲似螺"，泡出来的茶水碧青醇香。我是在清明后来到东山的，看到的是漫山的碧螺春茶树，煞是喜人。掐一片芽叶放在嘴里慢慢咀嚼，没有炒制过的茶叶，有苦涩之味。

听苏州人讲话，满耳的吴侬软语。苏州人说吴侬软语，是苏州人性格懦弱吗？非也！春秋时，吴王阖闾南征北伐，成春秋一霸！孙子隐居苏州的穹窿山，撰写了《孙子兵法》，成一代兵圣，美国的军校至今还在研读！

太湖，就水域面积来说，在中国五大淡水湖中排名第三。江南雨水丰润，太湖延续千年，仍保持常态湖的特性，浩荡八百里，白帆点点，红荷绿菱，永远充满活力，奔向东方的大海！当然，太湖周边经济高速发展，湖水也偶有蓝藻污染，但国家投入了大量人力财力治理，成果显著。

太湖边的苏州，是中国一个非常特殊的地方。苏州夹在中国最富庶、最发达的长江三角洲的沪、宁、杭三大城市之间，虽只是个地级市，但其地区生产总值已经远远超过副省级的省会城市南京和杭州。不仅苏州市，其下辖的昆山、太仓、常熟、张家港，无论哪个，在今天中国各类经济排行中，都是榜上有名！

选一个春风惬意的日子，携三五好友，自驾游到太湖边。品碧螺春茶，尝东山枇杷，听《太湖美》和苏州评弹，吃太湖三白——白鱼、银鱼、白虾。当然，太湖边还有环湖马拉松，环湖自行车赛。去吧，去感受太湖吧！

2017 年 4 月 29 日　苏州太湖边

泗阳情结洋河梦

20 世纪 70 年代初期，我参军入伍来到苏北腹地，那时是一个大淮阴地区，包括今天的淮安、宿迁两个地级市的范围。我们的部队于 1969 年新组建，作为军委战略预备队，牵引车和高射炮清一色都是最新装备。部队驻地分散在淮阴、淮安、宿迁、沭阳、泗阳五个县，泗阳是师部及直属队所在地。

十七八岁的花样年华，绿军装加红帽徽、红领章，那是一段最美的人生记忆。后来我调离苏北到了南京，苏北去得少了，但对苏北的记忆总不能磨灭。

八一建军节前我来到泗阳，弹指一挥间，已离别 40 多年，免不了有些微微的激动。泗阳已经发生了翻天覆地的变化。20 世纪 70 年代那个灰暗憋屈的苏北小城已完全不见，泗阳人亲手再造了一个新的泗阳。

高楼群立，街道宽阔，绿荫覆盖，车水马龙。泗阳城区扩大了许多倍，延展到京杭运河边。沿运河的绿色景观带，绵延十多里，这是泗阳城最美的地带。清晨傍晚，人流如织。泗阳远郊的成子湖，是洪泽湖的一部分，如今也被打造成旅游度假区。下午，冒着 36℃的高温来到成子湖边，虽满头大汗，但兴致不减。如是阳春早秋，可来湖边赏湖光水色，看日出日落，沐清风，享惬意……

漫步泗阳街头，我想在高楼华灯处、喧嚣车流中寻找老泗阳的痕迹，但终不得见。有战友在微信中提示，在高楼群立中还留有星星点点的部队老营区，在那里还能找回那段军旅记忆。是的，但我已经没有更多的时间了，就让它深埋在梦中吧。

忆泗阳，最忆洋河酒，洋河酒是泗阳最亮丽的名片！江苏的白酒多在苏北，特别是"一河三沟"，都在过去的大淮阴地区。一河，即洋河；三沟，是双沟、汤沟和高沟。也许"沟"名太土，如今三沟有两沟都更名了，唯有"洋河"名姓不改，傲然挺立。洋河早就是与茅台、五粮液齐名的中国八大名酒之一，高端洋河酒的定价直追茅台、五粮液。

古往今来，军人与酒有着不解之缘。20 世纪 70 年代在苏北从军，部队遇有喜庆，立功授奖，战友聚会，喝酒总是用洋河，美酒飘香歌声飞！军队支援地方，洋河酒厂酿酒的粮食酒糟运输，也多由我们部队军车支援。我们部队在泗湾湖农场也曾建有一个小酒厂，生产的酒名为"泗湾湖大曲"，泗湾湖大曲的味道就是洋河大曲的味道。那时候的洋河酒名就是"洋河大曲"，我们部队请来的都是洋河酒厂的酿酒师傅。

我与洋河酒的缘分深，并不在于这辈子喝了多少洋河酒。我入伍第五年提干后才第一次回家探亲，带点什么呢？当然是洋河酒！高端洋河酒限购，我好不容易积攒了五瓶蓝瓷瓶洋河，据说是出口货。在那个物资匮乏的年代，很不容易买到。我清晰地记得是七元一瓶，而那时新兵第一年每月的津贴费只有六元。

我喜欢读书，喜欢写作，但缺少一个台灯。于是便开动脑筋，找来一个蓝瓷洋河酒瓶，买来一个蓝色的玻璃烟灰缸，利用我在部队修理所当修理工的方便，用车刀头把酒瓶和烟灰缸都钻了个洞。找一根铜管，两头扳上丝纹，再找来一个灯头，将它们固定在一起，装上灯泡和新买的灯罩。哇，一个美丽的、蓝莹莹的台灯就这么做成了。

这个小小的洋河酒瓶做成的台灯，伴随我度过多年军旅生涯。我在灯下读书写作，写了很多军旅诗歌，如今已结集出版。我在灯下读书复习，于1978年国家恢复高考之际，考入南京大学哲学系，从此走上了高校从教之路。可以说，我在学业、事业上的成功，和这个自制的洋河酒瓶台灯紧密相关。参观洋河酒生产基地时，又看到过去的蓝瓷瓶洋河酒，禁不住停下脚步，多看几眼。很可惜，这个洋河酒瓶制作的台灯在完成它的历史使命后退出了我的人生，如能保留到今天，足可以把它送入洋河酒历史博物馆。

如今洋河酒已经走出泗阳，但我心目中洋河酒的根基仍在泗阳。如今洋河酒业年产值已过千亿元，成为泗阳乃至宿迁市的支柱产业。洋河酒蓝色经典系列的海之蓝、天之蓝、梦之蓝，行销中国。蓝色，成为洋河酒企业文化的标志性色彩：海之深为蓝，天之高为蓝，梦之遥为蓝……"世界上最宽广的是海，比海更高远的是天空，比天空更博大的是男人的情怀！"洋河酒的广告语又与中国海军从近海走向远洋、从黄水走向深蓝的转型发展过程，相贴近相融合。作为海军学院的教授，我在讲课时，也经常不知不觉地联系上经典的洋河蓝：

海洋的本色是蓝色，中国蓝色的海洋在南海，中国海军正处于转型发展的过程中。中国海军有一首歌："天蓝蓝，海蓝蓝……"，如果你站在南海航行的军舰上，抬头看，天蓝蓝，天之蓝；低头看，海蓝蓝，海之蓝；再来一个关于未来的遐想，那就是梦之蓝！

有广告嫌疑吗？或许吧，但这是我对洋河酒的真情倾诉。来吧，好客的泗阳朋友们，为洋河蓝色经典助推中国海军走向蓝色的辽阔大海，干杯！

2019 年 7 月 22 日　泗阳返南京途中

玄武湖边南京站

南京的老火车站在下关江边，是 20 世纪初清朝末年建的。当年长江上无桥，津浦铁路修到浦口，列车需轮渡过江到南京下关，再上沪宁铁路。由此南京站建在下关，已有百余年的历史。如今南京滨江开发，下关站已废弃车站功能，一个华丽转身，嬗变成历史文物供人观瞻。

1968 年，南京长江大桥建成通车，这是中国人自己设计建造的长江大桥，"一桥飞架南北，天堑变通途"。与大桥同时建成投入使用的新的南京火车站滨玄武湖而设。一段时间内，南京人习惯称新的南京站为南京东站，而下关的车站为南京西站。近年高铁开通，又新建了南京南站；开发江北新区，还在筹划南京北站。初来南京的朋友坐火车还得细作区分，免得乘错车。

来南京 40 多年，不知多少次从南京站上车下车，但在 20 世纪八九十年代前，南京站广场狭小，杂乱不整。玄武湖被地面通道隔断，在火车站也看不到玄武湖。2002 年南京站改建扩建，站前通道或高架升起，或隧道入地，格局彻底改变。现在南京站也开通了与上海间的高铁，称城际列车，公交化运行，地铁 1 号线、3 号线连接南京站。站前广场视野开阔，直接延展到玄武湖边，南京站和玄武湖浑然相融。站前广场巨大的镜面不锈钢雕塑，名《梦舟》，是中国雕塑院院长的大手笔，如一条长长的席卷而去的白浪，也像冲天欲起的大鹏的翅膀。

到过许多大城市的火车站，我感到南京站是中国最美的火车站之一。青岛站很美，美在站房的德式建筑造型，美在与海的贴近，可倾听黄海的涛声。南京站之美，非美在站房设计造型，而是美在它所处的自然环境。背山向湖，山是小红山，是公园；湖是玄武湖，更是公园、名园。也许是偏爱，但作为在南京生活了40 多年的老南京人，作为总在南京站上下车的南京人，亲见亲历了南京站和站前广场翻天覆地的变化，我要为南京火车站点个大大的赞！

南京城区拓展，南京站前的玄武湖已是城中湖，湖面开阔，东向紫金山，西和南依古城墙，山拥城抱。连接站前广场的环湖路，长十余公里，过去是零散隔断的，现已全部打通，和紫金山绿道一样，是南京人假日休闲的好去处，是南京

东行篇

一道亮丽的风景线。

"无情最是台城柳，依旧烟笼十里堤。"如果你沿车站广场的环湖路漫步，向湖中间望去，玄武湖围拥着环洲、樱洲、梁洲、翠洲、菱洲，洲洲在望；从堤东侧看过来，则铺陈着花荟园、情侣园、药物园，园园相连。如是春天，一株绿柳，一枝红桃，金色的迎春匍匐在水边，蓝色的二月兰簇拥在林下，古老的城墙横亘在远方，漫漫的湖水延伸到天际……。一边是融融的春光，一边是悠悠的历史，绿水倒映，虹桥卧波，行走在玄武湖堤上的桃红柳绿之间，感到玄武湖堤越来越有杭州苏堤、白堤的意境了。

五月初是初夏季节，清晨天色晴好，湖中的绿洲、市区的高楼和绵延的古城墙一一映入眼帘。湖边绿树新叶初展，红花依然。在站前广场环湖路上的凉风习习中漫步，迎面一个个奔跑的晨练者，散发着青春的气息。

上车的时间到了！即使是这站前候车的半个多时辰，如果你留意，也会有满满的收获。这就是遍地风景和遍地历史的南京！

2018 年 5 月 13 日　南京车站广场玄武湖边

十里清溪，灼灼桃花

南京城东中山门内后宰门附近，有一条清溪路，南北走向，长不足一公里。

清溪路是条老路，因与它并行的那条小河"清溪"而得名。清溪，是南京一条古老的小河，在 2000 多年前东吴的文献中就有记载。初称东渠，看来有人工疏凿的因素；又称清溪，可能因为水清景美。清溪发源于紫金山，曲折婉转地流入古南京城，称"九曲清溪"。经后宰门、小营、北门桥，在夫子庙桃叶渡附近注入秦淮河，流入长江。

在半山园里王安石故居旁的小山脚下，城外前湖穿越城墙，有一股水流涌出，汩汩的，终年不息，成一清潭。其水经海军指挥学院图书馆、大操场出半山园，在清溪路头流入清溪。这是清溪的一条小支流，前湖的水也源自紫金山，这是清溪的另一个源头。这条经海军指挥学院的小支流原本不畅，一有大雨，海军指挥学院操场就成了汪洋湖海。后经南京市水污分流的水网改造，半山园告别了水患。

在小营和半山园的两个军队大院里工作生活了几十年，也是与清溪为伴的几十年。从今天的半山园、清溪路，沿珠江路到小营；从小营，沿珠江路、清溪路，到半山园，有时候到中山门。这条依傍清溪的路，不知走过多少遍，步行、骑车、开车，都走过。

清溪古老，有厚重的历史文化底蕴。因为水清景美，六朝时清溪周边是皇家贵族的聚居地，还留有《青溪小姑曲》：日暮风吹，叶落依枝。丹心寸意，愁君未知。春日清溪边，少女小姑，依桃伴柳，思念心中的郎君。20 世纪 70 年代末，我在南京大学读书，上大学语文课，读《青溪小姑曲》，还曾到城东寻访过那个时候的清溪。

清溪幽美，风景迤逦，曾是金陵古人赏春的好去处。沿岸柳绿桃红，水面碧波荡漾，历代文人墨客吟诵不绝。"清溪九曲"在清朝时，就是金陵四十八景之一。

今天的清溪，流淌在紫金山里，依然清秀。特别是整个钟山景区经过重新打造后，从紫金山流向中山门的那一段，景色最幽最佳。常去行走的人在朋友圈发文发图，美称其是"金陵小九寨"。美丽的九寨沟流进了古城金陵。

20 世纪 70—80 年代，大批"文革"下放户回到南京城，中山门内的这段清溪河边、清溪路旁，建成了连绵不断的棚户区。美丽的清溪一进城就变成了一条污水沟，清溪路脏乱嘈杂，烟熏狗吠，污水漫流，逼仄得难以行车。

好像是十多年前南京承办城运会，借此机会，棚户搬迁，道路拓宽，清溪路成为衔接中山路和珠江路的主干道。但是清溪的水依然难以亲近。

终于，南京城里的清溪也在三年多前经历了脱胎换骨的疏浚出新，南京的"清溪风光带"渐显美颜。

此时阳春三月，清溪边的桃花正灼灼盛开，妖艳迷人。哦，朋友，邀请你来清溪。梳妆打扮后的清溪，还会有依柳盼君的青春小姑，还会有撩人心扉的绵绵情歌。

2021 年 3 月 26 日　南京清溪

山水城林，林梢风光

南京有半山园，半山园里有王安石故居，但能走入半山园的南京人不多。

常听老南京人说起半山园，说起王安石故居，但都不知道怎么去。记得南京的媒体专门发过关于半山园和王安石故居的文章，网上也能查到半山园和王安石故居的信息，但这个地方不对外开放。半山园对许许多多的南京人来说，是一辈子都可闻但不可见的存在，充满着神秘感。

半山园有美丽的风景，半山园有丰富的人文历史，半山园故事多多，从王安石起，至今已延续千年。在半山园工作生活了几十年，看到半山园的一草一木、一花一果都能煽情！随便说点半山园的树木花草，是为半山园纪事。

南京这个城市很美，美在独一无二的"山、水、城、林"。山，是紫金山，另有幕府山、狮子山；湖，是玄武湖、莫愁湖和其他一些灿如明镜的湖泊；城，是有 600 多年历史的明城墙，至今还完整保存了 25 公里多，南京市准备将它申报成世界文化遗产；林，是郁郁葱葱的紫金山林和其他中心城市无法与南京相比的街区绿化林带。

在哪里能看到南京完整的山水城林呢？在南京几十年，几乎走遍南京的大街小巷，感到唯有在南京的两段城墙上才能饱此眼福。一段城墙是从太平门到解放门，此处已作为景点对外开放。登上城墙，远眺紫金山，眼前玄武湖，脚下明城墙，左望南京城。一到节假日，当是人流如织。

再一，就是围住半山园的这段城墙，长有 1.5 公里。面对紫金山、梅花山、天文台、中山陵和明孝陵。眼前是前湖，还连着美丽的中山植物园。脚下是明城墙，20 世纪 90 年代前湖涨水，致百多米长的城墙垮塌，后用钢梁架桥连接，古典与现代握手，有别具一格的风景。至于看南京城，新街口金陵饭店和鼓楼的紫峰大厦都在天际线高耸。遗憾的是，这段城墙在半山园，"不对社会人员开放"。

走这段城墙是我的最爱，几十年间，不知道走过了多少次。一年四季，春夏秋冬，看惯了白雪绿树，看多了青草红花，听熟了虫叫鸟鸣。一日突然觉悟，在这段城墙上行走，在两侧高树的拥抱中穿行，扶着城墙垛口向外张望，这是进入了一个常人到不了的空间。除山水城林外，还能看到常人看不到的景观：林梢风光！

南京城墙很高，墙两侧的树也长得很高，人在城墙上行走，就是在林梢间穿行。树冠、树顶、林梢，这是一个普通生活中不易进入的空间，或者是有待开发的空间，正如军事上所说的"超低空""第五空间"。

记得前年去伊春小兴安岭的林区，林区已开发成景区，有专门的观景高台。当你乘电梯登上高台后，便进入了林梢空间。看万顷林海，松涛滚滚，听长风呼号，如万马奔腾，就像站在军舰上看壮阔的大海，刹那间，心都被震颤了！但遗憾的是，那只是一个观景点，不是一条线，而南京城墙是一条长长的流动的观景线。

林梢树顶这个空间不是林下空间，虽然人不易进入，但这个空间是鸟的世界、虫的天堂、露珠的故乡，充满着灿烂的阳光。

半山园城墙高 20 多米，下面是低匍的前湖，更显出这段城墙的高耸。城墙高度与两侧茂密的大树树冠差不多齐平，是一段最好的进入树顶树冠林梢的空间，是观赏林梢风光的好去处，鸟窝都做到了你的面前。你可以触抚伸过城墙来的嫩绿梢枝，可以和落在城堞上的大胆鸟儿贴近私语……向树梢顶看过去，春日勃勃向上的新发幼枝，显示着生命的力量；夏日迎风怒放的花朵，摇曳着清晨的阳光；秋日饱满充实的红果，预示着收获的喜悦；而冬日腾飞欢叫的鸟儿，总给人带来希望……

朋友，你可能走不到这个空间，别遗憾，我可以把我的感悟与你分享。

2021 年 4 月 8 日　半山园明城墙

紫霞湖，夏日天堂

山水城林，是南京这个城市显著的自然特色。过去南京的老城区，只在明城墙以内，今天的南京向四面八方延展，长江边的幕府山和江北浦口的老山都进城了。但我感到，最美的南京在中山门外的城东，这里有最美的紫金山，在紫金山里有最美的紫霞湖。

紫霞湖是隐藏在南京紫金山半山深处的一池净水，背依紫金山峰，向南俯瞰明孝陵和梅花山。

在紫霞湖上方有紫霞洞，有正气亭。正气亭是抗日战争胜利后国民政府还都南京后所建，1947 年蒋介石亲笔题写"正气亭"三字。另还撰题有一副楹联："浩气远连忠烈塔，紫霞笼罩宝珠峰"。正气亭旁的岩壁上还有一块《正气亭记》的石碑，碑文由孙科撰写，赞美紫霞湖四周山色的秀丽，抒发政治人物的家国情怀。

紫霞湖、正气亭及周围，翠峰掩映，林涛起伏，碧水涟漪，花红柳绿，水清澈、景幽静。放眼整个南京钟山景区，这都是一片殊美之地。

紫霞湖及正气亭位置适中，中山陵寝在其东侧上方，朱元璋的明孝陵在其南侧下方。蒋介石自誉为孙中山嫡系弟子，虽然 1975 年在台北去世，但直到今天都没有正式下葬。正气亭，紫霞湖，据说这里才是蒋介石当年为自己选定的最后归宿地。

今天来紫霞湖的人们已经不太关心过去了。紫霞湖本是民国时在紫金山中修建的一个小水库，今天成了南京人最热恋的一处休闲胜地。南京城区有玄武湖，有莫愁湖，在钟山景区还有前湖、琵琶湖、月牙湖，但唯有紫金山中的紫霞湖，林深风悠，水质净洁，这是一泓碧水映天，这是一轮明镜邀月。

紫霞湖，一年四季游人不断。特别是在夏日，因为山林掩映，因为清风徐来，紫霞湖四周成为一片欢乐的海洋。清晨始，男女老少就从南京各处或乘公交，或骑自行车、电动车奔紫霞湖而来。

境幽景美，林深荫浓，紫霞湖是天然氧吧，夏日的紫霞湖更是南京人休闲放松的天堂。同学、朋友举家携口，来到紫霞湖边，在林间拉起吊床，架起小桌，牵来了心爱的狗狗，备好了钓竿帐篷和烧鸭啤酒，可以围着小桌打扑克。胡琴、竹笛、葫芦丝、手风琴、萨克斯也都备好，独奏、独唱、合唱、二重唱，随时随意。中午，在林间摊开烧鸭，打开啤酒。当然，餐后的垃圾要一点不剩地带走，把洁净留给紫霞湖！夏日紫霞湖边的如此风景，可以从清晨风起，延续到斜阳西下；可以从过去延续到现在，也会从现在延续到未来！

由此想到夏日哈尔滨松花江边的太阳岛，想到20世纪80年代郑绪岚演唱的那首著名的歌《太阳岛上》。南京人文荟萃，完全可以写一首南京的歌：《紫霞湖边》，足以与《太阳岛上》相媲美！

我对紫霞湖情有独钟。记得80年代在南大读书时，同学们春游秋游常到紫霞湖，也曾在湖边吟唱。那时我写的抒情长诗《青春之歌》《为友谊干杯》，那年轻悦耳的朗诵声，曾融入过紫霞湖水，融进了紫金山林。

今晨我又来到紫霞湖，一时勾起多少难忘的回忆。摘几句80年代我曾经朗诵于紫霞湖畔的《青春之歌》和朋友们分享：

> 这雨后的青山绿呀，绿得滴翠，
> 这娇妍的山花红哟，红得流火；
> 一张张年轻的脸上流露出笑意，
> 一首首深情的诗里洋溢着欢乐。
> 呵，江山多娇，祖国也变得这样年轻，
> 我们青春的热血，正融进祖国跳动的脉搏；
> 呵，青春！青春！愿青春永远属于我们，
> 在这里，
> 怎能不让我唱一支青春之歌！

2015年8月5日　紫霞湖边

南京梅花山，苏州香雪海

在南京，年过后即入春，进入梅花盛开季。城东梅花山，又是万头攒动、接踵摩肩之时。梅花生于中国本土，还是南京的市花。"疏影横斜水清浅，暗香浮动月黄昏。"梅花独特的风韵气质、广泛的地域分布，使其成为专家推举的中国候选国花之一。

南京城东有梅花山，苏州也有梅花山，名香雪海。新春时节常去南京梅花山，今天来到苏州香雪海，免不得将其和南京梅花山作比较。南京"梅花山"显直白，"香雪海"则显温雅诗意。

最早知道香雪海，是在改革开放初期家电兴起的时候，我托人买了一台苏州产的香雪海牌单门冰箱，进口的意大利压缩机，使用了30多年。后来知道香雪海是苏州的梅山，冰箱不过是借了香雪海的美名，可见苏州香雪海名气之大。今天还有香雪海牌冰箱，但与苏州的香雪海已没什么直接关系了。

梅花生于严寒，傲霜斗雪，是一种不屈精神的象征。梅花在中国很普遍，我曾驱车经过江西与广东交界处的梅岭、梅关，陈毅元帅写过组诗《梅岭三章》。毛泽东爱梅，写过著名的咏梅的词。武汉东湖边有梅园，毛泽东到武汉数十次入住此园。

江南梅多。无锡有著名的梅园，南京有梅花山，溧水傅家边也广植梅花，是南京人踏春必去之处。上述地方多曾去过，由此对苏州香雪海也没有太多的渴盼。但今天一不小心走入香雪海，还是觉眼前一亮，别有新意。

古人云："橘生淮南则为橘，生于淮北则为枳。"橘甜枳苦，不是一个风味。那么在南京和在苏州的梅，又该如何品味评判呢？

苏州香雪海在太湖边的光福镇，是江南最有名的赏梅胜地。与南京梅花山比，苏州光福梅山的优势首先在其历史悠久。南京梅花山在20世纪初才开始植梅，但光福梅山远在西汉时就开始种梅了，梅树成林，梅香四溢，梅洁似雪，花开如海，遂有"香雪海"的盛名，并流传至今。

光福梅山又称邓尉山，因东汉太尉邓禹隐居于此而得名。苏州光福梅山历史久，扬名早，历代帝王将相、骚人墨客频频光临，探梅赏花，留下不少诗词文赋。康熙、乾隆皇帝都到过光福梅山，康熙年间江苏巡抚宋荦赏梅后，挥笔题"香雪海"三字，并镌于崖壁，从此，光福梅山、邓尉梅山，都为"香雪海"之名所覆。特别是乾隆皇帝六次南巡，每次必到香雪海赏梅，并在山上留有诗碑一座。如此流传下来，形成了中国独特的梅文化。香雪海，可说是梅文化之源。

南京梅花山，三国时为孙权墓，民国时汉奸汪精卫死后曾葬于此。熟悉这段历史后觉南京梅花山阴气甚重，缺少"香雪海"的厚重文化、诗意温馨。况且，南京"梅花山"其名直白，缺隽永诗意，而苏州"香雪海"美名，总让人浮想联翩。

当然，南京梅花山也有苏州香雪海比不上的优势。苏州号称"十里香雪海"，但规模也只是沿山一片，半小时可走遍。南京梅花山的梅花经这些年开园扩种，洋洋洒洒布满东郊，成为钟山风景区的一部分。苏州香雪海梅花五六千株，南京梅花山梅花三万多株，梅花盛放时如雪似海。无论是梅花的株数还是种植的面积，南京都是苏州的五到六倍，品种也远远多于苏州。

在苏州太湖边的香雪海梅花丛中漫步，在梅文化的历史长河中流连，天上传来轰隆隆的飞机声。原来光福镇附近有飞机场，今天天气晴好，当是飞行训练日。梅花之清雅，游人之妩媚，飞机之轰烈，天上人间如此三物糅合在一起，这是一支什么样的交响曲呢？

2019 年 3 月 4 日　苏州

我的大桥情结

一大早从慵懒中睁开双眼，习惯性地打开手机朋友圈，突然看到南京长江大桥要封闭大修两年的消息。南京长江大桥于 1968 年建成，至今 48 年，南京人与南京长江大桥的感情之深，不是外地人能够理解的，也不是一两句话能说得清的。这个消息也勾起我心底浓浓的大桥情结，一时睡意全无，回忆起我与大桥的关联。

第一次看到南京长江大桥，是在少年时的 1968 年春，从安徽回老家江苏如东的途中。那时交通不便，我们一路辗转，坐火车从蚌埠到浦口，轮渡过江到下关，再从下关坐船到南通，换汽车转如东。那时大桥虽基本建成，但还没正式通车，轮渡船从大桥旁边的江面经过，我抬头长时间地远望大桥的雄姿。这是个举国瞩目的大工程，建设过程中有报纸电台的跟踪报道，大桥是当时中国人的骄傲！从此，南京、大桥，大桥、南京，深植于我的心中。

1970 年当兵入伍，驻地在苏北，有随部队拉练去上海奉贤杭州湾边打靶，深夜驱车拖炮从大桥的玉兰花灯下快速穿行的经历。与大桥靠得更近了，我总是伸出脑袋，贪婪地观察大桥，想带走更多的关于大桥的画面。

1976年春，部队从苏北淮安调防到南京。我们是高炮部队，调来南京是为加强大桥的对空防御。那天深夜，经过彻夜行军，车队快到江北的泰山新村了。远远看到大桥上的玉兰灯带，我难抑心中的激动。但车队从泰山新村突然右转，驶向花旗营，那时的浦口花旗营还是一片黑漆漆的山沟野外。心中的失落就像从高山跌落深渊，我与大桥隔开了！但又一想，我们到南京是来保卫长江大桥的，大桥的安危与我紧密地联系在一起，军人的责任感和荣誉感陡然攀升。

我思恋大桥。到花旗营后的第一个星期天，当参谋的我，背着军用挎包，骑着自行车从营房出发，经东门镇，翻坡越岭，再从泰山新村爬上长江大桥。长江大桥公路桥长4500多米，上桥的坡长1000多米。在长长的引桥上，我慢慢推行，汗水满头，但抑制不住内心的激动。上了正桥，桥面平坦，远伸江南。我在大桥一侧的人行道上骑行，走走停停。在十里长桥上望滔滔长江，吹习习江风，眺巍巍钟山，看古城南京……心中那个爽劲儿，别提了！

中午骑行到新街口，把南京的城区中心好好地兜了一遍，到书店里买了本书。饿了渴了，买个面包就碗水，解渴充饥。到下午再骑回营房时，我花了差不多整整一天时间。终于，南京长江大桥，我来了，我和你零距离接触了！我的大桥、新街口初次骑行之旅，以今天大桥和新街口的拥挤度，已很难再现了。

在南京大学读书四年，后来调入南京军区政治部，再调到海军指挥学院，这都是在江南，去江北过大桥的机会少了。因为工作和生活的忙碌，心中那份大桥情结，也淡了许多。但每当有机会坐车过大桥时，看着桥面两端仍保存完好的工农兵雕塑群像，桥头堡高耸的三面红旗，桥两侧的冲天玉兰花灯，护栏上一块块精美的浮雕画，总想着那一段难忘的历史。

我五十多岁学开车，听人说，新驾驶员一般不敢开车上大桥，特别是手动挡汽车：看不到头的上桥堵车队伍，汽车不断刹车、停车，又总是上坡起步，一不小心就熄火。记得刚拿到驾照后的一天早上，我就开着我那手动挡的老蓝鸟车去爬大桥了，不仅仅为练车，更为亲自驾车走走我心中的大桥！一次，两次，大桥走多了，车技也就练出来了。

南京人对南京长江大桥有一种梦幻般的迷恋。我的一个朋友王世清，出生于大桥开建的1960年，与大桥是同龄人，原在南京油运公司工作，每月要从大桥下航行经过七八次，现在是南京一个很有名气的收藏家。他一生痴迷大桥，收藏与大桥相关的物件已有上千件之多。

今天，南京江面已建、在建、待建的大桥已有四五座，或许它们比南京长江大桥更长、更高、更大、更现代、更宏伟壮观，但它们的名字叫南京二桥、三桥、四桥、五桥……"大桥"的名字，永远地留给了48岁的南京长江大桥！

48 岁的南京长江大桥，长期超负荷地承载着南北跨江交通的责任。大桥老了，大桥伤了，而且老态龙钟，遍体鳞伤。南京人心疼，下定决心送她去疗养，大桥要和南京人告别两年。这怎能不牵动南京人的心！南京人等待大桥的康复归来！

南京长江大桥，南京一张亮丽的名片，共和国一段难忘的历史！

大桥，你安心休养，在你凤凰涅槃归来的那一天，我不开车了，我步行来看你！我将再来吹江风，看江水，眺钟山，望南京。我将走过你的每一尺步道，我将抚摸你的每一道栏杆……

2016 年 10 月 29 日　闻听南京长江大桥封闭时

江南酒乡虬树坪

酒及酿酒工艺，是中国千年农耕文明的创造发明。酒是粮食酿造的，有了粮食，就有了酿酒的基本原料。中国古老的仰韶文化遗址中发现了陶尖底瓶中残留的谷物发酵酒，说明大约六千年前，中国就开始酿酒了。尧舜时期，酒已流行于社会。公元前 1500 年，中国的甲骨文记载了用酒祭祀之事。酒，伴随着中华文明发展的历史。酒，不光是帝王将军、文人墨客，也是中国民众社会生活中不可缺少的一部分。

虬树坪，是浦江与诸暨交界处的一个高山小村，也是古村，自古就有酿酒的传统。从浦江县城向东北进山只有一条弯曲的山路，现在虽已通车，但路也只有一车宽。据说以前到虬树坪没有公路，一有强雨雪天气，路就断了。

进入虬树坪，迎面是一座以成片的酒坛和高举的酒壶垒砌、如山寨城门造型的宏伟大门，给初入山村的人以惊诧感。"浦江县首届开酒节"的横幅还悬挂在大门上，很有新鲜感。

坪，意思是高山平台，虬树坪就建在高山的小平台上，在公路不通的年代，这里进出只能靠攀爬山峦。登上虬树坪后，放眼四望，众山都在你眼前、在你脚下。向远山下望去，就是邻县诸暨了，可见虬树坪在浦江位置之偏远。但偏远山村有好酒，以至能承办县里的开酒节。虬树坪就是个酒村，在虬树坪，墙上涂画的是酒的标识，地面晾晒的是酒糟，空气中弥漫的是醇醇的酒香。你可以随意走进酿酒坊，品一品新酿的美酒。

中国农耕时代，以男耕女织为标识，耕为自己耕，织为自家织，生活自给自足。酒也是，酒是自家酿，酒也多是自家喝。我的许多浦江战友，至今还都自家酿酒。战友上门做客，喝的是自家酒，杀的是自家鸡，吃的是自家粮、自家菜。

虹树坪以农家小作坊酿酒，并非规模化生产，还遵循着传统的酿造工艺。但虹树坪酿出的酒却走出了大山，走进了市场，还发展出了自己的品牌，名"浦江醉"。

中午，和浦江的战友相聚在青山脚下的一家全羊馆，这里还是浦江县是非物质文化遗产（食文化）传承基地，杯中斟的就是虹树坪的"浦江醉"。高山上酿出来的"浦江醉"，也是茅台烧，称"江南茅台"。品"浦江醉"，真是醉了浦江，醉了江南，醉了战友深情。

有好酒，是因为有好水。安徽有好酒名"古井"，因为安徽亳州有那口著名的古井，曹操曾饮马于此井。国酒茅台，离不开贵州山里的那条赤水河。虹树坪自古酿酒，也因为村中有这么一口高山古井，称"酒井"。井水来自山上的泉流，清澈甘洌，终年不绝。

井水可以蒸煮酿酒，也可以洗涤菜蔬。我到虹树坪的酒井边，品一口酒井的水，觉爽心润肺。这几天辛苦疲劳，嗓子嘶哑，那就多喝几口山泉古井水吧。

酒在中国是文化，是深入民族骨髓的文化。铁马秋风塞北，北方人豪情万丈，喝酒，要烈到"闷倒驴"；杏花春雨江南，南方人精致细腻，同样喝酒，那就是让人沉迷的"浦江醉"。

2019 年 12 月 9 日　浦江

浦江味道

浦江是山水浦江，浦江也是书画浦江、文化浦江。中国的饮食文化博大精深，在浦江更有其特色。

浦江有着悠久的农耕历史，上山文明长达万年，称万年上山。民以食为天，农耕时代，食，吃饱肚子，是第一大事。浦江山清水秀，土地肥沃，人们勤劳，吃饱肚子肯定没有问题。吃饱后，就要考虑怎么吃得更好，吃得更精细，吃出品位，吃出文化。由此，浦江的饮食文化，就有了悠久的历史，形成了浓郁的地方特色。

多次去浦江，浦江的战友非常好客，热情款待。战友带我去吃全羊宴，饭店在岩头镇青山脚下。店门口挂的牌子上，用艺术字书写着"浦江县非物质文化遗产（食文化）传承基地"。也就是说，你在这儿就餐，不光是吃羊肉，还品到了非物质文化遗产。

我也算差不多走过了全中国，在北京全聚德吃过全鸭席，在吉林延吉吃过全狗席，到浦江又吃全羊宴，既大饱口福，又大开眼界。宴席上，我对浦江全羊宴的认知是，它对羊肉的烹饪不是辅以各种作料的煎烧熏炖，也不是把羊肉切片在火锅里涮，而是从羊头、羊肉，到羊脚、羊肝，都是清煮白切，保持了羊肉的原色、原汁、原味儿。难怪全羊宴能成为浦江的非物质文化遗产！

小吃，常说"地方小吃"，因为它最能代表一个地方的饮食文化。在中国，每个地方都有自己的代表性小吃，河南开封的小吃和南京夫子庙的小吃在全国都很有名气。浦江号称有十大小吃，我多次来浦江，或许把这十种小吃全吃了一遍，但印象最深的却是下面这几种。

杨梅馃。这是浦江的传统名吃，是以红糖、芝麻做馅儿，外面粘上染红的糯米粉，团成团子蒸制而成，口感特好。最让人难忘的是它的色彩，外表鲜红如杨梅，所以称杨梅馃。这是喜馃，用以渲染烘托喜庆的气氛。在浦江，婚宴或其他喜庆的日子，杨梅馃必不可缺。

灰汤粽。粽子在浙江，首推嘉兴，嘉兴粽子走遍全国，各地高速公路的服务区都有嘉兴粽子售卖。但浦江的灰汤粽别具风格，色泽金黄，香甜可口。端午节时天气变暖，过去没有冰箱，为了使粽子不变色、不变味，浦江人用早稻的秸秆烧成灰，以沸水淋，取其汤汁煮粽，是为"灰汤"。灰汤所含的碳酸钾无意间成了粽子的发色剂、赋香剂和防腐剂，使这道名吃传承几百年。

浦江还有大肠粽，它不是以芦苇叶包糯米，而是把糯米灌入猪大肠煮熟成粽。纯荤，另一番粽子风味，这是浦江人的大胆创新。

麦饼。麦饼在浦江名气很大，与普通老百姓关联最紧。浦江在江南，江南以米为主食，杨梅馃、灰汤粽都是以米做主食材，唯麦饼是面食。麦饼薄，形状浑圆，寓意月圆、团圆。我看麦饼，有点儿像北方的油煎烧饼，里面有馅儿，荤素搭配，是正宗的浦江味道。穿着蓝印花布衣的女老板，典型的江南女子形象，笑脸盈盈，温润可亲，把热腾腾的麦饼端到你面前。麦饼焦黄微脆，喷香扑鼻，馋得能让人流哈喇子。

吃了小吃，再吃碗面吧。面，是中华餐饮中的主食，遍及全国，典型的有兰州牛肉面、北京炸酱面、武汉热干面、镇江锅盖面、河南烩面，如此等等。但江南浦江的面，吃的不光是味道，更是艺术，是要去品味的！走，我们去"潘周家

"一根面"面馆。

"潘周家"也是浦江的一个古村，村民祖上来自北方，把北方的面食工艺带到了浦江，擅长做面，而且做的是"一根面"。一根面怎么吃？是的，就是一根面！一个人吃一碗，三两个人吃一钵子，一桌人吃一大盆，都是一根面。一根面，可以拉得很长很长很长，这既是拉面技术，也是饮食文化艺术。"潘周家一根面"上过浙江电视台，上过中央电视台，在店里时有大师给你当面展示拉面艺术。

山水浦江，文化浦江！朋友们来浦江吧，欣赏浦江山水，尝浦江小吃，感受深厚的浦江文化。

2019 年 12 月 11 日　浦江

文化江南，古朴乌镇

说不尽的江南，品不完的水乡！

江南，地理上的含义就是长江以南，是南半个中国。文化上的江南、历史上的江南，却专指以太湖为中心的苏南浙北方圆几万平方公里的这块地方。

江南是一片神奇的土地，历经千年发展，不仅仅有水的滋润，更有文化的浸淫，延续到今天，更造就了闻名全国的江南六大古镇：江苏的周庄、同里、甪直；浙江的乌镇、南浔、西塘。当然，江南可去的古镇远不止这六个。我们今天从南京去乌镇，走宁杭高速，进入江苏宜兴后就是沿太湖前行了。

太湖，养育滋润了千年富庶的江南，太湖也成为江南的中心、江南的标识。苏州、无锡、嘉兴、湖州、宜兴，这些江浙文化名城，环布太湖。江南六大古镇，都以太湖为中心。环太湖行，就是在追寻先人的文化步履。

乌镇，在嘉兴桐乡。"君到姑苏见，人家尽枕河"，去过几个江南古镇，近水亲河，是江南古镇的共同特征。但乌镇却说它是"最后的枕水人家"，意思就是它将江南小镇近水的生活方式保留到了最后。沿着河流、街巷、长廊缓缓踱步，细细品味乌镇，我才明白为什么它是"最后"。

或许其他古镇多多少少有后来人工打磨的痕迹，但乌镇基本保持了原始的古朴。乌镇的古朴，古得原汁原味，原模原样。一条街巷，一弯河流，一栋民居，一座石桥，一道白墙，一块青石，一味糕点，一出地方戏……都流淌着千年百年的古韵，散发出古朴的气息。

东行篇

乌镇也有商铺，但商业气息还不是太浓，沿河的几个专题博物馆，更以件件实物把游客拉入岁月的长河。

江南六大古镇，最早出名的是周庄，因为周庄在昆山，近上海。上海缺历史底蕴，缺自然风景，一经发现近在眼前的古老周庄，上海人便趋之若鹜奔周庄，是上海人首先捧红了周庄。

但近年桐乡乌镇异军突起，一个极大的推力是世界互联网大会。2014年，世界互联网大会在乌镇召开，而且大会宣布永远落户乌镇。在现在这个信息化社会，互联网引领着世界的未来。乌镇，就这样从一个千年的历史古镇，一下跃入世界名都的前沿，古今千年文化，在乌镇相融牵手。

知名的江南古镇，能传承千年，不光胜在有历史，更胜在有文化、有名人。说周庄，总让人联想到江南首富沈万三；同里古镇，出过几十个状元进士……今到乌镇，才知乌镇最大的名人是茅盾，即沈雁冰，与鲁迅、郭沫若同时代的大文人，新中国第一任文化部部长，中国近代新文化的代表人物。江南自古富庶，重教育重文化，自然多出富商也多出文豪。

当年因为电视剧《似水年华》人们知道了乌镇，今天因为世界互联网大会，四面八方的海内外游人都涌入乌镇，乌镇每年的人流量有700多万。今天，不值黄金周，也不是周末休息日，但乌镇依然人潮汹涌。

一条条的乌篷船在弯曲的河道上穿行，一座座的跨河拱桥托出了红男绿女，一道道的美人靠和栏杆拥顶着烟雨长廊，一丝丝的垂柳枝抚摩着低俯的瓦檐……

就像太湖接苏浙两省一样，乌镇在古吴越两国的交界处，在今苏浙的边缘。今天的乌镇，历史上曾是隔河分置的乌、青两镇，古乌镇也一时属吴，一时归越，或乌青两镇分属吴越。乌与青，色相近，今天的乌青已合二为一了。可能乌镇太诱人了，吴越、苏浙都竞相争夺，吴越春秋的故事在乌镇这块土地上浓墨重彩地轮回上演……

乌镇，匆匆的我来了，匆匆的我又要离开。离开的是人，离不开的是情。文化江南，古朴乌镇，永远在心中。

2017年11月3日晚　乌镇返宁途中

穆家的婚礼

婚姻是人生大事，婚礼是其中重要的仪式，东西方都非常重视。因为文化背景不同，东西方婚礼仪式也不同。改革开放，西风东渐，当今中国都市年轻人的婚礼，多取西式，穿西装披婚纱。实际上，中国民间的传统婚礼，即中式婚礼，承载传递了更多的中华文化，可以给人更多的回味和触动！浙江是中国经济发达地区，重视传统文化传承，中式婚礼、中式喜宴在浙江也演绎得最有特色。

穆国强，是我们一起自驾去西藏、新疆的朋友，是那个头天晚上在定日还有着严重高原反应，第二天到了珠峰大本营，就兴奋得要把珠穆朗玛峰揽入自家的穆国强。儿子结婚，他提前发请帖隆重邀请我参加他儿子的婚礼。受主人之邀，我来到嘉兴海盐，走入穆家中式婚礼的现场。

送亲、接亲

送亲、接亲，这是中式婚礼的第一步。送，是女方娘家送；接，是男方婆家接。新郎不仅要亲自上门接，还要带着伴郎伴娘，带着锣鼓队伍去接。接新娘，要走既定的程序，能不能顺利把新娘接走，要看新郎和伴郎伴娘们的能力和智慧。传统的中式婚礼，是要给接亲的新郎出些难题的。当然，婚礼的热闹气氛，也从这里开始被点燃了。

新娘最终是要离开娘家的。在现代社会，婚礼举办前，结婚证必然是提前领好的，这走的是法律程序。在婚礼现场，主持人、证婚人当场查验、当众宣读结婚证，这将婚礼的热闹氛围烘托至高潮。

新娘走出娘家的门，离开养育自己的爹娘，必然带有难舍的留恋，或许伴有一声长哭。这声长哭，是外在形式，更是发自新娘的内心，那是对过去20多年已习惯的生活环境的告别。新娘不舍，新娘的父母更不舍，养了20多年的女儿，从今进入别家。送走女儿的那一刹那，爹娘也免不得泪水涟涟。当然，现代社会，新郎新娘婚前已经有过多次沟通交流或多次往来，这声长哭的实质内涵已淡化了不少。

伤心也罢，流泪也罢，是真也罢，是假也罢，新娘一旦坐上男方接亲的车，换上红色的婚鞋，就开始了人生的一个巨大转折。

关于中国传统婚礼的送亲、接亲，我的记叙还是纯理性的。穆家婚礼的送亲、接亲，却是从嘉兴的五星级宾馆开始的，伴有热烈隆重的仪式。行文至此，我们也正式迈入婚礼现场，从理性转为感性。

迎亲

把别人家的姑娘迎入本家（夫家），这不光要克服心理上的隔阂，还必须跨越地理上的空间间隔。

中国古代传统的婚姻，全赖媒人撮合，结亲两家的空间距离一般不超过周边十里八里的范围。迎娶之时，男方骑高头大马，一路笙歌喇叭不断，接新娘坐上

东行篇

花轿，最终把新娘迎入夫家。时至今日，交通发达，联系广泛，天南海北的人通过飞机高铁、网络电话也能保持密切联系，两家联姻的地理跨度，太大、太远了！

我今天所走入的嘉兴海盐的穆家，新娘来自广东珠三角的中山市，远嫁到江浙长三角的嘉兴市，地理跨度上千公里！新郎新娘是在更遥远的新西兰留学时的同学，从相识到相恋，经过多年的爱情马拉松，终于在今天走入了婚姻的殿堂。

女方家送女儿，从广州飞上海，再转嘉兴，包括女方父母和亲友在内，有38人的送亲队伍，可够隆重的！迎亲的男方家自然要更隆重地迎娶，所以专门备好了劳斯莱斯婚车。

男方家宽敞的场院早已布置一新，搭起了红色的天棚，地毯铺到了大门以外。新娘下车进夫家门那一刻，鞭炮齐响，鼓乐齐鸣，新郎父母走出去迎接。

更有男方家小弟弟，也是我们2018年共同去新疆的小驴友，虽刚7岁，还真撑起了大场面。他穿上马甲，戴上墨镜，摆出优雅的姿态和翩翩的风度迎嫂嫂，似乎就像未来的他在迎娶自己的媳妇。哈哈，这也是穆家迎亲场面中一道亮丽的风景！

跪拜公婆

新媳妇入门，首先要跪拜公婆，要尊敬长辈、孝敬父母，这也是婚礼祝词的必用语。要孝敬的父母当是双方的父母，包括公婆。

新媳妇要孝敬父母公婆，但公婆的压力更大。中式婚礼主持人扯着嗓门高喊：发红包了！公婆的红包必须是大大的，爷爷奶奶也要发红包。

从专门的首饰箱中，取出提前准备好的首饰，金项链手环，翡翠玉镯，一件一件又一件，一环一环又一环，由婆婆亲手给新娘戴上、套上！爷爷奶奶也有准备，都为新娘子一一佩戴好。盛装的新娘，又添了一身的珠光宝气！长三角、珠三角的富庶，尽在新娘身上体现。

婚礼程序中的这一跪一拜，就是一份终生的约定、终生的寄托、终生的承诺，延续了中华千年文化的传承。

拜在朝堂，拜在庙堂，拜在祠堂，拜在厅堂！想起电视剧《三国演义》开篇桃园结义的那首歌《这一拜》。中国是礼仪之邦，仁义礼智信传承千年。中华社会的千年稳固，可能最初就奠定在这一跪一拜中！

婚礼的程序还在继续，而我要收笔了，中国传统婚礼丰富的文化内涵，也不是我这篇短短的小文能够表述详尽的。入席吧，这不，山珍海味满桌，喜酒斟满，热闹的婚宴开始了……

2020年6月16日　浙江海盐穆家

宁波帮博物馆

宁波有个"宁波帮博物馆",在甬江口的镇海区。博物馆的建筑造型是一个巨大的"甬"字形,"甬"是宁波的简称。造型很有特色,外观很庄重,很上档次。

为"宁波帮"建一个博物馆,这是敢于创新领先的宁波人的又一创新之举,想必这个博物馆的投资也多来自宁波人、宁波帮的捐赠。

记得前些年中央电视台播出过一部关于宁波人的电视剧《向东是大海》。因为长期研究海洋海军,加之曾多次到宁波讲课,所以对这部戏关注甚多。这是一部讲述宁波人顽强不屈走向海洋、走向海外的壮美历史剧。

浙东是山地,人多地少,要生存、要发展,只有向海上走、向海外走。由此,宁波人首先挣脱传统农耕文化的束缚,最早具有了海洋意识,获得发展。今天宁波的三江口外滩景区,便是这段历史的典型凝结。

"帮"在中国不算是个好词,如"黑帮""斧头帮"。不过,"帮"一冠上"宁波"这一前缀,则不一样了。董建华、邵逸夫、包玉刚、陈逸飞、屠呦呦、余秋雨等,这些被冠以"大王""大师""大腕"称号的人物,都是宁波人,都属宁波帮。

"宁波帮,帮宁波",改革开放早期,邓小平号召"把全世界的'宁波帮'都动员起来建设宁波"。宁波今天发展得如此之快,也应得益于宁波帮、宁波人的乡里情结。遍布中国的"邵逸夫楼""包玉刚楼"等,都是来自宁波帮的捐赠。

大榭岛属宁波,1949 年人民解放军的"渡海第一战"就发生在大榭岛。改革开放后,大榭岛开发得很早,发展迅速。今天,大榭岛以仅 10 平方公里的产业用地,创造了全国百强县前 50 位的经济体量,每平方公里利润高达 13.7 亿元,在全国化工园区中居第一位。大榭岛开发成功后,宁波人又重点开发杭州湾边的滩涂,称杭州湾新区,如今这里也充满着勃勃生机。我应邀去大榭岛,也去过杭州湾新区,感受过这蒸蒸日上、扑面而来的热烈发展氛围。

宁波帮的崛起地,首先在上海,然后发展到香港。有段子说,鸦片战争后,中国五口通商,上海发展了,看看上海都是些什么人。当时上海街头十个人中,有五个宁波人,四个苏北人,还有一个"红毛",红毛就是外国人。这就是当时"上海人"的构成,"上海人"的形象。宁波人在上海占了半壁江山,由此,最早的"上海人"中分出了"宁波帮"和"苏北帮"。

宁波人初到开埠后的上海,是从裁缝这样底层的职业做起的。随着西风东渐,西装盛行,宁波人的裁缝业越做越大,越做越强,结成帮派。宁波裁缝称"红帮裁缝"，在上海的十里洋场干得风生水起，而且蜚声海内外。有了钱，就有了资本，宁波人再去开设钱庄，进入金融业，进军工商业、造船业、航运业……其后，宁波人已经不满足于上海了，去了香港，又去了海外。

我曾在宁波电视台做过一档专题节目，名《宝顺轮》。今天走入宁波帮纪念馆，远远就看到宝顺轮的模型，这是宁波人敢为天下先的又一例证。太平天国时期，沟通南北交通的运河漕运因战争中断，作为政治军事中心的北方物资吃紧，宁波商人遂沿海路行船北上，将粮棉丝绸运往北方。这是近代中国第一次开通北上的海上商路。

但这引发了沿海海盗蜂起，抢船劫货，而官军水师又保护不力，导致商船损毁严重。宁波商人遂自己集资，从广东的洋人那里购买了一条蒸汽动力的明轮船用作军船，一路北上扫平海盗。这是中国海洋力量第一次引入蒸汽动力，而且是由宁波民间商人首先发起的。这之后才开始了清政府以造船为主体的洋务运动，开始了中国近代海军的建设，才有了北洋、南洋、福建、广东水师。

宁波帮创造的第一太多了！"宁波帮博物馆"，值得一看！记得在宁波镇海区，在甬江口。

2019 年 8 月 21 日　宁波甬江口

桐庐，富春江

"莫道昆明池水浅，观鱼胜过富春江。"我是年少时从毛主席和柳亚子的诗中知道富春江的，还知道富春江很美，美得连大诗人柳亚子都不愿在北京当官，要学东汉严子陵，到富春江隐居垂钓。

因为有富春江之美，所以才产生了以富春江山水为实景摹写的黄公望的名画《富春山居图》，如今分藏杭州和台北两地。由此还演绎出了以《富春山居图》为故事线索的同名电影。

钱塘江横贯浙江，是浙江的母亲河，中游流经建德、桐庐、富阳的 100 多公里河段称富春江。如今这三地包括淳安在内，行政上都隶属杭州。钱塘江的上游称新安江，在安徽境内，源头在安徽黄山。当年截流新安江修建的新安江水库，现在是著名的千岛湖风景名胜区。行走新安江、富春江这条线，处处都是风景。

高速公路绕杭州城转向西南，傍富春江蜿蜒前伸，一路"山青、水清、史悠、境幽"，俨然一幅真实立体的山水画卷。车在画中穿行，画在眼前游走，江沿青山环绕，山与绿水牵手。

富春江最美的一段在桐庐，古有桐庐，因"指桐树为姓，结草庐而居"得名。桐庐之美，古人以"钱塘江尽到桐庐，水碧山青画不如"誉之。因为有美丽的富春江，桐庐县今天被称作中国最美县城。我看桐庐县城，四山环拥，跨富春江两岸，衔接两岸的桥梁如跨江彩虹。流经桐庐县城、高楼环抱中的富春江，因着"绿水青山就是金山银山"理念的践行，水质清澈，两岸山色葱翠，山形如画。富春江边，垂钓者熙熙，捣衣声袅袅……

富春江水电站距桐庐县城约 10 公里，因水电站大坝的拦截，上游形成青山峡谷间的翠湖，这就是富春江的"小三峡"，有严子陵钓台、芦茨湾两岸相对，清晨水汽蒸腾，景致极佳。桐庐境内的瑶琳仙境，是江南知名的地下溶洞，美轮美奂。历史上李白、杜牧、陆游都对这片山水情有独钟，黄公望的名画《富春山居图》，描摹的当是富春江的这一段。

富春江水电站建于 20 世纪 60 年代，和上游的新安江水电站相配套。这里原是富春江峡口的一个小村子，称七里泷，因为水电站的建设，从原本的偏僻峡谷村庄发展成一个生机勃勃的城镇，并借富春江的美名，改称富春江镇了，镇上还有两家上市公司。桐庐现在是中国最美县城，富春江镇是否又是其中最美小镇呢？

天下佳山水，古今推富春。无疑，富春江一线山水极美，不是中国西部、西南部山水的壮美和峻美，是江南山水独有的秀美和柔美，秀柔山水中蕴含着深厚的人文情怀。我想，张艺谋导演的 G20 杭州峰会演出节目《最忆是杭州》获佳评，也是因为其彰显了这种文化精神。

如今，从杭州到黄山的杭黄高铁正在修筑，建成后，这不仅仅是一条美丽的山水景观大道，更拉近了南京与桐庐的距离。从南京南上车，最快不到两小时就到了富春江边的桐庐。而现在我从南京来桐庐，乘高铁到杭州东，再由桐庐方面派车接，共需两个小时车程。

美丽的山水桐庐、诗画桐庐，又将迎来快速便捷的高铁，桐庐人的口号已经打出来了："坐最美高铁，到最美桐庐，过向往生活！"

匆匆来桐庐富春江，又匆匆告别桐庐富春江。再见，一定会再见的！

2016 年 9 月 9 日　桐庐富春江镇

东行篇

西施故里诸暨

浙江诸暨是西施故里。

挖掘、包装、宣传名人故里，是这些年各地为自身发展而频频打出的一招。由于历史的变迁，传说与真实的交叉，古今地名的变化，行政区划的调整，一个名人故里多处相争之事，屡见不鲜。

据说董永故里在国内就有五六处，江苏东台、湖北孝感各树旗帜。江苏南京、安徽池州、山西汾阳都有杏花村，还打起了"酒官司"。诸葛亮古隆中在河南还是在湖北，争端持续千百年。我前天在山东滨州，滨州惠民是孙子故里，东营广饶也同样声称是孙子故里，建有孙子文化园。

浙江诸暨是西施故里，也是春秋时越国故都，山清水秀，自古至今，名人辈出。之前虽没来过诸暨，但多年前就听说诸暨是西施故里，似乎没有其他地方提出异议。这是个连西门庆、潘金莲故里都有人争的时代，何故古代四大美女之一西施的故里，其他地方都不争呢？来到诸暨，走进西施故里，才明白，不仅因为诸暨是西施的正宗故里，更因为毛主席早就发过话："诸暨是个出名人的地方，美女西施和画家王冕都出在这里。"诸暨人也很有信心地说："西施故里只有诸暨，西施文化可以共享。"

西施故里在今诸暨城边，苎萝山下，浣纱江边。西施故里景区跨浣纱江两岸，有西施殿，有范蠡祠，有浣纱石、浣纱亭，虽都是近代建筑，但风格仿古，建得相当精美。西施，已经成为诸暨的代表性文化。

飘逸的美女西施画像立在景区门口迎客，西施故里景区门票眉头上有两句话："情人眼里出西施，西施故里欢迎您！"我来诸暨是冬季，尽管寒风扑面，但见这两句话顿觉暖意。诸暨城里有西施大街、西施大桥、西施大剧院，饭店有西施豆腐。在诸暨，似乎西施无处不在！

中国古代四大美女：西施、王昭君、貂蝉和杨玉环，被赞有"沉鱼落雁之容，闭月羞花之貌"。西施是"沉鱼之美"，是"越中女娲"，生于江南水乡，姿容婀娜，在四大美女中当排首位。西湖美，连美丽的杭州西湖都要借西施之美称"西子湖"，"欲把西湖比西子，淡妆浓抹总相宜"。西施最美，不仅因西施所在年代最早，历史排序在前，而且因西施还有一个反衬比照、更衬出西施之美的人物，这个人就是东施，有典故"东施效颦"。病态的西施都如此美貌，何况年轻健康的西施呢？

西施故事能千古流传，又与春秋吴越争霸、越王勾践"卧薪尝胆"的故事有关。西施以弱质女子之躯，演绎了一部献身救国、万众景仰的历史剧。当然，王昭君、貂蝉和杨玉环能进入"四大美女"之列，也都与帝王喜好、国之兴废相关联。

西施的归宿有多种传说：一说沉水而死，这是悲剧；一说荣归故里诸暨，这是正剧；一说随范蠡泛舟五湖，这是爱情。西施太美，是范蠡选拔推荐了西施，后人从美好的期盼出发，都希望西施和范蠡有一个美好圆满的结局。西施的故事，从委身报国事迹，转换为浪漫爱情演绎。

西施故里在诸暨无人争，但西施随范蠡最终归于何处，却是未解之谜。在今浙江的德清和嘉兴，江苏的宜兴和无锡，都有范蠡和西施的相关遗存，但无锡人把这段历史续写得最好。在无锡太湖的五里湖边，有美丽的蠡园，有范蠡和西施的故事。节假日，春风里，花丛中，有一群群手牵手徜徉于湖边的情侣……

2018 年 12 月 29—30 日　浙江诸暨

秀山丽水

"秀山丽水，诗画田园；养生福地，长寿之乡！"这是近年央视媒体上出现频率很高的城市宣传广告语。五年前，应紧水滩电厂邀请作国防报告，来过丽水，但匆忙来去，对这片秀丽山水竟没有仔细看上一眼，印象模糊。

这次部队老战友相约在丽水聚会。战友情、同学情，都是人生情感中最纯洁的一段，我写过关于战友的诗："战友啊战友，最浓的情，最醇的酒，最明的月，最蓝的天！你在我的梦中，我来到你的面前……"我与战友们相聚丽水，在畅叙三十多年战友情的同时，也终于可以细细品味这片心仪已久的秀丽山水了。

在浙江，杭嘉湖绍多是平原水乡，自古富庶。甬台温舟属海洋文化，开放包容。浙江中西南部的丽水、金华、衢州三市，属山地，过去交通闭塞，经济相对欠发达。但也因交通闭塞、工业不兴，保留了这片天然古朴、原始味儿十足的青山绿水。今天，我们秉持"绿水青山就是金山银山"的发展理念，而且习近平同志在丽水调研时指出："对丽水来说尤为如此。"丽水的后发优势明显，其名气和地位近些年急剧上升。

丽水城区的莲都区，是四山环绕中的一块盆地，进入丽水的高速在隧道和桥梁间穿行。八百里瓯江是浙江第二大江，发源于丽水西部山区，奔涌着穿山东去，

东行篇

在温州流入东海。瓯江是丽水的母亲河，从丽水城区穿过的这段瓯江，被拦蓄成南明湖，长十余公里，水面有五六平方公里。沿湖有亲水景观带，重建于江边的应星楼高大宏伟，俯视着远山近水。到了晚上，灯光倒映在湖面，熠熠生辉。

丽水古称处州，有一千多年的历史，因为古代交通闭塞，形成了不同于浙北浙东的原始古朴、富有地区特色的文化。因为山高路险，少遭外力侵袭，抗战时浙江省政府还迁到了丽水山区。瓯江两岸，一座座古老的民居村镇，一棵棵树龄超千年的古樟，南明山上长满绿苔、如悬虹般的石梁摩崖石刻，如明镜般随季节不断变幻色彩的梯田，已成为"世界级遗产"的技艺、传统、遗存和著名的丽水三宝——青田石雕、龙泉青瓷、龙泉宝剑……这一切，都在细细述说着丽水——古处州——在农耕时代的辉煌过去！

去丽水，一定要去看古堰画乡。中华民族是古老的农耕民族，留有不少古水利工程，去过有 2000 多年历史的四川都江堰，深为李冰父子的宏图巨制所震撼。丽水的通济堰，中国古代五大水利工程之一，建于 1500 多年前的南朝，2014 年被列入世界灌溉工程遗产。

丽水通济堰的特点是建有一道硕大的拱形水坝，此为世界首创，还建有高架的石制输水涵道，如"水上立交桥"。通济古堰至今还在发挥作用，惠泽丽水的沃野。虽已进入冬日，但从岸边看古堰，依然澄江如练，青山似翠。古堰截起的水流，形成一道巨大的弧状瀑布，下泄的流水似飞雪溅玉，轰鸣不断。南宋大诗人范成大做过处州的知州，亲自管理过通济堰，想必他那些美丽的田园诗作也有萌发于此的吧。"梅子金黄杏子肥，麦花雪白菜花稀。日长篱落无人过，惟有蜻蜓蛱蝶飞。"

古堰景区名"古堰画乡"，一是说这里风景如画，人在江上游，如在画中走，眼前闪过的就是一幅幅的山乡水墨；再一是说这里已成为大学美术专业和社会画家的写生创作外景地，也是摄影爱好者的天堂。在改革开放经济发展的背景下，这里还成为国内知名的油画生产创作基地和交易市场。

瓯江边的大港头镇古樟树码头连着一条窄窄的老街，从游船上走下的游人在老街上缓步游览。千年古樟树下是一个小广场，也是一个周六油画集市。艺术院校年轻的姑娘小伙们，描摹着瓯江两岸的秀丽山水，把美丽的风景记录在笔下。他们不仅给古老的瓯江增添了艺术韵味，而且他们作画的那份专注、那副神情、那个姿态，都和瓯江山水融为一体，构成一幅巨大的实体瓯江山水图！

现代社会浮躁，大城市生活节奏太快，人的心灵疲惫，需要给她找个休憩的地方。去丽水吧！丽水集中了中国古农耕文化的精华，你可以在丽水悠闲地歇歇脚，打个盹儿。

丽水是一支悠扬的歌，丽水是一首美丽的诗，丽水是一段延续千年的古老乡愁，丽水是一片涂满色彩的人生梦幻！

2018 年 11 月 25 日　告别丽水途中

永嘉，楠溪江

又来温州，工作结束后，接待的当地主人问想去哪儿看看，我不假思索地说，去永嘉，看楠溪江。是的，来永嘉前，我就做好了准备，一定要去楠溪江。近年，永嘉楠溪江的名声越来越大，在温州似乎已超过雁荡山，是温州第一美景，国家级旅游景区了！久慕楠溪江，今日终得以成行。

永嘉是温州瓯江北部的一个县，县域近三千平方公里。楠溪江是瓯江的支流，永嘉的母亲河，其源头和流域都在永嘉县。

永嘉以山地为主，七山二水一分田。改革开放早期，温州的乐清、瑞安，凭交通之便，都发展起来了，一不小心，留下了永嘉这片原始古朴的自然山水。

历史上永嘉比温州出名早，名声响。浙东南这片区域，魏晋南北朝时称永嘉郡，唐朝时才叫温州。而且永嘉还曾是几个朝代的年号，中国古文化史上还有过永嘉学派。

永嘉楠溪江，被誉为"永远的山水诗，梦中的桃花源"。中国山水诗的开创者、魏晋南北朝时的谢灵运曾任永嘉太守，其最早发现楠溪江之美，写下了 20 多首关于楠溪江的诗。"池塘生春草，园柳变鸣禽"，楠溪江成为中国山水诗的源头实景。今天，楠溪江是世界地质公园、国家级风景名胜区、国家 AAAA 级旅游区。

我来楠溪江时正值冬日，江水浅浅，裸露出大片的卵石河滩，不是楠溪江最美的时候。但即使这样，楠溪江依然有遮盖不住的美。楠溪江蜿蜒漫展，长 300 里，有 36 滩 72 弯，我只有短短的半天时间，听取当地主人的建议，直奔楠溪江的中段核心——永嘉书院和丽水街。

名"永嘉书院"，因南宋时这里出过著名的儒家学术流派——"永嘉学派"，涌现了一批大师名流，一直延续到明清。去过湖南长沙岳麓山下的岳麓书院，去过江西吉安赣江中的白鹭洲书院，都有古书院的遗存或遗址。但永嘉书院与它们不同，它只是楠溪江核心景区的名称，是这个景区一片建筑的名称。也就是说，它是近年因旅游发展而新建的书院，是这片美丽景区的建筑景观。古永嘉郡治在

东行篇

今天的温州鹿城区，如存有永嘉书院遗址，也只能在鹿城区寻觅了。

永嘉书院景区是楠溪江的一段，高山峡谷，峡谷边有窄窄的平地，映衬在冬日五彩斑斓的山色中。楠溪江的水秀山美、林密岩奇，在这里最为突显。冬日游人不多，但沿陡岩流下的飞瀑给绵绵的幽静增添了灵动。近水水浅，更显现出江水的清澈，远山山静，偶尔传来几声鸟鸣。

景区的亭台楼阁与山水风景融为一体，随着水曲路转，逐渐深入，不断地闪现出多姿的身影。走入新建的永嘉书院，这里承办的是永嘉书院论坛，展示的是温州的历史文化，彰显的是现代温州的人文精神。

中国东南沿海地区工商业经济发达，在中国社会内部最早出现资本主义萌芽。不同于传统儒家理学、心学注重精神境界，诞生于这片土地的永嘉学派，提出"道在物中"的理念，主张发展商业，务实创新。这又成为今天温州人"敢为天下先"创业精神的文化渊源。温州，温润之州，但温州人重商经商，商行天下，在温润中敢为天下先，特别能闯能干。书院中的一行大字特别醒目："世上凡鸟儿能飞到的地方，都有温州人的足迹。"

一个国家或民族的重商文化、海商精神，恰是推动这个国家或民族走向海洋、走向强大的原始内在动力！从最初的海权强国西班牙、葡萄牙、荷兰，到后来的英国、美国，走的都是这条路。这也是我重点研究的马汉海权论的经典结论。

楠溪江的美，不光美在古朴纯净的自然山水，还美在流传千年的历史人文。一个个古村落，藏匿镶嵌在楠溪江的一道道山谷弯滩处，走入楠溪江，犹如走入中国古农耕文明的实体陈列长廊。

丽水街，可能就是楠溪江古村落景点中最美的一处。这是岩头村建于明清时期的一条古街，已经有四五百年的历史了。说它古，你看脚下磨得光光圆圆的踏脚石，你看坡上高矗的古塔、村中斑驳的戏台，无不诉说着岁月。说它美，古街像廊桥一般，沿一条弧形的清溪延伸，漫步的游人从一端向另一端徐行，犹如牵起一道彩虹。古老的香樟树映照在平静的水面上，像一幅硕大的变幻的水墨画。

丽水街是旅游风景区，但又确实是一个古村落，一个充满民俗味儿的山村。游人和村民，鸡鸣与狗吠，炊烟和酒香，青山与秀水，都融合在一起，人在画中游，画在人前换，是人间，是画境，很难区分……

300 里楠溪江，美得令人心醉，可看的太多太多。寻一个春夏秋的最美季节，再走楠溪江。这里是永远的山水诗，这里有梦中的桃花源！

2020 年 12 月 9 日　温州永嘉

在湖州看见美丽中国

浙江的地级市基本走了一遍，唯缺湖州。"在湖州看见美丽中国"，央视关于湖州的广告语总撩人心动。今天终于得以匆匆走入湖州——这个因江南太湖而得名的"醉美"江南。

读过宋代诗人戴表元倾情写湖州的那首诗："山从天目成群出，水傍太湖分港流。行遍江南清丽地，人生只合住湖州。"哇，近千年前的宋朝诗人，就已经为江南湖州大声打广告了。

走出高铁站，上了湖州主人来接的车，无意间向路侧一瞥，看到了"西塞山路"的路牌。西塞山，好熟的名字！咏读过唐代诗人张志和的《渔歌子》词"西塞山前白鹭飞，桃花流水鳜鱼肥。青箬笠，绿蓑衣，斜风细雨不须归"，我这就记住了西塞山。

西塞山在湖州？从主人肯定的口气里得到确认。当然，湖北黄石也有西塞山，但我走近了湖州吴兴的西塞山，就认为张志和咏颂的是湖州的西塞山吧！

湖州市下辖两区三县，吴兴、南浔、长兴、安吉、德清，濒太湖，跨莫干山。源于天目山的东、西苕溪在湖州城区汇合，流入太湖。苕溪河是湖州的母亲河，我入住的东吴开元名都大酒店，湖州市最高建筑，就在苕溪河边。

苕，芦苇的花穗。面前的这条河史称"苕溪"，因为两岸多芦苇，秋时苕花纷飞如雪，飘散水上。你听，湖州的这些地名，全都荡漾着满满的古意、文意和诗意。

"绿水青山就是金山银山"的发展理念，最初就是诞生于湖州的安吉。安吉、长兴、德清的民宿产业，繁衍于这片青山绿水，早已全国知名，吸引了周边沪、宁、杭大都市的众多游客前来游玩、住宿。我虽是第一次来湖州，但与湖州下辖的安吉、德清、南浔，已有过亲密的交集，更是带着老母亲专程驱车去安吉山里寻住过民宿。浙江是富庶之地，湖州的 GDP 并不在前列，但湖州人的幸福感总是满满的。

我来湖州，在酒店放下行李，便匆匆奔太湖边。苏南浙北的江南，是中国古文化的一片高地。水乡江南，是水润的江南，都因这个著名且声名延续数千年的八百里太湖。苏州、无锡、常州、湖州，都依偎在美丽的太湖边。

湖州面前的这片太湖称南太湖，湖州的标志性建筑、号称七星级的湖州喜来登温泉度假酒店（又名月亮酒店），一个巨大的圆环造型建筑，就矗立在南太湖的水线上。晚上灯光亮起，远远望去，就如一轮投映在太湖上的晶莹的明月。

当地主人将我引入一个向湖的餐饮包间坐下，到湖州，必须细细品尝湖州的美食。中华文化传承几千年，农耕与诗书是主体，江南富庶，首在农耕，中国历史课本上曾经学过的"桑基鱼塘"，就起源于湖州。

"桑基鱼塘"，年少时听历史老师讲课，听得心驰神往，这是中国南方独特的传统农业生产模式：塘基种桑、桑叶喂蚕、蚕沙养鱼、鱼粪肥塘、塘泥壅桑。这种延续千年的传统农业，以今天的标准来看，也是最先进的循环经济模式、绿色农业。湖州桑基鱼塘和我曾去过的江苏兴化的垛田一样，今天都已成为世界农业文化遗产。

蚕桑农耕，衣食足，然后文化兴。书法绘画必不可少的毛笔，最知名的"湖笔"，就以湖州命名。宣纸在宣城，湖笔在湖州，这都是文化。湖笔挂上了太湖边酒店的笔架，三杯酒后可以写字作画。洁白的银鱼自然出自太湖，那么店主人极力推荐的鳜鱼，是西塞山前苕溪河里的吗？

江南水润、风轻、音柔、文雅，但江南一样不失阳刚，从古到今都有叱咤风云的英雄。

早上沿苕溪河漫步，意料之外，发现湖州（古称吴中、乌程）是楚霸王项羽的起兵地。项羽是下相（今江苏宿迁）人，楚国名将项燕之孙，楚亡后随叔父项梁在吴中避仇。秦始皇东巡，浩荡车骑经乌程，项羽见之，感慨曰：彼可取而代也！项羽少有英雄志。陈胜吴广起兵后，项羽随项梁在吴中响应，率八千江东子弟出吴中越太湖北上。苕溪河边有奉胜门，有项王码头，有项王长廊、项羽塑像。这里是项羽和八千江东子弟北伐的出发地，项羽叱咤风云的一生，就从吴中（湖州）起步。

在苕溪河项羽跃马塑像的斜对面，在飞凤桥下，有王伟纪念广场，有海空卫士王伟的大理石塑像，这是从湖州这片江南水乡走出的现代海军英雄。朋友们都应该记得2001年4月1日中美南海撞机事件，英雄王伟永垂不朽。我作为曾经的海军教授，在台上常讲南海，常讲到王伟，也多次到访王伟所在的海南陵水机场。到湖州去探望王伟，是我久有的心愿，昨晚就打探好了路径。今晨我到苕溪河边王伟纪念广场，绕场三周，向英雄致敬！

湖州，美丽中国的这片"醉美"江南，告别你时，我依然频频回首。

2022 年 9 月 21 日　告别湖州途中

走进岱山

舟山是海洋城市，千岛之市，是我国第一个群岛地级市。许多次来舟山，如今舟山与宁波有大桥连接，交通更为方便。去过舟山一些知名岛屿，如舟山本岛、大樽岛、桃花岛、普陀岛、朱家尖岛。当然，没去的更多。此来舟山，不经意间弥补了三个未去的空缺：长峙岛、秀山岛和岱山岛。

长峙岛和舟山本岛只隔着几百米宽的海峡，有桥相连，新开发的许多居民小区在长峙岛，浙江海洋大学也在长峙岛，环境和舟山本岛已没有什么区别。

去岱山没有桥，需乘船。在三江码头购买船票，售票员问去高亭还是秀山。我有些不解，秀山也是个岛啊，我要去的是岱山，高亭是岱山县政府所在地。被告知秀山与岱山之间也有桥，去秀山的船马上开，去岱山的船还要等一个小时。那就去秀山吧，请当地主人去秀山接。这样，我又多去了个秀山岛，这是岱山县的一个乡。

大陆上的人到海上去得少，对海岛总充满幻想和迷恋。大师金庸写武侠小说《射雕英雄传》和《神雕侠侣》，桃花岛是背景地，还有岛主黄药师。但金庸写小说时没去过桃花岛，是在地图上找到的东海桃花岛。金庸的小说走红，桃花岛也就出名了，桃花岛人借金庸小说，开发出与金庸、与小说故事相关联的系列旅游景点。金庸的武侠小说写于 20 世纪五六十年代，桃花岛人在岛屿旅游开发后的 1994 年，把金庸请到了桃花岛。今天岛上建有金庸文化园，还有射雕影视城。

岱山岛是舟山第二大岛，面积 105 平方公里，仅次于舟山本岛。舟山辖 4 个区县，岱山县是其中一个县。舟山群岛有 1300 多个岛屿，岱山县辖 400 多个。在全民备战的舟嵊要塞区时代，岱山县曾有过一个师的驻军，可见岱山地位之重！舟山的 4 个区县，去过定海区、普陀区、嵊泗县，唯缺岱山县，对岱山也就存有最多的期盼。

当登上岱山岛的最高峰摩星山远望四周，岱山岛和周边的小岛、茫茫的大海一览无余地铺陈在眼前时，对岱山岛的幻想之雾也就一点点地消散了。摩星山海拔 257.1 米，再登上山顶建筑，那就更高了。丽日蓝天，登高望远，心情无疑是最惬意的。

高亭镇是岱山县城所在，此时就在眼下，县城中一座座高楼耸立。高亭港也在眼前，离开岱山，我要从高亭港上船，也算是弥补缺憾吧。高亭港也是渔港，停靠了不少渔船。是的，两天后的 5 月 1 日起，东海要休渔了。

天空是蓝的，岛上的山是青翠的，但舟山群岛包括岱山的海水是浑浊的。不过今天阳光明媚，海面平静，阳光照在海面上，闪出片片银光。抬眼远望，那是大、小长途岛，对我这个海军学院教授来说，早就是名岛了。

舟山群岛之所以吸引游人，特别是夏日，当地宾馆一房难求，一是因为她旖旎迷人的山海风光，二是因为她众多的历史悠久的禅院寺庙。

海岛渔民多，在过去科技不发达的年代，出海打鱼，隐藏着不可预测的风险。渔人期盼平安，寄托于菩萨神仙的保佑，这带来了岛屿寺庙香火的兴盛。去过普陀山的人，想必对高耸向海的观音菩萨立像，对拥挤朝拜的虔诚人群，都留有深深的印象。

岱山岛的寺庙很多，知名度也很高。在摩星山顶就有慈云禅寺，最初这是尼姑修行的慈云庵，今天依然有尼姑在此修行。慈云禅寺始建于清乾隆年间，有240多年的历史。后经历代扩建，1983年再建，才有如今的规模。

岱山景美，传说是徐福东渡之地，被称作海上蓬莱，有"蓬莱十景"。慈云禅寺的宝塔正式称谓是"蓬莱玉佛宝塔"，寺门上匾额的题名，也是"蓬莱圣境""蓬莱慈云"。慈云禅寺有很多名人题词和诗碑，我匆忙间走进慈云禅寺，又匆忙间离开，虽来不及细看，但印象已经在脑海里了。

告别岱山岛时，当地主人说，岱山大桥快要通车了。这是一大兴奋点，舟山群岛的跨海大桥越来越多了，交通也越来越方便了。以后从南京开车经跨海大桥奔舟山，可以过桥直接上岱山了，那些听到的、想到的，还没看到的岱山"蓬莱十景"，都可以逐一品味了！

2021年4月29日　岱山

金华随想

金华，是浙江中部的地级市，多高岭山地。与自古富庶的杭嘉湖平原地区相比，与近代对外开放前沿的甬绍台温各市相比，改革开放前，金华的发展在浙江还相对滞后。

我最早知道浙江金华，是因为金华北山的双龙洞。这是个喀斯特地貌的溶洞，明代地理学家徐霞客探访过它，对其有过专门的记述。因为双龙洞风景优美，历代文人多有笔墨留存。再因为20世纪50年代大作家叶圣陶写过游记《记金华的双龙洞》，游记又很早被收入小学课本，所以在中国众多的喀斯特溶洞中双龙洞声名远播。

我读过编入课本的叶圣陶的这篇游记，所以记住了金华，记住了双龙洞。但也只是在去年年底来金华时，在一个短促的时间内登上北山，匆匆游览了双龙洞。

中国喀斯特地貌的山洞很多，最宏大壮观的当数湖北利川的腾龙洞，美不胜收的有浙江桐庐的瑶琳仙境，历史文化悠久的有江苏宜兴的善卷洞、张公洞，地理位置最北的有辽宁本溪的水洞，我都探访过。就洞内景观而言，金华双龙洞并无更多突出美妙之处。但双龙洞的入口极特别，需要躺在平底小船上入洞，稍一抬头就会碰到脑袋，但洞内非常开阔。

20世纪70年代中期，我第一次来金华，应该说只是匆忙路过。我们部队有一批金华下属永康、武义、浦江等县入伍的老兵，那时我是团里的参谋，负责送老兵退伍返乡。当时在金华未能停留，在金华火车站看金华市容，和当时苏北的其他城市没有太大差别。但我知道金华有著名的金华火腿，好像还带了一条。金华火腿有名，是因为金华的猪有特点："金华的猪，两头乌"，头是黑的，尾部是黑的，中部身子是白的，个头不大。这种两头乌的猪，唯产在金华，金华火腿就是用这样的猪肉加工制作的，风味独特，享誉全国。

金华因"金星与婺女争华，仙霞与北山拱卫"得名。北山洞所在的金华北山，也称金华山。金华，古称婺州，八婺之地，浙中通衢之道。浙山浙水，武义江、东阳江在金华牵手成金华江，西去称兰江，汇入富春江、钱塘江入海，与丽水的瓯江不属一个水系。

好山水出大人才，金华从古至今人才荟萃。唐初大诗人骆宾王、宋代抗金名将宗泽、当代大音乐家施光南等，都是金华人。

浙中山地缺自然资源，但浙江人凭自己的勤奋刻苦，凭长期历练出的聪明才智，硬是打造出一片属于自己的广阔天地！"鸡毛换糖"的故事，就是浙江人，特别是浙中山地人奋斗精神的一个显著体现。

谈到金华，首先就要提到其下属的义乌市。改革开放前，"鸡毛换糖"的农村货郎式的小商品交换被扣以"投机倒把"的帽子，是必须割除的"资本主义尾巴"！如今，最早肯定推广"鸡毛换糖"的金华义乌，已成为世界最大的小商品市场，商家来自世界各地。中国提出"一带一路"倡议，开通了国际经济通道，义乌为中欧班列的东部端点。满载小商品的长长的火车，穿越近万公里的欧亚大陆，抵达欧洲大西洋边，将中国制造带到全世界。义乌小商品，只有你想不到的，没有它做不到的。

金华下属的永康市，是中国最大的小五金市场、最大的五金工具生产基地，这也是从最初的磨刀补锅小挑担子发展起来的。我最初当兵是在部队军械修理所

东行篇

做钳工，我的班长师傅，入伍前就是在永康挑小五金担子翻山串村的"小炉匠"。

金华代管的一个山区县级市东阳市，不仅有中国最著名的横店影视城——把天安门、故宫复制到了东阳，而且工业经济特别发达，上市公司就有十数家。海军"金华"舰回到金华，落户金华东阳的横店，和横店影视城那些人为打造的置景比辉。

至于金华下属的武义、浦江、兰溪、磐安这些县市，我都走过，都是山清水秀之地，也都有其独具的经济、文化、地理特色，在经济和社会的发展中占有自己的位置。

来金华，金华的战友朋友热情款待，品汤溪菜点，介绍这属非遗传承，是"舌尖上的金华"。问：汤溪菜为何偏辣，不似宁波菜清淡？答：金华在浙中，近江西。哈，一场汤溪菜大宴，可不就是在传扬婺城文化，深层次感受金华。

浙中金华，金色中华，金色年华！

2019 年 5 月 5 日　浙江金华

厦门大学，鹭岛明珠

中国重视教育，大学是在中国打开国门后，清末民初逐渐兴起的。但凡历史比较悠久的大学，坐落的位置及环境都很好，建设得也都很漂亮。大学之美，当有山有水，校园建筑体现时代特色，与山水融为一体，校园即是风景。

到访过国内许多大学，我感到最美的，还数武汉大学和厦门大学。武大之美，在于坐山面湖，山是珞珈山，湖是东湖，当然春天还有著名的樱花落雨。去年樱花季节去武大，写了一篇武大樱花的游记。这次来到久慕的厦门大学，我又睁大眼睛，放慢脚步，捕捉每一丝每一缕、每一点每一滴的厦大之美。

厦大之美，美在环山、抱湖、傍海。环周是绿山五老峰，中部是碧翠的芙蓉湖，有优雅的黑天鹅在湖中嬉戏，依傍的是台湾海峡、东海，与美丽的鼓浪屿隔海相望。校园教学楼和宿舍楼建筑尽显浓郁的南洋风格，掩映在绿树红花中，堪称"美尽东南"！

现代化厦门标志性的高层建筑在厦大校园之外，但在现代化的喧嚣中，厦大还保持了一份临海的古典与宁静。环岛干道从厦大门口经过，为了不打破厦大的整体美，特意向海上延伸，成演武大桥。晚上灯光亮起时，大桥和海水交相辉映，显现出另类风格的美。

今天的厦大人还在造美。2016 年，厦门遭受 17 级强台风袭击，厦大把被摧毁的百年大树精心地集于一处，摆出相应的姿态，又造就了一处显示苍凉美、残缺美的景点，如断臂的维纳斯！因为厦大校园有山，遂开凿了穿山隧道，即使是隧道，厦大人也把它装扮得美轮美奂，称"芙蓉隧道"。蓝天般的穹顶，美丽的壁画，那是年轻人肆意涂鸦、放飞梦想的空间。

当地主人说，厦大最美的景色还在山上，在思源谷，也叫情人谷，因为景美，厦门人常把它选作拍婚纱照的外景地。主人劝我去思源谷，也沾点儿新人的喜气。我没时间了，留待下次吧。

厦门大学，是在民国初期由著名的南洋华侨领袖陈嘉庚牵头筹建的，也是当时东南第一大学，鲁迅等名人都曾任教厦门大学。今天国内许多知名的大学或者系科，都是由厦门大学分蘖出来的，母系之根皆在厦大。厦门大学芙蓉湖中的小岛上，有陈嘉庚先生和学生们在一起的群雕，显现出陈先生教育救国的信念，显现出陈先生对莘莘学子的期盼。厦大与海外华侨的关系千丝万缕，2001 年建成的嘉庚广场，捐赠的校友遍及东南亚和美洲各地的华侨组织。

此时是 10 月中旬，前些天我在天津师范大学，已见初冬寒肃，今到厦门大学，校园内还正是百花争艳、绿树显翠，椰枝棕榈、榕根遍布，人们尚着短袖长裙。

下午在厦门大学和厦大的师生探讨南海问题，我想说，当今的南沙群岛，经大规模岛礁建设，礁盘变成了海岛。我们的海军官兵也在种花、种树、种岛。明天的南沙群岛，也会像厦门岛上的厦门大学，鸟语花香，海蓝树绿！

2017 年 10 月 16 日　厦门大学

南
下
篇

海南，风吹长天走流云

春节前来海南，因为新冠疫情无法回南京，在海南海口已待了一个多月。在南渡江江堤上，在小区楼顶上，在乡间旷野里，经常一个人傻坐着，吹着凉风，呆呆地仰头望天。望着望着，也就对海南的风雨、海南的云天萌发了兴趣。

海南于1988年建省，前期在国家发展中的定位是国际旅游岛，严控工业污染，保持了很好的生态环境，保住了青山绿水、蓝天白云。前些年国人因雾霾揪心的时候，国家公布的全国空气质量一级的城市名单中，海口总是名列前茅。海口如此，海南岛皆如此！

来过海南的人都知道，海南是蓝天白云，但云南也是蓝天白云，内蒙古也是蓝天白云，西藏也是蓝天白云。海南的蓝天白云与它们有什么不一样呢？

云是凝聚的雨雾，海南四面环海，海南的云生于海上，海南的雨也生于海上，云雨都从海上来。海南云白天蓝，是因为海上来的云，洁净得一尘不染，海南的天，如水洗过一般，再有地面绿树红花的托衬，美哉，海南的云天！

海南的云来自海上，生于海平面，渐成海雾，海雾飘上陆地，就变成了云。海南的云显得特别低矮，特别接地气，与人的亲和度特别高。登上高楼，似乎云彩就在眼前，伸手可触。采一片带回去，可否缝作衣衫？

海南的云，似乎都在匆忙中，行走得特别快，可称风吹长天走流云。想拍摄天上的云彩，有时看中一个好的构图，但等你准备好手机打算拍摄时，已云走景换，失去了最好的角度。在海南拍云彩，要抢拍哟。若遇晚上云遮星月，看天上，那是星月在云中快速穿行。

战国时楚人宋玉曾作著名的《风赋》，言"风生于地，起于青蘋之末"。但海南四面环海，风起于海上，在海南，感触到的是四面来风。

海南风大风多，海风起，吹散了热气，带来了凉爽。武汉、重庆、长沙、南京这些城市，夏天热，俗称火炉，不仅因绝对气温高，还因少风。在这些城市的夏天，我们都感受过烈日暴晒下树枝纹丝不动的燥热。

海南虽然在低纬度的南方，但因为有风，没有武汉、重庆的燥热。海南的朋友对海南的风都深有感触。在海南的楼顶晾晒床单衣物，必须用夹子夹紧，如果夹不紧，就可能"风吹床单满天飞"，你要准备到楼下的哪个树丛里去找啦。疫情防控期间总是说要多通风，海南疫情较轻，是否和海南的风大风频有关呢？

一阵风，一片云，带来一阵雨。在海南，经常艳阳高照时云雨突袭，让行走在路上的你防不胜防，海南的天气预报对这种突如其来的雨是不灵的。云是风吹来的，雨是斜飘的，你的背后淋潮了，可胸前还被太阳晒得热热的。淋潮了也没关系，雨很快过去，太阳和风会把衣服弄干，这个过程也就半个小时吧。海南的风雨，给你带来意外的惊，也给你带来意外的喜！

在海南买房，房型特别讲究南北通透，南北通透是海南房产广告的卖点。通透的房子通风好，夏日凉快。来海南过夏天，肯定比南京、武汉、长沙凉爽。我所在的小区虽然不濒海，但距海也只在数公里内，直接受海洋气候的影响。早晚风大时，风从楼间穿过，呼呼作响，听起来有北方寒流南下寒风呼啸的感觉。当然，这是海南凉爽的风。

海南的洗澡间没有抽风机，房子设计和建造时就没有留风洞风口，这在内陆地区简直不可思议。问为什么没有，冲澡时的雾气怎么办？海南人感到很奇怪，没有就是没有，家家都没有，你为什么要有？入住后才知道，在海南确实不需要，冲澡后打开门窗，外风从门窗中穿过，什么雾气臭气统统瞬间吹走！

海南椰林婆娑、万椰起舞，因为风吹之；海南还有万树摇摆、树倒枝折的时候，也因为风摧之！是的，那是夏日的台风。我多是冬日来海南，没有经历过台风，总想找个夏日台风前的时候来，看看海南风的另一种疯狂姿态。

风吹长天走流云。海南的风，海南的雨，海南的云，海南的天，海南的风雨云天都与海南的海有关，海是它们的共同源头！

关爱海南的海吧，那是南中国海，中国的南海！

2020 年 3 月 2 日　海口

在骑楼老街访古

在海南海口，如果说五公祠是凝固的海南古代史，那么骑楼老街就是凝固的海南近代史。

随着疫情的缓解，交通逐渐放开，我也就放开了在海南海口的步履，一不小心、不知不觉就走入了海口老城区的博爱北路。

自由、平等、博爱是资产阶级革命运动后，随人权、民主等理念出现的新词。博爱北路，显然是海口一条有近代历史印记的老路。再看街旁建筑的造型格局，猛然意识到，我是在无意中走进了久已闻名的海口骑楼老街文化街区。

骑楼，是一种与众不同的独特的临街楼房的建筑样式，商住两用，底层临街店面做商店，二层以上的楼面供商家居住。底层店面沿街面内缩一段，外侧以立柱支撑，一栋接一栋、一段接一段衔接无缝，形成一条临街的长长的人行走廊，可以遮阳，可以避雨，适合南方的气候。

骑楼起源于东南亚（时称南洋），后传到中国南方城市。再早，骑楼的建筑理念可追溯到文艺复兴时代的欧洲，地中海边的南欧城市。骑楼建筑的正面，呈现出古典的欧洲风格。大航海时代后，西方势力及文化向东发展，南亚、东南亚部分地区逐渐成为西方的殖民地，欧洲的骑楼样式首先传到了东南亚。

鸦片战争后中国五口通商，被迫打开了国门。西风东渐，交通贯通，东西交流甚密，在南方沿海地区，也走出去了最早对外发展的中国人。有成功了的华侨回归乡里，又赶上中国近代化、城市化的历史大潮，骑楼这种建筑也就来到了中国南方，而且糅进了中国特色的建筑元素。

今天，不仅在海南的海口、文昌有骑楼，在广东的广州、梅州，在福建的漳州、厦门、泉州，以及广西的北海、南宁、梧州等南方城市，也都有骑楼老街，骑楼老街成为彰显这个城市近代历史的典型标识。

海口不在鸦片战争后中国最早通商的五口岸之列，但海南比广州更向南、更近海，与南洋各国的交流更便捷，海南的开放通商是必然的。海南人走出去，成功了的海南人再回海南发展，海口，也就从早期琼山县的一个滨海村镇，发展成海南岛最重要的滨海城市。骑楼老街出现在海口的时间，比出现在南海边的其他中国城市的时间更早。

宋庆龄的父亲宋耀如，就是最早走出国门并取得成功的海南华侨，如此才能出巨资帮助孙中山从事民族民主革命，如今在海南文昌还保存有宋家祖居。看过电影和芭蕾舞剧《红色娘子军》的人都知道，剧中化装侦察的红军指挥员洪常青，在南霸天面前的身份，就是南洋华侨巨商。来海南多了，接触的海南人多了，发现很多海南人都有东南亚华侨的背景，有华侨亲戚的海南人就更多了。

骑楼老街，彰显的是与众不同的海派文化、开放文化。各家走廊衔接成统一的长廊，需要内在有机的协调。长廊无条件供行人遮阳避雨，这是屋主们的奉献。各家在长廊品茶休闲聊天，这是邻里间的和谐相处。与北方高墙壁垒的四合院相比，南方骑楼体现的是一种开放心态。中国的改革开放首先起于南方，"东方风来满眼春"，看来，这还可以在南方骑楼老街里寻找到点儿文化基因。

新中国成立后，海南是海防前线，经济发展上又封闭落后了，海南的边远地区还显蛮荒。我有很多海南的战友，当年转业安排时，没有人愿意留在海南，想方设法要回内陆地区的老家。但是1988年海南建省，海南岛被划定为经济特区，此后海南岛又发展成为国际旅游岛，特别是2018年自贸区自贸港地位的确立，给海南带来极大的机遇。"船往天涯去，风从南海来"，改革开放早期有十万大军闯海南，后来有大批内陆地区的人过年养老奔海南，今天，更有海内外精英人士飞到海南进行商贸活动。我的几个部队的研究生，也都在海南脱下军装就业定居，成为新海南人了。

海口骑楼老街文化街区有 2 平方公里，是国内城市中规模最大的骑楼街区。临海甸河的中山路段已修缮出新，是海口的旅游景点，我偶尔走入的博爱北路这一段，还保存着更多的原生态资源有待开发，看上去有些零乱破旧。也好，老的就是真实的历史，唱的是一支老歌。在海南，做个海南人，"久久不见久久见"，细品海南，仔细咀嚼骑楼老街的老味道。

2020 年 3 月 17 日　海口

陵水的新村鱼市

海南陵水新村镇在南湾口边，与清水湾衔接。新村渔码头与猴岛相对，只隔200 多米宽的湾口水道，里面是肚子大大的海湾。

因为猴岛是海南旅游热点，新村镇也就成为旅游风情小镇，特别是在春节期间，如潮的人流涌入新村镇。民以食为天，由此，春节期间的新村农贸市场，特别是渔港鱼市，人头攒动，热闹非凡。著名的蓝湾旅游小镇就在旁边，走入新村市场的自然也是以内陆地区的人居多。

与内陆比，春节期间新村的蔬菜价自然是高的，但海鲜鱼货却让来此的内陆人眼睛发亮。

新村农贸市场就在海边，与渔码头连在一起。一大早，夜捕归来的渔船靠上码头，各类新鲜的海鱼虾蟹就活蹦乱跳地直接上市了。

猴岛附近是南海著名的近海渔场，海里鱼蟹多多。我在海边散步时看到，甚至远道而来的游客在海里下个粘网，起上来也不乏收获。或海滩犁梳，或抛竿垂钓，也是清晨清水湾海边的一道风景。

新村渔市的海货不仅新鲜，而且品种多，有些是你在内陆很难看到的。我几乎走遍中国一万八千公里的海岸线，深知海洋是资源宝库，藏着很多宝物，不同的海域、不同的海岸带，有不同的海货海产。

去过青岛的朋友，都知道青岛的蛤蜊（gǎla）。拎一袋啤酒，炒一盘蛤蜊，约几个朋友，这是青岛人独特的潇洒。和青岛蛤蜊类似的海产贝类，在我们如东，那就是文蛤了，称天下第一鲜。到浙江舟山，类似贝类的规格小了很多，如指甲盖儿大小，是海瓜子儿。

佛手螺只出在浙江，青绿色，长得像佛手，很是可爱，但它是螺。三亚有一种螺，多生在安游，就叫安游螺，螺肉如何是一回事，但其螺壳就像围棋子，壳比肉珍贵。广西北部湾的沙虫是海鲜中的珍品，生在北方海滩的海肠相比就显得普通粗放了。日本海和北太平洋的帝王蟹俗称板儿蟹，硕大威猛，蟹肉集中在张扬的大钳子里。南海苏梅鱼，不光色彩斑斓，而且肉质鲜嫩，价位也高……

再说说让你眼睛发亮的新村鱼市，海鳗很名贵，但在这里很平常。大龙虾，在内陆是展示在高档饭店的水箱中的，在这里也就屈居在塑料大盆里，任你拨弄、翻看、讲价。马鲛鱼，在南京看到的多一斤左右，而且久冻不鲜。新村这里新鲜的马鲛鱼可重达20多斤，近一米长，看起来煞是喜人。

南海的虾蟹鱼货与东海、黄海、渤海比，品种更为繁多，色泽更为鲜艳。因为南海更为广阔，资源也更为丰富。

在新村鱼市，更多的是你叫不出名字的各种海鲜，你认不得的各种海鱼虾蟹。问叫什么鱼，他们说的都是海南土话，我也听不懂。听不懂鱼名没关系，听得懂价格就行；听不懂价格也没关系，手会比画讲价就行。应该说，就新鲜度和名贵度而言，新村的海鲜价格与内陆相比有很大的优势，让我们这些内陆来的食客收获满满。

在新村港湾内，一眼望不到头的疍家渔排蔚为壮观。疍家人，一个以船为家、把生活和人生都装在船上的南方海边族群，形成了独特的疍家文化。他们祖祖辈辈逐海而动，迎着风浪出海打鱼。新村旅游、猴岛旅游兴盛了，蓝湾旅游小镇出现了，现在的疍家人除了出海打鱼，更多的是在湾内网箱养鱼，在渔排上开鱼市鱼店。想吃新鲜的鱼，请上渔排，看准网箱里的鱼，随点、随捞、随杀、随烧、随吃！

逛鱼市也是看风景，品文化，听高低起伏的吆喝声，看熙熙攘攘的买鱼人、吃鱼人，看海滩上的垂钓人、赶海人……最终我可能一条鱼也没买，一条鱼也没吃，但长了知识，开了眼界，兴奋满满，收获满满。

朋友们，要来海南认识南海吗？也可以从海边的鱼市渔排开始啊。

2017 年 2 月 2 日　海南陵水清水湾

南下篇

海南，最是迷人椰子树

待在海南，细品海南：海南虽然绿树千种，感觉最迷人的还是椰子树！椰子树生命力旺盛，海南遍地椰子树。落到地上的椰子会发芽长成树，落到海上的椰子，随海流漂千里，遇上另一片沙滩，依然可以生根发芽。

海南岛南北两端的两个主要城市三亚与海口，都选择椰子树作为自己的市树，显然，椰子树也是海南岛的岛树，海南岛也称椰岛。椰子树为海南人最爱，也为去海南岛的内陆地区的人所爱慕。

椰子树的姿态是优雅的，而且常年保持着不变的美姿，没有其他树种叶枯花谢的形态变化。椰子树的树干不似王棕笔直刚毅，而是带有微微的弯曲，好像少女婀娜的腰身。椰子树的枝条修长轻盈，叶片似纤纤的羽翼，像姑娘风中飘逸的发辫、披纱。

海滩上的椰子树，背景衬托上一轮月亮，那就是一幅绝美的水彩画，就连映落在草坪上的椰影，也斑驳多姿，美得让人不忍踩踏。房前的椰子树，给你一片凉荫，而行道边的椰子树排列整齐，车行在这样的树下，心情舒畅，更添驾驶乐趣。如潮似海的椰子树林，遇有大风吹来，如万马奔腾般波澜壮阔。

椰子树果实丰硕，给海南人以巨大的馈赠。椰子常年生长，常年采摘，泼泼辣辣，不需人去专门打理。椰子树，好比是海南的雷锋树，唯有奉献，是海南人的生活依赖，也是海南人的情感寄托。

看过20世纪60年代的黑白老电影《红色娘子军》，从南霸天牢中逃出的吴琼花在又渴又饥时，捧起了一颗椰子喝，由此知道了椰汁甘甜。改革开放，海南最早开发出来的椰子产品即椰树牌椰汁，全国畅销。那如奶汁般的椰汁，给了国人沁人心脾的椰香。

如今椰子系列的产品，不仅有椰子汁，还有椰子粉，餐桌上还推出了椰子鸡、椰子饭。海南椰子产品的品牌，不仅有椰树，还有椰牛、椰国、椰夫、椰麦等。椰子树就是海南的显著标识。抽烟吗？有椰树牌香烟。喝酒吗？有椰岛海王酒。睡觉吗，请用椰树牌床垫……

海南的朋友介绍说，椰子是有灵性的。长熟的椰子如果没有及时采摘，就会自然脱落。一颗椰子，重达几斤，砸到脑袋上是要伤人的。但你很少听说海南椰子伤人的事发生，因为海南的椰子多选择在夜深的时候脱落！

隔一道不足24海里宽的琼州海峡，雷州半岛的椰子树便呈现出与海南岛的椰子树不同的特点。雷州半岛的椰子树，或者不长椰子，或者结的椰果很小，没有椰子水。何至于如此？朋友说，就差那一点点儿的温度。是的，这就是海南岛的温度！

记得那年随海军的军舰去西沙群岛的永兴岛，今天海南三沙市所在。烈日暴晒，满头大汗。一登上永兴岛，只见岛上椰树丛丛，椰果累累，岛上的海军战士打下一颗椰子，劈开让我品尝。甘甜的椰子水犹如清凉的甘露，润心润肺，令我永远难忘。

永兴岛上有一片椰子树林，称"将军林"。从国家领导人胡耀邦，到后来的党政军高级领导，凡登上永兴岛，都要栽一棵椰子树，挂上自己的名牌。

几十年过去，永兴岛上椰树成林，椰果硕大，惠泽着今天的南海人和登上西沙的来客。我去南沙时，在南沙永暑礁上，守礁英雄龚允冲带领战士精心呵护了13 年的椰子树，终于长出了第一颗小椰子，那是全体南沙人的狂欢。

海南，最爱喝的是椰子水，最是迷人椰子树，最是难忘椰子树！今天恰逢植树节，如有可能，携朋友家人去西沙、南沙，去种棵椰子树吧！

2020 年 3 月 12 日　海南海口

海南，牛岭—分界洲—红角岭

从海口到三亚，从三亚到海口，多次驱车走东线高速，总觉得牛岭—分界洲—红角岭这一段风景最美，没有之一。

海南岛的山脉从中部向海四周延伸，愈行海拔愈低，接近海滨时，便降低匍匐成平原直至海滩。但牛岭不然，牛岭也是中部山脉向海延展，但在亲吻大海时，它还是威武不屈的高山，依然海拔近千米，如一头顶天立地的健牛，把头伸向海中饮水，我想这可能就是它被称为牛岭的原因。东线高速是通过隧道在海边穿越牛岭的，这也是海南东线高速唯一的隧道。

牛岭这头狂牛不仅直冲大海，还在海中甩出一座岛，分界洲岛！海南岛是个省级的大岛，但其和浙江、福建近海小岛密布不同，海南近海小岛稀少。分界洲这个小岛，也就愈显珍贵。

分界洲岛在海中，不远，也不大，站在岸边尽可看见。但分界洲岛风景极佳，名气极大。来海南旅游的朋友都知道，分界洲岛，是海南岛的最佳潜水地，是国家 AAAAA 级景区。东线高速到这里的景观最好，是因为山对海的亲近拥围，使得公路紧贴海岸线盘行。往两侧看去，一边是满眼葱绿的青山，一边是翡翠般的大海，还不时有海浪扑向岸边。也正因为风景优美，道路边专门辟出岔道，建有观景平台、观景亭，方便游人观赏。

分界洲的名字起得非常贴切，牛岭—分界洲一线确实是海南岛的一道天然分界线。北方来的冷空气越过南岭后，20多海里宽的琼州海峡无以阻挡，直扑海南。但冷空气过不了牛岭，牛岭以南是热带，没有四季，只有夏天。驱车从海口到三亚，出发时阴冷落雨，北风呼号，到了万宁风弱雨歇，过了牛岭，顿感阳光炙热，温度明显上升，车内要开冷气了。牛岭两侧是万宁的石梅湾和陵水的香水湾，都是内陆地区的人来海南购房过冬的热门地点。

牛岭—分界洲不仅是海南岛自然气候的分界线，还是民族人文的分界线。分界洲以北是万宁市，以汉族为主；分界洲以南是陵水黎族自治县。我国黎族是海南岛最早的居民，主要分布在海南南部的山地，从牛岭向中部山区延伸过去，琼中、白沙、保亭、乐东都是黎族自治县区。你想感受海南的黎乡风情吗？请从牛岭—分界洲循山西去，向五指山进发。

过牛岭到陵水，便进入热带地区，进入了蓝天白云的覆盖。远看右侧的山上，绿树丛中，木棉高挺，红花绚烂。不时有一株株的木棉树挺立路边，车似乎在木棉花的笼罩下穿行。路标指示，这是红角岭。

海南二月，是木棉花盛开的季节。木棉树是海南的代表树之一，海南岛南部的山中尤其多。木棉树树干雄伟，孤傲挺立，逢春节期间，硕大的红花怒放在虬枝上，甚至等不及一片绿叶！因为其枝干高大，又多独树单株，在绿树丛中突兀而出，犹如战场上挥戈举矛、勇猛当先冲向敌阵的猛将。由此，木棉树又被称为"英雄树"。

最早知道木棉树，是在20世纪60—70年代由芭蕾舞剧《红色娘子军》改编的电影中。在高大的红花盛开的木棉树舞台背景前，随着"红区风光好，军民一家亲，万泉河水清又清，我编斗笠送红军！……"歌声的响起，娘子军连的女战士们跳起了欢快的"斗笠舞"。红区，红军，大红的木棉花和红色娘子军的战士们融为一体！

红角岭也是牛岭的一部分，可能因为这片山岭有木棉红花的渲染，就被称作红角岭了。木棉花开时，如朝霞，似火焰，高扬又热烈奔放，周围低矮的绿树自然成为它的陪衬。蓝天，白云；碧海，柔波；红花，绿树；英雄，美女！红角岭带给你无尽的联想……

牛岭之美，分界洲之美，红角岭之美，之前曾许多次闪现在眼前，但都是一带而过，未及留步。唯有今天，才有机会静静地独自欣赏，如痴如醉地欣赏，把她永远留在心中！

2020 年 2 月 18 日　海口—三亚

驱车五指山

内陆地区的人到海南过年，都齐齐地奔海边去，看沙滩、海水、浪涌。我到海南，有时电话问海南的朋友，你在哪儿呢？经常得到的回答是：我在五指山！在五指山市、在保亭、在白沙、在琼中……在节假日游客高峰期，海南的朋友往往去五指山区寻一份清静，把海边让给远道而来的客人。

我许多次来海南，都在海边徘徊，看惯了海南的海，也总想看看海南的山，特别是五指山，那应是海南的另一片天地，五指山对我而言总充满着神秘感。

我们今天去五指山了，自驾游五指山。早上从海口出发，走中线南下，经屯昌，过琼中，晚宿五指山市，行程近 400 公里。一路走走停停，车随人意，自如选道。高速、省道、县道、乡道，包括无名小道，但觉是个景点，车能行处皆可走，是海南深度游、细致游。

五指山市，原名"通什"（Tong Za，黎语），是古琼南治所。海南建省之前，通什是海南黎族苗族自治州首府所在，三亚也只是其下属的一个县。五指山市既然以著名的五指山命名，显然突显的是五指山风景和人文。

五指山，海南第一高山，海拔 1867 米，是海南之巅。尽管与海拔 8000 多米的珠穆朗玛峰差距甚大，但在海南岛，已经是最高峰峦了。称五指山，是因为五峰联排耸立，如人的五个手指上举，拔地冲天。五指山是海南岛的象征，吴承恩写神话小说《西游记》，如来佛祖捕获了孙悟空，也得压在五指山下，可见五指山名气之大。

五指山位于海南岛的中南部，海南多条大江大河，如昌化江、万泉河、陵水河都发源于五指山，分别流向南海和北部湾。五指山区属于热带雨林气候，树木繁茂，花草艳翠，泉流淙淙，云白天蓝。走入五指山热带雨林区，舒心悦目。

五指山还是红色的山，是当年中国共产党领导下的琼崖纵队、红色娘子军的根据地。电影、芭蕾舞剧《红色娘子军》，歌曲《我爱五指山，我爱万泉河》，都与五指山相关联。歌、剧、影，一时红遍全国。

"不到五指山，不算到海南！"驱车走进五指山区，路边的标牌极力突显五指

南下篇

山的地位。海南中线高速已经贯通，但要进入五指山区，还是得走传统的盘山路，路面已很平整，适合自驾。山路峰回路转，多的是180度转弯，临绝壁，傍深涧，攀爬向上，路转景移。城市行车，不得鸣笛，如今在五指山，可鸣笛山中，听远山回应，觉精神抖擞。一路驾车在五指山中穿行，另有一番刺激和挑战，也另有一番乐趣和兴奋！

驱车经琼中百花岭、鹦哥岭到达五指山核心景区。在水满乡，可以步入五指山热带雨林，慢走，细品，认真看，满足了多年的愿望。

经历了白天在五指山区登山的亢奋，下晚入住五指山市，顿觉风景宜人，心情放松。海南第二大河昌化江流出五指山后，经五指山城区，潺潺泠泠西去。五指山市区沿昌化江布局，城区中昌化江经蓄水成为城中湖，两岸打造精致，灯光璀璨，夜景浪漫。晚饭后漫步江边，沐习习江风，有入仙入画入童话之感。

内陆地区的朋友，如果你看过海南的海，我建议你再看看海南的山，五指山！最好自驾，走中线，驱车五指山，别犹豫！

2019年2月9日　海南五指山

崖州大小洞天

三亚市也称鹿城、崖州。称鹿城，因为其有著名的"鹿回头"风景区，有"鹿回头"的故事。称崖州，因为确确实实有一个历史悠久的崖州。今天的崖州，只是三亚地级市新设的一个区，在三亚中心城区以西约40公里的南海边，但崖州的历史确实悠久。

想想来三亚总有数十次了，但直到今天才有机会到崖州。

五指山在海南中部高高耸起，对海南岛来说，是一种地理上的隔断。历史上的海南岛，在行政区划上多分为南北两部。北部是琼州，南部就是崖州。琼崖，当是海南最标准的代称，共产党领导的海南武装就称"琼崖纵队"。海南建省后，省管县，在2012年三沙市成立之前，其下唯有的两个地级市——三亚和海口，分别位于岛的南北两端，也是历史上海南两个行政中心的传承。新中国成立后，崖州行政中心东移到三亚河大东海，改称三亚市，但如上溯千年，历史上海南的行政中心一直在今天的崖州。崖州是千年古城，三亚根在崖州。

崖州是千年古城，还保留有古城遗址，今天已加以修缮，我来崖州，感到修得太新了，古味不足，无法与南京的明城墙相比。崖州学宫，中国南端的古老大学堂，探访之时恰逢周日无人，只能隔门相望，据说其内保留了一些古崖州遗迹。

崖州的民间小吃突显出古崖州的传统风味：港门酸粉，在暑热中吃一碗，酸甜可口，爽！椰丝做馅儿的三角包，金黄色的包皮，不光好吃而且好看。生鸭蛋里面填入糯米，与蛋黄蛋清搅拌均匀再蒸熟，别有味道。三亚的羊肉，都说以崖州的为最好。在槟榔树下，在椰树丛中，在爽风的吹拂中，尽可大快朵颐，享受美食！

崖州中心渔港，千船汇聚。到开捕的日子，捕鱼船如箭离弦，齐发南海，远赴南沙，那场景可谓壮观！

三亚崖州海边的大小洞天，是三亚的绝佳美景！许多次到三亚，看西线的景点只到南山寺，忽略了大小洞天。崖州主人强烈推荐去大小洞天，看后我才感到：三亚最美的海景、最浪漫的海景在大小洞天！这么美丽的景色，我竟多年失之交臂！"美丽三亚，浪漫天涯"是三亚的广告，但不到大小洞天，你不会理解什么是"美丽三亚，浪漫天涯"！

大东海、亚龙湾、海棠湾，都有很美的沙滩，洁净的海水，但商业开发成熟，旅游旺季时人流拥堵，摩肩接踵，削减了游玩乐趣。而且，这些地方都是雷同的沙滩海水、蓝天白云，来多了海南，见这种景观已觉单调，容易产生审美疲劳。

大小洞天不然，虽无宽阔的沙滩，不适合搏浪游泳，但海岸线曲折，各种姿态的岩石散布在海边，使海岸线富于变化，多姿多彩；且与陆岸山景相依相伴，海山一体，浑然天成。大小洞天的这段海岸线，我感到有点像青岛鲁迅公园的海边。如果说大东海、亚龙湾是开阔的美，那么大小洞天则是婉转精致的美。

小洞天，是海边的一个奇石洞窟，是道教人士修炼的地方。道教认为，修成之后得以升仙，便进入大洞天。哪里是大洞天？大洞天无形无踪无址，它在人的意念中，或者说此段绵延几千米的岸线美景，都是大洞天，要你去感悟品味。大小洞天，以道教的山海人天完美合一理念为主线，尽显三亚最美的海岸景观带！

大小洞天在南山寺以西，可能因为距三亚远些，没有亚龙湾、大东海的喧嚣拥挤，走入大小洞天，感到心旷神怡，如登仙得道。

今天，大小洞天是新人们精心选择的婚纱摄影热门地点，在自然山海的美景中，又增加了一道人文美景，而两者又结合得如此紧密和谐！

"美丽三亚，浪漫天涯"！在大小洞天的曲折海岸边漫步，可以尽情地品味欣赏。

2017 年 10 月 22 日　三亚崖州

南下篇

老妈去了西沙

中国共产党百年诞辰，给全体光荣在党 50 年以上的老党员颁发纪念章。我老妈是中华人民共和国成立初期的共产党员，因为退休多年，随小弟在北京生活，纪念章由大弟在家代收。我电话过去，告之此消息，想借机和她多聊几句，随意问起她入党的时间。

老妈近期身体不好住院了，出院后又进入康复医院，生活尚不能自理。这两年还有些抑郁，不愿与人说话交流，总喜欢一个人和电视厮守。我长期在外奔波，也不能多陪同，有机会就打个电话过去，东一句西一句，天一句地一句，没话题找话题地和她聊天，一个目的，就是逗她多讲话。

我离在党 50 年也只有两年多时间了，但她的党龄超过我的年龄。问到她入党的具体时间，毕竟是近 70 年前的事了，原想她可能一时回答不上来，我就可以有许多话跟她"苕苕"。出乎我意料的是，她没有任何的，甚至一秒的迟疑，脱口而出：1952 年 9 月 18 日入的党，是在地委党校学习时加入的。

老妈 1934 年出生，入党时正处于新中国成立初期，一个激情燃烧的时代，她只有 18 岁，正值青春年华，开启了自己的政治生涯！一个人对自己的生日不会忘记，但对入团入党的日期就不一定了。我是 1973 年 10 月在军队入党的，至于 10 月的哪一天，我还真记不起来了，填各种表格在入党年月这一栏也只填到月份，而老妈却对 70 年前自己入党的时间和地点的细节记得如此清楚，刻骨铭心！

4 年前，老妈已经 80 多岁了，但那时身体健朗，南海是军事热点，她总想去西沙群岛看看。说了好几年，我也酝酿筹划了好几年，2017 年 3 月 19 日，终于成行，做儿子的终于满足了她的愿望。其时恰是春分时节，飞机从海口起飞，降落在三沙市政府所在的西沙永兴岛，第二天再飞回海口。

西沙群岛，居中国最美的十大群岛之首，主岛永兴岛，是以 1946 年 11 月中华民国收复西沙的"永兴"舰命名的，岛上建有机场，与海口之间每天有公务航班。在永兴岛上，老妈在弟弟他们的陪同下，去老龙头，走将军林，看主权碑，看 1946 年中国收复西沙群岛纪念碑，参观海洋博物馆，体验西沙，感受南海……

儿子是海军院校教授，终生研究南海、研究海军，老妈也就特别关注海洋、关注海军。这些年来，电视上的相关节目必看，而且电话里讲给我听，清清楚楚，有条有理。对一些热点事件有观点，有看法，有主张，甚至有些南海突发事件我还没搞清楚，她一个电话打过来，我还得仔细想想才能和她对话。

老妈入党后，经历了不少的风波起伏，一生坎坷，饱经风霜。但这也历练了她的性格，她开朗直爽，刚毅果断，敢于担当。80多岁了，耳聪目明，声音洪亮，思维敏捷，记忆力超群，读书看报看电视，关心国家大事。一辈子忙碌操劳，80岁还能一大早起来为家人准备早餐。我们这么大年纪还能享受母亲的关爱，这可是人生最大的幸福！

仁者乐山，智者乐水。老妈爱旅游，爱出行，经常是说走就走，不知舟车劳顿。我也是醉翁之意不在酒，在乎山水之间，但很多她去过的地方，我还没去。她先去新疆，去云南，去九寨沟，去长白山天池，去呼伦贝尔大草原，我都是后来跟着她的路线走。

我老家如东邻县市如皋四海楼的早茶汤包很有特色，一大早我开车70多公里带老妈去吃汤包，再开车70多公里返回，老妈没有任何倦意。靖江八圩江边的鱼好吃，我去吃过，老妈来南京，我建议去靖江吃鱼，但是有200多公里，老妈说，没问题，去吃。这就是我爽朗果敢的老妈。

我在朋友圈发了老妈去西沙的照片，朋友们纷纷点赞，好评如潮，创了我朋友圈的点赞纪录。有朋友评论说："百善孝为先。瞧咱这中国大妈的精气神，这笔挺的脊梁！"

是的，老妈去了西沙，还有南沙呢，等着那一天！

母亲在，家就在，每当春节，一大家子人便从四面八方，奔着她这个目标飞去。她在哪儿，大家去哪儿，她就是大观园里的老祖宗，当然的核心，永远的核心！

今天是建党百年纪念日，我们做子女的，为我的老妈妈点赞！为这位忠诚高尚的老共产党员点赞！祝她健康长寿，永远快乐！

2021年7月1日　建党百年庆祝日

粤西年例

从海南过海峡奔湛江，一不小心，见识了粤西年例。从湛江湖光快线下公路，来到麻章白水坡村，由朋友引入一户村民的年例午宴。

关于年例，百度是这么介绍的：年例，是以游神、摆盅台（做醮亦称摆醮）为核心，并伴随各种民俗文化表演节目和宴请亲朋好友，而开展的群体性祭祀活动。

年例的历史很悠久了，是粤西地区流传下来的非物质文化遗产。年例的主要礼俗内容是敬神、游神、摆盅台、祭祀社稷，主旨是酬谢天地神灵、祖先的恩德，祈祷风调雨顺、百业兴旺、国泰民安。

年例源自"敬天法祖"的信仰与理念，蕴含着丰富的文化内涵。年例节庆活动表达了粤西人民对美好生活的向往和祝愿。年例宴客，是一种人文情怀，旨在增进亲朋乡里之间的情感交流，体现了粤西人民重视亲情伦理、热情好客的品德。

年例，即年年有例。年例盛行于粤西鉴江、罗江流域一带，茂名、湛江地区最为突出，具有很强的地域特色，是当地一个隆重盛大的传统民俗活动。年例从正月初二起至二月底，各村均有不同日期的年例日。

2012年，年例入选广东省第四批非物质文化遗产。2016年4月，中央电视台《故乡》栏目，播出了28集大型专题纪录片《茂名年例》。

我们来到的白水坡村这户人家，主人很年轻，有一栋四层楼房和一个宽大的院子。现下还在年庆的氛围中，院落门庭、厨房、洗浴间，都贴有鲜红的春联。在室内和院里，在龙眼树、荔枝树下，摆开了十桌宴席，厨师在院内摆开炉灶，当场烧制。说是农家宴，但除了农家常有的新鲜菜蔬外，还有鲍鱼、龙虾、沙虫、烤猪等，菜品绝不亚于高档酒店的大餐。

广东人好客，粤西年例大餐的主人更好客。主人对我们这些远道而来的不速之客拱手相迎，满满一桌的食客，有相识的，更多的是不相识的。一不小心，我们的同桌中，还有一位前海军守南沙美济礁的礁长，还说起了我们共识的一些南沙人，与我这个来自南京、匆忙走入宴席的海军学院教授，更增进了一分情谊。

享用年例大餐的朋友们，大家欢聚一堂，举杯相庆，恭喜对方，祝福主人。朋友介绍说：如果你们上午早点来，还可看到热闹非凡的游神活动。

举办年例要分时日，不同地区不同乡村的年例日不同。今天是白水坡村的年例日，村里张灯结彩，家家请客，户户设宴，热闹程度超过春节。亲朋好友来自四面八方，村道两旁彩旗招展，想必上午的游神活动更是锣鼓喧天。村里提前进行了交通疏导，专设有外来宾客的停车场。如果游神活动规模宏大，还会有交警维持秩序。

年例是乡俗，年例是乡情，年例是乡愁！今天的美丽乡村，不仅美在外观，还要美在内涵。

关于美丽乡村，一千多年前的唐诗就有吟唱："鹅湖山下稻粱肥，豚栅鸡栖半掩扉。桑柘影斜春社散，家家扶得醉人归。"宋代陆游的诗写道："莫笑农家腊酒浑，丰年留客足鸡豚。"春社和年例，这都是中国几千年农耕文化的优良传统，遍及中国南北。年例主要盛行在粤西，粤西是农业区，粤西与珠三角比，经济还欠发达，但却保留了丰富的历史文化遗存，有浓浓的人文情怀。

匆忙忙走来，匆忙忙离去，也就一个多小时，免费吃了一顿年例大餐，我们也认识体会了粤西年例，结识了好客的主人，相约南京见。告别主人，告别客人，告别白水坡村，相约明年！

社会在发展，农家业兴旺。年例宴客，客人来得多，主人面子大，这家主人今年请来十桌客人，明年当会超过十桌。记住哟，在粤西吃年例大餐是不需带红包的！但我要留下点什么，就是这篇匆忙间的游记。

2019 年 2 月 19 日　湛江麻章白水坡村

惠州西湖，访苏东坡

写过关于扬州瘦西湖的小文，讲到中国有许多的西湖：杭州西湖、扬州西湖、颖州西湖、雷州西湖等。这些西湖都有美丽的风景、悠久的历史、相应的人文典故，都是所在城市的一张名片。

有朋友看了后告诉我，广东惠州还有个西湖，与苏东坡关联紧密。今天到了惠州，那一定要去访惠州西湖了。

天下西湖虽多，但以杭州西湖为最，而能与杭州西湖媲美，与杭州西湖最贴近的，窃以为非惠州西湖莫属！杭州西湖的西面有一片山，惠州西湖也同样有一片山。惠州西湖无论是格局、景观还是气质，都如一个缩小版的杭州西湖，更有与杭州西湖同名的苏堤、平湖秋月……漫步在惠州西湖，徜徉于绿树碧水之间，尽情感受一个个的人文美景。

杭州西湖的苏堤与苏东坡有关，惠州西湖有苏堤，也为苏东坡所筑。惠州苏堤没有杭州苏堤那么长，那么婀娜多姿，但苏东坡在惠州西湖比在杭州西湖名气更大更响。杭州西湖的名人典故、传说太多，古代近代现代的都有，苏东坡只是杭州西湖历史人物星河中的一颗星。而对于惠州西湖，苏东坡是其唯一灵魂人物，如有星河，苏东坡是唯一的北斗！

苏东坡是大文人、大才子，但仕途后期却灰暗一片。因与当权派政见不和，被一贬再贬。初贬黄州，再贬惠州，还不行，最后被贬到海南儋州，极尽偏远蛮荒。60 岁后遇大赦北归，但在北归途中客死常州。

岭南的惠州，今天是宜居天堂，但在宋代尚未完全开发。苏东坡在惠州近三

南下篇

年，把中原先进文化的教育、农耕方式带到岭南，促进了惠州的发展。惠州西湖的苏堤，就是苏东坡把杭州西湖的治水经验带到惠州所主导的农业水利项目。也正因为有了苏东坡，天下人才知晓、才看重惠州。惠州人永远感谢苏东坡："一自东坡谪南海，天下不敢小惠州！"

苏东坡虽然仕途不顺，但不管贬到哪里，不管处于什么困境，他都能变苦为乐，苦中作乐，豪放豁达，潇洒飘逸，是永远的乐天派，还是著名的美食家。

岭南产荔枝，惠州荔枝犹佳，苏东坡称是"惠州一绝"，百吃不厌，且挥笔写下著名的诗句："日啖荔枝三百颗，不辞长作岭南人。"如今这两句诗，就被镶嵌在惠州西湖苏东坡纪念馆前一棵大榕树下的地台上。作为四川人的苏东坡，迷恋上惠州，真是乐不思蜀了。

与苏东坡有关的美食流传千古，至今大江南北的酒店饭庄还多有以"东坡"命名的名点名菜，如"东坡肉""东坡肘子"。这些是东坡最早发明的，还是东坡当年最喜食的，已无从考证。但不管如何，当店家把红彤彤、肥嘟嘟、热乎乎的"东坡肉""东坡肘子"摆到你面前时，不光能馋出你成串的哈喇子，或许还能引发你无尽的诗意情怀："乱石穿空，惊涛拍岸，卷起千堆雪。……一樽还酹江月。"

唐诗宋词，是中华文化的瑰宝。词分豪放派和婉约派。苏词豪放，开豪放派诗词先河。说起豪放的苏词，首推他的"大江东去，浪涛尽，千古风流人物。故垒西边，人道是，三国周郎赤壁"。毛泽东的词也以豪放为主要特色，说起毛词的豪放，当然是"北国风光，千里冰封，万里雪飘"。

苏词豪放，也有婉约。每到中秋佳节，妇孺皆吟"明月几时有，把酒问青天。……但愿人长久，千里共婵娟"。这是苏东坡留给我们的中秋文化大餐！

苏东坡真是古文学大家中的神人、大牛。他仕途不畅，一路遭贬，但不管贬到哪里，都有酒有肉，更有"东坡肉"；有文有词，更有豪放词！顺境不逞其能，逆境处之泰然，一派大家风范，可称千古一人。以至今天有话说："人生缘何不快乐？只因未读苏东坡。"在中国文化史上，苏东坡就是个神一般的人物。法国人浪漫，法国《世界报》评选出世界史上12位"千年英雄"，苏东坡是唯一入选的中国人！

到了惠州西湖才知，苏东坡能如此飘逸、豁达、洒脱，除因一路有山水、酒肉、诗文相伴外，还因有红颜知己相陪，这就是今天塑像还挺立但人已长眠在惠州西湖边的王朝云。王朝云是苏东坡在杭州时结识的歌女，跟随苏东坡几十年。苏东坡一路被谪贬，王朝云不离不弃，从杭州跟到黄州、惠州，直到病逝于惠州。

王朝云对苏东坡，可谓红颜知己。苏东坡是吃货，肚子很大，他问侍女肚里装的是什么，众人都说是"文章学识"一类的奉承话，只有王朝云说是"一肚子不合时宜"，苏东坡捧腹大笑认可。王朝云的身份是"妾"，在当时是合法身份，惠州西湖边的王朝云墓碑题名就是"苏文忠公侍妾王氏朝云之墓"。苏东坡纪念馆前，是苏东坡和王朝云的合塑像。

英雄美女，文学的永恒主题。江山美人，是难以决断的选择，古今中外莫不如此。楚霸王与虞姬、蔡锷与小凤仙、张学良和赵四小姐、爱德华八世与辛普森夫人……演绎出无数影视故事，至今还令人抛洒同情泪滴。苏东坡是大文豪，也是文学英雄，所以相伴的美人王朝云也便永远地立于惠州西湖边陪伴英雄了。惠州人不忘苏东坡，惠州人也就不忘王朝云。

走惠州西湖，日渐西坠，山映湖水，湖面涂金，人已沉醉，不思归，似乎自己也变成了苏东坡。

> 南北西湖遥千里，
> 浓妆淡抹皆相宜。
> 钱塘岭南霓裳舞，
> 飘飘仙子着羽衣。

2020 年 12 月 21 日　惠州西湖

从汀州到梅州，走进客家

从福建长汀到广东梅州，跨闽粤，驱车要走一段厦蓉高速。汀州因汀江得名，梅州因梅江得名。汀江汀州，梅江梅州，汀江和梅江流域都是客家人的世居地，汀江和梅江孕育了丰富多彩的客家文化，是客家人的母亲河。

昨晚我在汀州，汀州是客家人的第一座府治城市，被誉为"世界客家首府"。今天到梅州，梅州既是客家人南迁的最后落脚点，也是明清以来客家人衍播海外的主要出发地，也称世界客都。从汀州到梅州，我无意间走进了客家世界的中心区。

中华文明绵延 5000 年，民族迁徙持续不断，客家现象是中国大规模民族迁徙的结果。"客家人"，对北方人来说很陌生，南方人却耳熟能详。

汉民族最初发源于黄河流域的中原地区，唐朝以前，夷越居住的南方山地还处在蛮荒状态。古代先进发达的政治、经济、文化中心在中原，战争动乱也多爆发在中原。唐宋以后，为躲避战乱，一代又一代的中原汉族人开始了大规模的历史性南迁。

南迁的中原汉族人，相对于原住居民来说是客籍，称"客家"。赣南、闽西、粤东北毗连的大面积山区，是南迁汉族人的主要聚居地，由此，汀州成为客家人的第一个历史府治所在。客家人再向南，那就到了广东的梅州、河源、惠州。近代客家人继续向南，奔向海洋，跨越海洋走向海外，走向东南亚和世界各地。

今天，全世界的客家人有 8000 万之多，中国南方各省约有 5000 万人，港澳台约有 600 万人。叶剑英元帅是梅州客家人，新加坡政治家李光耀、李显龙是客家人，泰国首位女总理英拉也是客家人，全世界的 80 多个国家和地区都有客家人。今天的客家人虽散居世界各地，但不忘根在中国，来汀江、梅江寻根祭祖，是很多客家人的共同心愿。

客家人是外来移民，他们到了一个新的地方，便聚群而居，形成自然的内在凝聚力。经历过战乱，客家人的房屋建筑多带有军事堡垒的功能。闽西许多地方至今依然存在的土楼，就是客家人集群而居的传统建筑，当然，今天都已经开发成旅游景点了。

客家人从中原来到南粤，带来了先进的汉族文化，汉族文化与当地的民族文化融合发展，形成了与众不同的客家文化，并持续千年，客家人也成为汉民族中一个文化特异的族系分支。

在汀州古城，有专门的汀州客家历史博物馆，记述客家人移居汀州、开发汀州的艰辛历史。我从闽西的汀州到粤东梅州，再到河源、惠州，就是在厚重的客家历史文化中行游。进入梅州，高速路旁打出的标识口号就是"客天下"！

客家文化涵盖面很宽，土楼围楼是建筑文化的突出代表，还有更多的语言文化、饮食文化、服饰文化、戏曲山歌、婚嫁丧葬习俗等。汀州城内的老街老店，"汀州味道"的客家菜馆，客家村落里历史悠久、精心修缮的宗姓祠堂等，彰显的都是浓郁的客家文化。

客家好客！我的客家籍战友胡旭明邀我去梅州，带我走进梅州五华乡村的一户客家人家做客，这是他的朋友，自然我们也都成了朋友。客家人吃苦耐劳，勤奋努力，主人在外承包工程，事业有成，在村里建起四层总面积近 600 平方米的楼房。客家人经历过流离失所，对房子看得很重，只要有能力都要把房子建到最好，即便奔波在外，在自己的家乡都要留有祖产。

是的，幸福是奋斗出来的，主人的楼房刚落成一个月，经精心打造，豪华而舒适。有朋自远方来，不亦乐乎！男主人泡茶待客，女主人下厨烹煮，灶膛中干柴烈火，烘托出浓浓的喜庆氛围。

很快，丰盛的菜肴摆了满满一桌，足有十五六样。菜是自己种的，鸡是自己养的，酒是自己酿的，稻米也是自家田里的，都是最新鲜的。主人特别推荐"腌菜煲猪肉"这道菜，说最能代表客家的味道，是客家一份浓烈的乡愁。春节临近，主客举杯相敬相庆，一瞬间就拉近了彼此的距离。

建成了新屋，自然不忘祭拜祖宗。主人供奉的牌位上显示，这家有记载的历史已延续了 20 代，祖籍为河南。20 代，以一代 30 年计算，有 600 年了，当是明朝初年南迁的。主人介绍说，他的祖上在南迁的过程中，居住了五个地方，最终在梅州五华棉洋扎下了根。是的，建起了 600 平方米的楼房，从主人自豪满意的神情中可以看出，这个根是越扎越深了。

晚上留住主人家的新房，早上告别时，还收到主人一份特别的礼物，除了食品水果外，还有新毛巾，以及一个小红包。这是"利是"，是主人对春节前远道而来客人的一份致意，祝大吉大利，好运连连！

客家文化，中华文化的典型代表。

2020 年 1 月 19 日　梅州五华棉洋客家村居

爱上湛江，因为那片海那只蚝

时隔一年，又飞落广东湛江，湛江机场从市郊迁建到吴川，正式名称是"湛江吴川机场"。有 83 年历史的湛江小机场华丽蜕变，距湛江市的距离也从 5 公里延长到 50 多公里。记得过去在湛江乘机，可以拖着箱子直奔停机坪，还可以招手让飞机等一等，小机场有小机场的方便之处。

现在的湛江吴川机场，登机廊桥、摆渡车一应俱全，豪华现代。老机场是传统的"小家碧玉"，新机场是高大上的"白马王子"。新机场从今年 3 月 24 日起启用，是一个国际化的大机场，波音 777、747、787，空客 330、350 等宽体飞机都能起降。

中国大陆向海洋方向伸出去三大半岛：山东半岛，辽东半岛，还有就是大陆最南端的雷州半岛。湛江市下辖四区五县，覆盖整个雷州半岛，最南端的徐闻县隔着琼州海峡与海南岛相望，被称作中国大陆的"好望角"。

湛江在粤西，与南京间过去交通不便，来湛江，无论是坐飞机还是坐高铁，都要从广州中转。今天，江苏的南京、无锡与湛江都有直达航班，广州到湛江的高铁也正在修建，南京到湛江的直达高铁也指日可待。

湛江，被北部湾和南海的广州湾所拥抱，是美丽的粤西海滨城市。湛江的海，是一条长长的深入内陆的峡湾。湛江人对"湛江"的解释是：湛蓝的天，湛蓝的海，当然，还有洁白的云。

来湛江，可以去看南海的红树林；可以乘船去特呈岛，深研妈祖文化；可以去湖光岩，领略火山地貌，那是中国的玛尔湖。再去寸金桥公园，追溯当年法国势力从中南半岛北向雷州，从广州湾西向大陆，在湛江寸金桥被阻的一段历史。那是一场"一寸河山一寸金"的泣血抵抗，壮怀激烈！……

吃在湛江！南海海鲜，第一数湛江。珠三角地区经济富庶，广州富裕起来的朋友请吃饭，要提高档次，便说：去湛江吧。沿沈海高速，现在还有湛汕高速，车程三小时可到。

不说龙虾，不说青蟹、花蟹，也不说石斑鱼，就说湛江的烤生蚝，再请出湛江海滩上土生土长的沙虫和油鳝，那就是中国海鲜的第一！一桌南海海鲜，让北方的朋友流连忘返，让你记住了南海，记住了湛江。

隆重推出湛江的蚝，湛江人说："用一只蚝让你留恋湛江。"蚝在湛江的地位，如此之高！

蚝，牡蛎的一种。牡蛎，俗称海蛎子，海中常见的一种贝类生物。蚝，肉鲜味美、营养丰富，还有独特的保健功能和药用价值，是一种高价值的海产珍品。

中国沿海，由北到南都有蚝，都在大面积地养殖蚝。吃过渤海、黄海、东海和南海的蚝，但很少见湛江这样如此硕大肥美的蚝。更唯有湛江，把蚝做成了一张城市名片，蚝与湛江这个海滨城市紧密地联系在一起。有朋友听说我在湛江，第一个提醒我，别忘了湛江生蚝。当然忘不了！

蚝虽美味，但长相不美，其外壳粗糙，与其他一些花纹斑斓的美丽贝类相比，显丑陋。说蚝之丑，我想起来一种橘子，名"丑橘"，外观丑吗？奇丑！味道美吗？特美！蚝就是橘中的丑橘，我们要的是它的美味，不管它粗陋的外观。

今晚我们吃蚝去，在湛江美丽的金沙湾。湛江长大了，也拉长了，金沙湾还在海湾大桥的里边，今天这里是湛江最美的海滨，有最美的湛江夜景，房价也最高。

吃蚝的酒店称"蚝爷"，显然在湛江是对制蚝很有底气的一家店，酒店的内装饰用的都是蚝壳，在灯光的映射下，也显出别样的美。

吃了鲜美的蚝，还得把蚝壳带走。带走一片海，带走海的呼吸，带走一缕湛江海的记忆……

2022 年 10 月 17 日　湛江

印象南宁

飞机落在吴圩机场时，南宁正下大雨，雨珠扑打在飞机的舷窗上，溅落在跑道上，迎面吹来的是湿润的风。在南宁的两天，几乎都是泡在这样的雨中。已是12月底了，想想前两天我还在严冬中的南京，温度最低到零下2℃，出门要自觉把衣领上的纽扣系紧。

南京、南宁，如果普通话讲得不标准，还真容易混淆。我在手机上写些东西，语音输入时，说的是南京，但跳出来的文字常是南宁。南京、南宁，发音如此贴近，气候呢，一在华东长江边，一在岭南近南海，两个城市差得如此之远。

邕江如蛇般从南宁城弯曲穿过，往东汇入西江、珠江，流入南海。邕江是南宁的母亲河，1958年1月，那是冬天了，毛泽东来到南宁，畅游邕江。之后，南宁人在邕江边建起了冬泳亭，每年元旦期间都要举行冬泳活动。我在元旦前来到邕江边，登邕江阁，看见冬泳活动的入水场地已铺设完毕，静待那一天发令枪打响。我游过桂林漓江，也想在邕江冬泳一把，但时间不等我。

南宁是绿色的城，是水润的城。虽是冬季，但满眼绿色，街边的三角梅和市花朱槿花蓬勃开放，色彩艳丽，装点着美丽的南宁城。

广西在国防安全一线，其既有陆疆又有海疆，面对越南，面对北部湾。20世纪50—70年代的抗法援越与抗美援越战争，1979年至1988年十年间的中越边境自卫防御战；80年代的电影《高山下的花环》；近日引发社会广泛关注的电影《芳华》；还有我的那些战友、几十万的参战老兵……关于广西、关于南宁、关于战争的一幕一幕，因为来到南宁，都如电影胶片般在我脑海中缓缓播放。

广西是壮族自治区，在南宁市政府办公楼门前，我第一次近距离认真端详壮文。这是20世纪50年代专门为壮族创制的文字，使用的是拉丁字母，拼音方式。初看觉惊讶，还以为是越南文。

参访南宁国际会展中心。会展中心造型独特，12片耸起的花瓣代表广西的12个民族，构成会展中心的巨大穹顶，远看就是一朵巨大坠挂的朱槿花。中国与东盟建成自由贸易区，现在，这里已是中国—东盟博览会的永久会址。从机场到市里的大道是南宁主要的迎宾大道，名为"壮锦大道"。中国—东盟经贸会议每年一届，届时东盟各国的领导人和企业家云集南宁，促动多边经济的发展。

南宁是绿城，而青秀山是绿城中的翡翠。青秀山在邕江畔，记得十多年前来过南宁，我的同学董华陪我游青秀山，当时还是郊区的山。现在南宁城区扩大，青秀山成为城中山，是南宁的绿肺，是南宁市民日常健身的场所。

青秀山是公园，更是热带植物王国，有上千种热带植物。进入青秀山，就如进入绿色植物的天堂。导游讲解的不是历史文化，而是各种花草植物的生长特性和药效功能，如数家珍。

龙象塔是青秀山的标志性建筑物，登上塔顶，可远眺邕江和南宁城。广西南宁与东盟的紧密联系，也改变了青秀山的格局。青秀山公园内，建起了中泰友谊园，南传佛教的佛寺金碧辉煌，气势恢宏。青秀山汇聚起东盟各国的国花、国树，还有国际友好城市的代表性雕塑。青秀山，为南宁点缀起浓浓的异国情调！

南宁是岭南温润城市，终年无冬，也就无雪。朋友告诉我，偏偏两年前的元旦期间，北方寒流突袭，越过南岭，南宁下起了40年未见的一场小雪。虽然在城区落地就化，但青秀山海拔200多米，温度低一点，就不经意地披上了白白的、淡淡的、薄薄的雪衣。南宁飘雪，这成为当天南宁的最大新闻。

有南宁人早早上青秀山，堆起了雪人，拍下照片发到网上。消息传出，再经微信转发，很少见雪的南宁人沸腾了，2万多热情的南宁人从四面八方涌入青秀山公园，要赏南宁的雪，要看青秀山的雪人！一时道路堵死了，停车场挤爆了，交警紧急出动，这天创下了青秀山公园入园人数的新纪录！当南宁人上到青秀山时，雪人苦等不及，融化了。问雪人有多大？拳头大，但憨态可掬！哈哈……

到广西，到南宁，一定要吃粉儿。南宁老友粉和柳州螺蛳粉、桂林米粉，是广西的三大名粉，而且入选南宁的非物质文化遗产名录。南宁还有柠檬鸭，老友粉和柠檬鸭是唯一登上《舌尖上的中国》的两道广西地方小吃。

北方人吃面，南方人吃粉。传说秦汉时大军南征，岭南不种小麦，北方人到岭南没有面条吃。吃惯了面的北方军人遂把大米磨成粉，做成面条状，这就是米粉，南方的面条。

南方湿热，山里瘴气蔓延，需排汗解毒，因此南方人喜吃辣。川渝麻辣，湖湘干辣，江西纯辣，而广西和云贵尤喜酸辣。

主人招待我吃南宁的柠檬鸭，柠檬鸭特酸辣，酸辣得我这个从鸭都南京来的吃鸭人都吃不出半点的鸭子味。老友粉也是酸辣味，这里面还有一段美丽的历史传说。据传，南宁一老翁开一米粉店，味道好，生意也好，顾客盈门。有一个常来的顾客也成为老翁的老朋友了，一日这位朋友突生重病，老翁得知后，做了一碗热米粉亲自送到他床前，病人吃后出一身大汗，不药而愈，遂名"老友粉"。我于凌晨赶路离开南宁，在街边店里来了一碗酸辣的老友粉，也出了一头大汗，甩开在南宁连日阴雨的郁闷，似乎精神清爽了不少。

留有酸辣老友粉的余香，我和南宁挥手告别。

印象南宁，南宁你好！

2017 年 12 月 30 日　南宁清晨

北海，北方的那片海

中国是个陆海兼备的大国，海岸线长达 18000 公里。濒临辽宁、河北、山东和江苏苏北的，是渤海和黄海，是中国北方的海。广西面向北部湾，面向南中国海，但在广西沿海，在中国大陆南端的北部湾边，也有一个北海，北海市。

称黄海和渤海为北海，立足点是中国大陆；称广西城市为北海，立足点显然是在北海市之南，那是海上了。从地理上说，北海市也确实有一片北方的海。因为北海市位于伸向北部湾的半岛上，半岛南伸西转，围起了北方的那个海湾。北海市，也是北方的那片海！

记得十多年前初来北海，北海落寞沉寂，滨海大道和新建成的南宁通往北海的高速上，车辆稀少。银滩成片的烂尾楼无人打理，荒草中老鼠自由出没。这次来北海，北海旧貌换新颜，变得美丽了，变得喧嚣了，变得拥挤了！

我到北海，正赶上 2017 环广西公路自行车世界巡回赛，赛事级别很高，有点像环法自行车赛。这也是广西第一次承办此类大型赛事，第一站就在北海，为此北海市专门放假一天。国内的骑行爱好者也从四面八方奔赴北海，骑行在美丽的广西北海，骑行在鲜花绿树装扮的滨海大道上，享受一番追随世界顶级车队车手的快感。

当然，我没有时间观看自行车比赛，我的目的地是涠洲岛。涠洲岛是北部湾中的一个岛，距北海 24 海里，面积 24 平方公里。想想我们西沙群岛最大的岛永兴岛，面积也只有 2 平方公里，涠洲岛在南海算是个很大的岛了！涠洲岛是南海北部湾的战略要地、海防前沿，曾经陆海空三军齐备。

多次到北海，总想去涠洲岛，但总没有机会。曾随南京大学王颖院士的课题团队到北海，安排有涠洲岛的行程，但一场大台风使涠洲岛设施遭到重创，只得作罢。这次又来北海，专门提前一天到，目的就是要上涠洲岛。涠洲岛是海上的火山岛，岛上建筑带有法式风情，风景秀丽独特，如今涠洲岛的旅游业搞得火热，高铁和飞机的随行刊物上一页页都是关于涠洲岛的文章和图片。来自全国各地的游客，一年四季不断，会聚涠洲岛。

登上去涠洲岛的快船，海上航程需 70 分钟。涠洲岛近了，依稀可见，导游已在热情洋溢地介绍涠洲岛的风景。

涠洲岛，过去的军事要地，如今演变成旅游胜地！如鲫的人流，清澈的海水，碧蓝的海天，美丽的风景：石螺口海滩、鳄鱼山火山地质公园、五彩滩。法国天主堂，年轻人举办西式婚礼的首选地，度蜜月去涠洲岛成为近年的浪漫时尚之举。还有中海油涠洲岛转运码头和那海上不熄的天然气燃火，显示着北部湾油气资源的丰厚……

北海濒临北部湾，来北海感悟北海，必吃海鲜。常说一方水土养一方人，不一样的海生长不一样的海产。人，走到哪儿吃到哪儿，靠山吃山，靠海吃海！沙虫，独长在北部湾和湛江的海滩，雪白如银，珍如海参。沙虫生吃，只蘸白醋和芥末，你敢吃吗？细丝般的鳝鱼，通体晶透，也只能长这么大了。北海这儿称之为油鳝，那是要油炸着吃的，炸出锅呈上桌就是一片令人嘴馋的金黄。海螺不光是美食，吃剩的海螺壳还是工艺品。喏，那个带刺且色泽最美的，清水冲洗干净，带走吧。

在北海，包括去银滩的路上，到处都是卖房人，在他们的眼中，似乎来北海的每位游客都有买房的动机。还有的楼盘打出横幅，热烈欢迎某省某地的购房团莅临考察。无论是卖房的还是寻价买房的，大部分都操着北方口音。海南的房限购了，北海房市火热了；比起海南的房价，北海的房子更有竞争力。

北部湾也是一片温暖的海，十月时节，北方的黑龙江已经飘雪，这里还如夏日融融。近年环北部湾经济发展快速，与东盟国家间的互动，带动了北海市综合环境的提升，房价快速上涨也在意料之中。记得早前初来北海，北海的房价还不到一千元，朋友动员我买，我动员南京的朋友一起买，无人响应，因为他们不了解北海。现在想想，肠子都悔青了。

北海最知名的是银滩，那去银滩看看吧。北海银滩是银白色的海滩，长达 20 多公里，号称中国第一滩。我虽没有步量这 20 多公里，但走过去是觉得长滩漫漫。银滩沙细色白，在阳光照射下闪烁迷离。银滩平缓，人可以向海里走下去很远很远。

台风已过，北部湾浪柔波轻，游人如织。今天的银滩，已经走出了过去的沉寂，和北部湾的浪涌一样，蓬勃跃动。

我要告别北海了，祝福北海！

2017 年 10 月 19—20 日　北海北部湾

行走中越边境

走遍了海疆，更盼望走陆疆，特别是当年打过仗的广西、云南的中越陆上边境。

早上，车出百色直奔靖西，靖西是中越边境县（市）。车入靖西，扑入眼帘的是完美的喀斯特地貌，山形如锥，姿态万千，像桂林阳朔的山。但靖西缺少漓江这样的水，又处偏僻边陲，自然没有桂林山水出名。现在高速通到靖西，过去藏在深闺人未识的靖西，撩开了神秘的面纱。

我奔靖西的目的地是中越边境的烈士陵园。靖西烈士陵园背依青山，庄严肃穆。到中越边境去祭奠烈士战友，是我多年的心愿！1979 年 2 月战争打响时，我因考入南京大学离开了部队，但我的一些战友上了前线。我惦念着他们，战争持续过程中，在南京大学写下了一组反映战争进展的组诗，今年整理出版我的军旅诗集时，把其中一首的诗句展示在了诗集封面：

> 云遮星月，水漫沙堤，
>
> 橡皮舟剪破夜的沉寂。
>
> 浪拍船舷轻叫着：快，快！
>
> 但要悄悄地，这是奇袭！

在广西和云南的中越边境，有不少这样的大型烈士陵园，可能云南麻栗坡的规模更大。肃立在延展到半山腰的成片的烈士陵墓前，我的心震颤了，止不住热泪盈眶！点上一炷香，献上一束花，摆上一排烟，撒上一瓶酒！静静地，鞠躬默哀！

在靖西龙邦的中越边界线上，我从十二道门高山顶上远眺越南，莽莽苍苍。十二道门是 100 多年前为抗击法国入侵修建的古炮台。山下的龙邦口岸现在是中越边贸通道，在龙邦口岸，一不小心迈过中线，脚下就是越南的国土了。对面是越南海关，越南的高平省，看到越南界碑，编号 742。

中越陆上边境的雷场已被排除，中国的高速公路已修到龙邦口岸，更大规模的边境互贸区还在建设中。战争过去近 40 年，战争的痕迹慢慢消除了。

我们去德天瀑布。德天瀑布在广西崇左大新县中越边界的归春界河上，称亚洲第一大跨国瀑布，世界第四。乍一看到德天瀑布，第一感觉不是壮伟，而是大美，简直美翻了！

因为是岩溶地貌，瀑布流下的沿口并非是整齐的直线，而是间有石突，将瀑布分成多路、多束、多向，绿色分割，前后高低错落变幻，如一幅唯美的山水图。

后来看到德天瀑布的广告宣传语，正与我的感觉吻合："春季柔美，夏季壮美，秋季纯美，冬季静美。"德天瀑布被《中国国家地理》评为"中国最美的瀑布"，是的，是我看到的最美的瀑布！

跨中越界河的主瀑布是中国的德天瀑布，在越南一侧另有一个较小的板约瀑布，夏季水大时，两个瀑布即合为一体，宽达200多米，显出雄壮之势。德天瀑布按梯度分三级，沿河边游人行道上行正面仰看，只能逐渐看到第三级、第二级。走近瀑布拾级攀上，可从边侧看全部的一、二、三级。如果从半山坡车道上行远看，三级相衔相叠，一个完美的德天瀑布豁然呈现眼前。

广西水多，即使在冬季，德天瀑布依然水量丰沛。归春河水清澈见底，有一个个的竹排供游人戏水踏歌。广西四季常绿，德天瀑布就隐匿在绿树丛中。随着山路环转，德天瀑布时而显出一角，时而全面敞露，似一个风情少女，在引逗自己的情郎。

归春河不宽，窄处也就三四十米，对面的越南清晰在目，似乎就是一跨步的距离。越南也在改革开放，搞旅游开发，对岸也有游人，但看过去旅游设施还相对落后。有越南人倚着河边栏杆做生意。

崇左德天瀑布，归春界河，这也是一段中越边境，和上午刚看过的靖西烈士陵园、十二道门古炮台所在的中越边境景观完全不同。复杂的中越边境，曲折的中越历史，一瞬间齐齐地涌上我的心头……

2018 年 11 月 27 日　中越边境

西江梧州

广西去得较多的几个城市是北海、南宁和桂林，而这次来到了梧州。广西面朝南海北部湾，南海方向安全形势的变化，与广西、与梧州都紧密相关。

没来梧州前，对梧州颇感生疏，觉梧州偏僻，来了之后才知道，梧州曾是两广中心。想快速了解一个地方，要去看它的博物馆。走入梧州博物馆，迎面的影墙上"千年岭南重镇，百年两广商埠"两行大字，突显出梧州的历史辉煌。

梧州，古名苍梧，有2000多年的建城史。史籍载，舜南巡，崩于苍梧。湖南永州宁远有苍梧山，又名九嶷山，因毛泽东那首著名的诗句"九嶷山上白云飞，帝子乘风下翠微"，我信苍梧在永州宁远。我来梧州，又见苍梧，谁实谁虚？想来也不必较真，中华文明 5000 年历史，有说不尽的典故传说。

秦始皇统一岭南，设象郡、桂林郡、南海郡，苍梧即居其间，汉时有苍梧郡，苍梧长期是岭南的政治中心。明代时，梧州是两广三总府（总督府、总兵府、总镇府）所在。近代大革命时期，孙中山三次驻节梧州，组织筹划北伐。在梧州，建有最早的孙中山纪念堂，其和南京中山陵、广州中山纪念堂处于同一时期，而且都是由中国近代著名建筑大师吕彦直先生设计的。由此可见梧州历史地位之重要。

梧州地位重要，关键还在于它地理交通的优势。在近代铁路公路交通兴起之前，水上交通是决定性的因素。

鸦片战争后，英国强行租借香港，看中的就是它扼控华南交通的无可取代的地位。岭南有一个完整的珠江水系，东江、北江、西江最后都汇入珠江，流入南海。粤东东江，粤北北江，流域有限；唯西江，涵盖粤西、广西，还上溯到云贵。广西绝大部分的江河，西部的左江、右江、邕江，北部的漓江、桂江、浔江，最终都在梧州汇总集结，成为西江，再向东流入广东，向南流到广州，成珠江，入南海。

梧州是两广水上交通的咽喉枢纽，梧州经济由此而繁荣。也正因为这样，英国占香港后，随即将势力沿珠江、西江北扩西进，英国的军舰开到梧州城下，控制了西江航运，迫使梧州开埠，在梧州江边的珠山上设立了领事署。中国民众进行了强烈持久的抗争，"还我河山"的史碑也就竖立在已成为文物的英国领事署的旁边。

今天，高铁、高速公路、航线都通到了梧州，梧州的机场也就顺理成章地称作"西江机场"，而且与华东的上海、南京间开通了直达航班。投资商也都看好梧州优越的地理位置，走入梧州。

桂江、浔江流到梧州汇成西江，过去的梧州城，其实就是沿着这三条江成狭长布局的古城。因为梧州很早开埠，中西文化在这里碰撞交融，在梧州老城还保留有国内知名的骑楼街区。

梧州虽在广西，但地理近广东，文化也靠近广东，而且是粤语的发源地。初到梧州，当地主人就告诉我，在梧州，有看不厌的青山绿水，听不尽的粤语清音，尝不完的岭南美食！梧州的山水，虽比不上桂林，但自有其特色。这个与众不同的特色，就是三江汇流，成鸳鸯江。桂江清澈碧绿，浔江浑浊发黄，两江汇合，黄绿分明，尤其是在四周青山的映衬下，犹如陕西的泾渭相汇，犹如在旅顺老铁山看到的黄海渤海相交，蔚为奇观。但梧州人更发挥其想象力，把这段江称作"鸳鸯江"，谓两江如鸳鸯般相依相偎，相缠相绕。苏东坡到此见此景，更是写下千古名句："吾爱清流频击楫，鸳江秀水世无双"，使得梧州的秀山丽水名扬千古。

是的，到广西，有"桂林山水甲天下"，还有梧州的"鸳江秀水世无双"。每年七夕，中国的情人节，总有青年男女成双结对游江，大秀恩爱。

来梧州吧，可以赏山水，品美食，寻历史，还可以泡鸳鸯江。

2020 年 11 月 3 日　梧州

安宁，温泉小镇

从 37℃ 高温"烧烤"下的南京，飞落云贵高原的昆明，手机测得海拔 2070 米，气温 25℃。感觉就一个字：爽！

云南地处我国西南边陲，面对越南、老挝和缅甸，边境线超过 4000 公里。云南始终都处于维护国家安全的第一线。

20 世纪 80 年代前，包括云南和贵州的昆明军区是大军区，80 年代中期后改为成都军区，四川是后方，云南还是前线。我曾许多次到云南，每次来云南都有一种上前线的感觉。

今天的云南不仅面山，而且望海，不仅望南中国海，还西南望印度洋、安达曼海。云南是中国距印度洋最近的省，中国已经逐步打开并将进一步拓宽进入印度洋的通道。中缅输油管道从缅甸沿海进入云南，中东的石油可以不再绕行马六甲海峡，直接经缅甸进入国内。昆明长水机场是国际机场，航站楼的平面就是一个昂首展翅高飞的鲲鹏，冲东南亚腾飞！

正因为如此，云南各级领导的国防安全和战备意识特别强，也才有我这个海军学院教授飞上高原，向云南地方政府的领导和朋友们讲海洋、讲海军、讲中国印度洋石油航线的安全的行程。

我从昆明转安宁，安宁是昆明西边的县级市。从缅甸入境的石油在安宁卸载冶炼，安宁是中缅输油通道的重要节点。

当地主人安排我入住温泉小镇的温泉宾馆。安宁温泉小镇距昆明只有 40 余公里，是夹在龙山和凤岭间的一长条地带。一条湍急的河，名螳螂川，水色浑黄，在两山间奔腾而下，从滇池流入金沙江。水色浑黄，因为云南是一片红土地。

云南称"七彩云南"，处处美景，但安宁温泉小镇却以温泉扬名。可能两山相拥的地势造就了千年泉涌。安宁的温泉开发始于东汉，距今有 2000 多年历史了，明代杨姓状元为其题刻"天下第一汤"。《徐霞客游记》专门推崇，"余所见温泉，滇南最多，此水实为第一池，此处不可不浴"。董必武写诗，赞称"莫夸六国黄金印，来试三迤碧玉泉"。周恩来、贺龙、陈毅、郭沫若等国家领导人都来此泡过汤，还有东南亚、南亚国家的领导人胡志明、西哈努克、尼赫鲁等。可以说，小镇浓缩着一部中国近代历史，一部中国近代对外交往的历史！

如今来小镇的多是普通游客，熙熙攘攘。镇上，温泉入户，温泉成池，各类以温泉为主题的疗养院、培训中心、宾馆酒店等遍布四周，当年的云南王龙云和卢汉的别墅也相间其中。

有温泉的地方，时间流淌得特别慢，生活也变得特别安逸。泡在温泉中，你可以眯上眼睛，无意地发呆，有意地装傻。工作的压力，生活的烦恼，人生的跌落，理想的幻灭……似乎都离你而去。泡在温泉中，你就是天上的神仙，也可以是井底的青蛙，尽可去慢慢享受难得的悠闲时光。

温泉小镇风景优美，也是文化小镇。漫步小镇，螳螂川边摩崖石刻荟萃了明清以来名人题刻近 200 幅。我在这些石刻间漫步欣赏，一不小心，竟看到了宣统三年蔡锷、李烈均等来此游泡温泉的刻字。宣统三年是 1911 年，辛亥革命年，蔡锷、李烈均这两个中国近代史上的风云人物，当时还都不到 30 岁，可以想象他们当年游温泉小镇时的青春年少、意气风发。

曹溪寺，一座坐落在龙山腰间的千年古刹，冲天的古柏足可见证它悠久的历史。旁边还有云南佛学院，有佛教学子信徒在咏诵经文，虔心修炼。梵钟经乐，声弥山野。

温润的气候，清幽的环境，悠久的文化，千年的温泉，这四条自然和人文线的经纬交汇，编织出安宁这个知名的滇中温泉小镇！

温泉小镇在安宁，小镇的傍晚和黄昏最安宁。漫步小镇，只听得湍急的螳螂川哗哗的流水声，鸟儿归巢了，鲜艳的花在静静地开放，天空流云的招手也轻轻的。没有大城市的喧嚣，没有下班时涌动的潮水般的人流，偶尔驶过的车也闭上喇叭，在你的身后静静地等待，小街上迎面的行人迈的是缓缓的脚步。彤云铺上了山顶，没有风，但爽爽的。日暮中的远山，看过去不是威严，是沉默、静寂。

两次来温泉小镇，我还会第三次来。我匆匆而来，也许匆匆而去。如果我明天告别小镇，我会悄悄地挥手，不忍打破这美丽的宁静。

2019 年 7 月 28 日晚　安宁温泉小镇

普洱，茶泡出来的城市

普洱是云南的一种茶，普洱也是云南的一个地级市。十多年前我第一次到这里的时候，这里叫"思茅"，今天我飞落这里的时候，这里叫"普洱"，连机场都改名叫"普洱机场"。思茅，过去是包括西双版纳在内的大思茅，现在只是普洱的一个区。普洱茶名气太大了！

记得好像是 2005 年，普洱茶商身着古装，赶着驼队，铃儿叮当地重走当年的茶马古道，热热闹闹地进京，媒体沿路跟踪报道，持续了几十天。这是一次成功的商业宣传，使普洱茶全国皆知，醇香的普洱茶走下高原，走进京都，一时被炒成了天价。

借助普洱茶掀起的热浪，就像云南迪庆的中甸变成美丽的"香格里拉"一样，思茅市随之更名，成了今天的普洱市。

云南的气候分雨季、旱季，不同于南京所在的长江流域四季分明。云南普洱的 8 月是雨季，来自印度洋的暖湿气流给当地带来充沛的雨水。飞机飞临普洱市上空，恰逢大雨，在颠颠簸簸的摇晃中，飞机盘旋了好几圈，才最终降落到普洱机场。虽有几分惊恐，我还是趁此机会，从飞机舷窗上一圈圈地俯瞰普洱。

普洱城区所在的思茅区，是思茅坝子（盆地在云南称坝子），海拔 1200 多米。四周青山环绕，林木茂密，普洱，这就是从大森林中抠出来的一个城市，可比黑龙江的伊春。

普洱茶树主要长在滇南澜沧江两岸的广大山区，包括临沧、普洱和西双版纳三个地级市域。思茅当然是普洱茶的家乡，但并不是唯一的家乡。思茅市、思茅机场敢于更名为普洱，把普洱茶独揽怀中，确有其底气和霸气。

1991 年，在思茅下属镇沅县的大山中，发现了树龄达 2700 多年的古茶树，这是棵古茶树王。在思茅澜沧县的景迈山中，有世界上年代最久的古茶林。今天，全世界的人都喝茶，但普洱古茶王和古茶园的发现，令普洱人可以自豪地宣称，茶的原产地在中国，在中国云南的普洱（思茅）。

早餐后走出宾馆散步，走着走着，一不小心走进了万亩茶山。这是城边的山，原来我在飞机上俯瞰到的普洱周围的山，许多都是茶山，树也都是茶树，是茶山茶树拥抱着普洱。宾馆大堂推出的主打商品是茶，街两边最多的是茶庄茶店，程思远为普洱题写的"中国茶城"的巨石，就矗立在茶山的路边。

我在茶山沿金色的木栈道攀山上行，登山远眺，普洱就是一座四周被绿色茶山包围着的城市。普洱茶树，一排排，一行行，环山布列，绿色鲜亮。

早上一场雨，山林栈道，石阶绿叶，都汪亮着一圈一圈的小水潭，滚闪着一颗一颗银色的水珠。高原的朝阳亮丽，水潭水珠都辉射出五彩的光芒。

普洱有好茶，因为有水的滋润。云南四季水润，茶树枝干都厚积着青苔，显现出年份沧桑沉淀。云南人少肥胖、少高血脂，因为云南人从早到晚普洱茶不离口。有客人有朋友来，先坐下喝茶，后讲话说事。金色的普洱茶汤，滋润着云南人的心肺。云南人的收入比不上江浙，但云南人的幸福指数一点儿不低于江浙，这都是因为普洱茶吗？

茶马古道驮出来的七彩云南，山环水润的红土地上长出来的普洱茶树。普洱，一个茶泡出来的城市！在普洱城边野鸭湖畔的一个普洱茶小镇，也能打出这样惊天动地的口号："扛鼎一城之誉，仰止万镇之峰！"

2019 年 8 月 24 日　云南普洱

普洱，高原休闲之城

休闲是人之本性，上帝创造世界，六天后也要休息了，由此有了星期天。

云南有温润的气候，有各异的地形，有多样的美食，有茶、有烟、有酒，这都是休闲生活不可缺少的元素。有了这些，云南人为何不休闲呢！云南人很少出去打工，因为在如春似夏的环境中，一个大裤衩子、一双拖鞋，加上山茅野菜，就可以优哉游哉地过日子。云南的房子简单得可以只要一个屋顶，不需四围的墙！云南乡村百姓的生活，很多时候是在茅草屋顶下演绎的。

云南是休闲之省，普洱更是休闲之城。普洱海拔 1200 多米，这是最适合人居的海拔，这里四季如春，称"春城中的春城"。

云南是茶的故乡，也是烟的世界。争议人物褚时健，一生跌宕起伏，在云南曾打造出一个烟的王国。云南水润山清，烟叶品质好，国内许多烟厂的品牌名烟使用的都是云南的烟叶。云南烟民甚众，而且他们一般不抽外省烟，只抽云南土地上生长、云南自己生产的云南烟。

云南的普通民众更喜欢抽水烟。水，润喉润肺，水烟也成为云南当地民众生活的一部分，是云南生活文化的一个标识。云南人外出旅行或出差，可以带着茶具，也可以带着烟筒。

在云南，山上水中，皆是可食之物。当地主人请客，有山茅野菜，还有虫虫草草。竹虫,竹节中的精灵,雪白粉嫩,一条条,一根根,端上桌,让你不忍动筷。蚂蚁卵炒韭菜是道名菜,其他地方少见,蚂蚁卵,通俗点说就是蚂蚁蛋,你吃过吗?蚂蚁卵大如豌豆,你想象过云南山中的蚂蚁有多大吗?至于各种各样的野山菌,更是云南饮食的特色。

朋友请客,安排在普洱半山间的瓦珍野菜馆用餐。肥硕的蜂蛹还蠕动着,很快就会成为美食被端上桌。长长的、金黄的腊肉条整齐地挂在灶壁的墙上,炉膛中木柴燃烧,火光熊熊,腊肉任由烟熏火燎,如此熏烤出的腊肉味道最香。

老瓦壶中倒出泡好的普洱茶,大竹筒做的水烟筒摆在一边,客人随取随用。如人高的水烟筒我是第一次看到,客人抽烟的姿势就如站立着演奏低音大提琴。用这样大的水烟筒抽烟的确是一门技术,尽管我水平不行,但也愿意去试一番,去感受云南特色。

试想在忙碌的工作之余,约几个朋友、同事、故旧,找个开阔优美的地方,看着周围的风景,吹着清爽的凉风,细细地品茶,缓缓地抽烟,轻轻地聊天,慢慢地饮酒,悠悠地进餐,打打瞌睡发发呆,时间在不知不觉中流淌,从中午到晚上,从落日西下到月亮东升……这可是今天许多忙碌都市人的梦寐追求!

我来云南普洱,是因为我云南的朋友蔡春映热心教育,投资开办了普洱易诚博雅公学,还在临沧、景谷办了学校。学校办得红红火火,聘我为国防教育副校长、国防教育专家顾问,我要参与开学前学生们的军训,为学生们讲述国防安全形势。有了这副校长的名头,我似乎找到了普洱人的感觉,也就自觉地融入云南的山水了。

普洱属滇南,世代居住在这里的少数民族就有14个,有哈尼族、彝族、傣族、拉祜族、佤族、布朗族等。普洱主城区思茅区以汉族为主,但普洱下属的9个县都是民族自治县。

易诚博雅公学的学生中少数民族也占有相当大的比例,许多人来自大山深处。国防报告会后的提问和上台发表的感言,反映出这些学生思维开阔,语言犀利,善于思考。

对这些刚踏入高中的学生来说,有许多人是第一次离开父母独立生活,大山里的孩子也多是独生子女,这是他们人生的第一次历练。一周的封闭性军训结束,看他们在军训闭幕式上的列队表演,那抬腿踢脚,一招一式虽然还显稚嫩,但总是迈开了阳光的第一步!

经过学校的领导和老师们一周紧张忙碌的准备,明天就正式开课了。今天下午我们也去山间休闲一番,去享受云南的悠闲生活吧。

在蓝天白云下,远山苍翠历历在目,远处普洱城的街市楼宇映着阳光,听不到车流的喧嚣和人声的嘈杂。绿藤缠绕着高高的送变电塔，鲜花静静地开放，三角梅傲视着蓝天。聚餐的场所是敞开的，烧作间也是敞开的，高大的龙竹那弯弯的长尾挑过头顶。竹椅竹凳，竹桌竹席，围坐下来。你看，菜是山野的，鸡是放养的。云南烤肉，取的是当地土猪，使用的是山上的木炭，烤炙时烟气蒸腾，肉烤熟时油汁流出，滴在铁枝和炭火上吱吱作响，冒起一股青烟。烤好的肉蘸上云南特有的作料，微辣微酸，趁热送入口中。哇，那个香美味儿，足以让你终生难忘！

休闲的云南，休闲的普洱！

2019 年 8 月 25 日　云南普洱

风情临沧

中国的陆上边界线长达 22000 公里，因为临沧是边疆，我的边疆行，临沧是必须要去的地方。

在藏东滇西，三江并流之后分手告别。金沙江昂首东去，成为长江，中华民族的母亲河，最终流入东海。而怒江和澜沧江右转南向，双双出境。澜沧江流到老挝和越南后，称湄公河，入南海。怒江入缅甸叫萨尔温江，流进印度洋。

澜沧江、怒江围抱的这块滇西山地有两万多平方公里，这便是临沧，因其濒临澜沧江，临沧下属的镇康、耿马、沧源三个县都是中缅边境县。中缅边境形势复杂多变，对中国的安全稳定影响重大。云南现属南部战区，临沧和德宏是距印度洋安达曼海最近的中国地级州市，临沧便与海洋有了关联。

临沧有着悠久的历史，缅宁是它的旧称，城区的主干道还称缅宁大道。清乾隆年间始称缅宁，其立于西南边陲 200 多年，是历史古城，是通往缅甸的交通枢纽，是镇守西南边疆的军事要塞。

"宁"，中文的意思是安定、平安。以"宁"命名的地方，多在中国的沿疆沿海，历史上都有过战乱动荡，如辽宁、海宁、宁夏、宁德。缅宁缅宁，祈祷中缅边境安宁！

云南高山绵延，交通自然不似江苏便捷。从省城昆明到临沧约 500 公里，没有高速，没有高铁，需乘飞机。我飞落临沧时，临沧机场与城区之间刚修通了一段高速，引起临沧人的一番欣喜。没有机场高速前，飞机从昆明起飞，接机的汽车从临沧城区出发，飞机到了，车还在山路上盘绕。

临沧在北回归线上，被称为"太阳转身的地方"，海拔1000多米。"四季如春"，不光是形容昆明，更是临沧，临沧被称为亚洲恒温之城，没有四季变换。在临沧这个高山环绕的坝子，看山，山为青螺髻；看云，云做玉腰带；看水，水往南流去；看天，金阳扑面来！

临沧是多民族聚居的边境区，云南居住着20多个民族，临沧也有20多个民族，把临沧铺展开，就是一幅巨大的多彩的西南民族风情画。临沧下属的双江县，全称"双江拉祜族佤族布朗族傣族自治县"，四族自治，也许是全国名字最长的县了。

沿着鲜花开满树的山道，我们去了临沧的"南美拉祜族民族乡"。南美，不是指南美洲，而是当地的一个小地名。拉祜族是云南的一个古老民族，过去以狩猎为生，葫芦是其民族的图腾。南美拉祜族民族乡已经成为一个对外展示的景点，鲜丽的山间村宅排列整齐，葫芦图腾在山墙上亮眼凸显。

傣族自然是云南分布最广、人口众多的少数民族，文化也很发达。临沧耿马的孟定镇，是临沧最大的坝子，地平水丰，人口密集，物产丰富，和西双版纳、德宏一样，都是傣族的主要聚居地。孟定今天只是一个边境镇，但历史上曾为土司治所。孟定是傣语，意思是"弹弦的地方"，发源于临沧的南汀河穿过孟定入境缅甸，现在孟定是临沧的一个主要边境开发区。

说到临沧的民族，必须说到佤族，因为临沧沧源是佤族文化的发祥地。20世纪60年代一首欢快的《阿佤人民唱新歌》，让全国人民知道了阿佤山、佤族。沧源佤族的翁丁寨，被称为中国最后的原始部落，是展示佤族传统文化的自然博物馆。

佤族古老，不仅有自己的图腾历史，还有创世传说"司岗里"。佤族世居临沧、普洱中缅边境的山地，缅甸境内与中国相连的佤邦，居民也是佤族。

佤族作为山地民族，剽悍勇猛，有过抗英抗日的英勇事迹。佤族剽牛，勇武又充满血腥，可比西班牙斗牛。佤族聚餐的佤宴是长长的流水席，最多可以千人同桌。佤族歌舞最典型的动作是甩长发，可以千女共甩，创下了吉尼斯世界纪录。佤族好客，唱着歌向尊贵的客人敬酒，歌声不停酒不停。朋友，如去佤山赴佤宴，可要准备好酒量哟！

临沧是边境，不仅体现在地理上，还体现在文化上。临沧的少数民族尤其是傣族，多信仰佛教。佛教源于印度，最早从西部进入中国北方，洛阳的白马寺就是当时佛教兴盛的标识，为汉民族两千年来的主要宗教之一。汉传佛教进入中原后，又南下进入云南，最终传到临沧。佛教传播的另一路从印度向东进入东南亚，再经中南半岛从缅甸进入中国，这就是南传佛教，也到达了临沧。佛教传播的南北两条路径最终在临沧会合，所以今天的临沧佛教有两个流派，寺院建筑格局和色调不同，教义不同，宗教仪式和规则也不同。

各教派在临沧和谐相处，相互包容。当地主人介绍说，临沧的傣族乡村，村村有过寺庙，人人受过佛教熏陶，人心向善，内省内敛，互助互爱，可以路不拾遗、夜不闭户。我们来到双江景亢村的腊勐寺，一座乡村寺庙，掩映在古树丛中，虽然规模不大，但从明代建立算起，至今也有几百年的历史。腊勐寺是南传佛教的寺庙，色彩鲜艳，参拜须脱鞋进入。

普洱茶是云南一宝，生长在澜沧江流域。临沧跨北回归线，高海拔低纬度，气候温湿，是普洱茶的主产地之一。"昔归""老班章""冰岛"都是云南普洱茶的知名品牌。没来临沧前，以为"冰岛"茶和北欧国家冰岛有某种关联，事实上，"冰岛"是傣语发音，原名"丙岛"，后改名"冰岛"。"冰岛"是临沧双江的一个傣族村，在大山里高山上。

临沧的朋友蔡春映带我去冰岛村，这里有一片古茶树，更有一棵茶树王。产于冰岛村古茶树的普洱茶，称冰岛普洱茶，是茶中极品。喝过普洱茶，但没见过高山中的古茶树，我们沿着陡峭弯曲的盘山路，驱车近百公里，就是为了探访冰岛村，见识茶树王，品正宗的冰岛普洱茶。

走入冰岛村的古茶园，只见这里的每棵古茶树都挂有标牌，都名"树"有主，国内许多茶叶公司都在冰岛村建有茶园基地。

普洱茶是大叶种茶，叶片有多大呢？一片茶叶可以铺满我的手掌。茶树王树龄上千年，在古茶园中突兀显眼，斑驳而长满绿苔的树干显出它的苍老，但看叶片，又觉年轻。

茶树在江浙是低矮灌木，采茶要俯身弯腰，但在云南，茶树是高大乔木，采茶要竖梯搭架。主人介绍说，用茶树王茶叶加工出的冰岛品牌普洱茶，一公斤能卖出几十万元的价格。一棵茶树王，虽然一季产茶也就十多公斤，但价值几百万元。

茶主人盛情相邀，品一杯原产地冰岛的普洱古树茶，琥珀色，醇香润肺，香溢悠远……

七彩云南，风情临沧，说不尽的临沧！

2018 年 1 月 15 日　云南临沧

澄江似练，仙湖如海

高原都有许多湖泊，青藏高原湖泊众多、星罗棋布，青藏高原的湖泊是咸水湖。湖，藏语中发音"措"，去西藏，那是个看"措了又措"的美丽风景的地方，而且很多是神湖、仙湖，去过西藏的朋友想必印象深刻。

云南也是一个以山地高原为主的省份，也有很多湖泊，与青藏高原不同，因为进出水流畅通，所以云南的湖都是淡水湖。一个个湖泊，如透亮的明镜，映着云南的白云蓝天。

云南人对湖泊有不同的称呼。有称"池"的，池是池塘，指不大的水塘，然而云南最大的湖就是昆明的"滇池"，好大的水池子！面积达 300 多平方公里。也有称"海"的，洱海、程海、阳宗海、拉市海。大理洱海是云南第二大湖泊，面积达 256 平方公里。海，是广阔大洋的边缘部分，云南高原的海当然无法与中国几十上百万平方公里的东海、南海相比。云南还有更多的湖泊是用它的本源称呼，"湖"，有抚仙湖、星云湖、泸沽湖等。抚仙湖是云南面积第三大的湖，面积达 216 平方公里。抚仙湖又是云南最深的湖，最深处达 150 多米，蓄水量是云南湖泊中最大的，居中国淡水湖泊蓄水量第三位。

抚仙湖是个与众不同的湖，作为曾经的海军学校教授，我来云南，对抚仙湖充满着期盼。

抚仙湖在玉溪市，昆明以南，澄江、江川、华宁县之间。抚仙湖南北纵长，如一个竖起的大冬瓜，距昆明 70 多公里，在现代交通条件下，这是个很近的距离。环抚仙湖一周的公路有上百公里，现在都打造成了景观大道，隔一段距离，就有一个观光景点、休憩基地，是自驾游爱好者及骑行者的绝佳路线，特别是节假日和旅游旺季，来抚仙湖休闲旅游度假的人车如潮。

我们驱车沿抚仙湖周边而行，随行随停，尽情观赏。抚仙湖是高原湖泊，湖面的海拔有 1700 多米，和昆明相近。湖水晶莹清澈，湖面碧波万顷，放眼望去水天无际。岸边青山葱郁滴翠，湖上飞鸟展翅掠波，沿湖建筑多彩多姿。据说在抚仙湖底，还有一个深水覆盖的城池有待探明，这使抚仙湖又充满着神秘感。

古人称抚仙湖是"琉璃万顷"，今天它更是当之无愧的滇中瑰宝、高原明珠。抚仙湖是湖，也是海，岸边有山，湖中有岛，还有连片的沙滩，有点像大连的棒棰岛。我在湖边漫步，拍一张照片发给朋友，告诉他这是在大连棒棰岛的海边，他安能分辨出是湖是海、是真是假？连湖边酒店也名为"阳光海岸"。

滇池、洱海水浅，且靠近中心城市，多有污染。曾见过水污染最严重时的滇池，蓝藻绿得刺眼，味道刺鼻，让人心颤。而抚仙湖远离市镇，水深过百米，水体宏大，给云南人留下了最宝贵的一湖碧水，晶莹剔透，清澈可人。国内大型淡水湖中，水质无有可与抚仙湖相比者。明代大旅行家徐霞客来云南，看了众多的高原湖泊，也赞称"惟抚仙湖最清"。取自千岛湖湖水的农夫山泉现在卖向全国，我想，如果把抚仙湖湖水开发成饮用水，岂不可以卖向世界！

夏日自驾环湖一周，在抚仙湖边的加油站停车加油，可以看到全国加油站中少有的景观：五彩的游泳衣裤琳琅满目挂满墙壁，让人以为来到了青岛或三亚的海水浴场！是的，因为在抚仙湖边有一个个浴场，自驾游的朋友多是奔着湖水来的。

我在抚仙湖边好奇地打听：为什么叫抚仙湖，有什么传说吗？被告知说：玉皇大帝派两个仙人下人间巡察，来到滇中，见一池碧水。仙人被湖光山色所迷，流连忘返，日久变为两块并肩搭手的巨石，永立湖边。抚仙湖由此得名，也有了几分仙气，二仙也成为抚仙湖的守护神。

昆明滇池有成群的红嘴鸥，为滇池一景。抚仙湖也有红嘴鸥，和滇池的应该是同一个来源。这些美丽的鸟儿来自西伯利亚，每年冬天降临时，便从遥远的北方飞来，春天再飞回去，给抚仙湖增添了无尽的欢乐，也把美丽带到高原。

在抚仙湖边吃顿中餐吧，点一份当地特色的铜锅煮鱼和洋芋焖饭。水，是清清的抚仙湖湖水；鱼，是什么鱼？抗浪鱼！这又激起了我的好奇。

抗浪鱼，这是生长在抚仙湖的一个土著鱼种，也就一拃多长，细条形，但味道极鲜美。在抚仙湖清水里长大的鱼，烧制时甚至不需要破肚整理，可直接下锅。它平时喜欢栖息在湖边的深水鱼洞内，产卵时游向深水，逆流而上是它的特性，也是它珍贵的品格，由此称"抗浪鱼"。

店主人不无忧虑地说，游客太多，食客太多，抗浪鱼越来越少了！闻此，我举起筷匙的手有些沉重，一时陷入沉思。青海湖湟鱼和长江鲥鱼、鳗鱼都是珍贵鱼种，如何能像保护它们一样保护抚仙湖的抗浪鱼？

在抚仙湖边，细细地品着美味的铜锅煮鱼，慢慢地品着醇香的普洱生茶，凭栏阅海，只觉艳阳青山，蓝天白云，柔风习习。不由吟起《滕王阁序》中的名句："落霞与孤鹜齐飞，秋水共长天一色"！

大美抚仙湖！抚仙湖在澄江，澄江似练，仙湖如海！

记住抚仙湖，这是滇中明珠。

2015 年 8 月 23 日　云南昆明

玉溪，红塔山与烟文化

云南是烟的王国，玉溪是烟的故乡。玉溪有红塔山，即矗立有红塔的一座青山。红塔山也是烟的品牌，曾是中国第一香烟品牌。

玉溪市在昆明以南，水多，而且有一条如玉带般的玉溪河，玉溪市由此得名。玉溪不同于云南的西双版纳、大理、丽江、腾冲，其城区周边并没有太精美的风景，抚仙湖、星云湖都在远郊县。玉溪最知名的是香烟，有玉溪卷烟厂，玉溪、红梅、阿诗玛、红塔山……都是玉溪卷烟厂的知名香烟品牌。

之前去贵州仁怀，参观过茅台酒厂，今到玉溪，玉溪卷烟厂就是风景，也是参访之处。今天玉溪卷烟厂的所在地叫关索坝，是被一圈青山环绕的山坳，也是个小盆地。在贵州进入茅台镇，满鼻都是挥之不去的酱香味儿。关索坝是青山绿地，整齐优雅，可当你走进卷烟厂厂区，走进车间，看到的都是香烟，闻到的都是扑鼻的香烟味儿！

在车间的入口大厅，一幅大型彩色版图展示了香烟的完整生产流程。首先是烟田的选择，烟叶产地。玉溪所处纬度的日照和降雨，都特别适合烟叶的生长，是世界知名的烟叶黄金产地。二是复烤，要分级，还要自然醇化，新收的烟叶要经过两到三年的自然醇化。三是制丝，包括切丝、烘丝、掺配加香。四是卷包，烟丝和辅料进入生产线，出来的是白条烟，包装成软包、硬盒，再加工成条、箱。

在制烟车间，眼面前、头顶上都是流水生产线，如高速公路上的汽车一样，在高速运转。这辈子虽然没太大的烟瘾，但也抽了不少烟，包括玉溪的烟，到了玉溪卷烟厂，才看明白香烟的来龙去脉。

走出车间到休息展品厅，当地主人请我品味玉溪的代表香烟——"玉溪翡翠"。有话称"酒中茅台，烟中翡翠"，玉溪翡翠一时被炒出天价，还一包难求。"玉溪境界"是玉溪烟中的高端产品。"红塔山"是玉溪卷烟厂的传统品牌，举国皆知，但今天香烟品牌向高端发展，而且烟的规格，也从常规型向"细、短、中、爆"发展：细支、中支、短支，过滤嘴中含有爆珠。

样品香烟琳琅满目，在这里你也可以自卷一支烟，这就是旅游节目了。当地主人热情地教我卷烟的技巧，使用一个小卷烟器，我那粗笨的手指抖抖颤颤最终还是把它卷成了。点上火，抽支自己亲手卷的玉溪烟，那感觉就是，七分惬意，还有三分自豪。

玉溪卷烟厂只有60多年的历史，能发展到今天的规模，和褚时健这个著名人物是分不开的。

玉溪人于 20 世纪 50 年代在一片荒山上白手起家，建起了玉溪卷烟厂。为了纪念艰苦创业的精神，玉溪人把山上一座有着 600 多年历史的白塔刷成了红塔，开发出的第一个品牌烟就命名为"红塔山"。1979 年褚时健接任玉溪卷烟厂厂长，自此玉溪厂和红塔山烟开始了高速腾飞。17 年时间，从一个普通地方小烟厂，发展为中国第一、亚洲第一，上缴税收曾占云南省财政收入的 60%。"红塔山"的品牌价值高达 332 亿元人民币，红塔山的发展被概括为"一个奇迹，一个谜"，被冠之以"红塔山现象"。

在中国，烟、酒、茶深深地渗透到百姓生活中。烟、酒、茶在中国，是个人嗜好，也是民俗文化。

酒和茶，贯穿中国几千年的历史，而烟，却是中国近代打开国门后，由西方传入中国的。酒和茶，原产中国，推崇的有土酒、土茶，在早期，烟却只推洋烟。

在红塔集团玉溪卷烟厂对面的红塔山脚下，有"烟事文化馆"。走入这个文化馆，它会告诉你烟的文化故事，名人文人与烟的故事。

"在喧嚣的城市携历史从容而过，以淡然的姿态点燃一支烟的优雅。"

林语堂先生的《京华烟云》，是在烟雾升腾中获得灵感的，其字里行间，无不缠裹着缭绕的烟雾。《京华烟云》用英文写成，初译成中文时叫《瞬息京华》，后才改成《京华烟云》。译者是林语堂的知己，知道没有缭绕的烟雾就没有林语堂的《京华烟云》。烟云是历史，烟云也是林先生的生活写作环境。

虽在玉溪厂品了几支烟，但我对烟并没有特别的嗜好。不过，走入红塔山的烟事文化馆，感悟烟与文化的结合，也受到"山高人为峰"精神的熏陶，免不了就思路放开，精神上腾云驾雾了……

2021 年 4 月 16 日　于昆明长水机场和返宁飞机上

在曲靖，对话徐霞客

昨天中午离开浙江金华时，最高温度 36℃，雨带北移，江南进入高温模式。晚，飞落昆明长水机场，预报地面温度 19℃。出机场时，匆忙找个洗手间，脱下短裤换上长裤。今天在曲靖麒麟水乡，坐上敞开的景区交通车，觉高原风飕飕，身感凉意，不由自主地抱紧了膀子。是的，昆明、曲靖的海拔都在 1800 多米。曲靖的麒麟水乡，不是江南水乡，而是高原水乡。

七彩云南，四时有景，四处有景。从昆明出发，西有大理、丽江、香格里拉；南有抚仙湖、普洱、西双版纳；东有石林，有彝族火把节、阿诗玛。唯向北，山势一般，景观稍差。

曲靖在云南东北面，是云南仅次于昆明的第二大城市，云南的工业重镇。到曲靖，当地主人建议，要去看看曲靖近郊的麒麟水乡。

来自江浙，看多了江南水乡：周庄、同里、西塘、乌镇、锦溪、梅里……它们不光是水乡，还是古镇、名镇，有深厚的历史文化底蕴。但当我走入麒麟水乡，还是免不了眼睛一亮。哇，这是与江浙不同的高原水乡！

麒麟水乡在高原，但清水绵绵，河曲弯弯，垂柳依依，小桥横波，鲜花百色，更有千亩荷塘，莲花盛开，红男绿女，孩童翁媪，欢声笑语，俨然另一个江南水乡。与江南水乡不同的是，麒麟水乡的边缘，它的背景衬托，是蓝天白云映照下的云贵高山。高原上的麒麟水乡，除了柔润的一面外，更显现出难得的高原阳刚！

特别的特别，麒麟水乡，是明代大旅行家、大地理学家徐霞客的寻访地，徐霞客到过的地方。

徐霞客，明代江阴人，在古代落后的交通条件下，用30年考察了中国的山山水水，写成了60万字的地理名著《徐霞客游记》，被称为"千古奇人"。今天，江阴徐霞客的故乡已被命名为"徐霞客镇"，有徐霞客故居。我多次开车从附近的高速经过时看到"徐霞客镇"的路标，有机会定要去拜访这位奇人的故里。

仁者乐山，智者乐水，世间乐趣百种，我独爱在山川湖海间行走。在金华，徐霞客考察过金华北山双龙洞，我追访到北山双龙洞。滇中明珠抚仙湖、安宁是徐霞客的到访地，我也紧紧跟上。今到曲靖，到麒麟水乡，当地主人告诉我，徐霞客到过曲靖的麒麟水乡。曲靖称珠江源头，是珠江水系与长江水系的分界，徐霞客为寻珠江源头千里跋涉。一不小心，我到了曲靖，这还是在循着当年徐霞客的路线走啊。

近年常在国内行走，走遍沿海18000公里，再走陆上边界，新疆、西藏、东北三省、内蒙古、云南、广西都去过，被朋友们戏称为张霞客。"张霞客"把行走的所感所悟所得，汇编成行走山水的游记，还开设了行走山水的微信公众号。这岂不是在和徐霞客进行穿越历史的隔空对话吗？

好吧，到曲靖麒麟高原水乡，即兴作打油诗一首：

> 霞客与霞客，
> 山水共一色。

时隔五百年，

魂牵不相舍。

2020 年 7 月 22 日　云南曲靖

仁怀茅台，最是难忘酱香味儿

有贵州仁怀的领导和朋友来南京，"有朋自远方来，不亦乐乎！"和仁怀的朋友举杯畅叙之间，总忍不住追忆当年去过的遵义、仁怀和仁怀的茅台镇。忆仁怀，最忆赤水河，最醇还是酱香味儿！

在仁怀，在赤水河畔的茅台镇，你的视觉、听觉和嗅觉，都被"酒"这个主题词所左右、所占据：酒、茅台酒、酱香型、酱香味儿。

初入仁怀，看市区的路，名为国酒大道、酒都大道、醉美大道、玉液路、甘醇路；看城市标识性雕塑，要么是茅台特有的白瓷酒瓶，要么是酒樽。去茅台镇路上的路灯造型也是酒瓶加酒樽：路灯灯杆是双筷子，中间夹的还是茅台酒瓶。

到仁怀茅台镇，街边开的是酒店，空中飘的是酒香，宾客喝的是酒水，朋友说的是酒话，兄弟谈的是酒事，哥们儿发的是酒财。一个城市围着一瓶酒运转，鲜见。在茅台镇走一走，做个深呼吸，闻闻那酒香味儿，也就醉了。

仁怀人好客，茅台人更好客。来仁怀，来茅台，当然要喝当地的茅台酒。你或许在全国各地喝了太多的茅台酒，但唯有在赤水河边的茅台镇茅台酒厂，喝到的才是最正宗的茅台酒！

在这里，宴席可以上正宗的茅台酒，若有兴趣，也可以喝点儿其他品牌的茅台土酒。和其他名酒的所在地一样，茅台镇的小酒厂有数百家，但不管哪一家，生产的都是酱香型白酒。到了茅台酒厂才知道，茅台酒因其酱香型特点，无法以酒精勾兑，也无法放量快产。刚酿出的茅台酒没有酱香味儿，必须以十年、二十年、三十年的茅台老酒（茅台人称其为"基酒"）掺和勾兑，再经不少于五年的存储自然发酵，这才能酿出可以入口、醇香扑鼻、酱香浓烈的茅台酒。

我想，"茅台老酒"可能就是其他酒厂所称的"原酒"，这是茅台酒的精华。正宗酱香型的茅台酒都是 53 度的，只有到这个度数才能把酱香发挥到极致！

因为茅台酒从生产到上市必须有五年以上时间，所以茅台酒当年的产能产量是五年前就确定了的，由此才使得茅台酒愈发珍贵，打造出中国白酒中的"奢侈

南下篇

品"地位。在那些年高端白酒行业面临巨大压力的特殊时期，茅台酒可以限产，但不可以降价。

在茅台镇茅台酒厂的办公楼上，竖有大幅的酒厂宗旨标牌，就像一个大学传承悠久的校训，共四句话十六个字，我只记住了最后四个字，而且永远不忘："不卖新酒"！由此想起朱镕基总理为中国会计学院题词的内容："不做假账"！不做假账，不卖新酒，两者都是诚实品质的体现。

茅台酒厂的厂区建筑并不新颖也不现代化，茅台酒厂也一直憋屈在赤水河畔茅台镇的峡谷山沟里，去茅台镇的路傍山而建，并不宽敞。搬出来？不行！茅台酒离不开茅台镇，空气中弥漫的酱香味儿就是得以生产茅台国酒的母体环境！

贵州多雨，称"天无三日晴"。雨中游览茅台镇茅台酒厂，看生产流程，闻扑鼻酒香，品国酒文化，别有兴致。朋友，想想若能在茅台酒厂走一遭，喝一喝原产茅台酒，是什么感觉？如若去青岛登州路的老啤酒厂，喝一喝青岛啤酒，是什么感觉？告诉你，我都去过，感觉就是：真、醇、香、爽！

酒在中国是文化，参观了茅台酒厂的酒文化博物馆，才知道酒在中国之地位，酒在中华民族之传承。

当地主人热情好客，请我入席。酒席一开，酒友一聚，酒杯一端，酒话一说，酒酣淋漓，酒兴大发！"五花马，千金裘，呼儿将出换美酒，与尔同销万古愁。"不到黄河心不死，今到茅台，那就，茅台不醉死不休！

多彩贵州！绿色文化，红色文化，白色文化，全面发展。赤水河边茅台镇，一条赤水河，串起中国千年的白酒文化……

2015 年 8 月 24—26 日　贵州仁怀

中走篇

橘子洲头，岳麓山下

　　总在行走天下，但中国东中部的省份中，湖南我是来得最少的，因为湖南不临海，缺海军。来得少，但思念深，"秋风万里芙蓉国"，"芙蓉国里尽朝晖"！洞庭湖，九嶷山，橘子洲，岳麓山，韶山……这些都是年少咏读毛泽东诗词时记住的湖南地名。

　　毛主席于"文革"期间发表的 37 首诗词，我每首都能背诵，而且每首根据诗词创作的歌都能唱出来。年少时练就的这项童子功，今天还在发挥作用。所以，一旦有走进湖南来到长沙的机会，我最想接近的就是毛泽东，要还少年时的一个愿。

　　"东方红，太阳升，中国出了个毛泽东！"红太阳升起在湖南湘潭的韶山冲，但在长沙，遍地都有毛泽东的足迹。我到长沙是 9 月 10 日，是他老人家忌日的第二天，我在长沙看到的、感悟到的都是毛泽东。我也就在长沙城中，踏寻毛泽东当年的足迹。

　　9 月 10 日，长沙气温高达 36℃，当晚我就乘地铁奔湘江中的橘子洲而去。晚走橘子洲，环岛行十余里，虽大汗淋漓，但江风习习，感觉甚爽。湘江两岸，灯火闪烁，与天上星光相映，投射在江中，粼粼闪闪，烁然跃动。

　　橘子洲头最壮美的景观是灯光照射下的青年毛泽东巨型胸像雕塑！橘子洲是青年毛泽东在长沙留下印迹最深的地方。请朋友们认真品赏毛泽东青年时代写就的词——《沁园春·长沙》：

　　　　独立寒秋，湘江北去，橘子洲头。

　　　　看万山红遍，层林尽染；漫江碧透，百舸争流。……

　　年轻时无数次朗诵毛泽东的这首词，那份慷慨激昂，那种荡气回肠，似乎今天还澎湃在胸间。国内的宏伟雕塑很多，伟人名人的也很多，但没有一个能比得上湘江中橘子洲头的青年毛泽东塑像！我在伟岸的毛主席塑像周边慢行，在灯光下从不同角度欣赏伟人的神态神情，联想到前几年关于青年毛泽东的那部电视剧《恰同学少年》。我眼前所看到的形象，就是毛泽东当年正在"指点江山，激扬文字"，正在"中流击水，浪遏飞舟"！

　　湖南古时属楚国，屈原是楚国大诗人，屈原投汨罗江，汨罗江也在湖南。讲到湖南，特别是湖南人讲到湖南，总是骄傲地引用这两句古话："惟楚有材，于斯为盛。"这是湘江畔岳麓山岳麓书院门前的一副对联，是说从古代到今天，湖南人才辈出。

中国近代，湖湘子弟纵横天下。自曾国藩湘军起，到近代大革命，湖南籍的革命者有毛泽东、刘少奇、彭德怀等，再至改革开放，"湘军"南下，改革开放前沿的广东省中最多的外省人，我认为肯定是湖南人。

湖南人敢为天下先，是因为湖南自古出人才。湖南出人才，是因为湖南重视教育。岳麓书院，坐落在湘江边的岳麓山间，是中国四大知名古书院之一，有1000多年的历史，是湖湘文化的主要孕育地。20世纪20年代，在岳麓书院基础上发展成湖南大学。1950年，毛泽东亲自题写了"湖南大学"的校名。

长沙市的主城区在湘江以东，毛泽东年轻时携友游岳麓山时，湘江西想必还属郊外。但今天，湖南大学、中南大学两所湖南最著名的大学的主体都在湘江以西。湘江、橘子洲、岳麓山，都划入了城区。特别是湖南大学校园和岳麓山景区，已经无法在地理上做明确区分。

进岳麓山山脚下的南大门，上行右转不远处即是岳麓书院和爱晚亭，在一处小山坳间，环境清幽，景色秀丽。如是秋天，山林转色，五彩斑斓，景色更美。

到了岳麓山下的岳麓书院，也就到了爱晚亭，这也是青年毛泽东携友常来的地方。唐代诗人杜牧《山行》写的也是这里："远上寒山石径斜，白云生处有人家。停车坐爱枫林晚，霜叶红于二月花。"

年轻时读诗，最爱这首《山行》，由此忘不了长沙湘江边的岳麓山和爱晚亭。但直至今日，才得以到访。杜牧的诗朗朗上口，浅显易懂，流传甚广。在安徽池州，已感悟过杜牧《清明》诗的意境。

因为是"白云生处"，想爱晚亭所处地势肯定很高，到此才发现，不高，登上岳麓山顶，目测海拔也就300米。

爱晚亭是中国名亭，在北京陶然亭公园的名亭园中，就有仿造的爱晚亭，在诸多的名亭中，位置很突出。千年前杜牧来爱晚亭，百年前毛泽东与同学来爱晚亭，今天我来，也为爱晚亭。

步出岳麓山东门，无意之中到了"新民学会"旧址，这是蔡和森当年的旧居，也是毛泽东常来的地方。蔡和森是毛泽东青年时代的密友，他们共同创建了"新民学会"。"新民学会"中的毛泽东、蔡和森、何叔衡等中国共产党的先驱，从岳麓山下走向了上海望志路和嘉兴南湖，走向了全国。

2019 年 9 月 10—11 日　长沙湘江畔

潇湘九嶷走永州

永州在湖南最南端，湘江上游，接两广。湘江是湖南的母亲河，湖南也简称"湘"。湘江上游在永州段称潇水，"潇湘"由此成为湖南的雅称。

两年前来过永州江华，这是永州的最南端，是个南岭大山中的瑶族自治县。江华的山水很美，还很原始，20世纪80年代有个电影《没有航标的河流》，外景地就在江华的雾江。

当时主人邀我来江华，我问如何去方便，主人回说，飞广西桂林，我们去车接，很近的。是的，江华虽属湖南，但若飞到长沙，从长沙到江华可有很远的距离。

因飞广西桂林到江华，所以未经永州，但我对永州总怀有一种期盼。这一次终于来到永州，是从长沙经衡阳到永州。

关于永州，最早的记忆是20世纪70年代末上大学语文课时，学柳宗元的《永州八记》和《捕蛇者说》。永州是柳宗元被贬之地，想象中是闭塞落后的。今到永州，到宁远，特别是到了九嶷山，所见所闻，让人感到永州不仅山川充满灵气，而且历史文化底蕴厚重。

当年徐霞客曾两次溯潇水而上，遍访永州的青山绿水，留下大量的文字记载。不止徐霞客、柳宗元、欧阳修、陆游、苏东坡、黄庭坚这些大文豪，也都到访过永州，钟情永州的这片山水。

《史记·五帝本纪》记载：舜"南巡狩，崩于苍梧之野，葬于江南九嶷，是为零陵"。

零陵是古地名，历史悠久，三国时即有零陵郡，名将黄盖便是零陵郡人。20世纪90年代县级市永州改地级市前，属零陵地区。永州升级后，永州的老城区称零陵区，永州有机场，机场还称零陵机场。零陵和永州，这都是古地名，古地名中蕴含了太多的文化内涵。

舜死，舜的两个妃子娥皇、女英（尧的两个女儿）沿洞庭、潇湘苦寻，见九山相似，令人疑惑不定。二妃泪洒竹节，点滴成斑，是为"斑竹"。娥皇、女英寻舜不见，悲极投江自尽，化作两峰，伴拥在舜源峰两侧。

当年，毛泽东把这段凄美的神话，写入他那首歌颂家乡湖南的极具浪漫抒情色彩的诗中——《七律·答友人》：

九嶷山上白云飞，

帝子乘风下翠微。

中走篇

斑竹一枝千滴泪，

红霞万朵百重衣。

洞庭波涌连天雪，

长岛人歌动地诗。

我欲因之梦寥廓，

芙蓉国里尽朝晖。

毛泽东是伟大的诗人，而且是浪漫主义诗人。有评论说，在毛泽东所有的诗词中，这首诗最为绚丽飘逸。这首诗后来被谱成曲，作曲者是知名作曲家李劫夫。我感到，在全部的毛泽东诗词歌曲中，这首湖南民歌风格的歌，也最为绚丽飘逸！

我今到永州，方知九嶷山（即苍梧山）、舜帝陵就在永州宁远。毛泽东关于九嶷山的这首诗，我年少时能诵能歌，曾深受感动，对娥皇、女英二妃的故事也熟记在心。因此，永州之行虽然行程很紧，我还是走进九嶷山，去参拜舜帝陵，去看娥皇、女英峰。

2005年，湖南省首次在九嶷山举行公祭舜帝大典，舜以道德仁孝治国理政，禅位大禹，是中国传统文化中理想的帝王形象。今年的公祭大典刚过，其影响也更加彰显。炎、黄、尧、舜，都是中华民族的人文始祖，中华文明延绵5000年不断，其精神便始于这些人文始祖。行在永州，不仅徜徉在青山绿水中，还沐浴在历史的长河里。

永州宁远不仅有九嶷山，还有一条清秀的小河——泠江。

泠江，别学我傻呵呵地上来就念"冷江"，它不冷，暖暖的，清幽幽的。泠，发"灵"音，泠江发源于九嶷山，在永州境内汇入潇水。泠江不长，水面也不宽，但江水清澈。

泠江从宁远县城舜陵镇穿城而过，两岸人家聚集，枕河而居。清晨，我沿泠江边散步，但见泠江边的人，或晨练，或游泳，或洗涤，或垂钓……这是泠江新的一天的开始。两岸房舍倒映在碧水里，犹如一幅烟火味儿十足的水墨画。

湖南有青山绿水，有历史文化，伟人名人也多，更是个有故事的地方。行千里路，读万卷书。今天，行的是湖南的路，读的是湖南这本书。

2015年9月29—30日　永州—宁远

东湖边的"故里他乡"

多次听朋友推荐武汉东湖边的"故里他乡",也去过南方北方许多的乡村民居、水榭田舍,但到了"故里他乡",还是被它深深打动了。

这是一个坐落在东湖边由乡野别墅改造成的民宿酒店,雅称"生活馆",带有临湖的一片田园。弯曲的道路把我们引领到主建筑,不是说它偏僻难寻,而是说它曲径通幽。

武汉以大著称,武汉城市之大、东湖水面之大,大得雄霸荆楚,大得挥挥洒洒,大得拥拥攘攘!杭州西湖、南京玄武湖和武汉东湖,都是大城市的城中湖,然而西湖和玄武湖都已极度精致、极度城市化,没有延展空间。但当你深入武汉,才发现大武汉的大东湖边,依然藏有星星点点、清幽恬静的乡村田园。

走进"故里他乡",一大团洁白的云悬浮在东湖上,映衬着碧蓝碧蓝的天,艳阳辉映着漾漾荡荡的水。湖边的绿柳翠叶轻拂着湖面,一阵清风吹来,吹走了暑天的酷热,这里听不到街头的喧嚣,听不到恼人的汽车噪声。

现代都市发展太快,驱赶着人们离开绿色的乡村,走入城市的灰色森林。但人的本质是自然的,回归自然、回归田园便成为今天都市人梦寐以求的向往。但故乡毕竟遥远,不仅是地理距离上的远,还有情感距离上的远。但是,当你走进"故里他乡",与故乡的距离一下缩短了:这里是都市中的村舍,东湖边的田园,思念中的家乡!俨然一片隐居之地。

漂亮而有才气的女主人,来自湖北通山的一个山村,高考考上武汉的大学,学工业设计。改革开放后,她"下海"办企业、搞工程,又做服装设计,开发出名为"回-堂"的服装品牌。在都市中打拼多年,在走向成功的同时,她也觉得疲累,怀念自己的故乡,怀念自己童年时的山村,想要找一个精神的歇脚点,在心灵深处东篱采菊,悠然南山。

终于,在东湖的一个拐角处,她拾起了早年的记忆,找回了熟悉的环境,于是,有了"故里他乡"。

长居于往,故里他乡;梦回故里,情注他乡。主人把东湖边的他乡当作通山的故里,由此找回了全部的热情,还把她的"回-堂"品牌服装的设计、加工、展示都搬到了东湖边的"故里他乡"。她设计的服装,她的故里他乡,两者是如此的和谐统一。

当问到她的服装为什么叫"回-堂"时,主人答道:"回"是指回归,表示时间的穿越;"堂"是指空间,表明给思维一个飞跃的范围。用主人自己的话说:

"有种风格永远不会过时，简约；有种颜色永远不会穿错，黑白。"通过主人展示的服装样品可以看出，其设计多素淡简朴，采用棉、麻、丝纺自然材质面料，风格宽松飘逸。我虽然不懂服装，但能深深感受到设计者返璞复古、回归自然的理念追求。

主人带着同样的理念来打理经营"故里他乡"。

装修是简约的，看看原色的墙，也许你认为还没装修完，还缺涂料；房间的床品用具是简约的，同样以棉麻为主，素淡自然；餐厅是简约的，阳光房内的长条餐桌面向湖滨；餐饮是简约的，标准的农家菜。湖边有田园，可以采摘蔬果，青青的辣椒、长长的豆角就长在那里；入住的客人是简约的，要么是慕名而来，要么是回头客，来过了，我又来了；主客之间的语言都是简约的，一切给你准备好了，自助吧。

"故里他乡"是民俗的、简约的，又是文化的、艺术的，这种文化和艺术就蕴藏在民俗和简约中。

来"故里他乡"吧！在这里，你可以去垂钓，可以去采摘，可以尽情地撒欢儿，可以痴痴地发呆！可以在简约素雅的"回-堂"服装中选择、试穿，品一品回归古典、回归自然的滋味。可以一时抛开所有的烦恼，让头脑静静地休憩，回归迷失了的心灵。

坐在湖边的长椅上，可以在暗夜满天的繁星下，听聒噪的蛙鸣，追翻飞的流萤；可以站在屋顶的观景台，于清晨看东湖金色的朝霞，眺远山滴翠，沐凉爽湖风。

这便是"故里他乡"！这一切，就在武汉的都市里，就在清清的东湖边……

2017 年 7 月 8 日　东湖边"故里他乡"

苏马荡那个小地方

都说苏马荡是凉都，暑夏季节的气温也就在 22~24℃。在这滚烫炙热的夏季，重庆的朋友邀请我去苏马荡，说，尽管那是个山村，一个还不广为人知的小地方，却是"中国最美小地方"。

苏马荡在鄂西恩施土家族苗族自治州的利川谋道镇，但重庆万州人更熟悉、更亲近苏马荡。不仅因为苏马荡离万州最近，而且因为苏马荡所在的谋道镇，在

20世纪50年代之前一直属于万州，是万州人最初一手打造出苏马荡。

不是湖北人，可能不知道利川；是湖北人，去过利川的也不多。湖北的政治经济文化中心在江汉平原，恩施土家族苗族自治州是高山，利川又在其最西面，邻重庆万州，地理上自是偏远。湖北是古荆楚汉文化的发祥地，而恩施是土家族苗族自治州，不属于湖北的主体文化，心理上亦觉偏远。我想，吃热干面过早的武汉人看喝摔碗酒、唱龙船调的土家族，就像摆龙门阵、打麻将的成都人看川西养牦牛、摇经幡的藏族一样，心理上是远的。

去鄂西难是因为山高路险，交通不便。三峡工程上马时，我曾在湖北宜昌工作了几年，但也没能去鄂西。但今天，沪渝高速，特别是宜万高铁开通，鄂西山地的阻碍被打通，全国游客如潮水般涌入未被过多游客踏足的恩施。恩施利川，特别是苏马荡这个小地方，才被揭开神秘的面纱，展现出她的惊异之美。

高铁到利川，再走318国道去苏马荡。318国道是中国最美的景观大道之一，这一段要翻越齐岳山，在群山碧野间穿行。苏马荡在当地是"老虎喝水的地方"的意思，原只是谋道镇的药材村，村民以种植、采集中药材为生。鄂西是喀斯特地貌，苏马荡位于高山悬崖顶端的一块狭长形大平台上，在鄂渝边境，海拔1500多米。因为海拔高，夏日凉爽，风景也好，热急了的重庆万州人最早发现了这块风水宝地，纷纷从农民手中购房或者买地集资建房，来此避暑消夏。

重庆万州离谋道镇70公里，高速路贯通全镇。在苏马荡，满景区、满大街、满公交的重庆口音，开发房产、开饭店、开商店的，大都是重庆人。街上和小区中汽车的车牌号，大多是"渝"字打头。确确实实，苏马荡是万州人的后花园。

苏马荡在武汉和重庆东西两大火炉都市之间，暑日高温的时候，这就是可与江西庐山媲美的夏日凉都。这里的商店，卖什么的都有，就是没有风扇和空调。

苏马荡不仅是凉都，还是美都。从苏马荡向四周望去，群山白云皆在脚下，苍山如海，一览众山小。夏日的苏马荡，忽而艳阳青山，忽而浓雾翻腾。天蓝云白，凉风习习，山泉淙淙，林海茫茫。偶尔飘下一阵山雨，还颇感凉意。雨后山雾弥漫，云遮雾绕，好似一幅巨大的水墨丹青。

在齐岳山远眺苏马荡，成片的楼宇高耸入云，会让你联想到郭沫若的诗《天上的街市》。在苏马荡展望齐岳山，一片高山草场，如今是巨大的风电场，一台台风机排列成阵、高耸入蓝天，旋转的翼片似与流动的白云伴舞。

苏马荡，最美在十里长廊。荡，有坦荡之意，苏马荡是悬崖上的狭长高山平台，坦坦荡荡，绵延十数里。苏马荡和齐岳山之间，是一条长长的、深深的大峡谷，名"磁洞沟"。苏马荡南侧是磁洞沟大峡谷的峭壁，北侧是缓坡，有后河原始森林。十里长廊正是沿磁洞沟的峭壁边缘打造的凌空栈道。

苏马荡十里长廊，也美称"杜鹃长廊"。每年春夏之交，十里长廊凌空绝壁上的野杜鹃花便开了，一丛丛、一蓬蓬，红杜鹃、紫杜鹃、银花杜鹃……在绿树的映衬中，探身前趋，迎风摇曳。

苏马荡看日出，气象万千。太阳从齐岳山冉冉攀升，刚露出半张红脸时，山峦还在沉睡中。在一个转瞬间，即把万丈光芒洒向千沟万壑，把临崖的楼宇装点得金碧辉煌，万山松涛捧出壮阔的喝彩。大地醒来，万籁复苏，又开始了一个欢腾的人间！

磁洞沟大峡谷是宽阔的山谷地带，俯瞰下去，一蓬蓬的民居星星点点，一块块的梯田五彩斑斓，一条条的山道曲折蜿蜒，一朵朵的白云飘飘洒洒，一阵阵的山风沁人心田。

你站在山顶崖边看景，那是个固定的风景点；你沿十里长廊行走着看景，那就是一部生动的风景大片。长廊边的护栏，都是古铜色的虬枝形，与山岩相配。长廊的外突点，就是观景平台。长廊外，是陡峭的沟壑，山风扑面，松涛滚滚。沿十里长廊逶迤而行，曲曲弯弯，高低起伏，移步易景，变幻丰富，如在仙境中飘行。难怪说，苏马荡是人间仙境，到了苏马荡，你不成仙都不行。

仙行仙境，仙人心态，诗意泛起：

> 云深不知处，山色有或无。
> 都说仙界美，人间堪比如？
> 壁立千山翠，林深万物欢。
> 爽风拂暑去，极目湛蓝天。

随着交通的便利，不止万州人，武汉人和重庆人来了，南京人、上海人、杭州人、成都人、北京人也来了。许多人在苏马荡安了家，暑来冬去，过起了候鸟般的生活。

暑期高峰时，涌入苏马荡的外来人口有 20 多万，瞬间出现了一个高山城市，人声鼎沸。待秋后冬日，又如退潮般人流归去，沿街的超市、酒店大都关门闭户，长长的街道空空荡荡，偌大的小区只有三两个守门人，又恢复了高山乡村的宁静。高山雪盛，冬天的苏马荡可能是一派晶莹剔透的冰雪世界。

苏马荡，从谋道镇延伸到陈家湾。一条蜿蜒曲折的盘山街道旁，沿街两侧坐落着百余个美丽的度假村、山庄和小区，接悬崖边，入森林里。你就听听这些小区的名吧：植被逸品、林海云天、山水青城、绿岛印象、烟雨江南、香榭春都、山语印象……其高雅别致、诗情画意，完全出乎你的意料。苏马荡，早已不是土头土脸的"药材村"了！苏马荡的凉都美景，还培育出"候鸟"作家、摄影大师，关于苏马荡的著作就出版了五六本之多。

苏马荡是块璞玉，七八年前刚在世人面前显出其原始瑰丽的美景时，来苏马荡的人快速膨胀，很多配套设施还没跟上。手机信号不好，断断续续。也好，这个世界已经太纷杂了，到苏马荡来，不就是要找清静吗？躲开城市的喧嚣，躲开尘世的躁动，让心灵在这宁静的港湾中获得一时的休憩。

2017 年 8 月 11—13 日　利川苏马荡

开封小吃

张择端的《清明上河图》，展示了当时作为北宋都城东京（开封）的市井生活。依据《清明上河图》，开封投巨资复建了"清明上河园"。在清明上河园，人们着宋装，演宋戏，真实的人做真实的戏，是店家商户，开门纳客，也是情景剧演员，入情入画。走入清明上河园，你就走入了千年前充满烟火味儿的北宋民间。

开封是古都，曾经满街的香车宝马，酒肆茶楼。一千年过去了，今天还是个悠闲的城市，生活节奏慢悠悠的，有点像江苏的扬州。

民以食为天，吃喝是最大的人生享受。开封人经历过大宋的奢华，更看重吃，更讲究吃。扬州人喝早茶，开封人早上喝汤。早上一碗汤，开封人必喝，有牛肉汤、驴肉汤、羊肉汤……不仅喝汤，还要喝酒。开封人说：中午喝过二两酒，不管晚上有没有。哈哈……

汤包多在南方，小笼汤包在南京也是名吃，扬州更有花色品种多样的富春包子。但开封人证明灌汤包的根儿在开封，开封人为约朋友吃一笼灌汤包，可以排队等一个小时。

开封在黄河边，黄河有大鲤鱼，很有名，记得早期马季说相声，还说到过黄河大鲤鱼。"鲤鱼焙面"是开封的一道名菜，位列十大豫菜之中。糖醋鲤鱼，金黄金黄的，上面覆盖了一层银丝般的面排。面丝是精心拉出来的，细如发丝，让人不忍触筷。

因为开封人爱吃、会吃，具有地方特色的小吃成了今天开封的一张名片，而且相当有名。得知我来开封，许多朋友都在微信里建议，一定要逛逛夜市，品品开封的小吃。

"小宋城"是开封的特色小吃城，虽然在室内，但这是一个宽大的空间，高高的屋顶，投射出蓝天白云，与户外无异。一年四季，刮风下雨，白天晚上，都不影响营业。小宋城自称为开封人的待客厅，名气很大，食客汹涌。幸亏开封的主人提前安排，否则还真没有桌位。

小宋城的小吃以开封本地小吃为主，但也有其他地方的，似乎不忘历史上开封曾是都城，接受四方的朝贡。小宋城的商家、跑堂都着宋装，穿插有戏剧演出。演艺人员不仅在台上表演，还走入席间，与食客近距离沟通交流。演绎的也都是宋朝期间关于宋徽宗和李师师、黑脸儿包公、水浒诸英雄好汉的故事。你在品尝美食的同时，还可以和包公合个影。

开封小吃还在西司夜市，在包公湖边的马路旁，露天敞开的，烟火味儿浓，更有平民气息。夜市在中国许多城市都有，但做成城市名片的，我感到唯有开封了。现在郑汴一体化，交通便捷，省会郑州的人下班后，也可以约几个朋友，开车来开封赶夜市，品小吃。

开封人收入并不高，但开封人的幸福指数很高，活得有滋有味。我到开封，也受开封人的熏陶感染，也得学点开封人的心态。

各位朋友，我写开封，古都繁华是帝王贵族，小吃饮食是民间烟火。是谓"杂说开封"。

2018 年 3 月 19—21 日　开封

嵩山少林寺

20 世纪 80 年代，一部电影《少林寺》、一首电影插曲《牧羊曲》，使少林寺无人不知、无人不晓。

少林寺在河南登封，中岳嵩山的少室山下。嵩山是中国古代被封为"五岳"的五大名山之一，东有泰山，西有华山，嵩山在中部，称中岳。我去过泰山和华山，泰山之雄，华山之险，都有亲身感受。

嵩山称"峻"，峻是陡峭的意思，我在少林寺远看嵩山的少室山、太室山，山形山景很一般，没有泰山、华山那样一种壮美、险美的震撼感。也许因为没有深入登临，没有直接感受；也许因为古代的帝都在西部的长安、洛阳，帝王东巡，出华山即是嵩山，祭拜方便，嵩山占了地理之利，得以跻身五岳之列。

虽然嵩山山形一般，但嵩山的少林寺却相当出名，特别是在今天，少林寺名震寰宇，名声盖过了嵩山。讲东岳，人们首先提到泰山，或许再讲到泰山的岱庙、玉皇庙。但在国内，人们总是先提少林寺，之后或许能想到少林寺的所在地嵩山，或许只知少林寺，不知嵩山。是少林寺托起了嵩山！

少林寺太有名了，从郑州南新修了一条高速公路到豫西洛阳，虽然路口连接的是登封城区，离少林寺还有十多公里，但高速道路命名为"郑少洛"，而不是"郑登洛"。连接登封市的主干道称"少林大道"，少林的品牌遍布登封街道，少林的名号不仅超过了嵩山，也超过了登封，你可能不知道登封、不知道嵩山，但必知少林！

我到少林寺，见少林寺和洛阳古老的白马寺差不多，门头不高，门面不阔。但少林寺名气极大，门额"少林寺"三个字，是清康熙皇帝"御笔之宝"。

少林寺有名，并不在于少林寺出过佛教高僧，而在于少林武僧，这是少林寺的一张突出名片！十三武僧救唐王的传说家喻户晓，新中国开国上将许世友和其他一些将军也出自少林武僧！少林寺景区门口的标识性雕塑，不是佛祖释迦牟尼，也不是观音、文殊，而是一具威武高大的武僧塑像。

"武术"是少林之魂，是今天少林寺突显的精神内核。人们常说"天下功夫出少林，少林功夫甲天下"。以至今天，人们一说到少林寺，马上想到少林武术。艺人王宝强出道前在这里学习练功；俄罗斯总统普京到中国，也要到少林寺找个武林高手切磋一番。少林寺的武校还开设了国际班，有不少的外国朋友在这里研习少林功夫。

在登封，武术早已走出了山沟里的少林寺，成为一个产业。登封遍布武术学校，最有名的是塔沟武校，已发展成一个教育集团，从体制外走入体制内，已形成小学、中学、大学的教育体系，可以授本科文凭，也可以授大专文凭。

下午，正是塔沟武校的孩子们训练的时间，偌大的训练场上，成百上千的孩子们在拳打脚踢，格斗对抗，场面甚为壮观。这些孩子来自全国各地，从幼儿、少年到青年，各个年龄段的都有，幼小的还一脸稚气。

少林寺最珍贵的是它的历史，从北魏兴建到现在，还保存着许多延续千年的古建筑，殿堂前那棵1500多年的银杏树，就是活的见证。少林寺塔林，是少林寺祖茔，由历代高僧的墓塔组成，从唐朝起到近代，保存的石墓塔多达230多座，最为壮观，也最能引发心灵的震撼。因为建于不同的时代，石墓塔形状各异，设计精美。由此，少林寺及塔林等建筑群，成为世界文化遗产！

河南地处中原，河南无海军，我走遍沿海18000公里，但没来过嵩山少林。自20世纪80年代看过电影《少林寺》后，久思少林，今天终得偿夙愿。实际上，我环游全国，在关于南海形势的国防报告中，总是借机讲到少林寺。

中走篇

2013 年起，越南为了加强与我国在南海的争夺，在南沙岛礁上建起了寺庙，把和尚派到了南沙，香火点在了南海。中国成立三沙市，三沙市是否可以考虑在哪个岛上也建一座寺庙？哪个寺庙最好？最好不过少林寺！就历史传承、国际影响而言，少林寺都是第一流的。关键还在于，少林寺的和尚是武僧，耍棍棒动拳脚，不是吃素的。

听众听到此处，不免会心地哈哈大笑！

壮哉，中国少林寺！

2017 年 12 月 18 日　河南登封

漫游九江

行走中国。江西的城市，我来得多的是九江而不是南昌。因为九江有长江，有海军，有山水，有政治，有文化，有历史……九江和江西的其他城市有着明显的区别。

我 1978 年入学南京大学，上大学语文课时老师说：白居易的长诗《琵琶行》，必须熟读背记，终生有益！当然，要背记的还有白居易的《长恨歌》。由此，《琵琶行》中"浔阳江头夜送客，枫叶荻花秋瑟瑟""同是天涯沦落人，相逢何必曾相识"……至今我还能随时吟出。

九江，史称浔阳、柴桑、江州……有两千多年的历史。浔阳江边有过琵琶女，有过落魄官员白居易。九江，面对浩浩长江，东西长衢，繁华商贾，演绎了太多的历史故事。

九江是江西名城，但她不仅仅属于江西，更属于中国，她浸润历史，特别是中国近代史。那是因为有庐山在九江城边。

中国近代史上的九江庐山，是一座政治山，每一次中共中央在庐山召开的会议，都有举足轻重的历史决策，有政治人物的进退荣辱，有影响历史的政治动荡。

庐山的政治地位如此突显，由其特殊的地理环境所致。长江流域夏日普遍高温，而庐山海拔一千四五百米，有高山平台，夏日凉爽。清朝末年，西方人看中庐山清凉的气候，前前后后在山上建起 600 多所别墅，以避暑度假。这些别墅建筑汇聚了世界诸多地区的风格，隐匿在山林间，可与青岛八大关、浙江莫干山的别墅群媲美，但规模比它们大多了。

夏日庐山，是中国中部的凉都。民国时期直到新中国成立后，夏日庐山都是政要会聚之地！毛泽东登上庐山，写下那首著名的诗："一山飞峙大江边，跃上葱茏四百旋。冷眼向洋看世界，热风吹雨洒江天。……"

今天，庐山已远离了政治视野，专司旅游避暑休闲功能。在庐山，《庐山恋》的电影循环往复地播放，在其山脚下，可尽情感受陶渊明"采菊东篱下，悠然见南山"的闲逸。庐山西海，泛舟其间，如诗如画，可比超杭州千岛湖。

唐代白居易写《琵琶行》时，九江称浔阳，到北宋时就称江州了。说到江州，就要说到《水浒传》中的宋江。宋江获罪被发配至江州，遇李逵、戴宗、张顺等。江州鱼多，吃鱼喝酒，醉题反诗，引发了江州大暴动，再聚起一帮弟兄，直上梁山，成就了一番事业……我到九江，主人待客，鱼必然是主菜。这种鱼，那种鱼，还有一种在其他地方没见过、唯生在九江水边浅滩上的鱼，叫棍子鱼，味极鲜美。我不知道宋江吃的是不是这种棍子鱼。

九江，从字面理解，是水多江多，江河湖水汇聚之地，犹如江苏扬州的"江都"。九江确实水多，可能是中国水最多的城市。九江在长江边，长江是中国第一大河；九江在鄱阳湖边，鄱阳湖是中国第一大淡水湖泊，鄱阳湖在九江的湖口汇入长江。第一大河和第一大湖两大水系拥吻着九江，九江就是完完全全的水城。

去过鄱阳湖东岸的九江都昌县，都昌县域 2600 多平方公里，一半在陆，一半在湖，独占 1/3 的湖岸线和 1/3 的湖面。都昌因此被称为江西第一鱼乡，鲜美的鄱阳湖鱼，吸引着各地的食客吃货。

江西人吃辣，我感觉江西之辣是中国辣度之最，超过湖南的辣、川渝的辣和云贵的辣。九江在江西，也吃辣，但相比南昌，九江的辣味却让我能欣然接受。什么原因？可能是九江水多，把辣味儿都冲淡了许多。

江西人爱喝四特酒，但九江主人招待我，喝的是九江当地的封缸窖白，20 年陈酿，酒瓶造型如观音花瓶。听到"封缸"酒，我便想起镇江丹阳的封缸米酒，浓浓的，甜甜的。主人说，九江封缸窖白是 50 度白酒，还是米香型白酒。哈，中国米香型白酒的祖宗在广西，是桂林三花酒。九江有米香型白酒，还不是因为九江水多，鱼米之乡，白酒都带米香味儿。

水多，造就鱼米之乡，是水利；水多，泛滥起来，就成了水害。1998 年发生长江特大洪水，九江是抗洪前线，解放军出动了抗美援朝后最大规模的兵力抗洪。九江是前线，九江是中心，九江连着全国人民的心。在抗洪中诞生的歌曲《为了谁》，唱遍全国，唱至今日。

九江是英雄城，九江历史上就是军事要地。八一南昌起义，决策是在九江甘棠湖的游船上做出的，起义主力贺龙叶挺部队是从九江集结南下的。长江抗战，

中走篇

中国军队在九江的湖口马当封堵长江，阻止日军西侵。20世纪70年代海军服役的第一艘053H型护卫舰，也以"九江"命名，而且被改装成唯一的火力支援舰。2018年九江舰退役后，又被热情的九江人民接回了九江，打造成"九江舰军事文化主题乐园"。我今来九江，还是因为九江人关心国防安全！

九江景美，在九江城里，可漫步徜徉甘棠湖、南门湖的绿道幽径。双湖联珠，似两只明亮的眼，镶嵌在九江城中。休闲的人群中有舞者、有歌者，歌友们歌唱得有滋有味儿，还飞出黄梅戏的曲调。九江隔江就是湖北黄梅，而且邻近安徽安庆，受徽文化的影响很大。九江还开发了八里湖，市政府移驻到八里湖边。我此来九江入住的半岛宾馆，就在湖边。

要告别九江了，当地主人挽留说，江边还有浔阳楼，书有宋江题的反诗，请教授去看看。没时间了，留待下次吧，好地方总要多来，还要细耕。

2021 年 3 月 30 日　九江八里湖畔

匆匆婺源

江南春早，逐柳追花，一生寻梦，终到婺源。春去婺源，这是多少朋友的心之所向。

婺源被称为中国最美乡村，我久闻婺源其名，也慕婺源久矣！但总不得机会。婺源地处江西赣北山地，好在虽说是山，但山海相连，在八一建军节前夕，婺源方有邀约，我终得来到婺源。

当地主人说，若三四月来，便可看到婺源最美的季节。是的，可以想象早春三月的婺源，油菜花开，漫山金黄；徽派民居，白墙黛瓦，翠竹红桃，掩映迷离。全国各地的驴友们，或自驾，或乘旅游大巴，熙熙攘攘，涌入婺源。长枪短炮，追逐着美景，追拍中国最美油菜花。

我来婺源时，已不是春天，而是酷夏，室外 35℃ 的高温，匆促中欣赏着曾在梦中荡漾过的婺源。有车陪我一路东行，快速游览一个个美丽的景点：李坑、汪口、江湾、篁岭……

古人云，"一日看尽长安花"，现代交通非古时可比，我在匆促间走完婺源这一线，所费也就是半日时光吧。快速浏览，快速记录，走马观花。当然，我那贪婪的眼光将能不放过的都不放过，或许一时记不入心中，也可以拍照存入手机，也可以临场感悟，写入笔记。匆促中高度亢奋，也就顾不得烈日下挥汗如雨了。

婺源是古徽州一府六县之一，今日虽归入江西，但古徽文化在婺源得以传承和延续。婺源的生态环境保护得很好，最珍贵的是留下了这片难得的青山绿水，蓝天白云；留下了诗书耕读、忠孝节义、和谐邻里的精神。婺源徽菜的味道很纯正，还开发出"婺源红"美酒。或许婺源人均地区生产总值不高，但他们的幸福指数很高！绿水青山就是金山银山，今天婺源人着力发展旅游，后发的巨大优势在日益显现。我夏日来婺源，虽没看到漫山金黄，但收获了满眼翠绿。

告别婺源，总想再来婺源，细看婺源。此行匆匆，就把这篇关于婺源的游记小文，命名为"匆匆婺源"吧。

2015 年 7 月 27 日　匆匆婺源

诗山敬亭，文化宣城

皖南黄山的一支余脉东延至宣城，这就是宣城敬亭山。敬亭山不高，主峰也只有 300 多米，但敬亭山是文化名山，称"江南诗山"。

"山不在高，有仙则名。"敬亭山出名，也在于一位仙人——一代"诗仙"李白。似乎还没有哪座山像敬亭山这样，因为李白的一首名诗而成为名山："众鸟高飞尽，孤云独去闲。相看两不厌，只有敬亭山。"

2015 年初携几位朋友来宣城登敬亭山，因时间仓促，虽至半山而返，但背诵了李白的诗，也记住了敬亭山。总想什么时候再来，登敬亭山巅，再和李白零距离交谈。

时隔近 8 年，终于来到宣城，我的战友程立志，那个我们一起自驾去西藏的程立志，约我共登敬亭山，而且凌晨五点出发。

5 点多，天还是一片漆黑，但敬亭山闪烁路灯下的山道上，已经聚集起早起的登山人流。早起登敬亭山，和南京人早起登紫金山一样，在宣城已成为运动爱好者的时尚。近年宣城城区扩大，敬亭山成了城中山，今年以来，老程已登山 160 多次，60 岁的人，身轻如燕，和年轻人一样，可以跑着跳着上山。今天因为是陪我，那就步履坚定，一步一步地向上行吧。

我膝关节有伤，已经多年不登山了，每天坚持平路走万步。今登敬亭山，至半山腰，已气喘吁吁，满头大汗。但一个信念支撑着我：谢朓、李白……那么多的文化名人来宣州，登敬亭山，留下那么多诗词歌赋，他们肯定是登过顶的。要亲近他们，必须登顶。

终于登顶了！登上山顶的观景平台，东方现出一线火红，一轮红日跃动着露出笑脸，万方大地在绚烂的彩霞中苏醒过来。

下山的路轻松愉悦，阳光明媚，一座生机勃勃的宣州城展现在眼前。深秋的敬亭山，山色五彩缤纷，我们是在如画的美景中畅游。下山的路还没走完，程立志关于敬亭山的抖音已经发出来了。登敬亭山拍视频发抖音，他俨然已是个抖音大师，也是因为宣城人对敬亭山爱之极致！

相看两不厌，只有敬亭山！问李白、谢朓、白居易，你们当时看到的敬亭山日出、古宣州城也是这样的吗？

敬亭山在宣城，是诗山，因诗仙李白。宣城（宣州）是文化名城、诗城，还因为比李白更早南朝时的宣州太守谢朓。

南京夫子庙有朱雀桥、乌衣巷。刘禹锡诗："朱雀桥边野草花，乌衣巷口夕阳斜。旧时王谢堂前燕，飞入寻常百姓家。"朱雀桥、乌衣巷，这都是东晋时王谢世家所居地。东晋和其后的南朝，都是诗赋发达的朝代，谢灵运、谢朓都是谢家之后，是郡守也是诗人，诗史称"大谢""小谢"。谢灵运为永嘉（温州）太守时，为永嘉楠溪江山水所陶醉，写下绝美诗句，开中国山水诗先河。

谢朓任宣州太守，同样为宣州的山水所陶醉，一生留下 200 多首诗，有四分之一写的是宣州的美丽山水，是他诗作的精华。

"鱼戏新荷动，鸟散余花落。不对芳春酒，还望青山郭。""易阳春草出，踟蹰日已暮。莲叶尚田田，淇水不可渡。"

而且谢朓直接写有名为《游敬亭山》的诗："兹山亘百里，合沓与云齐。"登敬亭山，是从谢朓始，此诗为证。

谢朓的这些以宣州为对象的清新山水诗，对后来唐代的大诗人李白、王维、杜牧等都影响巨大，特别是李白，"一生低首谢宣城"。几百年后李白来宣州，登上谢朓楼，对谢朓这位先贤充满敬意，写诗曰：

"江城如画里，山晚望晴空。……谁念北楼上，临风怀谢公。"

"蓬莱文章建安骨，中间小谢又清发。"

"长风万里送秋雁，对此可以酣高楼。"

李白一生写于宣州的诗，有 60 首之多。"相看两不厌，只有敬亭山"，更成为诗山敬亭的绝唱。而李白的诗，李白的人生，也最终在宣州（当涂）落幕。

"宣城谢守一首诗，遂使声名齐五岳。"追随着谢朓和李白的脚步，多少骚人墨客如长河星辰般，来到宣州，或生于宣州：刘禹锡、孟浩然、王昌龄、贾岛、范成大、石涛、梅尧臣……他们在这里，或仰天长啸，或低吟弹唱，共同筑起了在中华文化史上无限崇高的宣州名城、敬亭诗山！

我来宣州，我登敬亭山，这些我当年学大学语文时曾诵读过的诗，今天终于在这里找到了它的实景地。

在宣城谢朓楼，在楼前的文化广场，甚至在宣城的酒店宾馆，地上写的是诗，墙上写的是诗，眼里看到的都是诗。

8年前我来宣城登敬亭山，也是为诗山名城而来，也写过一首诗，还为起笔的两句而得意："久慕诗山不为诗，欲采桃花三两枝。"因为是冬令季节，不是春花烂漫，缺少灵感，再后面的诗句就觉得羞于见人了。

我一位大学女同学是个才女，也写过登敬亭山的诗，也是冬日，其诗意境之美、语句之精，令人羡慕："两上诗山独爱冬，一年首尾景不同。绿雪敬亭迟春讯，叠彩层林斜阳中。"

皖南是一幅"醉美"的山水图画，留住了古往今来无数诗人的脚步。池州是诗城，秋浦河就是一条流淌着诗的河，我专门写过池州的游记。宣城泾县有桃花潭，更有李白"桃花潭水深千尺，不及汪伦送我情"的千秋吟诵。来此的朋友，都会深受诗的感染，中华文明的传承，历久不衰。

从敬亭山远望，水阳江从敬亭山下宣城城区向东流去，与南京高淳的石臼湖相沟通。皖南的清丽江水流入南京，南京和宣城间的高铁、宁宣高速已全线贯通，从南京驱车去宣城，也只是一个多小时的车程。宣城与南京拥抱得越来越紧了。

2022年11月1日　宣城敬亭山下

右玉行

我飞到山西的目的，当然不是为吃面。山西省人防系统邀我作国防报告，地点在右玉。听到右玉的地名，顿生兴奋。晋西北的左云、右玉、朔州、偏关……都是古战场，之前对它们的认识还停留在历史课本上，今能实地探访，兴奋感油然而生。

经过四个多小时的高速车程，终到达右玉干部学院。塞外右玉，紧邻毛乌素大沙漠，和我想象的荒漠沙丘不同：天，碧蓝碧蓝；云，雪白雪白；眼前绿色，周边绿色，远方绿色，遍山绿色，满眼绿色。风吹树叶沙沙响，再吹到身上，干爽的，没有沙尘，绝不似南方的高温燥热，这是一片绿色的净土。入住右玉干部学院后，我才慢慢领悟，这是"右玉精神"结出的硕果！

右玉不仅临近沙漠，还是与漠北连通的关口，蒙古高原的大风南下，横扫晋西北，又是古战场，历经千年兵火，地表树木所剩无几。风吹黄沙满地走，过去，右玉人的生存环境极其恶劣。新中国成立后，右玉人为了生存，种树，种树，还是种树！70多年来，18任县委书记坚持不懈，"飞鸽"牌干部做"永久"牌的事，一任接续一任，带领全县人民全力种树！右玉大地的绿化率从新中国成立初期的0.3%，提升到今天的56%。终于，右玉这个塞外荒漠变成了塞外绿洲，而且培育出令国人感动的"右玉精神"。

人类自诞生起，就开始了与自然的抗争，这种精神贯穿人类发展的全部历史，是人类文明中最伟大最闪亮的部分。在荒漠中种树，是人与自然抗争的形式之一。我去过塞罕坝，那里有"塞罕坝精神"，但我觉得右玉精神比塞罕坝精神更有典型性，更有榜样作用。

塞罕坝是国家行为，是机械化林场。右玉在今天也只有11万余人口，全民植树造林的20世纪50—70年代，想必也只是个人口在六七万的小县，不及江浙的一个乡镇。右玉是山区，面积达2000多平方公里，要在广达2000平方公里的沙化大地上植树造林，靠的是乡村农户锹挖肩扛的原始方式，凭的是有时连树苗都买不起的微薄财力，坚持的是持续70年而不放弃的奋勇前行，这需要什么样的毅力？这又是一种什么样的精神！难怪从2011年起，习近平总书记六次讲到右玉，提倡学习右玉精神！

绿水青山就是金山银山！沙尘远去，绿色满满，如今的右玉变了，在右玉人的手里变了！游客来了，开发商来了，跑马场、滑雪场都建起来了。外地来右玉的人琢磨，要不要在这儿买个房子度夏？干部学院办到了右玉，就在绿涛滚滚中，规划面积达5300亩。到这儿办学习班的不仅有山西省的，还有很多外省的。

右玉精神产生于右玉，那与右玉人的本土文化有关联吗？在右玉，当地主人带我走入右玉的一个历史景点——杀虎口。右玉精神是右玉的现实，而杀虎口是右玉的历史。

"哥哥你走西口，小妹妹我实难留……"这是山西著名民歌《走西口》的开头两句。山西人说，"东有张家口，西有杀虎口"，杀虎口，就是歌里所唱的西口。走西口，就是走出杀虎口，到关外谋生发展，这是历史上持续几百年的山西历代移民的艰辛道路。

杀虎口，在山西与内蒙古的交界处，古代是边关要塞，历史上是两地的分界线，今天依然是山西和内蒙古的行政区划分界线。

五代十国时，石敬瑭割让位于今天河北山西北部的"燕云十六州"给辽国。北宋时期，杨家将几代人与辽兵的战争也发生在晋北地区，包括左云、右玉，这里是一片征战杀戮之地。

明朝时蒙古军北退，明代长城修到杀虎口。这是两山相挟的一片开阔地，长城内是明，长城外就是蒙古，杀虎口是边关要塞，地势险要。汉族与蒙古高原游牧民族的边界战争时有发生，有明军打出去，也有蒙古军杀进来，冷兵器战争的残酷可以想象。当时汉人通称北方民族为"胡人"，这个重要的关口也就被称为"杀胡口"。清政府统治中国后，满蒙结盟联姻，康熙皇帝远征噶尔丹后，回军经过杀胡口，遂改"杀胡口"为"杀虎口"。杀虎口的名字沿用至今。

清朝时，右玉杀虎口已不是边关，但还是民族和地理的分界。长城内外的地貌物产和民族不同，蒙汉互市，杀虎口渐渐成为商贸交流的通道，也成为包括山西在内关内移民迁徙的大通道，从清朝到民国，延续几百年。但这条路并不顺畅平坦，充满着艰辛风险。在那动乱的时代，有成功的，成为富甲天下的晋商，更多不成功的，甚至搭上了生命。你听《走西口》那首山西民歌，不是满含着凄凉悲切吗？但再难再险，为了生存，山西人也要坚持往前走！

坚忍，执着，认准一个目标，至死不回头！今天的右玉为什么能产生"右玉精神"？从山西人走西口百年不停的步履里，从西口商旅古道地面磨光的块石间，从夕阳下虽残败但仍顽强矗立的明长城城垣、废弃零落的烽火台中，我似乎找到了答案。

2020 年 8 月 4 日　离开右玉途中

中国黄陵

接到黄陵的邀请，我有些按捺不住心中的激动，因为那是中国黄陵，黄帝陵所在！

黄帝名轩辕，人称轩辕黄帝，被尊为"人文初祖"，开中华文明之先河。去黄帝陵，那是去溯源、去寻根！

从济南登机飞咸阳，再转延安黄陵。此时，陕西正在举办第十四届全国运动会，包括延安和黄陵都承办有竞赛项目。又值疫情防控期间，一套严谨烦琐的程序后才走出机场，但当上了接我的汽车，沿包茂高速向北疾驶时，紧绷的心弦一下舒展开来。

黄陵是县，属延安，在西安和延安之间。近年，中国的西北多雨，今天去黄陵也一路在细雨中穿行。陕北坚持了多年封山育林、生态保护，如今一路看去，满眼郁郁葱葱。想象中的陕北黄土高坡、沟沟壑壑，在高速公路的两侧已不多见了。

《史记》记载："黄帝崩，葬桥山。"桥山，在今黄陵县境，县城北，古为桥国。称桥山，因为有沮河贴山脚绕过，站在山上只看到东西两端的河道，河水似从山底穿过，山如桥，故名桥山。传说古轩辕黄帝氏族部落就起源于桥山一带，发展强大后占据关中和中原的黄河流域，进而打败蚩尤，统一北方。

当地主人安排入住桥山滨湖酒店，在龙湖边，黄陵景区内。这可能是黄陵县位置最好的宾馆了，沿湖边散步，就能走到轩辕庙，到景区中心。

最早对黄帝陵的祭祀活动始于春秋战国时期。汉武帝远征匈奴回归，亲率18万大军祭祀黄帝陵，并修筑了汉武仙台，77级上、78级下。自那以后，祭祀黄帝陵成为历朝历代官方和民间坚持不断的传统，成为中华文化传承不断的显著标识。

新中国成立后，1949年举办了第一次祭祀活动，1980年恢复公祭。当地修建了规模宏大的祭祀大殿和祭祀广场，每年清明由陕西省政府举办盛大的公祭活动。有国家领导、国内各界民众、港澳台同胞、海外华人华侨等万余人参加。每年下半年的重阳节，还有民间祭祀活动。黄帝陵祭典，已被列入国家非物质文化遗产。

我来黄帝陵的时候，不在祭祀活动期间，没有经历那种令人震撼的宏大庄严的祭祀场景，但我却被黄帝陵的柏树群震撼了！

首先是黄帝陵前的"黄帝手植柏"，生长至今已5000余年，相传为黄帝亲手所植，是世界上最古老的柏树。这棵柏树树围11米，直径3.5米，要8个人才能环抱过来。5000年了，依然苍劲挺拔，生机盎然。2016年，曾有7383棵黄帝手植柏树的种子登上"天宫二号"遨游太空，这象征着中华民族的昂扬奋起，是中华民族5000年顽强不屈、复兴崛起精神的体现。

黄帝陵区有柏树8万多株，其中树龄在千年以上的古柏有3万多株，占地总面积达3000多亩，是全国最大的古柏树群。在中国，如果哪个地方有一棵千年古树，当地的民众都会给它披红挂彩，当作神灵去祭拜。黄陵有3万多株千年古柏，谁来这里都会被震撼！这些千年古柏的躯干扭曲着，但扭曲的躯干表面，斑纹密布，树纹纵横成行，绿苔涂满，尽显无尽沧桑！面对这些千年古柏，你不能不想到中华民族数千年曲折前行的壮伟历史！

这些柏树，都是经5000年持续不断的人工栽种出来的。黄帝陵区几乎只有柏树，很少别的树种，进入黄帝陵，就是在不见边际的古柏树园中行走。柏树生长慢，树龄长，在中国的庙宇、祠堂、陵园等地，多有柏树，但面积达 3000 亩、总量达 8 万多株的柏树园，黄陵是中国唯一、世界唯一！

中华民族祭祀黄帝的活动延续数千年，历代帝王名人祭拜黄帝时都会种上一些柏树。这个传统延续到今天，在黄帝陵区，还生长着一些近年前来祭祀的重要人物栽种的柏树。

中华民族的历史有几千年，中国历史上的战争也有几千年，许多城郭几度焚毁、几度重建。但几千年的战争没有毁坏黄帝陵，没有毁坏这 8 万多株茂密苍翠的柏树，为什么？因为它是黄帝陵，是中华民族共同祖先的陵地。虽有党争，有军斗，有战争，有你死我活，但兵火杀戮绝不涉及祖先陵地！

在此可看到，从汉武帝到朱元璋，从孙中山到毛泽东、邓小平，他们祭拜黄帝陵的祭文、题词、题字的碑帖和遗迹在这里都得到了完好的保护，并且肩并肩地排列在一起！

黄帝陵，一部厚重的中华历史，一座辉煌的中华丰碑！中华文明的精神标识，中华民族的心灵圣地！

不忘初心！要记住，你从哪儿来，你奔哪儿去。一个政党是这样，一个民族也应该是这样。我想，每一个中华儿女，在有生之年都应该来一趟黄陵，想一想：我们从哪儿来？我们奔向哪儿去？

2021 年 9 月 16—17 日　陕西黄陵

偶入兴庆宫

西安被称为中国第一古都，虽然前后有十多个朝代在西安建都，但影响最大的还是唐朝：国力最强盛，国际影响最大，都城在西安（长安）的时间最久，留存遗址最显著。到西安，唱得最响的，就是"梦回大唐"！

飞落西安是傍晚，入住西安交通大学（以下简称西安交大）南洋酒店。西安交大是 1896 年在上海创建的南洋公学，1921 年定名为交通大学，主体部分虽然于 1956 年西迁西安，但学校仍然保留着南洋公学的传统，招待所还沿用南洋名号。用完晚餐已是华灯高上。散散步吧，去哪儿呢？看地图，与西安交大北门一街之隔有个兴庆宫公园。来过西安十多次，去部队单位的多，这是第一次到西安交大，当然也没去过兴庆宫公园。但一走入兴庆宫公园，看了景区介绍，顿觉兴奋，犹如捡到一个大钱包，挖了一个大金矿！

兴庆宫是唐长安城三大宫殿群之一，是唐玄宗做藩王时期的府邸，唐玄宗登基后大规模扩建兴庆宫，是唐玄宗开元、天宝年间的政治中心。更让后代文人感兴趣的是，这是唐玄宗与爱妃杨玉环长期居住的地方。

唐末长安城因安史之乱被毁，20世纪50年代交通大学西迁，在其校址的对面、兴庆宫遗址上又新建了兴庆宫公园。有一段时间，西安交大教授可以免费入园，兴庆宫公园真正是西安交大的后花园！

比起兴庆宫公园的园林风景，由其遗址所引发的文化历史联想，更使人动容。开元、天宝年间，是大唐的鼎盛期，四海升平，万邦来朝，唐玄宗和杨贵妃所居兴庆宫，乃万众瞩目的地方，是大唐兴盛的标志，演绎了太多历史故事，留下了众多的诗词华章。

大诗人李白来到长安，走进兴庆宫，李隆基、杨贵妃敬酒，李白醉酒让高力士为其脱靴，尽情挥洒大诗人的风度。李白在兴庆宫的沉香亭写成的《清平调》，由李龟年演唱，记录了当年兴庆宫的歌舞繁华：

> 云想衣裳花想容，
> 春风拂槛露华浓。
> 若非群玉山头见，
> 会向瑶台月下逢。
>
> 名花倾国两相欢，
> 长得君王带笑看。
> 解释春风无限恨，
> 沉香亭北倚阑干。

当年的沉香亭是以沉香木修建的，足见其奢华。如今兴庆宫公园内的沉香亭，就复建在原沉香亭的遗址上，应称沉香楼了。一千多年后，当我走近这座名噪一时的亭子时，只见沉香亭依然华灯璀璨，依然有歌有舞。不过奏起的不是当年的大唐乐舞、霓裳羽衣，而是当今流行的广场舞；跳舞的不是杨贵妃，而是一群中国大妈。

繁华过后是悲切。谁能想到，安史之乱，"渔阳鼙鼓动地来，惊破霓裳羽衣曲"，马嵬坡前的杨贵妃，"宛转蛾眉马前死"！

文化有无穷的魅力，爱情是其中永恒的主题，兴庆宫的故事太多，走进兴庆宫遗址公园，走近唐明皇、杨贵妃，人们记住的还是白居易《长恨歌》的千古名句："在天愿作比翼鸟，在地愿为连理枝"！

今天的兴庆宫公园是开放的公园，不仅对西安交大的师生开放，也对广大西安市民开放，对我这个偶然走入的外地游客，依然开放。当我漫步出兴庆宫，踏上兴庆路回返时，已是深深夜色，灯火阑珊……

2020 年 12 月 12 日　离开西安的高铁上

"塞上江南" 银川

宁夏在大西北，飞机从南京起飞时，机翼下满是翠绿，可当飞入宁夏大地上空时，机翼下变成一片浑黄：黄土高原延伸入宁夏，这也是一块干涸割裂的土地！但是，当飞机逐渐下降至银川机场时，一幅幅渐行渐绿的画面跳入眼中，最后一幅是银川城，好似一匹神奇巨大的绿绸缎。银川是西北荒漠里的一片绿洲，是中华母亲河黄河对宁夏的伟大慷慨的馈赠。

飞抵银川上空的时候，预报地面温度 27℃，想想此时南京 36℃，看看武汉、重庆、西安——39℃或 40℃，都在蒸桑拿般的高温中，面对 27℃的银川，真不知该作何感想。走下飞机，迎面廊道上的欢迎广告语写着："来宁夏，给心灵放个假！"好清爽的欢迎词。

又是一年建军节，八一前应邀来宁夏作国防报告，正想放缓脚步，正好到夏日的宁夏度个假吧。哦，夏日宁夏，白白的云，蓝蓝的天，是个清爽的宁夏，拥有着爽爽的银川，弯弯的黄河，莽莽的贺兰！

银川地处荒寒的塞外，但银川地区又称"塞上江南"，我来自江南，总想看看这个塞上的江南是什么样，好奇两者能做什么样的比较。人人都说"江南好"，那是因为有长江，长江以南水网密布，是长江水滋润出了秀美的江南。银川是"塞上江南"，也是水滋润出来的，不过是黄河水。

长江、黄河，都是中华民族的母亲河。黄河从甘肃北去流入宁夏，过青铜峡后，形成几个以黄河为主轴的冲积小平原，银川就是其中最大的一个。"天下黄河富宁夏"，几千年来，宁夏人引黄灌溉，发展农耕。今天，宁夏的黄河两岸，沟渠交织如网、湖泊珠连其间，"银川"也因此得名，宁夏引黄古灌区成为世界灌溉工程遗产。一条黄河，孕育了宁夏川。宁夏不大，只有五个地级市，但有四个傍黄河而立，沿黄河边排列。

车进银川市，满眼绿色，没有南京的拥挤喧嚣。喜水的柳树，在银川城也成

中走篇

为路边的行道树！一个个的湖泊，装满清莹莹的湖水，间杂在城区间，水润银川！夏日的银川，很难分清是江南水乡，还是塞上江南。

丰足的黄河水滋润了银川，又有一片片的湿地点缀其间。早上，我在银川阅海湖水上公园散步，这是一个很大的城中湖，也是自然湖。柳枝拂水，芦苇依依，水草繁茂，水鸟吱吱……使我这江南来客只把银川作宁杭，只把塞外当故乡！塞上江南，在这里尽展姿容……

宁夏有江南般的水网，宁夏有苍莽的贺兰山，宁夏也有沙漠戈壁，宁夏还有茫茫的大草原。记起学生时代学的那首《敕勒歌》古诗："敕勒川，阴山下，天似穹庐，笼盖四野。天苍苍，野茫茫，风吹草低见牛羊。"敕勒川不在宁夏，但你走进宁夏，犹如来到"风吹草低见牛羊"的敕勒川！

在银川黄河边的黄沙古渡，可看远去的黄河、绿色的湿地、飞翔的水鸟、起伏的沙丘、天边的驼队，听悠扬的驼铃……沙漠中生长的大面积的"花棒"，开着鲜艳的红色小花，绽放着顽强的生命力，宁夏人把它称作"沙漠姣娘"。"花棒"肆无忌惮地装点着黄河边的夏日沙漠，组合成宁夏川多姿多彩的丰富画面。

银川的朋友特别热情！主人待客，首先上八宝茶，也称三泡茶。古典式的杯盏，杯中泡的不光有茶叶，还有枸杞、红枣、芝麻、冰糖、桂圆、葡萄干、核桃仁。这是大西北涌出的一钵甘甜，八味拼装，八色融合。这是宁夏的特色茶，甜甜的，足可舒心，足可解酒。八宝茶端起，一下拉近了主客间的距离。

绿色蔬菜呢，最显眼的是沙葱，那是最绿色的食品，而且是深绿色！这又是宁夏特色。沙葱不是生长在黄河灌区，而是在沙漠中自然生长，吸吮着苍天的甘露，其生命力之顽强，你足可以去想象！宁夏的枸杞，从绿绿的枸杞苗到红红的枸杞果，都是宝，枸杞苗也是绿色的菜蔬。

羊肉是宁夏的主打菜，黄河滩上长大的羊，喝的是矿泉水，吃的是仙株草，迈的是四方步，走的是羊肠道！走啊走啊，就走到了酒店的餐桌上！

唱一首歌吧，宁夏的《花儿》是属于大西北的歌。一袭银装的回族姑娘，随着《花儿》的缓缓节奏，翩翩起舞，如果你会跟唱，那就自然融入其中了！

银川下属的兴庆、金凤、西夏、贺兰、永宁、灵武区县，都带着浓浓的西北边塞味儿，都有悠久的边塞史。宁夏是一本厚重的书，值得你认真地细细地读；宁夏是一钵浓浓的酒，值得你认真地慢慢地品。

2018 年 7 月 22 日　夏日银川

苍莽贺兰山

宁夏，这是中国除台湾、海南两个海岛省外面积最小的省区，6万多平方公里，人口只有近700万，历史上曾归入甘肃。宁夏地理构架很简单，就是两山加一河：北方的贺兰山、南方的六盘山和纵贯宁夏南北的黄河。

黄河孕育了"塞上江南"宁夏川，黄河是宁夏当然的母亲河。到了宁夏，除了黄河外，不得不说贺兰山，因为贺兰山是宁夏的父亲山！

贺兰山和中国西南的横断山一样，都是少有的南北走向，纵贯在蒙古高原的东南缘，宁夏平原的西北侧。贺兰山绵延200多公里，平均海拔2000多米，主峰3000多米。贺兰山如一堵巨大的高墙，挡住了蒙古高原奔涌向东南的沙暴。没有贺兰山，宁夏川早就湮灭在沙海中了。如果说黄河是"塞上江南"的孕育者，那么贺兰山就是她的护卫者。去过西北几个省，感到银川是大西北自然气候和生态环境最好的城市，没有之一。世世代代的宁夏人民感恩黄河！感恩贺兰山！

作为保护神，父亲般的贺兰山的付出是巨大的，其独立抗御高原沙暴几十万年。今天我走近贺兰山、看到贺兰山，第一感觉是山体遍体鳞伤。车从黄河边的银川向贺兰山奔驰，黄河两岸水草丰茂，一派江南风光；但逐渐靠近贺兰山后，路两侧就渐趋荒芜。等到了贺兰山山脚下，看到的只是遍地砾石。

向山上望去，植被稀疏，斑驳嶙峋，完全不似东南沿海的绿山、彩山。一场瞬间的暴雨，就可能形成洪水泥石流，造成灾害。我在贺兰县作国防报告的会场上，有部分人突然退场，主持人解释说，贺兰山山洪突发，形成灾害，他们要紧急回去组织抢险。贺兰山已是个沧桑老者，看过去让人心中不免五味杂陈，如何能让他静养康复？也许远古时期他不是这样的，贺兰山山脚地面的石头多是鹅卵状，那时这里应该是河流，或是海洋。

吸引我来贺兰山的是岩画。人类有文字记载的历史有数千年，但岩画的历史有4万多年。岩画，是在没有文字的时代，早期的人类祖先以石器为工具，在岩穴、石崖壁面上留下的彩色图形、线条等石刻画面，以描绘、记录他们的生产生活和理想信念。这些石刻岩画粗犷、古朴，遍及有人类文明的世界各地，是人类社会的早期文化现象，是人类先民留给后人的珍贵文化遗产，透露出很多早期人类社会的文明信息。

导游介绍，中国境内岩画十万幅，五万在宁夏，而贺兰山的贺兰口有6000多幅，是岩画荟萃之处。你在沟壑的小道上穿行，随意抬头、回头，便有一幅岩画飞入眼帘。原始人将他们的理念、图腾、梦幻、追求，他们的生活原貌，都绘写进了粗犷的岩画中。精美的太阳神岩画，更是贺兰山岩画的代表之作，可以走上世界美术殿堂的高台。在阴风暴雪的寒夜，我们的先民最期盼的是太阳，由此有了太阳神的美丽笑颜。

到贺兰山，出我意料之外的是，这里还有一种新鲜、活跃的生物——岩羊，我把它称作贺兰山的精灵！在有14亿人口的中国境内，除了在西部的可可西里这样的无人区和西南的西双版纳外，很难看到真正的野生动物，特别是大的野生动物种群，但在贺兰山，还生活着岩羊的一个野生种群。我来之时，头羊，称它羊王吧，就在山顶上俯瞰，守着它的领地。岩羊三三两两散开，在陡峭的石壁上跳跃觅食。在人不能攀爬的岩壁上，岩羊如履平地，而且岩羊和人零距离接触，可以抵近拍照。问导游：每天都能看到岩羊吗？答：您是远方来的尊贵客人，它们在欢迎您！

在远古的生活画卷中，人与羊的关系最为紧密。看贺兰山岩画，最多的图像是羊，生动活泼。中文是象形文字，羊大为"美"，鱼羊为"鲜"。来银川几天，顿顿不少的是手抓羊肉，印象最深的也是手抓羊肉，无膻腥，唯鲜美。在贺兰山，在宁夏，人的历史和羊的历史相交相融。

到贺兰山还有意外的收获：著名艺术大师韩美林，把他的上千件精美作品捐献给了贺兰山。韩美林艺术博物馆不在银川城区，就建在山石横叠的贺兰山山脚下。博物馆外观设计粗犷，和贺兰山的背景融为一体，但进入展厅，是让人惊诧的美轮美奂！

当地主人介绍，大师在他的创作陷入低谷，极度苦闷无从突破时，曾多次到贺兰山，风餐露宿，独自对着岩画深钻细研，终得觉悟。你看他今天的作品：福娃、猴票，还有这些肆意张扬、遍布全国城市的雕塑造型，那奔腾的意念，不就是从贺兰山的岩画中牵出来的吗？

朋友，到宁夏来，一定要来贺兰山！我在贺兰山踯躅得太久，返程经镇北堡，这是西北著名的西部影视城，也是来银川的必去之处。遗憾，没时间了。我把时间、情感，都留给苍莽的贺兰山了。匆匆在镇北堡影视城大门口拍了两张照片，想多拍几张，再次遗憾，手机没电了！今天半日的贺兰山之行，内容太丰富了，手机也耗尽了最后的能量。

回望，贺兰山已渐行渐远，在落日的余晖中，贺兰山山形开始模糊。但贺兰山在我心中永远是清晰的、刚毅的！

2018 年 7 月 25 日　银川贺兰山

九寨沟，惊艳世界之美

结束了九寨沟一天的游览，走出九寨沟景区的大门，打开"微信运动"一看，哇，22000多步，等于跑了个半程马拉松！虽然非常疲惫，但似乎游兴未尽，再驱车去40多公里外的九寨沟县城，在那里吃顿晚餐，或许能更好地体验九寨沟。

去了中国许多地方，写了很多游记，还就是没去过九寨沟。最早知道九寨沟，是从藏族歌手容中尔甲唱的那首名为《神奇的九寨》的歌中："在离天很近的地方，总有一双眼睛在守望，她有着森林绚丽的梦想，她有着大海碧波的光芒。"

之后又看了很多关于九寨沟的图片、视频，知道了九寨沟惊人的自然之美！九寨沟，由此刻印入我脑海的深处。

2017年8月8日，九寨沟发生7.0级大地震，九寨沟景区遭重创。媒体报道，火花海毁了，诺日朗瀑布垮塌了，这些绝美的景色就这样从地球上消失了！九寨沟是全人类的，是世界的，世界关注九寨沟，全民关注九寨沟，我的心也紧揪着，还能看到美丽的九寨沟吗？今年国庆节，九寨沟景区全面恢复开放，我们在金秋十月九寨沟最美的季节，终于走进了久久思念的九寨沟。

九寨沟在川西北，属阿坝州。川西是藏区，包括雅安、阿坝，而且应该是除西藏之外最大的藏区！"九寨沟"之名是缘于沟中有九个藏族村寨。过去交通闭塞，这里只是砍树伐木的林场；如此的惊天美景，竟久久地藏在深闺，几乎与世隔绝。但也正是这种与世隔绝，保证了九寨沟自然的、纯正的、世界级的惊艳之美！

改革开放之后的1984年，九寨沟作为风景区正式对外开放，这才撩开了她蒙了无数年的面纱。九寨沟的美开始为世人所知，名气越来越大，以至她所在的阿坝州南坪县在1998年更名为九寨沟县。这就像普洱茶出了名，历史上的云南"思茅"变成了今天的"普洱"；香格里拉出了名，传统的"迪庆"变成了"香格里拉"。

美丽的九寨沟，其实由呈"丫"字形布局的三条山沟组成：日则沟、则查洼沟和树正沟，一处处美丽的风景，布列于三条沟旁。九寨沟景区面积有62平方公里，游九寨沟必须坐车，不是景区常见的敞篷电瓶旅游车，而是大巴车。大巴车首先把游客拉到最高点，游客由上往下游览一个个的景点。若景点间近，游客可步行走木栈道；若距离远，则在景区上车点有大巴车巡回接送游客。九寨沟是一个非常成熟的风景区，配套设施都非常到位。

那场大地震对九寨沟风景有破坏，但都在逐步恢复中。现在还能看到一些山体滑坡的痕迹，但对于美丽的九寨沟来说，少许的伤痕或许也是一种美。

景区大门在沟口，海拔不到 2000 米，到了沟深高处，海拔就要超过 3000 米了。沟口和沟深处的气候是两重天，这个季节来九寨沟，我们都穿上了棉衣。好吧，下面就由我做导游，带着朋友们去游九寨沟。

到了日则沟顶端的原始森林，迎接我们的是一场飘雪。周围雪山围拥，墨绿色的森林被银白的雪覆盖，在一些林木细枝上还形成了雾凇。这是一片玲珑世界，晶莹剔透，给我们这些初来九寨沟的人一场意外的惊喜。

雪只落在高处，走下原始森林到箭竹海、熊猫海，白雪瞬间就消失了。箭竹、熊猫的湖名，显然与熊猫有关，川西也是熊猫的世界。九寨沟最美的是水，九寨沟的风景就是一片一片的高山湖泊，藏族群众把湖泊称作海子。海子水清澈透明，碧如翡翠，蓝如宝石，镶嵌在山中。海子四周高山环绕，山顶有积雪，是银顶，迎面陡立的山坡森林密布。深秋的山林五彩缤纷，仿若一个巨大的调色盘。

再向下去吧，那是五花海，最美的海子，被称为九寨精华。九寨沟的山都是石灰岩，经过千百万年雨水和雪水的冲刷，冰川滑动的雕刻，造就了惊天绝美的九寨沟。五花海的水底钙华沉积，还有色彩艳丽的水藻，水的深浅不一，透过水看去，赤橙黄绿青蓝紫，何止五色花斑。遗憾的是，今天阴雨无太阳，如若艳阳高照，蓝天白云，我真不知道怎么描绘九寨沟、五花海之美了！

九寨沟之美，美在水。为什么九寨沟水清水美？原因还在于四周的高山密林。雨水落下，雪水流下，都要经过森林一层一层地过滤，流到海子里的水自然洁净无比。

再去看另一片水吧，珍珠滩，要环绕着去观赏。沿地面突出的道路前行，漫地的水从树丛中、从你的脚下流过，蹦跳着，溅起一丛丛如珍珠般的浪花，珍珠滩就是一个铺地的巨大珠帘。从边侧下行，转到位势低的地方向上看，一排漫天的大瀑布！哦，你看过电视剧《西游记》吧，片头唐僧师徒四人你挑着担、我牵着马走过的那片瀑布就是珍珠滩！这也是九寨沟的水，与五花海水的静美不同，这里的水是一片悦动的美，蹦跳的美，轰鸣的美。

九寨沟水美水多，自然，瀑布也多。我们来到著名的诺日朗瀑布，在经过地震的冲击后，诺日朗瀑布已经获得了新生！瀑布面宽 300 多米，沿着一条条的岩槽下泄，远看过去就如一条条垂挂的哈达或弹奏的丝弦。

则查洼沟的顶端是长海，海拔也在 3000 米以上，同样是雪花飘飘，雪山环绕。但不同于日则沟顶端的原始森林，这里是一片海子，称长海，是九寨沟最高的湖，也是最大的海子。冬天的长海冰封雪盖，是典型的北国风光。邻近长海步行可去的是五彩池，这是个很小的湖，所以称"池"。小小的五彩池能在美丽的九寨沟占据一席之地，盖因其具有美丽的五彩。九寨沟有大大小小100多个高山湖泊，五彩池别具一格，它精巧、精致，是九寨之眼。

树正沟是进入也是走出九寨沟的那条沟，这里的海子更多，更密集。有犀牛海、老虎海、火花海、树正群海、盆景滩……都美得惊艳。如果你有时间，可以依次步行走过它们，收获最丰富、最完整的美。我们下山时已感疲惫，走到树正沟的这些美景前时，不知不觉间产生了审美疲劳。不是她们不美，而是她们太美，美得让我有些眼花缭乱，不知所措了。原谅我，朋友，不能向你们一一介绍了。

朋友们，来九寨沟吧！不来九寨沟，那可能是人生最大的缺憾。

2021 年 10 月 31 日　九寨沟

冰雪弓杠岭，黄龙五彩池

川西北去得少，对其地理陌生，原以为九寨沟就是黄龙，黄龙就是九寨沟。来了九寨沟才知道，九寨沟和黄龙是两个地方，相隔100公里，分属九寨沟县和松潘县。

从九寨沟返回成都的路上，离川主寺20公里左右，便是黄龙。选择去黄龙，一是因为顺路，二是听介绍说那里有个五彩池值得一看。然而，看过了惊艳的九寨沟，看过了被称为"九寨之眼"的精美的九寨沟五彩池，对于黄龙五彩池的期盼值也就不高了。

结束了九寨沟之行，一大早起来驱车奔黄龙。随着海拔的升高，路旁的山林从五彩逐渐转变成银白。昨晚悄悄一场大雪，今早上得山来，便是满眼北国风光！随车用手机录下路侧的风景发在群里，朋友们纷纷点赞。

海拔越来越高，从九寨沟去黄龙要翻越一道山梁，名弓杠岭。弓杠岭在藏语里是"都喜欢山"的意思，山如弓背，山林茂密，也是风景，而且这里是岷江和嘉陵江上游白水江的分界山、分水岭，垭口处海拔高达3690多米。

岷江东源发自弓杠岭南坡，在去九寨沟的路上，就看到有"岷江源"景点的路标牌。弓杠岭北坡的山水与九寨沟的水合成白水江，流经九寨沟县城，再流入嘉陵江，嘉陵江在重庆入长江。

车行近垭口高处，见行车纷纷停靠路边，并有路边司机示意我们停车。坐在车上没感觉，下车才发现，高山寒冷，路面已结冰。路面特别滑，寒风袭来，人

中走篇

几乎站立不住，而路边就是深谷。想想刚才还在无意识、无忧无虑地惬意行车，真有些后怕。

把车停在安全处，给轮胎装防滑链，这里的车看来都备有防滑链，大车小车都在装。我们的司机年轻，防滑链没有扣紧，车行起来咔咔作响。有邻车陌生司机主动帮忙，给包烟作酬谢，坚决不收。在危险困难中所获得的帮助，是不应该被忘记的。

大自然就是这么神奇，冰雪只在高山处，下坡后路面干爽，解下防滑链，向黄龙疾驰。

黄龙海拔很高，入口处就是满山白雪，见此，心里有点儿凉凉的，这满眼白雪皑皑，不就是高山雪景吗，哪有什么五彩呢？

乘景区小巴入景区，经过一条狭窄、弯曲，如栈道式的山路，再乘一条很陡的索道登上黄龙。脚下和四周都是茂密的原始森林，被厚厚的雪裹盖着，看过去甚为壮观，但景色只是银白与墨绿，雾气缭绕，天灰蒙蒙的，没有看到想象中的五彩。下了索道，还有一段木台阶的攀爬路，海拔逐渐抬高，接近黄龙古寺时，海拔已达3500多米，好在我去过西藏，海拔四五千米的高山都攀越过，还能对付，但我的战友武震已经气喘吁吁了。

黄龙古寺建于明代，与大禹治水传说还有关联，大禹故里在川西北，大禹治水三过家门而不入的故事也发生在川西北。我们路经汶川，看到有大禹故里的指路标牌。

到黄龙寺，云雾渐散，天开日明，远处的雪山——高达近6000米的岷山主峰雪宝鼎，已隐约可见。此时身体不适的人开始有高反了，取出氧气罐吸氧。黄龙风景的精华在沟顶的五彩池，不到黄河心不死，继续攀爬！

路旁是一片倾斜的台地，有灌木丛，有山水顺着地面流淌，水流之处，白雪融化，看过去是一幅黑白色的水墨画。再向上攀登，透过树丛，远处闪出一片亮丽的华彩，哇，那就是五彩池了。随着登山台阶的升高，五彩池的全姿全貌逐渐展现在我们面前！

九寨沟的五彩池是一个很小的湖泊，也可称池塘，因为水底色彩变幻多端，被称作九寨之眼。黄龙的五彩池，看过去是一片广阔蔓延、层层叠叠的梯田，洁净的山水从山上流下，一层一层地下泄。九寨沟五彩池只是单一的彩池，而黄龙有693个大大小小、形状各异的五彩池，池与池间相叠、相覆、相连。直接进入眼帘的这一片有多少个彩池？你一下子也难以数清。

当我们登上高处俯瞰五彩池时，犹如神助一般，太阳出来了。在阳光的照射下，周围的雪山闪着银光，五彩池闪现着五色的彩光，落雪又给五彩池镶上了银边！虽然之前看过五彩池的图片，但当一个个五彩美池实实在在展现在你眼前时，这是比九寨沟更震撼的惊世之美！

黄龙和九寨沟，同时被列为世界自然遗产。看过了九寨沟，再看黄龙五彩池，更是美上加美！

九寨沟有三条沟，有多种多样的美景，黄龙虽然只有一条沟，是单一的突显，但它是世界奇观、人间瑶池。九寨沟的美景多位于海拔 2000 米到 3000 米之间，而黄龙的五彩池在海拔 3600 米，周围作为背景的雪山更在海拔 5000 米以上！九寨沟的风景清幽、清秀，好比是一个藏在深闺的美女；而黄龙五彩池规模宏大、开阔壮伟，且五彩缤纷，就如一个身披铠甲的青年英雄！

英雄与美女，黄龙与九寨，携手相拥，天作之合。来九寨，必来黄龙，不仅因距离相近，更因景观的相配相补。

黄龙五彩池能现出五彩，自然是山石、山水和阳光综合作用的结果。科学知识告诉我们，黄龙的山石也是石灰岩，长期钙华沉积成彩池。彩池的水来自高山溶泉，极为洁净，阳光照过去，因为光线中蓝光的折射和散射，水色呈现不同程度的蓝。而池中又有各种色彩的藻类的生长，池水由此呈现出多种色彩。阳光从不同的角度，在不同的时段照射过去，又带来色彩的随机变幻。

黄龙是国家级自然保护区，五彩池所在又是核心区。山径两侧有美丽的鸟儿和游人零距离接触，和美丽的黄龙风景构成一个和谐的整体。

告别黄龙，告别九寨沟，但心中已永远留下了这片惊世之美！

2021 年 11 月 1 日　松潘黄龙

诗画池州

中国是诗词之国，唐诗宋词，妇孺皆能吟诵几首，唐朝诗人杜牧的《清明》诗，当是其中之一：

> 清明时节雨纷纷，
> 路上行人欲断魂。
> 借问酒家何处有，
> 牧童遥指杏花村。

清明时雨，诗人寻酒，牧童遥指，去杏花村。如此美好的意境场景，使得每年清明来时，朋友们的微信圈里，充斥的都是这首诗。这又引发一个历史疑问：杜牧诗里的杏花村在国内的什么地方？

杏花在中国开遍东西南北，《中国国家地理》有文主张把杏花作为中国国花。国内有杏花的村子无数，查百度，得知国内知名的杏花村有 19 个之多，杜牧诗中所写的杏花村在哪里，千年来多有争议。山西汾阳杏花村，不仅有杏花，更有"杏花村"名酒，山西人说《清明》诗中的杏花村在山西。

记得南京《金陵晚报》曾载文，考证出《清明》诗中的杏花村在南京城西南信府河凤凰台一带。这次我来安徽池州，听了主人的介绍，看了池州的山水，我更愿相信，杜牧诗中杏花村在池州贵池。

古代文化中的江南在长江下游，一指今天的苏南浙北，一指皖南。江南雨丰，清明正是多雨时节，杜牧诗中的意境，落雨纷纷打杏花，正是典型的江南清明景色。贵池杏花村，隋唐时就产酒"杏花大曲"，酒风兴盛，"十里杏花，十里酒肆"。

名人与诗、文、酒联姻，已是传统。欧阳修任滁州太守，酒后留有名篇《醉翁亭记》。杜牧任过两年的池州刺史，常来城西的杏花村饮酒，写下千古名诗顺理成章。池州杏花村历史久远，《杏花村志》甚至被列入《四库全书》，这是列入《四库全书》的唯一村志。

池州主人告诉我，池州也曾有"杏花村"品牌的美酒，改革开放，市场经济兴起，人们的商标意识增强，山西商标注册在先，打起官司，池州败诉。池州后来紧急注册了"杏花村"旅游商标，山西再告，池州胜诉。现在，"杏花村"酒在山西，"杏花村"景在池州，分隔千里。唉，如果杜牧能从地下醒来，还是听他最有权威的裁决吧。

杏花村在池州西郊，说是西郊，但因城区扩大，已属城区了。唐时杜牧笔下的杏花村已无古迹可寻，今杏花村是新打造的景观，在秋浦河边。有村舍阡陌，有湖水清莹，有亭台楼阁，有柳绿桃红，有黄公酒坊，也有杜牧、李白等大诗人吟诵池州的诗碑长廊……

春秋季节来池州最好。我此时来，或许不是旅游的黄金季节，杏花村里游人不多。但我这许多年无数次诵读杜牧《清明》诗，却是第一次走入杏花村，兴致颇浓，乐当杏花村村民，在蒙蒙细雨中漫步，寻觅杜牧笔下雨打杏花的优美意境。

皖南是一块宝地、美地，有黄山（徽州）、宣城（宣州）、池州，三古州顶托起大美皖南。池州辖一区三县，贵池、青阳、东至、石台，全都风景秀丽。九华山、牯牛降，美名远播。

现在，池州城东的平天湖，是一个还在建设中且日趋成型的大型湿地公园，还保留着较多的原生态景观，衔齐山、碧山，目标是打造成国家级旅游景区。环湖一周有 20 公里，已修成敞开型景观路，是自驾游的好去处，走一走不胜惬意。

池州景美、物丰、人和，古往今来，文人墨客来得多，留下的诗词歌赋也多。走下高铁，映入眼帘的是池州标识语："一池山水满城诗"，穿城而过的清溪河边有长长的"清溪诗画"文化墙。

杜牧写池州的诗，远不止《清明》一首。大诗人李白到池州，连续写下了《秋浦歌十七首》（池州古称秋浦）。池州九华山也因为李白的诗"昔在九江上，遥望九华峰。天河挂绿水，秀出九芙蓉"而出名，美誉度大升。

池州临江，水多湖多，山色秀丽。我在城中大九华宾馆的高楼上俯瞰池州，在落日黄昏中漫步百荷公园，访百牙山塔，直至华灯初上，塔湖添光。

池州城有美丽的清溪河。南京城东也有清溪，从钟山下流入城内，流过城南夫子庙，在桃叶渡入秦淮河。流入南京城后的清溪，曾经是一条逼仄弯曲的污水沟，虽经整治后水质改善，但还是无法和池州的清溪河相比。

池州的清溪河，是一条长长的、宽宽的、清清的河。清溪河从皖南深山中流出，弯曲着穿池州城而过，流入长江。清溪河两侧是休闲观光带。漫步在清溪河边，入夜，华灯闪亮，长虹卧波；初晨，绿枝抚水，清风拂面，袖舞太极，休闲垂钓，翁媪杵涤，宁静悠然……这不就是一幅美妙的山水画卷吗！

池州，安徽皖南一个小家碧玉般的城市。来池州走一走，你会收获一份好心情。

2019 年 7 月 27 日　安徽池州

大山深处的匈奴部落

才离池州，又到东至。中国二十四节气中有一节气名"冬至"，即冬天要到来了。"东至"和"冬至"音同，暗自揣测此东至和彼冬至或许有所关联，来后才知，没有任何关系。

1959 年，安徽东流县和至德县合并，各取首字，称"东至"，就如安庆、徽州各取首字，便有了安徽，江宁、苏州各取首字有了江苏一样。至德、东流在皖南都是古县，至德过去名建德，因与浙江建德同名，安徽建德屈改为"至德"，有了东至，至德也没了。

东流、至德两县，东流在历史上名气更大。晋时东流称"菊所""菊邑"，属彭泽，因陶渊明曾当彭泽县县令，后辞官归隐田园，曾在此种菊。"采菊东篱下，悠然见南山"，想必是此处，向东流去的这段长江也就美称为"菊江"。

东流县扬名，还因北宋诗人黄庭坚到此，看长江曲折西来，飘忽摇摆，方向不定，到东流后才径直东去，遂作诗曰："沧江百折来，及此始东流。"

1959年东流、至德两县合并成东至县后，东至县城在原至德县治所在。而原东流县所在的东流镇，不仅文化底蕴厚重，而且濒江，交通便利，发展很快。东流镇现在虽不是县城所在，但却是东至的历史文化名镇，还留有陶公祠、菊江亭等遗址。

下午匆忙间过江转安庆，当地主人建议顺便看看东流。我没有去东流，而选择去了花园乡的南溪古寨。之前主人介绍说，这是大山深处最后的匈奴人部落！闻此引发我浓烈的兴趣，觉得它比东流陶公祠对我的吸引力更大！

东至的山很绿，东至的天也很蓝，去南溪没有高速，需走乡道沿尧渡河上溯前行30多公里。南溪古寨深藏在皖南山中，就地势而言是山间的一小块盆地，四面群山环绕，只有一条弯曲的路进寨，而且要经过三座桥。

现在路已拓宽，若在过去的冷兵器时代，想必这里是一夫当关、万夫莫开之隘口。因为地势险峻隐蔽，抗战时，民国的至德县政府曾迁到村里。古寨长期相对封闭，因此能完好地保持着原始状态，直到2006年经专家考证后，它的历史价值才被发现并认定。

中国幅员广阔，历史悠久，黄河、长江孕育了中华文明。中国的西南、西北，特别是黄河以北的草原、高原上，生活着数量众多的游牧少数民族。中国五千年的历史，是各民族逐渐融合的历史，中国今天能有960万平方公里的幅员，应特别归功于这些少数民族。记得前些年有一本历史著作，名《另一半中国史》，述说的就是少数民族的历史。

秦汉时期，汉民族面对的敌人是北方欧亚大陆中部一个强大的游牧民族——匈奴。秦始皇修长城，防备的是匈奴；苏武北海牧羊19年，直至贝加尔湖，是被匈奴人扣押的；王昭君出塞和亲，远嫁的是匈奴单于；汉武帝时李广、卫青、霍去病远征北伐，才最终打败了匈奴。

被打败的匈奴人去哪儿了？北匈奴人向北向西，直到今天欧洲的多瑙河流域，匈牙利人还被认为是当年匈奴人的后裔（现在还没有充分证据），这条路线也正是一千多年后蒙古大军的西征路线。南匈奴人归附了汉朝，逐渐融入汉族，经过后来几百上千年的战乱和颠沛流离，又流散到内陆各地。

东至的南溪古寨，就是这样一个深藏于大山中的匈奴人部落，他们迁居于此已有 1100 多年。这个部落是金姓，传世六十多代，祖先是匈奴休屠王之子金日磾，被霍去病打败后降汉，极力辅佐汉室，有功于汉朝。金氏家族的历史有完整且延续不断的族谱佐证。

我到寨中，年轻的村长引路导游。这是一个从南京通信部队退役回来的士兵，金姓匈奴人的后裔。高大的身材，英俊的脸庞，有明显的草原游牧民族的特征。他本来已在池州创业，有自己的公司，但村里更需要他，于是毅然回村，担起了领导全村发展的重任。

建于明代的金氏祠堂，建筑构件、雕刻图形，勾起人们对茫茫草原的想象。寨里还有一座建于元末的石墙碉屋，墙壁上遍布洞孔，用于瞭望和射箭。朝向北方的墙角呈锐角，如箭头，指向北方的草原，那曾是古匈奴人的故乡。

一位年长者，是古寨匈奴部落传说的非遗传承人，向我细细地述说古寨的历史，述说当年匈奴人的流散踪迹。从他凝重的表情中，可感受到他们对千里外的草原依然有着深沉的向往。

今天的中国，是由 56 个民族构成的多民族国家，有 960 万平方公里的地理幅员。在中国几千年的历史中，曾有过匈奴、鲜卑、契丹、突厥、党项……然而因为战争兵火或灾害流离，他们的名字从历史中渐渐淡去，但他们以另一种形式继续存在，如这个东至大山中的匈奴人部落。

记住他们，记住另一半中国史。

2019 年 7 月 31 日　池州东至

石台的那片山水

皖南有美丽的山水，有烂漫的诗赋，文化璀璨千年。近些年寻访池州，唯一还未涉足的是石台。对石台心慕已久，今有机会去石台，坐上车后，就巴不得快点儿到，切切期盼弥补情感上的这块空缺。

从池州下高速，沿秋浦河循 221 省道，我们的车盘旋南上奔石台。山越来越高，路越来越弯，秋浦河水越来越浅，看样子卷起裤腿儿都可以蹚水过河了。

石台未通高速，20 世纪六七十年代，包括石台在内的皖南山区，还曾是华东的小三线。正因为交通不便，才保留了石台这片原始清静的青山绿水。

石台县是个皖南山中的小县，人口仅 10 万；石台县城是个迷你小城，在两岸青山的挟持中，铺陈在秋浦河两岸。看不到交警，很少有红绿灯，没有的士，也少有三轮车，只有有限的几路公交，没有现代城市的喧嚣嘈杂。石台的一切，似乎都是在静悄悄中进行，在一支烟、一壶茶、一杯酒的香醇温润中流过。

秋浦河是石台、池州的母亲河。秋浦河发源于石台牯牛降，蜿蜒北去，长100多公里，在贵池入长江。秋浦河两岸如诗如画，千年前，大诗人李白顺江而下，从池州上岸后，不知怎的就迷上了秋浦河。李白五游秋浦河，写下了17首咏秋浦河的诗，成池州名唱！秋浦河，也被誉为流淌着诗与歌的河……

石台最有名的景点、最有代表性的景点，当然是牯牛降。去石台，首奔牯牛降。牯牛降跨石台、祁门两县，最高峰在石台，海拔1700多米，是皖南第三高峰，也称作西黄山。

石台是原生态山乡，牯牛降的山水也呈现出丰富的原生态。那一山一水，一木一石，似乎都未经加工雕琢，是上天无意打翻了调色盘，随意泼洒点缀而成。

走进牯牛降的深处，才发现牯牛降不仅山清水秀，还有深厚的历史人文底蕴。在牯牛降的核心景区，有一个历史古村——严家古村。

东汉时，严子陵拒光武帝刘秀邀约，不愿入朝为官，遂躲避到浙江桐庐的富春江边，隐居垂钓。在今天桐庐的富春江小镇，还留有严子陵垂钓台的遗址，我多次去桐庐，曾去探访。历经千年，严子陵的后人几经辗转，到了皖南石台，在大山深处的牯牛降安了家。在严家古村漫步，你似乎能触摸到古人的脉搏，如踩着古人的脚印前行。

沿山道走在严家古村，我买了一把现场编织的小扇子取风乘凉。这是用山边的棕榈叶编成的，很精致，也非常柔软，十元钱一把。不还价，买一把。村嫂赤脚踩在加工过的洁白的棕榈叶上，两手娴熟地编织着，脸上漾满了善意的笑容。我不知道她是不是严家之后，但在小小扇子上，我感受到一种民族传统农耕文化的遗续，在她的笑脸上，透显着朴实和真诚。

皖南山区真是一片神奇的土地，有众多的古村落，有青砖、黛瓦、马头墙。若想探寻传统文化，去皖南山区，你会有满满的收获！为什么这里会保存得如此完好？我想应当感谢皖南这片深沉的大山，虽然无言，但屹立千年万年，任凭历史的风吹雨打，默默守护这里的一方百姓。

中国最美的山在张家界，最美的水在九寨沟，这是一般人的认知。但来到石台牯牛降，来到牯牛降山深处的龙门潭，只见这里的水不仅美，而且清，洁净！

这是秋浦河的上游，是秋浦河的源头，山色清秀，山水洁净。水从山顶流下，形成四叠瀑布，经沙石过滤，注入龙门潭。溪水清澈见底，属一类饮用水，可直接饮用。

登山累了，热了，口渴了，掬一捧山水畅饮，甜！爽！灌一瓶带上车，天然矿泉水，慢慢品。

离开牯牛降，去醉山野吧。醉山野，是一条山间的峡谷，窄窄的，弯曲着向上。醉山野中有一个20世纪50年代修建的小水库，蓄积起山水的灵气，是石台新开发的景点。木栈道沿陡峭的石壁向上延伸，不断地转向峡谷的左右两侧，跨峡谷的是一道道、一座座的吊索桥和石孔桥，把峡谷装扮得多彩多姿。

山间林木苍翠，因夏季干旱，谷底只有涓涓细流，但水质清澈，可见小鱼浮游。如若水流丰沛，又会形成一个接一个的小瀑布，奔腾而下。

醉山野！我不知道是谁起了这么醉人的名字。醉山野，是一片童话的世界，是藏在皖南山中的小九寨沟。人在醉山野，真可说是醉了，足可以醉倒在山野，醉倒在石台的这片山水中！

2019 年 10 月 22 日　池州石台

合肥罍街，安徽酒文化

民以食为天，吃是第一要务，涉及人的生存。过去中国人见面问好，第一句话总是说："您吃了吗?"中国是个农业大国，天南海北，食材繁多，食品风味众多，形色花样也多。食不厌精！饮食在中国成为文化，在饮食这个平台上，承载了太多的中国传统文化。记得电视纪录片《舌尖上的中国》播出时，曾令多少国人垂涎。

谈饮食不可不谈酒，俗话说，无酒不成席。酒在西方是佐餐饮料，在中国则发展成一种文化。"桑柘影斜春社散，家家扶得醉人归"，百姓如此；"醉卧沙场君莫笑，古来征战几人回"，将士如此；"五花马，千金裘，呼儿将出换美酒"，诗人名人更是如此！

去合肥，合肥朋友邀约，去罍街！罍街，这是一个在旧厂房基础上打造的饮食文化夜市街区，近年逐渐成为合肥人宴请朋友的热门地点。记得前些年来合肥，还没有朋友向我推荐过罍街。

安徽人尚酒，有句话叫"麻雀都能喝四两"，说的就是安徽。年少时生活在安徽阜阳，这是农业区，也是酒乡。少时看大人喝酒，围坐一桌"打通关"，伸出五指划拳，三拳两胜，每人轮流坐庄，"五个五""六个六"地吆喝着，气氛极其热烈。小小的牛眼杯，承载着生活的慢节奏，中午的酒能喝到晚上，晚上的酒可以喝到深夜！

今天，社会发展迅速，生活节奏加快了。安徽人喝酒，也不再小杯慢拳了。喝得兴致高时，可以"拎壶冲"，一壶酒一口干下去；可以"炸罍子"，一大杯一饮而尽。"罍"，是古代的青铜酒樽。2008年，安徽蚌埠双墩一号墓中，出土了春秋时期的圆口镂空龙耳罍，合肥罍街就以此古酒樽为标志，足见"罍街"之突出的尚酒主旨，安徽人酒风的豪爽硬朗，从春秋传承至今天。

安徽酒风盛，是因为安徽自古就是富庶之地。淮河、长江东西向从安徽中间，把它划分为地幅相近，但地理、经济、文化、习俗等迥异的三个部分。皖北是平原、皖中是丘陵、皖南是山地，三种地理形态共组成一个安徽。安徽酒风盛，淮北为最。

淮北是平原，是农业区：粮多、猪多，自然酒多、肉多、菜多。平原人多，自然喝酒的人也多！安徽的酒，首推淮北阜阳的。阜阳古称颍州，历史悠久，大阜阳时辖有十个县，几乎县县有美酒，一到节假日，家家扶醉人。这些酒都有历史、有传承，酒之美，只要广告到位，都可以成大品牌。

阜阳本市的酒名"金种子"，金种子也是上市公司。但我更愿意让朋友们关注它的另一个品牌"醉三秋"，更有文化韵味。杜康酿酒醉刘伶，一醉三秋，此即"醉三秋"。临泉酒是"文王贡"，阜南酒是"焦陂"，颍上酒是"管仲"，界首酒是"沙河"，太和酒是"太乙秘酿"，涡阳酒是"高炉"。蒙城史上无名酒，还创新出自己的品牌酒，叫"漆园春"。利辛是20世纪60年代新建的县，那就做啤酒吧。我的战友退役回乡，自主创业，打造出新酒"九五至尊"，战友聚会，酒就由他赞助。

亳县，今天的地级市亳州，过去也属阜阳，它的酒就更著名了：古井！中国白酒的八大名酒之一，与洋河打擂台。古井酒与亳州的名人曹操、华佗都有关联！因为亳州有一口古老的井，曹操当时曾饮马此井。

合肥罍街就在合肥主城区，合肥居江淮之间、安徽之中，酒风同样刚烈。

原以为皖南酒风柔些，谁知这些年频去马鞍山，马鞍山是移民城，因矿山、钢厂而兴起，汇聚了各方人士，还有李白遗迹，由此酒风更烈。钢城！诗城！酒城！酒与诗，诗与酒，就像烈火与干柴，两者在马鞍山碰撞，俨然一个异军突起，酒风刚猛。一代诗仙李白，当年到马鞍山（当涂）时也把酒喝多了，在长江边的采石矶找到自己最终的归宿，醉酒成仙！

皖南宣城有诗山，敬亭山，诗山有好酒，名"宣酒"。"桃花潭水深千尺，不及汪伦送我情"，不知当年汪伦请李白喝的什么酒，但今天桃花潭人也把自己的酒命名为"桃花潭"。"一生痴绝处，无梦到徽州"，"无梦徽州"，也是酒名！

华灯升起，霓虹闪烁！各地名吃尽出罍街，各路食客涌入罍街。哈喇子止不住了，舌尖上的愉悦是最生动的愉悦。上酒了，倒大杯，别忘了，在罍街，可以和朋友炸个"大罍子"的！

2016 年 5 月 22 日　合肥

找不到的黄山，迷失了的徽州

古代江南地区，历史文化底蕴深厚，依今天的行政区划，其应涵盖苏南和皖南两块地方。苏南是平原水乡，由此有了水乡古镇周庄、同里、甪直、锦溪等；皖南是山地，得以推出古村西递、宏村、查济、呈坎等。

"江南好，风景旧曾谙……"走过了苏南，还必须走进皖南。皖南有名山黄山，"五岳归来不看山，黄山归来不看岳"，黄山是名山之首！皖南有文化，古徽州，徽文化，史久韵重！山是自然风景，文化是历史凝聚，自然和文化都堆积在皖南徽州，皖南当比太湖之滨的苏南更有吸引力！

在南京大学求学时，1979 年的暑假，我们七个同学结伴游黄山。那时的黄山没有索道，上山全靠两条腿，还要背着背包，我们都拄着竹杖攀爬。下了黄山，经太平湖，那时候太平湖还没有开发，还叫陈村水库。过太平湖，再登九华山，沿山叩首拜佛，与法师主持对话，这对我们学哲学的学生也是一种历练。20 世纪 70 年代末交通不便，我们去是坐长途客车，最后从贵池乘江轮返回南京，但这一游，印象深刻，终生难忘。

近 40 年没去黄山了，今天高速通了，驱车自驾去黄山，到屯溪。定上导航，却有种迷茫的感觉：找不着、看不见黄山。地级黄山市不是黄山，黄山市政府在屯溪，在南部；黄山区也不是黄山，黄山区是原来的太平县，在北部。黄山市与黄山区相隔近百公里，在这百公里间，矗立着我想的那个自然黄山。

皖南的地理上出现了三个"黄山"名，如果你是老外，是对皖南不熟的外省人，你想去的是哪个黄山呢？地级黄山市？县级黄山区？黄山风景区？千万别搞错了，一错就是百余公里，够你往返折腾的！

古徽州一府六县：歙县、黟县、休宁、祁门、绩溪、婺源，地理上占据了大半个皖南，新中国成立后也还有一个大的徽州地区。但今天我来皖南，几乎找不到徽州，因徽州古城所在，剥离开歙县的几个乡镇，浓缩为黄山市下属的一个"徽州区"。

"一生痴绝处，无梦到徽州"。也许徽州名气太大，对古徽州的地理拆分和挤压，从 20 世纪 30 年代的民国时期就开始了。婺源划给了江西，虽然经过民间的返徽运动，还有胡适先生的促动，但最终婺源还是归江西管辖。80 年代安徽行政区划调整，绩溪也离开徽州地区转隶宣城。

我去过婺源，也去过绩溪，婺源人只喝当地的"婺源红"酒，不喝江西"四特"酒。他们吃徽菜，吃臭鳜鱼，吃毛豆腐，不吃江西辣味菜。我去绩溪，绩溪也开发出一种酒，名"无梦徽州"，蓝莹莹的透明瓷瓶，风格与众不同。我想，"婺源红"和"无梦徽州"虽都是当地的小众酒，但体现的却是对本源徽文化的执意坚守。

20 世纪 80 年代，徽州地区更名为黄山市，现在的机场也改称为黄山机场，这是想把黄山旅游的品牌做大做强。黄山本来就古今有名，世界有名，无须再附加什么标签了。

如今，黄山依然辉煌：三月还不是旅游旺季，但人流车流已从四方奔黄山而来，想必到了夏天定是人山人海。京台高速从黄山侧边穿过，我把持着方向盘，侧首远远看去，群山巍峨，峰峦叠翠，乃世界名山黄山也！

到黄山市所在的屯溪，徽文化无处不在：你看吧，一色的白墙黛瓦，翠竹红桃。满街的腌鲜臭鳜鱼、虎皮毛豆腐、火腿烧鞭笋、松鼠熘黄鱼、砂锅鸭馄饨……道道徽菜勾你垂涎。徽州名人你数也数不过来：朱熹、胡适、胡宗宪、胡雪岩、汪华、戴震、陶行知、詹天佑……哪一个不如雷贯耳！

自驾游就是方便，日行黄山，夜泊黎阳。今黄山市政府所在的屯溪，是山环水绕的一个美丽小城。屯溪老街、黎阳 in 巷，都依附着新安江。新安江穿皖南屯溪而过，带着徽州的古韵，流向浙江，演变成千岛湖、富春江、钱塘江，注入东海。

2018 年 3 月 19 日　黄山屯溪新安江边黎阳 in 巷

金寨，金色的山寨

中国人常说上有天堂，下有苏杭。天堂在哪里？天堂在天上，地上的天堂除了苏州、杭州外，还有安徽金寨。在金寨，在大别山的山顶处，有以"天堂"为名的山寨——"天堂寨"。

高铁从南京风驰电掣地驶向金寨，一小时四十分钟。走出金寨站回望金寨高铁站，一个山区小站的站房，其造型就是一个大写的"金"字，与山体背景融为一体。深秋季节，周围的山色在绿中转红、转黄，色彩变幻犹如一块巨大的调色板。

坐上天堂寨索道，从上山索道的吊篮里看深秋的大别山，真是美如天堂。树叶红了、树叶黄了、树叶还绿着，山林中红黄绿皆有，还间杂着赤橙黄绿青蓝紫，我想问，谁持彩练当空舞？秋色在面前，秋色在脚下，秋色可触碰，秋色又远去了……

挂壁的瀑布一道又一道，哗啦啦地流着，因为水量不大，如一条细线，更像一个素装婀娜的纤弱少女。水流到谷底，汇聚成溪，再蹦跳着北去，流入淮河，婉转着向东。

登上山顶，看陡峭的岩壁，多姿的山石，多样的造型，总能引发你众多的联想。

"大别山"，名字很特殊，传说当年汉武帝经过此山，观赏了南北两侧不同的景色后说："山之南山花烂漫，山之北白雪皑皑，此山之大果别于他山也！"史学家司马迁记录了此事，由此有了"大别山"之名。

天堂寨地处大别山第二高峰，海拔 1700 多米。在天堂寨看大别山，大别山山峦跌宕，千山万壑，气势恢宏，延绵远去。一个个从云雾中冒出的山头，如海中的浪涌，铺陈着向安徽、湖北方向而去，再远一点就是河南。大别山连着鄂、豫、皖三个省。

是的，天堂寨一脚跨两省，可以两眼望江淮。大别山山脊线是安徽与湖北的分界线，一边是安徽金寨，一边是湖北罗田。这就像黄河壶口瀑布连接山西和陕西一样，看壶口瀑布，可以从山西去，也可以从陕西去。山西、陕西看的壶口瀑布姿态差异不大，但从安徽和湖北两个方向登同一个天堂寨，两条登山路上的风景可能大为不同。

安徽金寨一侧不仅有攀登的山道，还有索道，而湖北罗田一侧仅有山道。登上天堂寨的游人以安徽方向居多，显然，对天堂寨，安徽重于湖北。

两省分界线和长江淮河流域的分界线，都在天堂寨的山顶上，不小心就一脚跨了两省。矗立的界碑是游人拍照留影处，又成为新的山顶风景点。

沐着秋阳，踏着轻歌，和着笑语，走在山道上。下山吧，乘着索道上山，循着山道下山，或可以与天堂寨更亲密地接触，去亲近天堂寨的山水秋色。

中走篇

走下天堂寨，又走入白马大峡谷，来过天堂寨，但第一次走入白马大峡谷。白马大峡谷在白马峰下，是一条深长的峡谷，长达6公里，沿阶梯走完全程需两个小时。谷中乱石翻滚，谷底溪流淙淙。峡谷的溪水也是淮河的源头之一，或许就是刚才看过的天堂寨瀑布流入了峡谷。秋日的白马大峡谷，五色斑斓，在白马大峡谷游走，犹如走入一个童话世界！

走出白马大峡谷，似乎还有些恋恋不舍。去山下的农家乐吧，那里有金寨特色的美食，可以品尝金寨的八大碗，山珍农家味儿；小吊锅，山炭火烧烤着；还有金寨的小吊酒，可一解山风吹来的寒意……

大别山区千米以上的高峰有十多座，在高温高热的江淮地区，这又是一片避暑胜地，是华东地区最后的原始森林，保存了最好的青山绿水。今天，大别山区开发了许多山间民宿，夏日，许多合肥人、南京人，甚至上海人、杭州人，都来大别山避暑了。

深秋的金寨，金色的山寨，天堂所在的金寨。大别山里的金寨就是天堂，是红色老区演变成的天堂，到金寨就是到了天堂！

2019 年 11 月 8 日　金寨